网络文学创作理论及未来发展分析

梅选智　韩向阳　张敏丽　著

天津出版传媒集团

天津人民出版社

图书在版编目（CIP）数据

网络文学创作理论及未来发展分析 / 梅选智, 韩向阳, 张敏丽著. -- 天津 : 天津人民出版社, 2020.12
　ISBN 978-7-201-16903-3

　Ⅰ.①网…　Ⅱ.①梅…②韩…③张…　Ⅲ.①网络文学－文学创作－中国　Ⅳ.①I207.999

中国版本图书馆 CIP 数据核字(2020)第 246484 号

网络文学创作理论及未来发展分析
WANGLUO WENXUE CHUANGZUO LILUN JI WEILAI FAZHAN FENXI

出　　版	天津人民出版社
出版人	刘　庆
地　　址	天津市和平区西康路35号康岳大厦
邮政编码	300051
邮购电话	(022)23332469
电子邮箱	reader@tjrmcbs.com

责任编辑	孙　瑛
封面设计	吴志宇
内文制作	牧野春晖(010-82176128)

印　　刷	北京市兴怀印刷厂
经　　销	新华书店
开　　本	710毫米×1 000毫米　1/16
印　　张	16
字　　数	306千字
版次印次	2021年4月第1版　　2021年4月第1次印刷
定　　价	58.00元

前　言

　　网络文学近年来成长迅猛，呈蓬勃发展之势。有数据显示，截至 2019 年 12 月，中国网络文学用户规模达 4.6 亿，占网民总体比例过半。手机网络文学用户规模达 4.1 亿，占手机网民的比例也过半。网络文学衍生市场潜力巨大。一部好的网络文学作品，能够衍生出动漫、游戏、电影、网剧等产品。比如近年来热播的《花千骨》《三生三世十里桃花》《琅琊榜》等影视作品，都改编自网络文学作品。面对蓬勃发展的网络文学，面对还有巨大潜力可挖的网络文学产业链，就要能抢占先机，抢占"风口"。

　　网络文学面向大众，是大众文艺谱系之一员，具有欲望叙事的属性，为大众提供情感体验与快感补偿的功能，具有神话性故事形态和类型化的作品形态，因此创作者在世界设定、人物创设、故事创造等方面，需要采用与网络文学属性、功能、形态相应的写作策略与写作方法。网络文学是在大众文艺的源流中发生发展的，所以其创作问题需要放在整个大众文艺谱系中，相互印证，才能得到清晰的回答。

　　本书旨在探究网络文学的创作原理与创作方法，为创作者与研究者提供网络文学创作的专业意见。人类愿望与人性对文学创作有很大的影响，网络文学与整个大众文艺中通行的创作原理与创作方法，最终的依据都在人的精神需求。写作者从人类生命情感深处开掘出联通创作行为的道路，才能到达读者的内心，需要下功夫研究、体察人类的精神世界，把握人的永恒需求，而不是一时的市场潮流。市场永远充满意外，而人心的世界却有路可循。掌握人心，掌握创作原理，可以让写作者少走弯路，写出符合读者期盼的作品，作者也能够享受写作的快乐。

　　本书共分七章对网络文学的创作原理及发展进行了分析与探索，其中第三章、第五章和第六章由梅选智撰写，第四章和第七章由韩向阳撰写，第一章和第二章由张敏丽撰写。

　　本书所涉及的网络小说、部分电影电视作品，仅从学术讨论的角度进行评价和分析，仅代表个人观点。如有不当之处希望广大读者指正，以便本书的修改完善。

作　者
2020 年 5 月

目　　录

第一章　网络文学的产生及发展

同任何一种艺术形式一样，网络文学也有其产生和发展的过程。网络文学产生的前提条件是网络传播技术的出现和互联网络的成型。1969 年 11 月 21 日中午，6 名美国科学家成功将加利福尼亚大学洛杉矶分校计算机实验室里的一台计算机与千里之外的斯坦福研究所另一台计算机联通了起来，这一创举开启了网络传播的新纪元，预示了一个前所未有的网络文化时代的来临。由此，依附于网络传播媒介的网络文学也呼之欲出。1993 年，互联网向公众正式开放，从此互联网络的光缆得以逐渐从戒备森严的军旅和少数科学精英的实验室向普通大众的居室延伸，并渐成蛛网传播之势。在这一过程中，传统的轻灵缥缈的文学逐渐与冷峻严谨的网络传播技术结盟，借助被称为"第四媒体"的互联网，文学开始为自己打造一个新的奇瑰的世界，网络文学由此异军突起。如果说文学在网络上最初的行走还显得稚嫩、孱弱，早期网络文学还主要局限于理工科技术精英的小圈子，还更多的是一种心情告白式的自说自话，那么进入新千年后，网络文学特别是汉语网络文学则吸引了越来越多人的目光，成为各行各业的人们普遍熟悉的文学新类，颇有"喧宾夺主"之势。同时，网络文学也逐渐改变了其最初抒写性情、心无旁骛的无功利、非商业的存在态势，日渐与大众传媒和现代出版业合流，走上了产业化的运行轨道，成为引人注目的新型文化产业。

同任何一种艺术形式一样，网络文学的产生和发展也不是一帆风顺的，充满了坎坷和波折。网络文学从产生起就被迫为自身求证存在的合理性和合法性，直到今天，网络文学依然深陷于"命名焦虑"之中，何谓网络文学，是否存在一种与传统文学有别的所谓"网络文学"，甚至"网络文学"是否有资格以文学自命都依然众说纷纭，莫衷一是。

第一节　网络文学的产生

网络文学并非天外来客、无源之水。从技术上说，它的产生首先需要有电子计算机的广泛应用和互联网的开通，其次要有广大网民的文学介入，即一定数量的社会群体上网写作或进行网络阅读与文学交流。20 世纪 80 年代出现的超文本技术为网络文学的出现奠定了艺术变革的技术基础。网络文学正是超文本技术、网络传播技术和传统文学惯例交汇融合的结果。

一、世界网络文学的诞生

先看看国外网络文学诞生的情形。从现有的文献资料来看，世界网络文学最早出现在美国和欧洲等互联网较为发达的国家，其萌芽期是 20 世纪 70 年代的网上写作，并且网络艺术创作如网络音乐、网络绘画、网络影视、网络设计、网络多媒体虚拟形象等比网络文学产生得更早，也更具影响力。到了 80 年代，开始有了自觉的网络文学创作活动。1987 年，迈克尔·乔伊斯(Michael Joyce)于美国计算机协会第一届超文本会议上发表了超文本小说《午后，一个故事》。这一早期超文本小说的经典之作不仅开创性地运用了超文本技术，而且为之后的超文本小说与网络的对接奠定了基础。在迈克尔·乔伊斯之后，美国作家史都尔·摩斯洛坡(Stuart Moulthrop)的超文本小说《胜利花园》同时以磁盘版和网络版的形式发布，开启了日后网络超文本小说创作的潮流。这些网络超文本小说或在文本主体之外进行链接、跳转，或在文本之中选择接点进行链接，或间隔一定时间自动跳转，或在众多页面间随机跳转，形成了动态不居的、多线性的阅读文本。这为受众的阅览提供了多重文本对象、多路径的叙事景观和不雷同的阅读体验，也使网络超文本文学显示出与传统文学迥异的艺术特色。进入 20 世纪 90 年代后，网络超文本写作更进入了大学课堂。美国小说家罗伯特·库佛(Robert Coover)1992 年在布朗大学开设了超文本小说写作班。珍尼特·穆瑞(Janet Murray)则在麻省理工学院开设了"交互性和非线性小说"课程。同时，网络文学创作与接受的交流性、交互性、消遣性和游戏性在欧美的网络发达国家得到了进一步的彰显。1997 年 4 月，一个名为"全国小说"的互联网写作活动在加拿大拉开了帷幕，代表加拿大全国 12 个省区的 12 位作家围绕"跨国故事"(cross country story)这一主题在 12 小时内完成了一篇集体创作的小说。在这个接龙写作中，每一位作者都极尽想象和虚构之能事，努力补救上一作者留下的缺憾，这使得这部多人合成的小说虽有结构的不连贯性，但仍然情节跌宕，峰回路转，引人入胜。这种别开生面的小说写作形式本身也很能吸引人的注意。与此类似，在网上书店亚马逊公司主持下，美国作家约翰·厄普代克等 45 名作家也在网上合作完成了题为《故事由谋杀开始》的接龙小说。厄普代克首先通过电子邮件提供了一段 293 个单词的故事开场章节，接着其他作家次第接龙写作。这些文学写作试验比较自觉地反映了互联网写作的即时性、交互性、集体性特点，显示了网络文学独有的实时在线交互的话语风格。

二、汉语网络文学的出现

与美国网络超文本小说产生大致同时，原创性汉语网络文学也呱呱落地。汉语网络文学的产生和发展，与海外留学生创办的电子刊物和网络新闻组发布的原创作品息息相关。1991 年 4 月 5 日,全球第一家中文电子周刊《华夏文摘》在美国诞生。同年,王笑飞创办了海外中文诗歌通讯网,这大概是汉语原创网络文学的最初萌芽。迄今能见到的第一篇中文网络文学原创作品是署名张郎郎的杂文《不愿做儿皇帝》,该文发表于 1991 年 4 月 16 日《华夏文摘》第 3 期。第一篇中文网络原创小说是名为《鼠类文明》(作者佚名)的小小说,该文发表于 1991 年 11 月 1日《华夏文摘》第 31 期。[①]网络文学的最初运作方式除了电子文学期刊外就是网络新闻组。在汉语网络文学的产生过程中,ACT 也功不可没。1992 年 6 月 28 日,在美国印第安纳大学出现了一个以 alt. chinese. text 为域名的互联网新闻组(简称ACT)。ACT 虽然仅仅是在互联网的局部功能上使用了中文,但它的意义极为重大。它在当时海外留学生中产生了深远的影响,大批留学生为了抒发游子思乡情怀和表达对汉语母语的留恋,在 ACT 上发表了小说、散文、诗歌等大量汉语文学作品。ACT 在短短的一两年内聚集了分散在世界各地的来自中国大陆和台湾的留学生。当时的抽样统计表明,简体和繁体两种版本的 ACT 有将近 8 万的读者群,其中简体版读者数近 5 万人。[②]1993 年起,由遍布世界各国的中国学生学者联谊会主办的综合性中文电子杂志大量涌现,如美国的《威斯康星大学通讯》《布法罗人》《未名》,加拿大的《联谊通讯》《红河谷》《窗口》《太阳升》,德国的《真言》,英国的《利兹通讯》,瑞典的《北极光》《隆德华人》,丹麦的《美人鱼》,荷兰的《郁金香》,日本的《东北风》等,这些网页上通常发布或转帖海外华人的思国怀乡之作,或表达异国他乡面临的文化冲突、心灵苦闷和对汉语的"乡愁"。1994 年,第一份汉语网络文学刊物《新语丝》(http: //www. xys. org)创办起来。1993 年以加拿大留学生为主要支持者架构的 ACT,即互联网新闻组的出现也促进了早期汉语网络文学在北美的发展。之后,诗阳、鲁鸣等人于 1995 年创办了网络中文诗刊《橄榄树》(http: //www. _pi. edu /～cheny6 /)。1996 年,第一份汉语网络女性文学刊物《花招》(http: //www. huazhao. tom)也正式诞生了。进而,随着1994 年互联网登陆中国大陆,汉语网络文学也从海外迅速向母语本土回流。1997年,我国最大的中文原创文学网站"榕树下"在上海成立。随之,"黄金书屋""白鹿书院""博库""文学城""莽昆仑""碧海银沙""中文网络文学精粹""书路""原创广场""原创动力文库""琪琪书吧""天涯虚拟社区""八面来风""麦田守望者""左边卫"等几十家文学网站也次第诞生。一时间汉语网络文学作品迅速涌现,虽然精品力作不多,但发布的总量却很大,其中的一些网络蹿红的名篇,如《第一次的亲密接触》《悟空传》等,从网上火到网下(印刷出版发行),一时间在有些落寞的文坛占尽风光。

---

① 欧阳友权. 数字媒介与中国文学的转型. 中国社会科学,2007(1):67.
② 徐文武. 论中国网络文学的起源与发展. 江汉石油学院学报,2002(1):57.

三、我国网络文学诞生的社会文化背景

要说清楚我国网络文学的产生情况，还得从网络文学诞生的文化生态背景说起。

我国网络文学诞生的历史机缘来自传统文学自身的表征危机。当历史跨过 21 世纪门槛的时候，我国文学的生态背景已经发生了巨大变化，而生态背景的变化又带来文学本身的巨大改变。

首先，文学日渐失去了轰动效应。人们不会忘记，在新时期文学发轫之时，伴随着思想解放的春风，文学该是度过了一段怎样的花样年华！那时候，伤痕文学、反思文学、改革文学、知青文学、现代派先锋文学……一浪高过一浪，朦胧诗热、短篇小说热、中篇小说热、话剧热、散文热……在那个特定的历史舞台上一展风光。多少人以一篇小说、一首诗歌便可扬名立万，引得洛阳纸贵。进入 90 年代，社会进入了一个告别与进入、解体与建构的嬗变期，文学这个"精神的劳什子"面临着困惑、尴尬和危机。凭一部作品即可名扬天下的时代一去不返，世纪之交的中国，社会兴奋中心发生了转移，文学一旦适应不了这种转移，便失却了为社会代言的资本和前提。

其次是"快餐文化"的迅速膨胀，挤占了文学的市场份额。这些年来，表现崇高、严肃、儒雅的纯文学作品在读者市场往往落落寡合、知音日稀。写诗的比读诗的多，演戏的比看戏的多，文学书前门可罗雀。号称文学期刊"四大名旦"的《十月》《收获》《钟山》《花城》竟出现"皇帝女儿也愁嫁"的生存危机。从 1998 年起，许多纯文学刊物纷纷停刊或转向，《昆仑》停刊了，《漓江》停刊了，《峨嵋》《小说》也相继停刊了……与之相反，那些"亚文学""软文学""快餐文化"类读物，那些以通俗化、媚俗化、大众化、娱乐化为特色的言情、武侠、传奇类作品，则以燎原之势迅速抢占大众文化阅读市场。一时间，以花鸟虫鱼为内容的休闲文学，以倾述情感为特征的"小女人散文"，充斥了文化市场，打乱了 20 世纪 80 年代初纯文学一统天下和 80 年代后期、90 年代前期雅文学与俗文学平分秋色的文学格局。

再者是视听媒介对文字媒介的全面挤压。这里所说的"视听"指视听传媒载体，即广播、电视、电影、网络等大众传媒及其艺术文化形式。美国传播学理论家库利说过，"传播的历史，是所有历史的基础"。加拿大现代传播学家麦克卢汉的名言则是："媒体会改变一切。不管你是否愿意，它会消灭一种文化，引进另一种文化。"而希利斯·米勒的名言是："媒介就是意识形态。"不同时代传播媒介的不同特点，必然对包括文学艺术在内的人类精神生活方式产生深刻的影响。现存的文学作品主要是以书本、报纸、期刊等印刷文字媒体为传播方式的，它较之古代龟甲简牍之刻写已是巨大进步，但 20 世纪初叶以来，电影、广播、电视传媒的出现，其直观快捷的传播方式使它们迅速在传媒市场赢得先机，文字传播的物质当量性(如书籍期刊的重量感、报纸的平面形体感)和语言艺术的形象间接性，使文字载体从昔日的媒介优势一下子转变成为媒介劣势。这些媒体的延伸物如 CD、VCD、DVD、LD、MP3、数码摄影摄像机等覆盖面的迅速拓展，视听传媒已形成明显的媒体优势。正是基于这样的现实，希利斯·米勒才提出了“电信时代文学无存”的惊人之语，认为“文学在这个时代里可谓生不逢时”。

正是基于这样的文化生态背景——“文学失去轰动效应而走向边缘化，快餐文化抢占了文学市场，视听霸权对文字媒介的接受性挤压，使得世纪之交的中国文学宿命般地走进了一个特殊的历史时期，迫使文学在新的选择面前寻找新的活法”[①]。恰逢此时，互联网在文学的低谷中迅速普及，这种功能强大的数字化媒体既是文学的崭新载体，又在一定程度上扮演了“文学救星”的角色，至于是否真能拯救处于历史低谷中的文学那就另当别论了。

四、技术性与文学性的适配融合

综观中外网络文学的产生状况，不难发现，网络文学是信息媒体时代“文学新思维”的表征，是信息媒体革命渗入文学传统和文学惯例的结果。因此，网络文学与生俱来地具有技术理性的鲜明色质，闪耀着技术智慧的灵动光芒；同时又有着文学审美的艺术基因，是文学及其艺术品性在新媒介中的生动体现。因而，技术性和文学性构成了网络文学的两个基本质素，二者相互适配，彼此融合，既对立，又统一，共同体现在网络文学的创作实践和欣赏过程中。正如网络写手李寻欢所言：“网络文学的父亲是网络，母亲是文学。”超文本研究专家黄鸣奋说得更明确：“不论我们将网络与文学的哪一方当成父根(同时将另一方当成母根)，网络文学都不是简单地继承父母的基因，而是熔铸双方的影响，创造自身的特色。”

网络文学作为一种新媒介艺术，从产生起就与技术精英的艺术创想有着不解之缘。在美国，电脑网络系统最早是出于军事目的开发的，之后，大学成为政府之外的第一批用户。这决定了游弋于赛博空间的主体具有很高的文化素质，并且多为理工技术精英。汉语网络文化的主体构成状况同样如此。如上所述，汉语网络文学最早出现在海外华人留学生创办的各种网络文学刊物中，海外华人网络文学的最初写手也多是理工科出身的留学生，他们远离祖国，爱好文学，有着高超的电脑技术水平和一定的艺术修养，充满思乡之愁和异国之慨，互联网这一新兴媒体恰好为他们倾注满腔的情思、抒写社会人生的感悟提供了一个前所未有的平

① 欧阳友权．网络文学论纲[M]．北京：人民文学出版社，2003，第 22-25 页．

台和园地。但不同的文化背景和文化心理决定了欧美网络文学与汉语网络文学从产生起就有着大为不同的文化追求和审美取向。

对于深受技术理性和现代性文化观念熏陶的欧美人来说，计算机和网络很自然的是工具理性的表征，代表着技术理性的胜利。计算机和网络本身也是出于军事、商业目的和技术革新的需要才产生的。因此网络文化的技术性和文学性两极在欧美网络文学中是很不平衡的，网络更多地被视为一种载体、媒介和工具，欧美网络文学更多地向技术性一端倾斜。网络与文学的关系也显得更为纯粹。依靠网络资源，借助网络技术而存在的超文本文学是欧美网络文学的突出表现形式，代表了欧美网络文学"技术至上"的潮流和趋向。网络的文化蕴含作为一种技术的副产品相对于汉语世界显得寂寥得多，因而欧美网络文学并没有呈现出汉语网络文学那样的高度繁盛状况。而汉语网络文学却伴随着 20 世纪八九十年代中国大陆改革开放的洪流，以大批海外留学生为媒，形成了蓬勃的发展势头。如果说欧美网络文学走的是网络技术的新路，更多地向技术性一端倾斜，那么汉语网络文学走的却是传统文学的老路，更追求古老的文学情性与新型的媒介技术的化合交融。这其中既有中国文化背景和文化心理的深层原因，也与汉语网络文学创作主体的特殊状况有着密切关联。例如，最初的汉语网络文学主要出现在遍布世界各国的中国留学生联谊会主办的电子刊物、中文网站和文学主页上，它是海外游子渴望心灵与情感的交流、克服文化疏离感、寄托思乡之情的自发结果，对祖国的思念和对中文的依恋是早期网络文学产生的深层原因。这决定了汉语网络文学从产生起就更偏重心灵性、情感性、倾诉性，而非技术性。早期网络作品多是理工科出身的留学生群体抒发游子思国怀乡之情，这种非专业化的网络文学文本天然、质朴、率真、灵动，打破了以往专业作家创作、报刊编辑审稿、出版发行受到控制、作品与读者一对多单向传输的文学创作接受常规，淡化了文学创作的功利意识，突出了文学创作接受的"交流"性、"交互"性和消遣性，同时又借助网络传播技术图声文并茂的多媒体综合表现性、internet 的无限可修改性和即时复制性等，从而赋予了文学新的表现形式和存在形态，为信息时代的文学发展提供了新的思路，开拓了新的空间，展现了奇瑰的前景。

第二节　网络文学的发展轨迹

在迄今为止的网络文学发展历史中，国外网络文学、海外华人网络文学、中国大陆网络文学是不可忽视的三大部分，也基本构成了网络文学发展的三部曲。

一、国外网络文学

　　北美网络文学是国外网络文学中最早出现的形态。在 20 世纪 90 年代，北美网络文学步入了成熟阶段，其中，上文提及的加拿大 12 位作家围绕"跨国故事"这一主题的互联网接龙写作活动和美国作家约翰·厄普代克等 45 名作家合作完成的题为《故事由谋杀开始》的网络接龙小说尤具代表性。这些网络接龙小说充分体现了网络创作的即时性、集体性、合成性和游戏性。在加拿大的"跨国故事"写作过程中，作家凯文·梅杰是这一文学"接力赛"的第一棒，他为小说设计了一种带有浓郁浪漫气息的情境，故事开篇，男女主人公带着一条狗在夏日里到海滨度假。接着第二位作家为小说塑造了第三个人物——海边小屋里独居的补网老头儿。由此，在游客与老人间出现了富有海岛风情和传奇色彩的情节发展的诸多可能。第三位作家顺势为小说注入了金钱、利诱和秘密的情节结构，老头儿在男子高价收买下把岩洞的秘密透露给了他们。紧接着，下一位作家浓墨重彩地渲染了海洋与历险的情境。女作家苟·斯旺则又使"加拿大文学女神"(Can-Lit Goddess)和故事挂上了钩，赋予了作品神妙奇瑰的色调。下一位作家又让男女主人公身处小艇电池用光的危险情境中。接着，盖尔·鲍温把前几位作家编造的险象环生的故事描写为一场梦中奇遇。最后，女诗人马斯克雷夫以祖父讲述的传说为全篇作结。每一位作者都在前几棒的基础上尽力生发，精心补救和拓展作品的情节结构，使得这部多人合成的小说出现更多的结构不连贯性和情节发展的随机性、偶然性，让作品悬念迭起，汪洋辟阖，别有一番特色。美国作家厄普代克等人的网络接龙小说也同样充满传奇色彩，悬念丛生。主人公塔索·波尔克小姐是一家杂志社的编辑，她莫名其妙地置身于盘根错节的一系列奇怪事件之中。为了揭开谜团，她费尽心力试图对老雇员马里恩·海德·梅里维特自杀事件进行调查。这些网络文学作品显示了北美网络写作对试验性的热衷和对创生新奇的网络文学话语风格的痴迷。这些网络作品与其说是文学性的一种新颖表征，不如说是对网络写作可能性的积极探索，体现了北美网络文学偏爱技术性和写作试验的艺术情结。

　　无独有偶，"诗与数学的统一"的追求在欧美数码艺术领域有着更为充分的体现。计算机与艺术联姻的历史可以上溯到 19 世纪。20 世纪 90 年代新的计算机编程语言的问世，更促成了新的艺术类型的诞生。1995 年美国升阳公司公布 Java 语言之后，好奇而热心的程序员与艺术家们迅速利用它来进行创作。相关作品在网络上不胫而走，其中有不少被收入专题艺术博物馆(Java Museum)。巴黎艺术家莱迈特雷的《滑冰》、阿根廷艺术家埃习恩的《以数字作画》《关于维斯塔女灶神之船的混沌》等都是别具特色的数码之作。从计算机及互联网诞生以来，在欧美国家中，新媒体表演艺术、影视艺术、音乐艺术、绘画艺术等迅速涌现，艺术实验新作不断，为艺术创新开辟了一个广阔的发展空间。另外，数字电影、数字电视，以及数字时代的动画艺术和网络游戏等，也借助先进的技术手段和庞大的文化资本，在文化产业的市场前沿拓疆辟土，让数字化、网络化的艺术创新与全球资本的跨国运营相互支撑、互为表里，形成了发展迅速、形式多样的数字化的网络艺术。

在海外网络文学中，韩日网络文学也有声有色，可圈可点。韩国网络文学如同韩剧一样充满韩国特色的时尚浪漫和轻松俏皮，俊男靓女、青春情恋也是韩国网络文学的恒定模式。网络文学在韩国的发展几乎与中国同步，世纪之交韩国网络文学的代表作是自称"我不是一个作家，我也不会写作"的金浩植所创作的《我的野蛮女友》，这部网络小说曾在韩国内外广为传播。大量使用简短活泼的流行网络用语，突兀超拔的奇思妙想，令人捧腹的故事情节，轻松搞笑的黑色幽默，使它激起网友们的热烈共鸣，引领了一种"新奇文化"新潮。韩国网络文学的"骨灰级"写手当属原名李韵世的少女作家可爱淘。2003 年，年仅 17 岁的忠北制川女子高中学生可爱淘以其网络小说《那小子真帅》在韩国网上网下掀起了一场声势浩大的"那小子"浪潮，许多青少年患上了所谓的"那小子综合征"。一时间，仅在网上就有 180 多个可爱淘的读者俱乐部，同时加入作者个人网站的会员数迅速超过了 300 万，该书正式出版后销售量迅速直抵 200 万册，一时居韩国畅销小说榜首，被称为"2004 年最值得期待的爱情炫酷网络小说""让 300 万青少年为之疯狂的网络激情浪漫小说"。此后，可爱淘继续推出的新作《那小子真帅 2》《狼的诱惑》《狼的诱惑·终结版》无一例外都是平凡少女与"骨灰级"帅哥间的现代版"灰姑娘"故事。同时，这样的小说里充斥着网络用语和时尚元素，洋溢着浪漫色调、青春气息，具有流行文化清新明快的特质。位列 2004 年度韩国网络小说十大排行榜的《这个男孩有点野》《狼的诱惑·终结版》《那家伙好》(原书名：《心跳青春期》)、《狼的诱惑》《那小子真帅 2》《那小子真帅》《坏小子》《爱他就去追》《第五代帅男孩》《女生的偶像》《爱的开始是约定》等，还有 2006 年前后在韩国最为走红的两部网络小说《我不是聪明女生》和《Kiss 中毒症》，都充分体现了网络时代的时尚特色——青春小说一统天下。

日本网络文学也足以与韩国网络文学媲美。这首先得力于日本网络普及率的迅速攀升——截至 2003 年，日本网络普及率即由 1997 年的不足 10% 迅速攀升到 70% 以上，这为日本网络文学的发展奠定了广泛的受众基础。与韩国网络文学相比，日本网络文学的产业化特征更为突出，与其他文化产业形成了良好的融合态势。网络文学作为日本文化产业的有机组成部分，与网络电影、电视剧、动画片、网上音乐会实况转播等内容密切配合，互相促进，共同构成了日本网络文化产业的亮点。在经济效益最大化动机的驱动下，日本"手机小说""BBS 电子公告栏小说"竞相登场。中央公论新社、新潮社、STARTS 出版株式会社等出版界大腕纷纷对网络小说、手机小说等的出版、经营倍加青睐，甚至出现了名为

"AmebaBooks"的博客出版社。如果说韩国网络文学有更多的心性流露、情感交流的纯文学的审美追求，非功利色彩还非常浓厚，那么日本的"手机小说"则有了更多的商业气息和利润算计，网络文学和网站、运营商关系密切，声息相通。日本网络文学的另一特色是其集成性，"书+网络+手机"三位一体的小说月刊令其他国家的网络文学相形见绌。2003 年风靡日本的"手机小说"《深爱》的作者石田衣良本是手机网站的经营者，他为了宣传自己的网站，把自己创作的小说放到网上供手机用户随意下载阅读。小说以离家出走的 17 岁女高中生阿由从游戏人生到领悟人间真爱的心路历程为线索，以洋溢着浓郁悲剧性的笔调谱写了一曲迷惘人生的挽歌，作品以放纵生命而死于艾滋病的少女不甘的青春心灵、迟到的真情感怀打动了无数读者。这部作品借助手机和网络的双重力量为网站赢得了超过2000 万人次的访问量，也使"手机看书"蔚为时尚，使日本的手机小说族迅速跃升到 200 万人，各种性质的手机小说网站也遍地开花。这些手机小说内容从历史小说到侦探小说无所不包，每个月只要交纳 12 美元就可随时选看约 20 种作品。这为网站和出版社带来了无限商机。2004 年 7 月 10 日，日本老牌出版社中央公论新社创刊了"三位一体"的小说月刊，这份名为《WEB 小说中公》的杂志，通过小册子、因特网、手机网络三种形式向读者发布小说文本，从而实现了纸媒体与互联网、手机网上阅读的共存互补。"BBS 小说"也是日本网络文学的独创。2004 年红极一时的《电车男》内容就全部来自 BBS 网站上的留言板，它讲述的是 2004 年 4 月发生在日本东京的一个真实故事：22 岁的"电车男"性格内向，没有女人缘，除了痴迷电脑游戏外，偶尔也去日本最大的 BBS 网站"2 频道"留言写日记，再就是日复一日地坐着电车上下班，但在无聊的日子中却邂逅了一位被骚扰的美丽姑娘爱玛仕，在 BBS 网站上众多热心网友的鼓励和帮助下，他终于赢得了姑娘的芳心。这一"网络时代的古典爱情故事"被标新立异的新潮社打理出版后仅 3 天订货量就高达 125 万册，在亚马逊网上书店的销量也位居第一。日本文学评论界称誉它是"本世纪最令人感动的恋爱小说""本世纪最伟大的纯爱物语"。它的 BBS 留言体，大量使用的网上流行语和"面部表情文字"，对网络时代年青一代的情感困惑、人生烦恼，有着真切的表现，其对现代科技造就的新人际关系的真切反映，使它打动了无数日本青少年的心。2005 年初面世的《本周，妻子红杏出墙》(中央公论新社出版)同样也来自 BBS。遭遇妻子红杏出墙的男子拙于应对，情急之下在 BBS 上发帖求助，得到了网友们的鼎力相助，终使夫妻感情走出了僵局。由此《本周，妻子红杏出墙》也几乎成了日本青年的婚后爱情教科书。

二、海外华人网络文学

在网络文学"涉世未深"的发展生涯中，汉语网络文学尤显辉煌，堪称 20世纪末到 21 世纪初网络文学发展史上最引人注目的风景线。网络超文本小说虽发端于北美大陆，但汉语网络文学却后来居上，堪称迄今为止网络文学的冠冕。网络文学在中国的兴起与繁荣或许是得力于中国文化环境的外因和中国网民自身特点的内因。在汉语网络文学中，海外华人网络文学首开其端。中国大陆和台湾的网络文学则继其声气而又不断嬗变，在一个不太长的时间内便呈现出新的气象。

如前所述，海外华人网络文学的产生有其特殊性。当时网络刚刚走出军旅，走向社会，还远未普及，网络文学的写作和接受群体基本上局限于知识分子阶层。这决定了海外汉语网络文学的精英化气质——当时的网络文学写手多为海外留学生，他们具有良好的文化素质和较高的文学素养，这使得海外华人网络文学艺术水准很高，带有明显的高雅文化印记。

1991 年电子周刊《华夏文摘》和海外中文诗歌通讯网的问世可以说是汉语网络文学的"创世记"，由此汉语网络文学开始了最初的耕耘。在这一过程中涌现出了图雅、少君、阿待、路离等早期海外华人网络文学创作的佼佼者。

1993 年出现、1996 年离开网络，其真实姓氏至今不为人所知的图雅可以说是海外华人网络文学的"祖父级前辈"，他为汉语网络文学打造了最初的神话，有关他的帖子和故事至今仍被人不断地传诵、转载。图雅被称为"网上王朔"，他的小说有着俏皮的京味，与别人绝不雷同，他的诗意象清新而又平易浅近，情感真挚而又萦绕着挥之不去的感伤情调，读来令人久久难忘。图雅之所以被人记住，除去他极具独创性的语言之外，就在于他所经营的那种可以称为"情绪"或者是"氛围"的东西，把当时人们想说又没有说出来的东西都以一种特有的幽默诙谐的语言说了出来。他在中文网的三年，可以说是中文网络同一、非商业化的黄金时代，图雅自然也就成了那个时代的一个象征。

本名钱建军的少君也是颇有影响的早期海外华人网络文学写手，他是第一个将网络作品结集出版的华人作家。少君的小说兼具新闻和文学两种特性，显示出了与传统和经典意义上的小说不同的格调和追求。他的《人生自白》系列以含蓄而略带调侃的笔调塑造了三教九流各色人等，以身置其中的平视姿态写出了人生的曲折、世事的无常、凡人的甘苦，自然真切，如话家常。

阿待则是美华网络作家中尤能显示专业作家水准的人物，她的作品数量众多，风格各异，文笔精美，无人能及。

另外，1972 年生于上海后到加拿大留学的路离则给北美华文网络小说界带来了一种新的声音和格调，他的作品通篇透射着一种青春的气息和光芒。

萌生于海外华人的汉语网络文学对中文网络文学的诞生和发展有着筚路蓝缕之功，其精英化的气质使网络文学在诞生伊始就站在一个较高的艺术平台之上，而异国体验和思乡之慨又使得海外华人网络文学浸润了更多的乡愁和感伤气息。书写流离于异国他乡的凄苦忧愁和人生感喟构成了这一时期汉语网络文学的主流。

三、中国大陆网络文学

　　随着网络光缆的延展和用户的猛增，在海外华人网络文学的示范下，汉语网络文学迅速向大陆回流，网上汉语文学蔚然成了一种世界性的景观。同时，网络文学的主体构成也发生了很大变化，大学理工科学生、都市白领青年、广大青少年学子成为汉语网络文学创作和接受的主体。中国互联网信息中心的调查显示，从 1994 年我国正式向公众开放互联网起到 1997 年 10 月 31 日，上网用户达 62 万人。而截至 2000 年 12 月 31 日，国内上网用户已达到 2 251 万。到 2003 年底，中国网民总数更增至 7 950 万。《第十五次中国互联网络发展状况统计报告》则显示 2005 年初中国网民已达 9 400 万，其中 35 岁以下的青少年超过 82%，而尤以 18—24 岁的年轻人所占比列最高，超过了 34%。《第十八次中国互联网络发展状况统计报告》更显示到 2006 年 6 月 30 日，中国网民人数已达 1.23 亿，联网计算机有 5 450 万台。一年以后，《第二十次中国互联网络发展状况统计报告》公布的数字是：到 2007 年 6 月 30 日，我国网民总人数达到 1.62 亿，上网计算机数达到 6 710 万，比上一年增长了 1 260 万台；互联网普及率也达到了 12.3%；宽带网民数达 1.22 亿，手机网民数较前一年翻了 2.6 倍，已有 4 430 万人；国内域名总数达到 918 万，其中 CN 域名注册量大幅度增长，已达到 615 万个，巩固了国内主流域名的地位；我国网站数量达到 131 万个，CN 下网站数已达 81 万，年增长率达到 137.5%，CN 网站数首次大幅度超 COM 网站数。另外，受手机上网资费下调的影响，手机上网已经在我国渐成风气，已有 27.3% 的网民使用手机上网，手机网民数已经有 4 430 万人。互联网娱乐功能的三项代表性应用——网络音乐、网络影视和网络游戏使用率都很高。其中，网络音乐使用率已经超过 2 / 3(68.5%)，玩过网络游戏的网民已经接近一半(47%)。调查显示，青少年学生网民已经接近 6 000 万，学生在网民中占有率超过 1 / 3(36.7%)，每周平均上网时长为 11.6 小时，其中每周上网超过 20 小时的学生占总人数的 16.6%，超过 40 小时的占 5.9%。这样的发展状况为网络文学在青少年中的普及奠定了基础，也使得 20 世纪末 21 世纪初的汉语网络文学更多地成了青春文学、言情文学和娱乐文学。

　　网络文学的青春化、言情化、娱乐化突出体现在台湾成功大学水利研究所博士研究生蔡智恒(痞子蔡)创作的网络小说《第一次的亲密接触》中。该小说从 1998 年 3 月 22 日到 5 月 29 日以 jht 为笔名在电子公告栏(BBS)上连续发布，为汉语网络文学开了一个言情化、青春化、娱乐化的先河。作品以其灵动清婉的情爱恋歌感动了数以万计的汉语族网民，特别是青年学生。该小说在连载时，各色纷飞的帖子恰与蔡智恒的创作声息呼应，共同打造了 20 世纪末汉语网络文学的奇观。随之，《第二次的亲密接触》《活得像个人样》《网上自有颜如玉》《迷失在网络与现实之间的爱情》《我一定要找到你》《交换》《悟空传》《媒子鸟》等凄美哀婉的情恋故事纷纷涌现。一时间青年男女网上邂逅、情投意合、红颜薄命、生离死别成了网络文学习用的模式，汉语网络文学的世界中情种遍野、泪水泛滥。同时，这类作品也为汉语网络文学与时尚、商业和消费文化的"亲密接触"提供了范例。《第一次的亲密接触》被陈村称为"泰坦尼克号"的网络版，它有着调侃作秀的网络文风，表征着鲜明的都市时尚，体现了与传统印刷文化时代的深度美学不同的平面化、娱乐化、无厘头的审美追求，适合于一次性的快餐式消费。

　　《第一次的亲密接触》为汉语网络文学的大规模发展提供了积极的启示，催生了大陆网络文学的"五匹黑马"：邢育森、宁财神、俞白眉、李寻欢、安妮宝贝。在蔡智恒之后，黑可可、今何在、尚爱兰、龙吟、慕容雪村等网络写手次第登场，网络文学以几何级数的态势猛增，一时风光无限。如果说《第一次的亲密接触》为中国本土网络文学带来了第一潮冲击波，那么号称2000年"最佳网络文学"的今何在的《悟空传》的推出和2001年4月人民文学出版社首次出版网络原创作品《风中玫瑰》则激起了网络文学的第二次冲击波。之后，汉语网络文学急剧向商业化、欲望化、都市生活化的方向跃进。如果说曾获首届"榕树下"网络小说奖的尚爱兰的《性感时代的小饭馆》已经显示出网络文学对感官欲望、无爱之欲的偏好的话，那么2002年和2003年红极一时的慕容雪村的《成都，今夜请将我遗忘》则是更典型的欲望化叙事，都市欲望人生迅速取代青春情恋而成为网络文学写手的聚焦点。在这类作品的感召下，《成都粉子》《深圳今夜激情澎湃》《成都，爱情只有八个月》《天堂往左，深圳向右》等一时缤纷陆离，大陆网络文学迎来了第三次浪潮。在这一过程中，汉语网络文学也迅速从初期的自由书写、业余化写作向商业化写作、职业化写作转变，迅速从一种民间自发的文学行为、新民间文学、小众文化转变为商业介入、资本运作局势下的大众文化，以至于为网络文学长期摇旗呐喊的作家陈村在2004年痛陈"网络文学最好的时期已过去"。但是，也应看到，随着网络用户的进一步增多，各行各业的人们开始介入网络，传统作家触网和网络写手下网形成犬牙交错之势，传统文学网络化的"上网文学"、超文本链接多媒体演绎的"网上文学"、网上创作网上发表网民互动网语连篇的"网话文学"呈三足鼎立、共生互补之势，网络文学的格局日趋多元化、复杂化，这对网络文学走向成熟和健康发展又有着积极的意义。如"榕树下"网站已积累原创作品300多万篇(部)，大型原创文学网站"起点中文网"日最高点击量突破了一个亿，"幻剑书盟"号称拥有驻站原创作家1万多名，收藏原创作品2万多部，点击量超过100万的超过百部。有统计数据称，中国全部网络文学作品的总字数已经超过30亿，而且还在迅速增长。据报道，著名的网络写手龙人(蔡雷平)已创作玄幻武侠小说20余部，如《页秦》《轩辕绝》《洪荒天子》《战神之路》《正邪天下》等，共达3 000余万字，下载出版的发行量达3 000万册，网络上的点击率超过10亿，创下网络文学写作的奇迹。

第三节　网络文学发展的特点与趋势

　　网络文学以高科技为其技术支点，是在数字文化的枝丫上结出的艺术花蕾。它背倚现代信息技术、数字文化和互联网络，昂首瞻望新的文学星空，其高技术含量、高情感含量、年轻化的主体构成状况使它洋溢着青春的活力，闪耀着迷离的异彩，秉有着别具一格的审美追求。新生的网络文学以其实时动态交互的性状改变了传统文学创作和接受的方式，刷新了代代传承的文学惯例，改写着文学的价值和功能。由此，文学的存在方式，人们的审美观念、艺术理想都发生了改变，文学理论的学理范式也无可避免地需要重构。在网络文学面前，传统文学的神性品格显得时过境迁，文学的神圣感遭到了破坏。原有的文学游戏规则或者失效，或者遭到挑战，传统文学面临着被"格式化"的危险。长期以来，对于网络文学，赞扬者有之，斥责者有之，赞者捧之上天，斥者贬之入地，聚讼纷纭，莫衷一是。但不管是热情赞扬，还是恶语贬斥，人们都无法回避它的存在和迅猛的长势。如前所述，在迄今为止全世界网络文学发展的历程中，汉语网络文学代表了网络文学发展的最大规模(或也是最高水准)。因此，通过对汉语网络文学发展的特点和趋势的分析，可以比较清晰地揭示网络文学发展的特点和规律。

一、多种文本形态和传播形式并行互补、多元共生

　　多种文本形态和传播形式并行互补、多元共生是网络文学生产、传播、消费的新态势和大势所趋。从汉语网络文学产生之初起，传统文学、传统期刊的网络化形态和网络原创文学的并行不悖、齐头并进，一直是网络文学发展中的一大景观。尽管对于何谓网络文学，直到今天学界仍多有分歧，但广义的网络文学大致以三种形态呈现却是有目共睹的：第一种情况是传统文学的网络化，借助网络传播技术，许多传统的纸介质文学名著和印刷文本经过电子化数字化后在网上广为传播；第二种情况是新型的网络原创文学，是用电脑创作，在网上首发，具有鲜明网络语言特点的原创性文学作品；第三种情况是利用电脑多媒体技术和 Internet 交互作用创作的超文本，以及借助特定电脑软件自动生成的"机器之作"。这三类数字化形态的文学从网络文学产生之初就呈共生互补之势。这体现了网络文学的包容性、广延性和与其他文学形式的兼容性，也使网络文学具有了亲和力，给网络文学的发展奠定了资源基础。据统计，21 世纪初，我国 2 000 多家报纸、8 000 多家期刊、290 多家广播电台和 420 多家电视台中，已经建立了数千个网站或网页，其中不乏文学类的报刊(或文学副刊)。2005 年《芳草》杂志还曾明确改版为

《芳草网络文学选刊》(上半月刊)和《芳草少年文学选刊》(下半月刊)，其中《芳草网络文学选刊》一改传统做法，以刊载网络文学佳作为主。同时，大量书库网站在互联网上蓬勃发展，1998 年推出的"文学城""黄金书屋"等几家大型书库网站都曾门庭若市，"超星"图书馆不仅存书众多，还形成了自己发展壮大的运营方式，更不用说类似清华同方这样的 CNKI 数字图书馆全文数据库了。还有，与这类书库将传统文学经典作品数字化不同，"书路"则侧重征集网络原创作品，它设有"网络文摘"和"精妙网文"两个栏目，同时还为网络写手开设"个人作品集"。除了"书路"这类网络书库网站外，更引人注目的是专门发表原创网络文学作品的文学网站，从海外华人网络文学发展之初的"新语丝""橄榄树""花招"到 1997 年中国大陆的"榕树下"乃至后来相继建立的"黄金书屋""白鹿书院""碧海银沙""起点中文"等，都不断发表恒河沙数的网络原创作品，为网络文学的发展做出了不容忽视的历史贡献。

早在 2000 年前，新生的网络文学就已显露出跨媒体传播的鲜明特点，网上文学与网下的传统期刊、出版机构已开始形成连锁互动之势，这固然与商业利润的追求、资本运作的渗入有关，但也充分体现了网络文学发展的开放性特点。1999年，网易公司与文学网站"榕树下"的文学评奖受到了人们的瞩目。大致与此同时，痞子蔡的《第一次的亲密接触》在大陆由知识出版社出版，并被北京人艺改编为首部网络话剧。由顾晓鸣主编的"网话文"丛书《草鸡看世界》也在 2000年底出版。上海三联书店还出版了一本宁财神、安妮宝贝、邢育森、何从、李寻欢、花过雨等网络写手的作品组成的网络爱情小说合集《进进出出在网与络、情与爱之间》。时代文艺出版社出版的《中国网络原创作品精选》更首次以全景式的视野将本土网络原创作品介绍给读者。漓江出版社每年都结集出版《年度中国网络文学精选》，春风文艺出版社每年出版《21 世纪中国文学大系•年度网络写作》。2001 年 4 月，连主流出版社人民文学出版社也开始出版网络原创作品(如《风中玫瑰》)。随之，《彼岸花》《旧同居时代》《智圣东方朔》《悟空传》《成都，今夜请将我遗忘》《天堂向左，深圳往右》《数字化精灵》《极乐世界的下水道》《雨衣》《网侠》《告别薇安》《网上江湖》《死亡日记》《最后的宣战》《哈哈，大学》《毕业那天我们一起失恋》《黑暗河流上的闪光》《灰锡时代》《我一定要找到你》《人兽凶猛》《当我再也无法离开》《成都粉子》《金陵十二钗的网络生活》《假装纯情》《人皮娃娃》《杀手新娘》《我哥的情书》《一个女人的七个侧面》等众多网络文学作品也次第走下网络栖身纸质文本，并大批量印行。2006 年 4 月敦煌文艺出版社同时推出了洛艺嘉的《一个人的非洲》的纸质版、网络版和手机版，这样一来，人们实际上是在通过网上网下两种渠道接触网络文学，一部分人通过上网在网上阅览和参与创作原生态的网络文学文本，享受在线阅读、实时交互、互相激发的文学创作乐趣；另一部分人则通过精选后印行的流行网络文学选本了解和欣赏网络文学。事实证明，网络传播的出现并没有导致所谓的"出版大崩溃"，相反，纸质文学与数字化的网络文学不但相安无事，相互兼容，而且优势互补，互相促进，得以携手共进，联袂双赢。

　　网络文学发展的开放性还体现在网络文学从一开始就具有超越国界和地域的"脱域"天性，使文学传播和文学接受打破了地域和民族的界限。在今天，网络文学逐渐呈现出跨国界相互激发的新气象。北美华人网络文学产生之初，就曾以其成百上千的中文电子杂志吸引了全球千万个华人家庭的目光，并带动了华语地区的文学杂志争先恐后上网。著名学者赵毅衡曾高度评价华人网络文学促成了一个有效的世界性网上汉语文化的扩张，使其不再有海内外之分。不仅汉语网络文学发展如此，在汉语网络文学与非汉语网络文学之间同样可以看到这种现象。例如中国女孩董晓磊的《我不是聪明女生》曾被中、韩各网站频频转帖，人气极旺，该网络小说在中国国内尚未出版时已经席卷了韩国图书市场，发行量在两周内即已突破 300 万册，甚至引发了"哈唐"之风。同样，韩国少女可爱淘的《那小子真帅》在 2004 年由世界知识出版社引进后也立刻风靡神州大地，影响之大较韩国本土毫不逊色。

二、在技术性与艺术性之间寻求平衡

　　网络文学的发展是一个动态不居的不断进行自我调整的过程，它总是摇摆于技术性与艺术性两极间并逐渐在二者间取得某种平衡。早期的网络文学更多的是传统文学的网络版，往往对传统纸质文学资源进行简单转换移植，此时的互联网更多的是作为外在的载体和媒介而存在的，网络文学的自身特性还比较模糊。随着网络文学的发展，网络写作的自身特色得到突出，技术性得到强化，技术与艺术的融合成为网络写手的自觉追求。网络原创文学堪称网络文学的主体和中坚，在目前的网络文学世界中数量最大，而最能体现网络文学的艺术特色和技术优势的，就是利用多媒体和 WEB 交互作用创作超媒体、超文本的链接式作品，它能使图、声、文有机化合，作者与读者实时动态交互，技术性与艺术性实现对立统一。早在 1999 年，新浪网就曾与《中华工商时报》联合举办为期一年的接力小说活动《网上跑过斑点狗》。后来"花脸道"网站还开展了"花脸道双媒互动小说接龙"活动，"中文网络文学"网站策划了故事接龙"谱写你自己的故事·千年之恋"，"榕树下"网站也曾出现网友接龙小说《城市的绿地》，"亿接龙"网站开设了《青青校园，我唱我歌》《情爱悠悠，共渡爱河》等接龙作品栏目，"文学咖啡屋"网站开展了"多结局小说网络竞写"活动，在网上还曾流行《超情书》《危险》等超文本回环链接诗歌实验。这些尝试都自觉突出了网络文学的技术天性和特色优势，富有开创意义。同时，网络文学的题材、类型与审美追求也日趋多元化。进入新千年后，网络文学写作更为多样，除了既往的小资路数外，今何在的《悟空传》、林长治的《沙僧日记》等"戏说"体的作品和《水煮三国》式的财经类写作也颇有市场，从《第一次的亲密接触》到《成都，今夜请把我遗忘》，大陆的网络文学走过了一条不寻常的道路。同样，台湾的网络文学除了青春情恋题材外，奇幻的、科幻的、推理的非爱情小说也纷纷涌现。网络写手对生活的反映、对网络书写特点方式的领会和写作技艺等都在不断提升中。晚近的网络文学作品日益精致化、深透化，对深层自我的开掘，对人性的透视都渐臻圆熟。从 1999年的《第一次的亲密接触》到 2002 年的《成都，今夜请将我遗忘》，网络文学也逐渐从对少男少女纯情爱恋的玩味转向对人性、生活的深思与质疑。慕容雪村就曾说他写作《成都，今夜请将我遗忘》意在写出一代人共有的困惑：现实和理想的落差、传统价值观与新伦理的冲突、物质世界对道德观的拷问等等；意在刻绘灰色的城市天空下放纵委琐的人生与灵魂。在《伊甸樱桃》中，慕容雪村更将现代人放入了"世界名牌集中营"，这里到处是富人的灵光，却唯独没有人的灵魂。这部作品延续了作者一直关注的"金钱对人性的吞噬"的主题，写尽了奢侈王国的光彩，也充斥着文人沉重的叹息和旧式文人的忧患。从痞子蔡到安妮宝贝，"有情人生离死别""尸横遍野"的网络写作格局也逐渐改观，安妮宝贝的《告别薇安》以一个青春激情和消逝的充满感伤和绝望的故事为网络文学带来了新的气息和神采，从此，"故事不再是天马行空的'胡思乱想'，它开始贴近了现实，而且文体也有了新的规范，变得考究起来"。这个过程也成为技术性日见娴熟、艺术性日渐加强的过程。

三、网络文学研究趋于自觉和理性

网络文学发展的过程是一个对网络文学自身的理性思考不断深入的过程。随着文学在网络上乐此不疲的持续行走，人们对网络文学的感受和理解日趋理性，对它的分析评论和理论研究也开始走向深入。2000 年前后，有关网络文学的研究和评论开始从简单的意气化、印象化的评判逐渐向冷静客观的学理化分析转变，从对网络文学的概念的探讨逐步深入到对其理论内涵外延的辨析，从网络文学的写作方式和语体特征的分析逐渐深入到对网络文学的本质、功能、发展趋势和根本性质的钻研，从对网络文学作品的分析逐渐深入到对网络文化的根因和实质的思考。网络文学逐渐引起了学院派的重视，网络文学研究逐渐进驻学院空间。1997年中国人民大学出版社出版了"网络文化丛书"(1 套 7 本)，1999 年北京出版社出版了"透视网络时代丛书"(1 套 4 本)，2000 年春欧阳友权在《社会科学报》发表题为《网络文学的五大特征》的文章，2000 年第 5 期《文学评论》发表了黄鸣奋等人的网络文学研究论文，引起了文艺理论界对网络文学的关注；同年，厦门大学出版社出版了"网络狂飙丛书"（1 套 6 本）。2001 年，《湘潭大学学报》第1 期发表了欧阳友权的《网络文学：挑战传统与更新观念》一文，《三峡大学学报》2001 年第 6 期刊发了欧阳友权的长篇网络文学调研报告《互联网上的文学风景——我国网络文学的现状调查与走势分析》，这两篇文章被人大《复印报刊资料》等许多报刊转载，使网络文学研究快速进入文艺学前沿；同年，广东教育出版社出版了王强的《网络艺术的可能》，江苏人民出版社出版了南帆的《双重视域——当代电子文本的文化分析》，山东文艺出版社出版了铁马、曦桐的《赛伯的文学空间》。2003 年初，人民文学出版社出版了欧阳友权等著的《网络文学论纲》，显示了网络文学学理形态建设的理论自觉。2004 年，中央编译出版社出版了于洋等人的《文学网景——网络文学的自由境界》，同年 5 月，由欧阳友权主编的"网络文学教授论丛"出版发行，表明网络文学研究团队开始形成。2005 年，中国社会科学出版社出版了欧阳友权的《数字化语境中的文艺学》，高等教育出版社出版了欧阳友权的《网络传播与社会文化》，同年 12 月，华龄出版社出版了朱凯的《无纸空间的自由书写——网络文学》等。从更广泛的视野上看，一批研究网络艺术、新媒体艺术、数字艺术、网络文化的著作，也都与网络文学研究有关，或者其中设有网络文学的专门章节，如黄鸣奋在出版了《超文本诗学》之后，又陆续出版了《数码戏剧学》《网络媒体与艺术发展》《数码艺术学》《互联网艺术》。此外，《西方当代新媒体艺术》（王秋凡）、《非线性叙事：新媒体艺术与媒体文化》（许江、吴美纯）、《新媒介艺术》（张朝晖、张翎）、《新媒体艺术》（张燕翔）、《新媒体艺术》（童芳）等陆续出版。还有，中国人民大学出版社 2005 年出版了"新媒介艺术丛书"（1 套 4 本，顾丞峰主编），高等教育出版社 2006 年出版了《新媒体艺术论》（许鹏等著），中国广播电视出版社出版了《数字艺术论》（上下册，廖祥忠著）等。2007 年，中央文献出版社出版了欧阳友权的《网络文学的学理形态》，同年，由中南大学文学院网络文学研究基地完成的"网络文学新视野丛书"，又一次从学术视野的广度和理论思维的深度把网络文学研究推到一个新的阶段，掀起了网络文学研究的又一轮热潮。

2001 年教育部人文社会科学研究"十五"规划项目和 2002 年国家哲学社会科学基金项目首次设立了网络文学研究课题，并落户在中南大学文学院，表明了政府倡导的主流学术对网络文学研究的接纳和重视。2003 年 2 月 19 日《中华读书报》发表了欧阳友权的《网络文学：技术乎？艺术乎？》一文，引起了学术界的激烈争论，这次争论（1 组 4 篇文章）的内容被《人民日报》（海外版）、中国人民大学《报刊复印资料》、《2003 年中国文情报告》《观点——2003 文学》等转载、介绍或评论，引起学术界的广泛关注，许多博士研究生和硕士研究生纷纷以网络文学理论研究为学位论文选题，网络文学的评论与理论研究迅速成长。包括《中国社会科学》《文学评论》《文艺研究》《文艺理论研究》《北京大学学报》《社会科学战线》等著名学术期刊在内的众多高水平理论刊物，相继发表了网络文学研究的专题论文。

在这个过程中，网络文学研究的学术活动也频繁举行。2000 年 4 月 26 日，湖北教育出版社、《湖北日报》文艺部、华中师范大学出版社编辑学研究中心、华中师范大学文学批评学研究中心曾联合举办"网络文学讨论会"，网络写手元辰为此还提出了《对武汉四家联办网络文学研讨会的八点建议》，强调网络文学评论必须祛除先入为主的观念，必须立足网络文学的经验事实。2001 年，《社会科学》组织上海大学中文系、上海社会科学杂志社的多名学者和编辑就网络文学与当代文学发展问题进行研讨，《社会科学》杂志还在 2001 年第 8 期刊载了一组笔谈。2004 年 6 月 14 日至 16 日，由中南大学文学院、《文学评论》编辑部、《文艺理论研究》编辑部共同举办的首届"网络文学与数字文化"全国学术研讨会在湖南长沙拉开帷幕。2005 年 11 月，由北京铁血科技有限公司主办，修正文库、凤凰网和新浪读书频道等协办的"传统写作和网络写作，谁会走得更长远"作家座谈会在北京举行，传统作家北村，诗人宋琳，评论家朱大可，导演王超与网络写手慕容雪村、卫悲回、张轶、卜晓龙等人就这一话题进行了探讨和对话。2006 年 12 月，中国文艺理论学会在上海举办了"大众传媒时代的文学生产"学术研讨会，就网络媒体对文学生产的影响展开了专题研讨。2007 年 4 月 6 日至 9 日，由中国校园文学社团联谊会、中国网络文学联盟、搜狐原创联合红袖添香、天涯社区等16 家文学网站发起的"2006—2007 中国网络文学节"在北京举行，会议举行了青春作家和原创作品评选、文学社团和文学网站展示、原创图书和出版人表彰、网络文学发展研讨和版权合作洽谈会等五大主题活动……这些学术会议与活动，对网络文学的舆论营造、理论研究和学理形态构建，起到了积极的推进作用，在一定程度上为我国的网络文学的健康发展提供了舆论支持、观念引导和理论支撑。

四、文化资本的商业运作介入网络文学

汉语网络文学发展的过程也是一个文学与商业资本关系日益密切，网络文学日益功利化、产业化的过程。在网络文学诞生的初期，网络上的文学活动均是非功利的，人们也用"超功利"来描述网络写作行为。但是，消费社会的商业化观念和市场化行为的无孔不入很快便侵入网络文学创作领域，文化资本的利润最大化本性不会放过网络文学这块"蛋糕"，在一定程度上也拉动和促进了网络文学的快速发展。

文化资本逻辑对网络文学的商业介入有两种表现形态：

一是网络写手的有偿写作和功利化追求。经过一定时期的创作考验和网络甄淘，一些有文学创作潜质的写手干脆依托于网络，专心致志从事网络写作，有的甚至辞掉原有的工作，签约于网站，靠作品的点击量来计算自己的稿酬。写手们尽情释放自己的文学创作能量进行批量生产，文学网站也依赖于签约作家及其作品来吸引更多的网民眼球，从而实现商业运作的双赢。据《中国图书商报》报道：2004年12月18日，起点中文网在上海召开"盛大起点2004年原创文学之旅"，请来了网络上最有人气的写手们，根据作者以前的表现和起点未来发展的综合考评，以年薪的方式买断作者一年所写的作品版权，并与他们正式签订了百万元稿酬的协议。协议规定：根据网络文学界著名的原创作者血红(《神魔》)、烟雨江南(《亵渎》)、蓝晶(《魔盗》)、赤虎(《商业三国》)、流浪的蛤蟆(《天地战魂》)、碧落黄泉(《逆天》)等人原创作品的质量和数量，他们将获得最高超过百万的稿酬。这是当时网络文学年薪金额最高的正式合约，为这些网络文学原创作者们赢得更为宽松的创作条件。

2005年1月1日，起点正式进入经营环节，每一毛钱的收入，按照三七开的比例进行分配，作者拿七分，网站拿三分。到2005年5月止，起点中文网继创造出PV6000余万的流量奇迹后，单月发放稿酬首次突破100万人民币。仅7月份，就有逾20位作者领到过万稿酬，起点的编辑比喻说，在起点一个普通作者单靠写书就可以写出一个金领，真是创造了娱乐小说写作的一个奇迹！

当时在起点的签约作者里，收入最高的是毕业于武汉大学软件专业的血红，他今年26岁，因为毕业后不满意自己的工作转而写小说，从此走上创作道路。在2003年11月，起点实行阅读收费以后，血红领到了400元稿费，从那时候起，他开始成为专业写手，他在2005年的年收入已经超过百万(税后)，成为写手里的冠军。

血红住在上海一套公寓里，从事专业写作。每天早上开始写作，每小时大概写5 000字。他的作品的订阅量高达两万多，按照每5000字一毛钱来算，每个月他写30万字，除掉网站分去的3成，他的月收入在10万元人民币以上。这还不算他在海内外不同地区的图书版权收入。

除了网上的收入，众多写手还因此获得了出版图书的机会。血红的《邪风曲》和《神魔》、肥鸭的《九鼎问天录》、云天空的《邪神传说》、开玩笑的《千面人》、周行文的《重生传说》、碧落黄泉的《仙动》这些作品在出版以后，都受到了市场的热捧。

目前大部分文学网站开始实施付费阅读，并付给网络写手不菲的稿酬。越来越多的文学爱好者受到金钱效应的激励，不断投身到网络写作的大军中，开始"淘金之旅"。在他们眼中，写作不再仅仅是兴趣爱好，更成为一种安身立命的职业。

网络写手的有偿写作当然是文学网站产业化经营的结果。写手的职业化可能有违网络写作非功利化的特征，给自由的写作心境带来某些不自由，但有偿写作、支付稿酬的方式是媒体产业化的必然，符合文学生产的市场规律，体现了网络文学的发展趋势。它有利于增强创作者的积极性，提升艺术生产力，也有利于提高作品的艺术质量。不过有人也不无忧虑地指出："网络写手普遍比较年轻，以 18 岁到 30 岁左右的青年人为主，其人生阅历、文学素养的积淀比较薄弱，而且在商业因素的诱惑下，许多人实际处于'透支写作'的状态。如何提高自身文学修养，创作出精品力作，是广大网络写手们亟待解决的问题。"

二是网络运营与传统出版合作，在读者市场争夺图书市场份额。把那些在互联网上点击率高、排行榜靠前的作品下载出版，是许多网站和网络运营商的常规做法。这种做法反映了传统文学力量的强大，虽有"被招安"和功利化之嫌，但却有利于网络文学走向传统的读者人群，在社会上产生更大的影响，不仅能带来良好的经济效益，也便于网络文学走下网络，走向社会，到更广泛的社会公众中去。据 2007 年 1 月公布的"2006 年中国畅销书排行榜(虚构类)"，网络作品已经占据了至少 1/3 的市场份额，成为中国畅销书中的一股重要力量。有些作品的销量甚至超过了传统的知名作家的新作。比如玄幻武侠小说《诛仙》的累计销量已经超过 100 万册，盗墓探险小说《鬼吹灯》总印数达到 30 万册。在文学作品普遍不景气的大背景下，网络文学取得这样的成绩，令人刮目相看。"榕树下"网站从1999 年第一届"网络原创文学作品奖"起连续三届的获奖作品都曾由花城出版社出版，获利甚丰。花城出版社 2000 年推出 3 卷本的"网络之星"丛书，湖北教育出版社同年也推出 10 本"网络文学"丛书，上海文艺出版社曾推出《榕树下·网络原创作品丛书》，华夏出版社推出了《情调 EMAIL——网络文学采撷本》及续集，作家出版社、知识出版社、天津人民出版社、漓江出版社、中国社会科学出版社、上海三联书店、中信出版社、群言出版社、杭州出版社、敦煌文艺出版社等也纷纷出版网络文学的丛书或作品集。一时间，点击率和人气指数成了眼球经济的同义词，网络文学成了现代出版界的摇钱树。"榕树下"网站建立之初，"榕树下"主编朱威廉曾描述过他的网络文学理想："什么是网络文学？这是个一直在持续的争议。我觉得网络文学就是新时代的大众文学，Internet 的无限延伸创造了肥沃的土壤，大众化的自由创作空间使天地更为广阔。没有印刷、纸张的烦琐，跳过了出版社、书商的层层限制，无数人执起了笔，一篇源自平凡人手下的文章可以瞬间走进千家万户。"长期对网络文学呵护有加的作家陈村也赞扬网络文学前途无量。但进入新千年后，网络文学与商业过从日密，早期网络写作抒写性情，不求利润回报的无功利品格、"赤子之心"逐渐消退。对此，网络写手蔡智恒感慨出版界太早地介入网络形成了一种商业导向，使写手的心态不复单纯。他认为商业化是网络文学发展的根本不足，商业利益对网络写手来说是一种伤害，网络写手应保有"野生动物的野性"，不应该被得失心所豢养。陈村也慨叹网络文学最好的时期已过去，网络写作作为一种独立、自由的写作姿态开始走向衰微，认为网络写作日趋功利是网络文学衰落的明显表征。但是，网络文学与出版业的合流客观上也促进了网络文学的传播，扩大了网络文学的影响，调动了网络写手的积极性，为网络文学的发展奠定了物质基础，这对网络文学走向成熟和健康发展又不无积极意义。

第二章　网络文学的价值、特征和局限

第一节　网络文学的特征分析

一、网络文学定义

"网络文学"从它产生的第一天起，就充满了争议和质疑。如有学者提出："文学产生于心灵，而不是产生于网络，我们现在面对的特殊问题不过是：网络在一种惊人的自我陶醉的幻觉中，被当作了心灵的内容和形式，所以才有了那个网络文学。"还有学者说"网络文学"应该叫作"网络写作"。

然而随着时间的推移，网络文学作为概念越来越为人们所接受。目前，对网络文学的定义主要有以下几种。

陈韵琳在《网络文学概述》中的定义：①在网络媒体上发表的文学作品；②文学作品中涉有"网络传媒内容"的作品；③透过网络媒体文本交织共同创作的文学作品。

李兴顺：一是将传统"平面印刷"作品数位化，而后发表于 www 网站或张贴于 BBS 创作版上；二是指含有非平面印刷成分并以数位方式发表的新型文学。学术上习惯称超文本文学。非平面印刷成分的明显例子包括动态影像或文字、超链接设计、互动式读写功能。

欧阳友权：网络文学是一种用电脑进行创作、在互联网上传播、供网络用户浏览或参与的新型文学样式。它有三种常见形态：一是传统纸介印刷文本电子化后上网传播的作品，这是广义的网络文学，它与传统文学的区别仅仅体现在传播媒介的不同；二是在电脑上创作，在网上首发的原创性文字作品，这类作品与传统文学不仅有载体的区别，还有网络原创、网络首发的不同；三是利用多媒体电脑技术和 Internet 交互作用创作的超文本、多媒体作品(如联手小说、多媒体剧本等)，以及借助特定软件自动生成的"机器之作"，这类作品离开网络就不能生存，因而是真正的网络文学。

姜英：在严格意义上，只有直接发表在"网络文学期刊"、网络作者的"文学主页"和"网络社区文学"上并以创作的交互性、阅读的声像性以及体验的虚拟性等为特征的网络原创作品才属于真正的网络文学，即指含有"非平面印刷"成分并以数码方式发表的新型文学。它们包括文学作品和学术论著在内的各种网络原创作品。而所谓"网络原创作品"指首次在网上"发表"的文学作品，包括那些经过编辑后登载在各类网络文学刊物、个人主页、电子公告栏上或不经编辑、个人随意发表的文学作品，以及一些电子邮件中的文学作品，甚至包括公共聊天室里具有文学性的对话等。

国际网络文学界对网络文学的认定与中国学界有很大的不同，为了区分这种不同，伦敦大学亚非学院中文系教授贺麦晓用了"internet literature"(网络文学)"electronic literature"(电子文学)两个不同的词。"internet literature"基本就是对中国网络文学的称呼。他在《中国网络文学》中将网络文学的基本要素概括为：采用既有的体裁或是创新的体裁，公开发布在可供互动的互联网上，需要在屏幕上阅读。这一定义基本上是对中国学界对网络文学的界定的认可。贺氏特别用"electronic literature"来表述欧美的网络文学，强调欧美网络文学的技术性，强调文学作品与电子技术的结合。

从这些定义来看，人们对于网络文学概念的探索经历着这样的过程：一是平面印刷作品数位化以后是不是网络文学？二是首发在网上是不是区分网络文学与非网络文学的界限？

二、网络文学的界定

"印刷文学网络化""平面文学数位化"后，发表于网络上就成为"网络文学"作品了吗？

韦勒克在他的《文学理论》中支持、传播了英伽登的《文学本体论》观点。他认为，存在着大量的未曾写下来的诗或者是故事。诗可以脱离它的版本存在。如果我会背一首古诗，那么即使诗的全部版本都已经毁掉了，却毁不掉这首诗。如果毁掉一幅画、一件雕刻，那么它们就被彻底毁掉了，无论重建的时间如何相近，但是终究是另一件艺术品，文学则不然。其次，印好的书页里有许多因素对于文学作品来说都是外在的：铅字的大小、类型(正体、斜体)、开本的大小等。否则，我们就会得出结论说，每一种不同的版本都是一件不同的文学作品。我们能够说明诗(或任何文学作品)可以在它们刊印的形式之外存在，而印好的人工制品包括许多不属于真正的诗的因素。网络对于文学来讲也仅仅是一种载体而已，和文学曾经依托的载体钟鼎、帛、纸等没有本质的区别。如果"平面文学"数位化以后就变成了"网络文学"，那么《红楼梦》等经典上网后都摇身变成网络文学了。这显然也是难以为人们接受的。

首发在网上是不是网络文学与非网络文学的区别呢？首发在网上，通过网络来传播，已成为人们约定俗成的认定网络文学的标准。打开任何一个文学网站，这类作品比比皆是。如《诛仙》《鬼吹灯》等，出版了纸质版后我们还是可以说是网络原创作品。如果这些作品一代一代传播下去，几百年、几千年后，还会有人说它是网络作品或是纸质作品吗？就如同我们现在还会强调某一个文学作品是用帛书书写的还是用竹简书写的吗？贺麦晓教授也在阐述撰写《中国网络文学》一书的动机中发出这样的困惑，那些已经出版的网络文学看上去和其他图书已经没有任何区别，为什么书店里还是把它们冠以"网络文学"的标签？

超文本作品就是网络文学作品最本质的特征了吗？超文本似乎为文学带来了最具有独特个性的新型样式。根据牛津英语词典(1993年版)的解释，"超文本"是"一种并不形成单一系列、可按不同顺序来阅读的文本，特别是那些以让这些材料(显示在计算机终端)的读者可以在特定点中断对一个文件的阅读以便参考相关内容的方式相互连接的文本与图像"。其特点之一就是多媒体化，包含文本、图形、图像、声音、视频等形式。多媒体使网络文学文本获得了与传统文学文本不一样的形式，因而为网络文学的真实存在给予了最强有力的支撑。学者们所津津乐道的有关狭义的网络文学的例子，是通过计算机创作或通过有关计算机软件生成的进入互联网络的文学作品，例如《拔河》这个作品，左边是一只犀牛，右边是五个人，你要点击人下面的按钮以补给力量。玩家撑得愈久，则赛后排名愈高。当结果出现后，会蹦出两行诗。这种新型的文学形式就是网络文学。亿唐网站女性频道主编、国内第一部女性多媒体小说作者黑可可(网名blackcoco)创作的近14万字的多媒体网络文学《晃动的生活》是一部用flash技术做成的"小说"，显示在亿唐网的醒目位置上，用鼠标点击小说后，画面如电影般涌动而来。深灰的底，水一样流动的线条，好像沧海在变迁，一段文字序言逐渐浮出海面。与此同时，熟悉的萧乐响起，如潮水般的汹涌翻滚。随着主人公"大马"和"李威"兄弟画面的出现，一段一段的正文也慢慢流动在电脑屏幕上，小说就开始展开了。又如英国由"布鲁特斯1型软件"创作的电脑小说《背叛》，以及由几位、几十位甚至数百位网民共同创作的"接力小说""合作小说""多媒体小说""联手小说"等。即多媒体文学或超媒体文学("多媒体小说"是指集声、画、文为一体的文学形式；"超媒体小说"是指除了"多媒体"的特征之外，还包括触觉、味觉以及身体的各种感官刺激和体验的文学形式)。

然而如果"图+文"成为新的文学形式，那么问题就是网络游戏是不是网络文学？网络电视散文、一些网络Flash作品是不是也是网络文学呢？特别是大型的网络游戏，有专门的故事脚本，在一边阅读一边参与的过程中娱乐。一部小说的阅读也就是通过游戏的形式来讲述，比如一些经典的小说都通过游戏的形式展现，如《三国演义》《诛仙》等小说就被改编成了游戏，阅读与游戏同步进行。那么，它们是网络游戏还是网络文学？

其实，很多文学的概念，比如诗歌、小说，也难以寻找到一个非常权威的定义，大多是人们在使用过程中约定俗成的。网络文学这一概念，特别强调了网络这一新兴的技术给文学带来的变化。网络文学这一概念只要能够约定俗成，在一定时空内流通使用，也就可以了。

三、网络文学的特征研究

(一) 创作主体的平民性与开放性

网络的开放性、兼容性与共享性，使它能以更加平民化的姿态接受社会大众，网络语言的戏谑性、简洁性与普及性，也助推和造就了网络文学创作风格的平民性。网络文学创作参与的大众性拓宽和丰富了文学创作题材。网络文学中所承载的道德观念也呈现多样化、复杂化态势。如果说传统文学的创作强调文以载道，那么网络文学的创作更倾向于文要抒情，但这种个体化的、没有太多束缚的抒情，往往导致一部分作品的随心所欲的杜撰，漫不经心、虚情假意的表达，即兴式的自由发挥，情绪化的宣泄和矫情做作，自作聪明的调侃，无病呻吟的叹息，词不达意、文不对题的言说，不负责任的讥讽等，大大削弱了作品的主题和思想，让人读了之后会有一种只收获了情绪碎片的感觉。题材限制被大大突破之后，借助网络语言的广泛使用，网络文学更呈现出平民化的姿态。网络语言作为一种崭新的富有生命力和冲击力的语言，语言风格鲜明，平民化色彩浓厚。尤其这些年，新的网络词汇不断涌现，如颜值、CP、坑爹、喜大普奔、淘宝体，以及用文字或各种线条、符号组成的颜文字等。这些带有戏谑和调侃味道的网络词汇是对传统汉语言的补充和丰富，很多畅销的网络小说如《第一次的亲密接触》就是使用了一些网络语言，才让读者耳目一新，这是传统的文字表达所不及的。所以，网络语言的使用，使网络文学本身的网络化、平民化叙事色彩更加浓重，在带来一系列问题的同时，也增强了作品的表现力和传播力。

群众的广泛参与性，使文学恢复了它本来的使命和本质。文学家在那里高唱阳春白雪，而群众就是喜欢下里巴人。作者主体的平民化，真正实现了文学的平等。文学本来就是从群众中来的，是民间口头文学收集而来的，故事是群众的，语言也是群众的，形式是群众喜闻乐见的。把文学还于人民群众，不但是人民群众的迫切需要，而且是文学自身发展的需要。网络文学很好地做到了这一点。这对于提高群众的欣赏水平和写作水平，提高群众的文化素质，是百利无一害的大好事。千百万群众都来关心文学，参与创作，这本身就是一件了不起的事。

(二) 创作媒介的数码性与创作过程的互动性

在网络时代的背景下，文学的存在方式，文学的功能，文学的创作、传播、欣赏方式，文学的使用媒介和操作工具，以及文学的价值取向和社会影响力等方面，都发生了或正在发生着诸多变异：网络文学依赖网络技术。数码技术产生的电子超文本是一种开放的、活的文本。作为一种精神产品，网络文学与传统文学一样，是人类进行情感交流和生命体验的一种方式。

网络文学借助多媒体优势与视觉艺术如影视、图片、动画、造型艺术等和听觉艺术如音乐、音响、对白、朗诵等结合，形成文学与艺术的融通，并同时向大众审美文化贴近，与世俗化、娱乐化，甚至是游戏化握手言欢，凭借高新技术实现"艺术的技术化"或"技术的艺术化"——用电脑程序编制情节曲折的小说、冲突尖锐的戏剧、语言"陌生化"的诗歌，用特定的创作软件在电脑上作曲、作画，用计算机技术在工作室里让作古的明星复活。在创作网络文学时，可运用多媒体技术把多种艺术形式融合在一起，达到图、文、声、像并茂。诗歌、小说、广告、戏曲、散文、绘画、动画、流行音乐、电影(画面)、电视等均可相互交融，相互拼凑、剪切、粘贴在同一主页上，或者建立起从一种艺术样式到另一种艺术样式的超文本链接。

同时，在互联网四通八达的背景下，网络文学具有不同于纸面文学的互动性。作品一贴上来，马上就有人跟帖。文章好坏，质量高低，马上就会有评判。读者就是检测标准。这和传统文学创作由作家苦心孤诣地"爬格子"是大相径庭的。互动性既有人机互动，也有作者与读者的互动。在这里，人机交互是艺术与科技的融合，而网民之间的交互是心灵与心灵的沟通。前者是创作手段的脱胎换骨，后者则体现了"网络一族"的以网会心。

动态还表现在作品的不断修改和完善。网络的好处是文章发表之后可以不断修改，直到完善为止。网络上的一篇小说、一首诗词，明天就有可能因为主人的修改而发生变化。在某种意义上，网络文学作品是永远创作中的作品，随时有浏览者加以评述、修改、补充，使作品更加优美完善。这些评述修改意见可以被附加在文本之后，成为超文本的一个链接，也可以由制作者根据浏览者的意见对文本加以修改，使文本以新的面貌出现。

动态和互动好不好？当然好！一个篱笆三个桩，一个作者三个帮，对提高作者创作水平肯定有利。白居易写好一首诗，先念给老婆婆听，说好能听得懂就可以，若是说不好、听不懂就再修改，直到完善为止。文不厌改，一遍又一遍地润色。对于读者可以对网上文学作品作任意修改的情况，即网络文学的交互性与作家创作的个性化是否矛盾，多数作家认为，这并不妨碍他们自己的创作。有的作家说，在这一点上不存在任何问题，"因为基本的文本是永远存在的，经读者修改过的已不是作家的东西"。"正如 100 个人读《红楼梦》会有 100 种理解，但这种分歧同样不妨碍曹雪芹自己创作的小说一样"，来自网络上的各种批评、争鸣对作家不会形成伤害。其实，听听读者的意见，有时候真的会有很大收获。有些很尖锐的批评，只要对作品有利，就要吸纳。正是有那些跟帖，才使得网络文学的质量不断提高。互动性，使网络文学有了公共性的特征：你的作品不仅仅是你个人的，一贴到网络上，就是公共的精神产品，谁都可以说三道四，评头论足，谁都可以欣赏或下载；当然这个优点也往往带来版权维护的问题。

(三) 创作方法的多样性和内容的丰富性

传统文学的创作方法多是现实主义与浪漫主义，新作家也有借鉴西方各种表现手法的。由于网络文学是开放的文学，世界各国创造的各种方法，统统被拿来为网络文学服务。除了传统文学的现实主义、浪漫主义、现实主义与浪漫主义相结合等手法外，还借鉴了后现实主义、超现实主义、象征主义、印象派等手法，使网络文学的表现力更强，更能完成许多难度较大的题材创作。同时，网络是技术革命的产物，把艺术手段与技术手段结合在一起，共同完成创作任务，是网络文学独有的特点。网络写作软件大致可以分为三类，首先，最早应用于写作的软件是编辑排版软件，如 WORD、WPS 等。其次，写作软件还可以特指一些能够提供丰富写作素材甚至是能够自动完成写作的软件。假如你想写一部古代小说，只要输入笔下人物的性别，选择性格和气质，便能轻松获得此人物的衣着描写，甚至是对话描写。该类软件的制作原理其实是在丰富资源库的支持下抽离出所需要的字段，重新排列组合后形成新的文字，甚至可以根据已有的模板生成一个完整的故事梗概，这对于用户打开思路、开阔视野、增加知识储备有一定的作用。除此之外，该类软件还具有树状章节目录管理、写作进度管理、资料收集管理、同时编辑草稿和正文、自动校对、近义词润色等明显区别于传统编辑排版软件的功能，对于用户创作管理动辄上百万字的网络文学有着不可替代的作用：一方面，智能写作软件带来了"抄袭""代笔"的问题，另一方面，也有观点认为网络小说的精髓在故事情节而非细节措写，无论如何，智能写作软件在文学创作方面所起的作用还是非常有限的，其归根结底只是一种写作工具，只能适当运用而不能过度依赖，纯粹的抄袭拼凑也难以成就真正深入人心的网络文学。最后，还有一种小黑屋写作软件，也是流行于网络作者群体中的写作软件之一：其主要特征是帮助用户排除干扰，强制其必须在自己规定的时间内完成规定的字数。

"文章千古事，寂寞身后闻"，这是中国传统作家的写照。而网络写手们恐怕谁也不会想到自己的文章要成为传世之作，只想写心路历程，宣泄感情愉悦身心，目的达到了，今天发表明天删除也就无所谓。所以网络写手写文章有很大的随意性，内容信手拈来，嬉笑怒骂打破了传统的文章模式：创作方法多种多样，不拘一格，有问答式的，有提问式的，甚至出现许多过去不成文章的文章，点击率却极高，吸引了广大读者的眼球。在互联网上，经常看到许多人把已经完成的文学作品进行各种数字化操作，将文学作品改头换面，随心所欲地复制、涂抹与删改，所以有人将网络文学称为"涂鸦文学"。同时也应该看到，一些网络写手写完文章后不怎么修改，文句是否通顺，有无错别字，全然不顾，自然文章质量就低劣，需要写手们进一步完善提高。

逐渐走向商业化的网络文学也在深刻影响着其自身的创作。各家文学网站纷纷推出 VIP 制度，想让自己的作品被更多人看到必须与网站签约，想要签约则必须具备一定的"商业价值"，这就让那些纯粹以兴趣为导向的创作者也不得不踏上商业化道路。首先是题材、情节的雷同，为了能获得更好的收益，网络文学创作者往往会追逐"热题材"，男频多为"玄幻""修真"等，女频则是"总裁""穿越"。其次是在创作过程中完全屈服于市场利益，例如必须在开篇制造激烈冲突，从而吸引和留住读者；过分追求情节转折放弃精雕细琢词句；订阅高则尽可能拉长作品的长度，100 万字只是起步，上千万字也屡见不鲜，订阅差则会"砍文"；甚至为了迎合读者在故事情节上打"情色""暴力"的擦边球；最后是为了收益而保持超快的更新速度，在牺牲质量的同时也严重透支着创作者的身体。另外，有网络作者为了在激烈的市场竞争中脱颖而出，将网络文学内容生产真正演变为流水线模式，采用团队分工合作的方法进行网络文学创作，由此也带来了一些问题。

传统文学是单一的文学艺术，即语言艺术。作者通过语言塑造人物形象，通过语言表情达意。而网络文学是一种交融性的综合艺术。计算机技术使信息的物理性从模拟信号变为数字信号，存储形式同时发生改变，比起传统文学那种单一文本来，艺术感染力增强了！由单文本转为超文本是网络文学的一个突出特点。以往，读者、研究者面对的是某一个单一的文本，而进入因特网后，艺术的组织形式发生了变化，不再仅仅是一篇文章或一本书的形式，而是一个"超文本"。其中的某些字、词、符号、短语或图像起着"热链路"的作用，显示在屏幕上，其字体或颜色发生变化，或者还有下划线，以区别于一般正文。当将鼠标的光标移至该字词或图像时，光标的形状由箭头变成手的形状，点击鼠标，屏幕显示主页会跳到链接的新内容上，亦即链接到另一个文本。这样，超文本成为文本之间相互链接所形成的文本网络。

从阅读来看，阅读传统文学作品时，顺着句子、章节、段落，从一页翻到下一页，一个情节到下一情节，一个故事进入下一故事，这是一个不可逆的线性阅读过程；而网络文学作品，浏览时往往可以链接到相关主题、情节、故事，类似于电影画面蒙太奇式的切换，导演是浏览者本人。传统文学是一种"只读艺术"，只可被动观看，空间上有一定距离，网络艺术是一种"可读写艺术"，空间上的距离缩短为不到 1 米，一旦操起鼠标进行修改、反馈，距离消失为零。

网络文学的变革，带来文学的新面貌。受众的大众化，使文学有了更多的读者；文学的娱乐性在网络文学中体现得更充分；文学的审美性实现了生活化，审美不再是批评家的专利，群众从文学中学会审美，然后运用到生活里，出现了生活审美化，表现在家庭生活和处世艺术等方面，都有了文学色彩；文学的商业化，各种网络稿件交易中心、约稿之家等，都是为文学走向市场服务的，文学作品质量的优劣，通过交易也可看得出来，文学的价值更好地得到实现。从文学样式来看，网络文学出现了许多新样式，如小说接力、散文诗接力、诗歌跟帖赛等，与手机短信文学等新的样式也实现了对接。

(四) 创作目的的多样化

中国古代文学主张"文以载道"，即写文章是为了阐述思想道德，文章是思想道德的载体。中国当代文学则要求贯彻"为人民服务，为社会主义服务"的文艺方针路线。所以传统的文学创作目的强调体现文学的认识价值、教育价值和审美价值。而在网络文学口，文学的认识价值、教育价值和审美价值成了次要因素，一部分网络创作者是为了自娱自乐、自我宣泄，写作是他们的兴趣爱好。同样的，大多数读者阅读网络文学也是为了娱乐，打发业余时间。所以爱情、玄幻、盗墓等主题的文章点击率居高不下并屡创新高；创作目的娱乐性的转变，使中国网络文学表现个人经验的内容居多，像中国传统文学中那种表现时代、社会精神的题材被搁置。文学深度淡化了，中国网络文学就呈现出非常鲜明的个人倾向，又被称为"个人文学"。有的网络写手往往随自己的兴趣，随写随贴，不太注重作品的艺术性和严密性，使得中国网络文学在形式上呈现出十分浓厚的拼盘化色彩。当然，这只是针对绝大多数网络文本而言，那些专业作家参与进来所发表的文本，或是有较高文学涵养的业余作家所发表的文本，与中国传统文学还是比较接近的。

在网络文学迎来商业化大潮的过程中，撰写网络小说为创作者带来了收入，使得"网络小说写手"逐渐成为一部分人的职业。他们有的将其作为专职工作，除了获得堪比其他职业的收入，还能获得粉丝追捧、出版图书、改编影视剧等属于"作家"的荣誉感和成就感。也有人将其作为兼职工作，在本职工作之余可以获得一份额外的收入，成为他们兴趣之外的另一大写作动力。

(五) 传播速度的迅捷化与传播渠道的多元化

作品创作完成之后，其传播速度直接影响作品的受众接受度和影响力。与传统文学相比，网络文学的传播载体更新、更有效，传播渠道更宽泛、更畅通，传播速度更快捷。

传统文学的传播载体是纸质媒体，作品多以书籍、报纸、杂志等物态化的形式流通。这种载体在制作上耗时、耗材，运输时笨重难行，储存时挤占空间，购买时价格昂贵，导致作品不能更快捷、方便、有效地到达读者那里，影响了传统文学的传播受众面。而网络文学的传播载体是电子媒体，通过"比特"这种数字化形态在网络中传播。这种信息传播载体体积小，容量大，耗材少，传输快，辐射广阔，准确性高，易于检索、复原和复制，节约时间和空间，还能降低消费开支。古人云"学富五车"，实则信息量并不是很大，今天一张小小磁盘或光盘就能储存下一座图书馆的所有资料，这充分说明了当代数字化载体与传统纸质载体之间在传播领域的优劣势：没有重量的比特通过互联网能够迅速把作品传递到世界的各个角落，这种载体极大冲破了传统意义上的地域、种族、信仰、意识形态、文化观念等方面的束缚和障碍，把文学文本以数字化形式传播到无数用户手中，极大丰富了自己的受众。

传统文学作品的问世是一个相当漫长的过程，从完稿到编辑手中，再经由审稿、改稿、录入、校对、印刷、发行等一连串烦琐的环节，耗时之多、传播周期之长可想而知，极大降低了作品的传播效率；网络文学作品的传播速度就快多了，单是通过"比特"这种数字化载体形式以光速在网络中传播就大大缩短了作品和读者的见面时间，凸显了网络的特点和优势。另外，网络文学传播迅捷化还体现在作品的发表不需要层层传统意义上的审核把关，流程大大简化，缩短了很多不必要的中间时间，只要没有违反法律法规，把作品粘贴到某一社区或自己的博客上，按下确定键，作品就传播出去了。最后，网络文学传播快捷化还体现在读者对文本的迅速反馈，作者和读者之间、读者和读者之间的及时交流上。网络文学作品一边写一边就可通过网络传输出去，只要读者在网上，就能马上阅读反馈，形成读者与作者的即时交流互动，推动作品的修改完善和下一步进展。可以设想，一部网络文学作品刚在网络上发表，世界各地任何网上读者只要知道其地址，就可以进入阅读，这是怎样的一个速度！传统文学作品要传播到国外，需要经过版权、翻译等程序，要多少时间才能传送到该地读者手中呢？网络文学通过网络的传播很方便就解决了这个问题。

那么多的人参与到网络文学的创作中，除了网络本身的匿名、自由、宽松等条件外，就是作者不用再考虑通过网络写出的作品能不能发表、能不能传播出去，只要你愿意，随时可把你的作品发表于某一文学网站、文学社区、BBS或者个人的博客上，从而享受一下当作家的感觉。当互联网上各种文学网站、BBS等出现之后，传统意义上的专业编辑和出版商在网络空间就消失了，传统的"门槛"破除了，传统渠道拓宽了，作者可以将自己写出的任何作品，不论精致或是粗糙，都能够自由地在网上发表。民众找到了抒发、表达、宣泄和传播的载体和渠道，这不能不说是网络时代的进步。

(六) 文本阅读的非线性与批评的随意性

文本如果没有经由读者的阅读、欣赏和批评就是残缺的、没有完成的文本，完整的作品应该是作者—文本—读者三方互动所形成的统一体，这一点在网络文学上更是明显。传统文本脱离作者后，就成了孤立被动等待读者阅读赏析的状态，读者通过文本与作者的互动很少并且受限制，不如网络时代三方互动那么强烈、那么迫切。

从阅读来看，读屏与读书显示了网络文学与传统文学接受载体的不同，而阅读的非线性和阅读的线性则构成了二者在接受上的一个显著区别。阅读传统文学作品时，对象多是纸质书籍、报刊，读者面临的是一个物理化的固态独立存在文本，呈现静态化和封闭化特点，与读者的疏远状态较显著，读者对之任意改动与调适的可能性不大；面对这样的文本载体，读者阅读习惯多是顺着句子、章节、段落，从前向后，一页接着一页阅读，读者受制文本的约束较大，往往是被动观看。而阅读网络文学作品时，对象是电子显示屏，作品通过电脑显示屏的呈现具有动态性和开放性特点，读者在这样的屏幕上阅读作品时主动性更强，与作品的交互活动更容易些，可以把作品的字形、字号、颜色、图像等做些技术处理，直至达到自己满意的阅读状态为止，对传统文学作品要做出这样的主动性处理是办不到的。更重要的是，网络上的阅读一直面临着五光十色、内容纷繁的开放性信息的诱惑或引导，读者很难全身心就一篇文章反复阅读，浮光掠影似的浏览代替了传统凝神屏息的揣摩和研读。网络浏览时通过超文本链接往往可以链接到许多相关主题、情节、故事，或者一下子跳跃到根本毫不相干的作品上去，开始了一个新的文学文本的浏览。这种非线性、跳跃性很强的阅读和网络自身特点有很大关联，构成了网络文学接受上的一个显著特点，这种接受的过程是浮躁的，收获的结果是断裂的、表层的，影响到对作品全局性、深层次的把握和赏析，但也带来了自身欣赏上的一些独特之处。

网络文学的开放性和娱乐性，使很多读者可以对网上的阅读作品进行一下不十分严肃的和带有娱乐化性质的批评：这种批评以前只是某些理论家的特权，批评是严肃严谨和规范的。有了网络的媒介，任何读者都可以在网上对自己所读的作品批评一下，哪怕是大师的作品也无所顾忌，因为网络是匿名的和自由的，愿意的话多写几个字，图方便写上"沙发"两个字也算是一种评论了。总之，相比较传统文学在接受层面上的文学批评而言，网络文学批评更多地呈现出参与者广、随意性强、内容简单、形式杂乱等特征。网络文学批评参与者众多，但专业性的文学理论批评者并不多，决定了网络文学批评水准总体上不会很高，这和大众素质普遍不高有直接联系。但也正因为批评的大众性，网络文学批评中的平民化价值取向较明显，不会被传统文学批评的艺术标准等束缚。网络特点也决定了网上批评的随机性很强，往往是路过看到一篇作品，在没有仔细阅读的情况下，就贴上了帖子发表看法，之后转瞬就消失了。这直接导致网络文学批评内容也是简单轻松随意居多。网络文学批评在形式上表现为错综杂陈，传统文学批评多是真名真姓，一个对一个，网络文学批评多是匿名的，批评更直接尖锐，往往是多个对多个，表现为多数评论者在对同一作品贴帖子发表看法的同时，作者与评论者之间、评论者与评论者之间往往也会展开激烈论辩和批评，批评与反批评同时出现，呈现强烈的多方互动性。

第二节　网络文学的价值探究

网络文学不仅仅是一种高新技术的产物，同时也是一种文化。它对传统文化的生产、流通和传播、接受方式产生着深刻的影响，促使传统文化生成新的文化范式。而且，网络文学自身蕴含着丰富的文化价值意蕴，本身就构成一种崭新的文化传承范式：这种新文学、新文化是在一个前所未有的载体上发生，又是以一种全新的界面出现在人们面前，对传统文学范式来说，进行一场脱胎换骨式的变革不可避免。因此，建构网络文学新型的价值观念，应以网络时代新型的思维方式和对网络文化价值的全面认识为出发点，结合网络文学的特征，从网络文学对文体学的创新、对话语权的重建、对自由精神的复归等几方面，全面认识网络文学的价值。

当前，对于网络文学的前两种价值已有相当的肯定性认识，但对于第三种和第四种价值的认识，却还远远不够全面和深入，没有充分认识到网络文学作为一种文化本身对于传统社会和传统文化的解构和建构作用。其实，早在1962年，科学哲学家兼科学史学家托马斯·库恩在《科学革命的结构》一书中就已提出"范式转变"的概念，即随着科学的发展而产生许多新事物、新现象，而原来的一些理论却无法解释——过去的理论框架与现实之间出现了"方枘圆凿"的尴尬，必须有一种全新的和更加完善的理论框架来解释新事物、新现象，这就必然导致范式的转变：今天，互联网上产生的不仅仅是新技术、新经济，还是一种新文学、新文化。

一、网络文学的文体学创新

文体具有广义、狭义两种意义，狭义的文体指文学体裁，包括文学语言的艺术性特征、作品的语言特色或表现风格、作者的语言习惯以及特定创作流派或文学发展阶段的语言风格等。广义的文体指一种语言中的各种语言变体，如因不同的社会实践活动而形成的新闻语体、法律语体、宗教语体、广告语体、科技语体，因交际媒介的差异而产生的口语语体与书面语体或因交际双方的关系不同而产生的正式文体与非正式文体等。由于文体有广狭两义，文体学也就形成了"普通文体学"(即语体学)与"文学文体学"两大分支。本书立足于文学文体学，在这个领域范围内考察网络文学的文本创新及其意义。

在文学文体学范畴内，文本是"指一定的话语秩序所形成的文本体式，它折射出作家、批评家独特的精神结构、体验方式、思维方式和其他社会历史、文化精神。从表层看，文体是作品的语言秩序、语言体式，从里层看，文体负载着社会的文化精神和作家、批评家的个体的人格内涵"。

在古代文论中体系最恢宏、结构最紧密的所谓"体大而思精"(章学诚语)的文学理论专著《文心雕龙》中，在篇名中标出来的文体大类就达三十三类，在大类下又常常分细类，如"论说"篇中又分传、注、评、序、引等，"书记"篇中又分谱、籍、簿、录、方、术、占、式、律、令、法、制、符、契、券、疏、关、刺、解、牒、状、列、辞、谍等各种不同的体裁。

值得指出的另一点是，中国古文论文体分类学有一个致命的弱点，那就是受儒家封建正统思想的影响，在分类时，始终只把诗文作为对象，而把戏曲、小说以及其他俗文学或排斥在外，或极少涉及。缺少戏曲、小说等的文体分类显然是不完整的。

西方现代的文体论范畴与文体分类方法主要是"三分法"和"四分法"两种。所谓"三分法"是以抒情、叙事、戏剧三种类型作为划分的标准。"四分法"即将文学文体分为小说、诗歌、戏剧、散文，这更加符合我国传统的文体分类方法，易于为人们所接受。

在网络社会中，其社会语境与前网络社会有巨大的不同。从这一角度出发，我们不难发现网络文学对文体学创新的价值主要表现在以下几个方面。

(一) 体裁的创新

尽管当前网络文学大本上还是遵循传统的文体分类方法，有网络小说、网络诗歌、网络散文等，但无论是《文心雕龙》中的三十三类，还是西方现代的"四分法"，都很难准确地涵盖网络文学的体裁特征。尤其是当前已经开始尝试的超文本小说、多媒体小说，更是超越了传统文体的分类标准，独创一格，自成一体。这已成为网络文学研究者的共识。人民文学出版社于2001年出版了2000年中文网络中BBS人气最旺的帖子之一的小说——《风中玫瑰》。这本小说由一向出版名家大作的人民文学出版社出版——"不仅是对作者的肯定，更是对新兴的文学形式的肯定：一本书不再是作者单独的发言，读者的心声也得到了表达的机会，在书中占有了本来没有的一席之地。这种尝试的结果虽然还看不到，可以肯定的是，作为最普通的老百姓的感想，在互联网上吐露的真实心意得到了鼓励，文学再也不是少数人的专利，它以新的样式回到普通人的心里。特别有创意的是保留了网络文学公开创作的写作形式，是出版界的一个突破性尝试。"

　　这种随意的、时断时续的"创作"在最终由出版社集结成为纸文本之后，仍然尽最大可能地保留了 BBS 聊天室的原汁原味。在这一文本中，黑体字是风中玫瑰凄美的爱情故事，但并没有很强的情节性和连续性，随时都有可能被打断，也随时因为心境的不同而不同。如以下这段：

　　　　风中玫瑰　　张贴于2000-01-06 10：48
　　　　下了几天的雪，今天，太阳终于出来了。灿烂的阳光照耀着大地，明晃晃的一片。玫瑰心里暖融融的……
　　　　风中玫瑰　　张贴于2000-01-06 20：13
　　　　心事将谁告，花飞动我悲。埋香吟哭后，日日敛双眉。
　　　　风中玫瑰　　张贴于2000-01-06 20：20
　　第二天吃完晚饭，我梳洗打扮一番，穿得漂漂亮亮的跟父母道别，看看时间还很充裕，就慢慢踱着步，顺着农林下路来到水果店买了一大堆柚子、龙眼、阳桃之类的应节水果，再到花店精心挑选了一大束兰子最爱的百合花，才来到兰子的家，按响了她家的门铃。

　　从这个文本，我们清晰地看到风中玫瑰在 2000 年 1 月 6 日这天进入了聊天室 3 次：早上 10 时 48 分，看到久违的太阳，"心里暖融融的"，这是因为天气而出现的短暂的好心情；到了晚上 20 时 13 分，却又以五言诗的形式抒发心中的悲苦。这两次发帖，心境大不相同，与她要讲述的故事也没有逻辑上的联系，完全是一时兴起的文字。而从 20 时 13 分的抒情到 20 时 20 分再续上昨天所讲述的情节，读者仿佛可以看到风中玫瑰对写作思绪的整理，这一文本如果除却了张贴时间，成为传统作品的样式，读者恐怕会感到凌乱而混杂，是很难接受的。但在网络的聊天室中，却是个再自然不过的写作形式。

　　在风中玫瑰自己在聊天室中随意的讲述之间，还时时穿插着网友们的跟帖，发表对这一故事的议论。如在该书第 6 页的一段故事至第 9 页的下一段故事之间，就插入了 8 个网友的跟帖，表达他们对风中玫瑰的关注和共鸣，支持风中玫瑰将她的故事继续下去：也是在网友的支持下，风中玫瑰才从 2000 年的 1 月 4 日写到 2000 年的 9 月 23 日，花了 9 个月，将本来只为她的爱人而动笔的爱情故事毫无保留地讲完。在"大功告成"之后，风中玫瑰感叹道：

　　　　真心相对的朋友啊，正是有你们的关心、支持，玫瑰才能在经历曲折之路时，笑意洋溢，畅快通过；冷言讽语不断的朋友啊，也正是有你们的鞭策，玫瑰才会令前行疾速的脚步稍作停顿，自我检测一番，有则改之，无则加勉。无论是何种朋友，玫瑰一一地铭记于心了。一声谢谢，不能尽表玫瑰心中之情，就请喝了玫瑰亲手泡的玫瑰花茶，如何？谢谢你们，我亲爱的朋友们，玫瑰在心中，深深地，爱着你们！

在传统小说体裁中，这一段真情表白应该是放在"后记"中。但在网络原创文本中，它却成为整个故事必不可少的一段，没有这一段，就少了风中玫瑰对网友的回应，让人觉得聊天还没有完结：在网络原创文学中，这种作者与读者的沟通、交流是作品中重要的一部分，也只有在线阅读，才能理解其意义。而这种随意的交流，何种体裁可以归纳呢？当前绝大多数的网络原创作品出版后，往往删去了这一部分，形成网络文学无异于传统文学的假象，这是对网络原创文学价值的极大误导。

此外，网络超文本文学及多媒体文学的兴起，不仅打破了传统文学文体之间的界限，也打破了文学与艺术的界限，突破了"文学是语言的艺术"这一经典命题，抹平了诗与画、文学与音乐的疆域，文学即艺术，艺术即文学，二者合二而一。

(二) 语体的创新

语体即语言体式问题，一般认为，一定的体裁在语体、语式上有特定的要求。所谓"诗缘情而绮靡，赋体物而浏亮"，说明了诗主要是表现、抒发感情(缘情)。与表现、抒发感情相适应，就必须运用"绮靡"的语体写作，以细微精妙的语体与之相匹配。"浏亮"即清明畅达，这是由赋这种写景陈事("体物")的语体所要求的。

网络原创文学的创作和阅读是在线式的，因此，其语体的创造性也十分明显。

1．由于汉字输入特点而形成的新的语言表达方式

在信息时代，不管哪种文明，所有语言都必须转换成计算机代码才能进入比特世界，才能在数据库中存储，在不同电脑之间进行交流。在使用拼音文字的国家和地区，比如使用英文，由 26 个字母和其他符号组成的键盘可以敲出所有的单词。而中文在这方面却困难重重，中国人既不能把键盘设计成由五六个笔画组成，更不可能把 3 500 多个常用汉字都搬上键盘。

到今天，汉字的电脑输入已经出现过好几百个方案。从原理上说，基本可分成拼音输入法和字形输入法两大类，但这两种输入法对写作思维都会产生较大的影响。

字形输入法，如五笔字型、仓颉输入法等，在学习之初，首先要学会拆字，并练习不同笔画和字根在键盘上的位置。如果练习不熟，拆字和摸键达不到近乎

本能的反应，那么输入就会给写作带来障碍。在输入时既要考虑字的形体拆分，又得"检索"其所在键码，这自然会分散写作的注意力，干扰思维的流畅运行。

而拼音输入法，尽管比字形输入法更符合人的思维习惯，并且得到来自语言学、教育工作系统及汉字信息处理领域许多学者的认同，然而这并不是说汉语的拼音输入和英文的电脑写作没有区别：那些用双语写作的人也许最能体会到这一点。美籍华人张晓明认为使用拼音输入法时有这样的困扰：必须在头脑中同时运行两套系统，一个是拼音汉语系统，另一个是汉字汉语系统。两个系统必须随对互相转译，交错进行。他觉得这就是他中文输入远不如英文输入顺畅的原因。

就思维与技术两者的关系而言，技术不是处于被动地位的工具，而是主动地促进或阻碍前者的发展。不管什么样的文字，表意文字还是拼音文字，都影响着人们的思维习惯。在网络时代，电脑写作这一新型写作方式所运用的键盘输入方式，势必会对写手产生潜移默化而意义重大的影响。最直接的表现是出现了一批只有长期混迹于互联网世界的人才能读懂的网络语言，其组成形式大致可以分为提取中文词组首字母或是以英语词组缩写而来的字母型，借助数字谐音而来的数字型，将中文、数字、英语单词或字母进行任意组合的混合型，为了规避网络敏感词或是增加文字的灵动性以文字、词组或英语单词等原生词谐音化的词意变异型，利用符号组合形成的图画型，建立在传统语言基础上的新词汇，将一个相对完整的长句子缩为几个字或是将文字拆分形成缩略和扩张型，以及根据社会热点衍生出的网络用语。

具体示例如表 2-1 所示。

表 2-1　常见网络衍生词汇

类型	网络用语	意义
字母型	CP	英语 Couple 的缩写，代指作品中的角色配对
	OUT	落伍、过时
	JC	警察
数字型	23333	表示大笑
	213	脑残
	818	找一找、扒一扒的简写，代指八卦
	5555	表示哭
混合型	V587	威武霸气
	幸福 ing	中文词与英语动词后缀组合，表示正在进行时
	Hold 住	控制住
词意变异型	稀饭	喜欢
	童鞋	同学
	奇葩	指稀奇古怪、让人无法理解的人物或现象
	王道	相当于权威、真理

续表

类型	网络用语	意义
图画型	: D	张嘴大笑
	(〃'▽'〃)	高兴
	-_-‖	汗
新词汇型	高富帅	形容男人在身高、长相、财富上都无可挑剔，由三本漫画演化而来
	小鲜肉	指年轻、帅气的男生
	颜值	指对人和物外貌特征优劣程度的认定
缩略和扩张型	喜大普奔	"喜闻乐见、大快人心、普天同庆、奔走相告"的缩略
	何弃疗	何必放弃治疗，用于嘲讽
	走召弓虽	超强
社会热点型	我爸是李刚	由社会热点事件而来
	元芳，你怎么看	由热播电视剧而来
	摩擦摩擦	由热门网络歌曲而来
	也是醉了	由热门网络游戏而来

于根元主编的我国第一部网络词典——《中国网络语言词典》(中国经济出版社 2001 年版)更是收词 2 000 条左右，正文约 40 万字，成为网络语言的集大成者。网络写作中因汉字输入的特点而产生的这些带着情感的字符，体现出方便、快捷的传播特点，可谓网络时代独特的文化。

迄今为止，网络文学的主导语言无异于传统文学；网络语言仅仅是网络文学的语言资源之一，这一切无非网络写作常用的速记符号，人们没有必要过分惊奇。耐人寻味的是，这些符号的背后是否隐含了一个追求——追求语言与实在的重合、对称，甚至重新回到了"象形"或者"象声"时代？如果这些速记符号与简单的造句或者有限的词汇共同预示了一种简单化思维的蔓延，如果这即是速食文化的前锋，人们就不会仅仅用"有趣"这个词形容网络语言。

有论者指出：某些抽象、脱离实在具象的词汇，表明了人类精神的飞翔高度。"永恒""理想""幸福""零"——这些感官体验无法证实的词汇承担了人类精神结构的一系列重要关节。语言从实物命名进入形而上的抽象，这是一个巨大的超越。许多时候，文学实验之所以孜孜不倦地启开语言的潜能，恰恰是试图延伸人类精神的地平线。无论是李商隐的"沧海月明珠有泪，蓝田日暖玉生烟"，还是庞德的"人群中这些面孔幽灵一般显现：湿漉漉的黑色枝条上的许多花瓣"，只有诗的语言才能为人们组织如此奇诡的幻象。这里，语言显出了不可思议的弹性和变幻的可能。然而，这一切突然成为网络的累赘。

网络的标准语言是清晰的、可视的、易解的、可以立即还原为实物的。复旦大学顾晓鸣教授认为，"网语"是一种可以体现现代人生存和思维状态的新语言，它的出现在语言史上具有划时代的意义。作家陈村则认为，在电脑上，中文表达本身存在缺憾，使用"网语"会显得更加生动、活泼和形象，在日常生活中使用也会显得新鲜，有个性。用电脑来表达汉字本身是个复杂的问题，特别在汉字快速使用的聊天室里，汉字输入更是棘手。所以，聊天时采用英文、符号，甚至是"白字"等一些约定成俗的"网语"，也必然流行。

网络语言及其书写方式正深刻地影响着当前年轻人的日常生活。20世纪初因广播电影和近代印刷术等传媒的普及而产生的白话文，是语言史上最具革命性的存在；现在，21世纪已经到来，白话文又在电脑网络和多媒体的激励下，派生出新颖的"网语"及"网话文"，它与新一代青年的语言紧密相连，将成为21世纪的语言方式之一。

2. 由于在线创作和阅读的特点而形成的短句短段的句法

狭小且流动不停地电脑屏幕使得创作和阅读失去了连贯性，而昂贵的网络费用也让作者和读者尽快地完成创作和阅读的快速交互。从总体来看，相对于书面语言，网络语言简朴粗糙。少君在厦门大学、福建师范大学所作有关"网络文学"的演讲时承认：

> 网络文学的基本表现：通俗化、速食化，不过分讲究文句的修饰，不太考虑表达方法。而其中最重要的是：语句构成简单、情节曲折动人和贴近网络生活本身。
>
> 网络的浏览行为注定了网络文学的主流是一种速食文化，而幽默作为一种吸引浏览的行为，无论是大师式的笑中见泪，还是胡闹而已的"无厘头"搞笑，无疑都是网络民众所喜闻乐见的。

陈村倾向于认为，网络文学的句法是网络写作的必然后果：工具的变化会带来文风文体的变化，从文学的历程看，书写越来越容易，文字也越来越"水"。

知名作家徐坤告诉人们，她越来越习惯于大量运用网络符号写作和交谈：网络在线书写就是越简洁越好，越出其不意越好，写出来的话，越不像个话的样子越好。一段时间网上聊天游玩之后，她发现自己忽然之间对传统写作发生了憎恨，恨那些约定俗成的、僵死呆板的语法，恨那些苦心经营出来的词和句子，恨它们的冗长、无趣、中规中矩。整个对汉语的感觉都不对头了。徐坤一心想颠覆和推翻既定的、在日常工作中所必须运用的那些理论框架和书写模式，将它们全都变成双方一看就懂的、每句话的长度最多不超过十个汉字的网络语言。

徐坤解释说，因为无法免费阅读网络，人们必须快速浏览。于是，短促简洁代替了冗长晦涩，词汇量少、用词简单成为造句的基本规则。如果网络作者日益增多，现代汉语的书写必将遭受重大冲击。安妮宝贝的作品就是一个典型的例子。如她的小说《七月未央》中的一段：

我转过头看朝颜。我的眼睛凝望着他。

朝颜的神情带着狼狈，他说，未央，我没有想过要爱上你。

我微笑，我也没有。我说。

　　这种一句一段的句法格式是网络原创文学最典型的特征。它有助于读者在屏幕翻滚的同时读到完整的段落，而不至于因为冗长的句子而不停地上下滚动屏幕。同时，网络文学表现凡俗生活离不开生活话语和感性陈述，许多网络作品都是网民生活用语的网上挪移，而生活中的口语大都是简短、直陈的。应用语言学研究表明，人均每分钟正常呼吸为 14～15 次，即 60 秒内单呼单吸各 30 次左右。汉语口语表达时的正常语速为每秒 3.6 字，因此，正常语速下，每句话的最佳字数应为 3.6×2(秒)=7.2 字。这样的短句说起来才不会使人感到吃力。网络作品大量采用短句式表达，是与网络的民间话语和所要表现的凡俗世象相吻合的。

　　当然，句法上的简约并不非斥丰富的韵致。安妮宝贝的小说就以另类的风格、阴郁艳丽的辞藻和飘忽诡异的叙述而引人注目。她的作品独树一帜，在网络上拥有极高的点击率和访问量。她的小说集《告别薇安》收集了她发表在网上的 23 篇作品，作者以非常细腻的笔触，描写一群在网络时代既颓废又清醒的新新人类，写他们的情感，他们的焦灼和空虚，以及他们漂泊在城市边缘的理想。这是新世纪中国网络文学里不容忽视的一道瑰丽风景。其他如《性感时代的小饭馆》《曹西西恋爱惊魂记》《如风》等网络小说之中，人们也可以察觉到这种民间话语的别外韵致。所以，尽管一句一段的简约句法表现为一种单向的、平面化的、一目了然的语言图像，但网络文学的想象高度却并不因此而遭受限制。这种类似于诗歌的排列方式可以同诗歌一样表达出丰富的思想内涵和人生哲理。网络语言独特的表达旨趣不仅满足了当下阅读的时代要求，而且在某种程度上隐含了导致文学复兴的可能。古人云："世道既变，文亦因之"(袁宏道语)，所谓"文章应时而生，体各有当"(姚华语)，"时运交移，质文代变""文变染乎世情，兴废系乎时序"(刘勰语)等，都是把文体变异的原因归于时代的变迁，文体的变异受时代情趣的制约：在 20 世纪 80 年代后期，"文学失去轰动效应"就已经是一个普遍性的看法。尽管曾经有过先锋派文学在艺术形式方面作出卓有成效的探索，90 年代也有过各种各样的热点和现象，但并没有改变文学处在弱势的命运。传统文学既无力创建社会的共同想象关系，也不再有统一的文学规范支配文学实践。导致这样一种局面的原因之一就是传统的"宏大叙事"已被 20 世纪 70—80 年代出生的新新人类所厌倦，转而寻求能充分满足自己表达欲望的"微小叙事"。可以认为，一句一段的句法格式正好符合这一要求：蔡智恒《第一次的亲密接触》被誉为"网上第一部畅销小说"。这部小说一再被各种网站转载，网络用户表现出了异乎寻常的热烈。从传统文学的句法要求而言，这毋宁说是一部爱情传奇的缩写本罢了。网络聊天室的交互将立体的现实简化为一些不无风趣的对话，红颜薄命的老套子设计了一个煽情的悲剧。相对于传统文学的爱情经典，《第一次的亲密接触》稚气未脱。但饶有趣味的是，没有多少人挑剔故事的单薄和肤浅——许多人宁愿认为这是网络时代的浪漫标本。从这个意义上讲，《第一次的亲密接触》的风靡暗示了网络语言简单快速原则的胜利。

（三）风格的创新

风格是文体最高和最后的范畴。严格的风格定义必须包括作家的创作个性，无论中外，风格从根本上说是与作家的创作个性相关的东西，是作为成熟的创作个性在作品内容和形式相统一中按下的印记。黑格尔认为，风格是指"个别艺术家在表现方式和笔调曲折等方面完全现出他的人格的一些特点"，风格作为艺术独特性的标志，总是"揭示出艺术家的最亲切的内心生活"。离开作家的人格、创作个性和活跃的内心生活，根本就谈不到风格。网络文学风格的形成与网络创作者的生活状态息息相关。

1. 题材的风格

网络文学的先行者们好像没有文坛的"业内人士"，学生和年轻的 IT 业人员占了绝大的比例。作为由非职业作家基于兴趣创作的直接面向阅读的故事，当然不能被解释为对某种现代文学创作论的实践。

生于 20 世纪 70—80 年代的年轻网络写手被冠以"新生代""后新生代""晚生代"等头衔。他们少年时期已经开始享受改革开放的经济成果；他们步入青年的时候，已经是 90 年代，这是一个技术主义和强调个性的时代。什么力量也阻止不了他们卷入自己所热爱的生活中。他们的生活哲学就是简简单单的物质消费，无拘无束的精神游戏，任何时候都相信内心的冲动，服从灵魂深处的燃烧，对即兴的疯狂不作抵抗，尽情地交流各种生命狂喜包括性高潮的奥秘，同时对媚俗肤浅、小市民、地痞作风敬而远之。这种简约、自我的生活态度，再加之这一代人当时正处于"坐二望三"的年龄，必然使"个人化"小说、"欲望化"小说、半虚构半自传小说以及"另类写作"为主要创作题材。反映在网络创作中，个人的历史、记忆、经验、躯体感受被视为写作赖以存在的基点，视为最可靠、最直接的文化资源。

当然，在网络原创文学中，有部分作品将个人主义发展到了极端，只讲个人权利不讲个人责任，只要纵情享乐不要节制和建设，成为网络文学中为人不齿的东西。但从整体而论，网络文学的个人化题材正在吸引越来越多的网民上网倾诉心声，从而将文学返回本身原初的价值。

安妮宝贝素以潇洒深沉的文笔而著称。其代表作《告别薇安》讲述了主人公在网络中与现实生活中的爱情故事。对现实厌烦、无奈的他在网上邂逅了一个叫VIVIAN 的女孩，并与她有了相互依恋的感情。VIVIAN，应该是维维安，可是他叫她薇安。在地铁站的一次事故中他遇见了一个 VIVIAN。他为了这个 VIVIAN 放弃了现实中依恋他的乔。然而多次约会后他发现这个 VIVIAN 吸过毒，文过身，现在只为"不想贫穷不想死"而甘愿做别人的情人。他们分手了。在酒吧里等候十几个小时的他在电话里告诉那个与他在网络中相遇的薇安："在这个夜晚和凌晨，你耗尽了我最后百分之十的感情。"最后无法把网络与现实联系在一起的他来到薇安所在的城市，并在心里轻轻地告诉她："再见，薇安。"这部作品以网络为故事的发源地。

与安妮宝贝的风格相比，牧羊的《随风网事》同样与网结缘，但就更显得幽默而不乏浪漫。一个名为"木杨"的大学生第一次进聊天室便与自己的第一个网上女友"可非"相遇。两人从一开始的幽默调侃到后来深深相爱，从网上的畅所欲言到电话中"沉默中的尴尬"，到最后，木杨南下寻觅却得到"回家路上看到满天繁星想大哭一场"的结局。木杨与第二个女友"灵"的故事更是感人。在夜深人静的广场上，几盏昏暗的路灯下，两个相恋的网虫共同放起各式各样的烟花，在奇异的色彩中他们忘却了时间，跑着笑着跳着，在童话世界里相互追逐。最后在一个装满各色星星的精致小玻璃瓶中装下写着各自心灵语言的小纸条，共同把它埋在一棵小树下，待五十年后一同去开启。

邢育森的《浪漫的人是不应该相遇的》的故事也与网络有关。"我"在网上爱上了喜欢被人在网上"握手"的"小可爱"。而现实中的"小可爱"却是两个人：因事故失去双手的丁小可和帮丁小可上网聊天的翡儿，两个十分要好的朋友。当丁小可在聊天中了解并爱上了"我"时，翡儿也爱上了"我"。而"我"一开始却茫然不知，直到那一次的见面。"我"陷入了两难的境地……

以网络为重要背景的小说是网络文学与传统文学的一个区别，甚至由此衍生出网游小说，包括由网游改编的小说、描写玩家体验的小说、讲述职业玩家比赛的小说或是按网游套路以主角不断练级为主线剧情的小说。

网络文学在来源于现实的基础上努力超脱现实：当第一代网络创作者逐渐走向沉寂，网络文学环境也在发生着巨大变化，不断涌现的新一代网络创作者为了在群星浩瀚的竞争者中脱颖而出，不得不绞尽脑汁求新求异。在网络开放包容的前提下，不仅灵异、恐怖、仙侠、玄幻这些题材，网络文学创作者们还别出心裁地在传统文学的基础上加入了诸如末世、奇幻、穿越、异能、机甲、女尊等超脱于现实的元素，很大程度上满足了创作者和读者在现实中无法满足的情感需要。

2. 语言的风格

前文已论及网络语言体式上的特点，而对于6.68亿网民来说，网络语言风格更有着独特的魅力。虽然时常有人对网络语言提出批评，但是网络毕竟是一个相对自由的虚拟空间，用现实的规范去规范它，反而不大现实：

网络文学的形式和语言，是网络文学最具试验意义的领域，也是最有可能进入当前文坛话语权力握有者"法眼"的敲门砖：形式上的改变目前来看明显但多样，无法表现出有研究价值的趋势。从细节上来说，大量的情节信息通过文学网站和社交媒体叙述出来，而这些又往往在那些感人的网络恋情中被赋予掀动情节波澜的重任。而语言上的新变化更集中、力度更大一些："出色的幽默"与"难得的清纯"这两个特点也代表了当下网络文学独特的语言风格：如果要谈汉语网络文学，恐怕谁都不能回避《第一次的亲密接触》。很多人在读完《第一次的亲密接触》之后，都对它的两个特点赞不绝口。为了更形象地说明当下网络文学的这两个特点，下面以《第一次的亲密接触》中的文字为例：

说到恐龙，又勾起了我的惨痛记忆。我见过几个网友，结果是一只比一只凶恶，每次都落荒而逃，我想我大概可以加入史蒂芬史匹柏的制作班底，去帮他做电影特效了。室友阿泰的经验和我一样，如果以我和他所见到的恐龙为x坐标轴，以受惊吓的程度为y坐标轴，可以经由回归分析而得出一条线性方程式，然后再对x取偏微分，对y取不定积分，就可得到"网路无美女"的定律。因此，理论上而言，网路上充斥着各种恐龙，所差别的只是到底她是肉食性还是草食性而已。

他说他心情也不好，刚好跟我来个负负得正是吗？搞不好会让我雪上加霜嘛！：不过他真会掰，竟掰得我不好的心情烟消云散：D而且他竟然猜到我留长发以及不常穿裙子不知怎的，跟他聊天好愉快：)

"呵：)……痞子……那你想我吗？……"

"A.想B.当然想C.不想才怪D.想死了E.以上皆是……The answer is E."

"如何想法呢？……"

"A.望穿秋水不见伊人来B.长相思，摧心肝C.相思泪，成水灾D.牛骨骰子镶红豆——刻骨相思E.以上皆是……The answer is still E."

"呵呵……：)……"

看来她真的也累了……虽然"呵"是笑声，但此时我却觉得她在打"呵"欠……

《第一次的亲密接触》语言上的最大成就是各种各样的幽默，这一点读过小说的人自然深有体会，在此不必啰唆例证。之所以选上面的三段文字，是因为它们在一定程度上还代表了当今网络文学作品的其他风格和特征，这就是戏谑炫技、拼接凡俗、依托数码技术的链接修辞。

(1) 戏谑炫技。

网络写作要用短、平、快的方式简洁、直白地表达思想和情感。除了使用能够调动气氛的网络用语，还要求作者的语言风格尽可能地生活化、大众化，在语句上则要求摒弃长句、复句、句群，大量使用短句、单句，力求以情节取胜。除了个别题材，网络小说语言多追求调侃、戏谑，以新奇叛逆的姿态搏出位。

谐谑是吸引网民眼球的有效手段。炫耀谐谑的技巧，展示幽默的智性，巧置诙谐的语言，编织搞笑的噱头，常常能为作品招徕更多的看官，也能为公众的凡俗狡智提供更为诱人的审美张力。痞子蔡的《第一次的亲密接触》以痞子味的调侃和诙谐表现一个凄婉的网恋故事，三十的《和空姐同居的日子》在情色的书名下，用清新幽默的文笔讲述了一个极其煽情的纯爱故事，《我的美女老板》《赵赶驴电梯奇遇记》《理工大风流往事》《杉杉来吃》无不摒弃了一本正经讲故事的套路，而选择在不经意间透露出小幽默、小段子。有学者曾对文学网站的原创作品做过调查，结果发现：爱情、搞笑和武侠题材位居前三位，其中滑稽搞笑类作品占网络作品总数的 17%，谐谑的话语表达已成为网络文学的主要语场和语流。鲁迅说过，喜剧是将无价值的东西撕破给人看，钱锺书先生说，"幽默是思想的放假"。谐谑之语，对于作者是炫技，对于网站是卖点，对于作品是亮点，对于读者则是交流凡俗的媒介和吸引阅读的策略。因为高贵、典雅和崇高的东西是不可以谐谑的，只有以轻松的平民姿态表现生存智慧才需要这个谐谑的话语平台，它是运用谐谑炫技表现平庸崇拜的必然产物。

(2) 拼接凡俗。

拼接又称拼贴，是后现代主义艺术的一个美学特征，在现代绘画、音乐、行为艺术中时有所见。网络写作的拼贴是基于平庸崇拜的游戏式理念，利用计算机链接和复制技术，将两个或两个以上的文本巧妙地拼贴在一起，构成一个新的带有凡俗色彩的文本。常见的有语词拼贴、语段拼贴、故事拼贴、人物拼贴、意义拼贴等。语词拼贴如：

Girl(女孩)和Boy(男孩)，

何必拼命Study(学习)，

不如挣几个Money(钱)，

生个漂亮的Baby(婴儿)，

天天生活Happy(幸福)。

这是把汉语与英语词汇拼贴在一起，构成一种陌生化的巧置表达，以实现观念上的脱冕与凡俗。语段拼贴就更多了，如人民文学出版社出版的 BBS 小说《风中玫瑰》：

> 花自飘零水自流。
>
> 一种相思，
>
> 两处闲愁。
>
> 此情无计可消除，
>
> 才下眉头，
>
> 却上心头。
>
> 本以为时间能让人忘了一切，
>
> 现看来时间也能让人淹没在一种感觉中。
>
> 知我者谓我心忧，不知我者谓我何求。
>
> 悠悠苍天，此何人哉？

在这个帖子中，使用了三首古典诗词的语段或语句加以拼贴，并以此构成意义拼贴，作者拼凑的虽然是典雅的诗词，表达的却是最世俗的愿望。

署名白开水的《东邪西毒之上海宝贝版》，巧妙地把两个不同文本拼贴在一起，用"东邪西毒"的叙述方式来重述"上海宝贝"，两套话语相互借用又相互拆解，组合出一种扑朔迷离的反讽效果。

还有网络接龙小说、合作小说等通常进行故事拼接，都是典型的拼接作品。

(3) 依托数码技术的链接修辞。

文学作为语言的艺术，在一定意义上也是修辞的艺术，如果没有修辞，文学便在相当程度上失去了自己的特色。作为网络文学典型形态的超文本文学同样要使用大量的修辞手段，但超文本修辞区别于一般意义上的语言修辞，主要体现在针对链接所做的修饰上。

按照布尔布勒斯(N.C. Burbules)的解释，网络上的链接修辞有："隐喻"(Metaphor)、"转喻"(Metonymy)、"提喻"(Synecdoche)、"同一"(Identity)、"反平衡"(Antistasis)、"词语误用"(Catachresis)，以及"顺序与因果"(Sequence and cause-and-effect)，等等。有关链接修辞的研究成果，国内学者黄鸣奋教授的新作《超文本诗学》第四章"超文本范畴与文艺活动"中，也详细地探讨了超文本写作、阅读中链接修辞问题。链接修辞主要适用于超文本作品连贯整体的组织，其功能是以语义关系和整理逻辑为基础，将内容节点予以有目标的链接，以便更好地将文本内容网络结构化，密切各部分间的联系，扩大欣赏时的审美张力，并在结构与内容的多线性巧置链接中，方便读者对超文本的选择和理解，为他们提供更有效的"赛伯航行"的手段。链接修辞与语言修辞的区别不仅在于一个是有关作品内容的构成方式，一个是作品形式的表达方式，更在于语言修辞作为一种现象基本上是在同一语境当中产生的，而链接修辞则产生于不同语言教养的转换之间。

比起印刷媒体来，网络空间是自由得多的天地，写作不规范、词语误用的可能性较大。某些虽是误用但具有表现力的词语确有可能趋于规范化，成为新的辞格；但也应该注意到由于链接修辞与普通语言修辞的差异而造成的理解障碍。

二、网络文学对话语权的重建

（一）重建的可能

如果我们赞同马克·波斯特的观点，即印刷媒介揭开了启蒙文化的序幕，那么我们也就承认，民主权利作为启蒙文化最重要的观念也是通过印刷媒介得以实现的。20世纪初中国新文化运动中，现代报纸杂志这种现代印刷媒介由于采用的是简单易行的印刷术，文化产品的大量复制就成为可能，文学作品的出版效率与传播面都得到大大提高，这就导致了平民文化浮出文化的地平线。这种新型的文化形态对新文学产生了重要的影响：相对于传统的封建正统文学，新文学在题材上不再以帝王将相为表现对象，而以普通平民的生活为主要的表现对象；在语言风格上，新文学摒弃了晦涩迂腐的文言形式，采用平民熟悉的白话文进行创作。周作人就曾提出"平民文学"的概念，他认为新文学就是以平民生活与情感作为表现对象的。可以说，20世纪前期，中国知识分子利用现代报刊与杂志这种印刷媒介，旨在建立现代性的民主文化格局，它使得文学不再只是贵族特权，文化空间向平民开放。然而值得注意的是，新文化运动中体现的平民文化并不是指作为主体的平民取得主动的言说权利，而是平民文化取得被表现的权利。文化的权威性仍然存在，文化权力从封建贵族转移到知识分子手中。马克·波斯特在谈到印刷媒体的文化意义时说过：启蒙运动这一思想传统具有根深蒂固的印刷文化渊源……句子的线性排列、页面上的文字的稳定性、白纸黑字系统有序的间隔，出版物的这种空间物质性使读者能够远离作者。出版物的这些特征促进了具有批判意识的个体的意识形态……印刷文化以一种相反但又互补的方式提升了作者、知识分子和理论家的权威。

现代文学表达强调主要是一种话语权。某些作家和写手相互争风吃醋谩骂攻击大肆炒作，实际就是在争夺这种话语资源。在读者和市场有限的情况下，一个写作者有了更大的名气，他（她）能更容易地推出自己的作品，从而也能够获得更多的金钱和更高的地位，因此他（她）也便有了更大的权利。在这种权利的形成和分割过程中，有两部分人起着至关重要的作用。一部分就是文学出版物的控制者（编辑、主编等），另一部分就是文学评论者。文学出版物的控制者能够决定你的作品能否发表，从而也就决定了你能不能够参与话语资源的争夺。很明显，如果他们不给你发表作品，你就别想让别人知道你的文学，那么你什么也不会得到。这些人的话语控制权是相当有力的。无数曾经对文学怀有梦想的人，很可能就因为无法使自己的作品被发表，在辗转碰壁之后，他们灰心地另投他途了。其中不乏很有文学天赋的人。文学评论者也是强有力的话语权力所有者。他们能够捧红一个写者，也能够棒杀一个写者。甚至有的人能够轻车熟路地充当文学的炒作者。在传统文学中，话语权力在这两部分人的维持下，能够在很大程度上规限文学的发展方向和规模。

20世纪末，中国社会文化发生了一次巨大的转型。市场经济推动市民社会的崛起，大众文化开始从精英文化中解脱。在这次文化转型中，大众媒介也实现了从印刷媒介向以广播电视为代表的电子媒介的转型，并对大众文化起到了重要与直接的构建与推动作用。

影视媒体的出现使世界进入图像文化时代。如果真像海德格尔所说的那样，诗人看待世界的眼光就是真理的开启过程，那么，世界图像时代就不是指关于世界的一幅图像，而是指"世界被把握为图像"。因而，文化的视觉转向不但标志着一种文化形态的转变，而且意味着一种思维范式的转换。黑格尔说过，视觉不同于其他感官，它属于认识性感官，透过视觉人们可以自由地把握世界及其规律，不像嗅觉、味觉或触觉那样局限和片面。阿恩海姆则认为，知觉活动在感觉水平上，也能取得理性思维领域中称为"理解"的东西。任何一个人的眼力，都能以一种朴素的方式展示出艺术家所具有的那种令人羡慕的能力，这就是那种通过组织的方式创造出能够有效地解释经验的图式能力。因此，眼力也就是悟解能力。

这些都说明，影视传媒为代表的视听文化也能传达主体对于世界的理解和对世界本质的把握，而相对于文字印刷传媒来说，影视图像文化更加直观、更易普及和更为大众化和解魅化，在接受方式上更便于与现代消费方式接轨。但影视媒体带来了两个显而易见的后果：一是图像叙事和视听直观导致了文字诗意韵味的散失，二是图像霸权对"语言逻各斯"的拆解：前者培育的文化消费者日渐丧失对美的体验能力，排除了艺术里"诗意栖居"的想象因子，对外造成了"快餐文化""速食文学"的泛滥，对内则使主体失去对事物的体察能力和对社会的批判能力；后者则形成现代人对视觉行为的过分依赖和对"观听殊好"的不堪重负，如英国人迈克·费瑟斯通所批评的，广告、电影业、时尚和化妆品生产等无处不在的视听消费文化，将直接导致精神贫乏空虚、追求享乐和利己主义、追逐眼前的快感，它发展的是自恋和自私的人格类型。

我们看到，自打影视媒体兴起后，文化符号趋于图像霸权已是不争的事实。电影、电视、广告、画报、卡通自不待言，就是文字阅读的出版物，图像的比重也在急速攀升。在生活中，视觉化生存正改变着人类对世界和自身的看法，街头的人造主题公园和频道越来越多的电视新闻成了人们认识世界的主渠道，电影和电视剧成了我们了解古典名著的"捷径"，可视电话、电子传真成了与人交互的工具……一言以蔽之，世界已进入视听泛滥、图像霸权的时代，它带给文学的不是话语权的解放，而是言说场的收缩和表征方式的异化。炫目的图像消费是一种被欲望膨胀和商业化操作所控制的世界，大众话语和民间审美意识不过是一团被裹挟的泥沙。

真正实现文学话语权向民间回归的是网络媒体。诞生于 20 世纪末的因特网(Internet)被称为"第四媒体"，它就像是一头电子巨兽，不仅把已有的报纸、广播、电视三大媒体以及它们的延伸物如 CD、VCD、DVD、LD，还有戏剧、影视等所有的传媒一股脑儿地"拉"到自己的怀里，而且如尼葛洛庞帝所言，数字化网络已经改变了人类的学习方式、工作方式、娱乐方式，一句话，生活方式，转变了现行社会的种种模式，形成一个以"比特"为思考基础的新格局。

同时他还指出，数字化生存有四种特质：分散权利、全球化、追求和谐和赋予权力。网络文学在两个世纪的交叉点上，为精英意识的瓦解有力地推了一把。网络时代是制造英雄的时代，且也是消解英雄的时代。制造的英雄是科技英雄、经济英雄，科技和经济是推动网络向前发展的强大动力，网络时代的英雄们在其中推波助澜。而对于文学，网络时代是一个没有英雄的时代。以往振臂高呼、应者云集的英雄要么大彻大悟地平民化，要么成了独善其身的现代隐士。这是因为，"大众"的存在，是英雄、权威存在的前提，一个不被大多数人认同的英雄不是英雄，一个不被大多数人理睬的权威也不是权威。网络的诞生和普及，以及随之而来的印刷术霸权受到的巨大冲击，加速了文化"小众时代"的出现。传统的三大媒体都已将传播策略由"广"播转向"窄"播，而被人誉为"第四媒体"的互联网，更是一个重新分配话语权、消解知识权威与精英的场所。

较之于以往的传播媒体，网络革命带来的传播优势是显而易见的。一方面，传统媒介的传播主体一般是一个组织机构，而网络既可以是一个组织，又可以是个人。每个人都可以在网上较为自由地发表观点，同时只要申请个人主页空间，个人还可以在网上创建个人网页，以此作为个性的传播空间，这使得每个人都获得了传播的权利。另一方面，传统媒介传播方式是由点到面，而网络传播则是"网状结构"，既有点对面的传播，更有点对点、面对面的相互传播方式，这使得任何人在网络传播空间中都处于平等的交流地位。网络的交互性是指传授双方的双向互动传播，当传播者将自己的信息在网上传播之后，接受者对信息马上作出反馈，并按自己的喜好进行增补、修改，然后及时反馈给信息的原传送者，这就实现了信息交流的双向互动。传播者与接受者的界限模糊了，信息的权威性也在双向互动传播中消解了。几乎每一个使用过网络的人都惊叹于网络的非凡特性，网络使每一个普通人能不分等级贵贱，无论时间与空间的远近，跨越种种差异与障碍平等地进行交流。在网络上，文化的空间向每一个人开放，权威不再存在，每个人都能取得传播与交流的权利，每个人都能相对自由地发表自己的思想与各种文化观念。

更进一步说，计算机及其网络的出现正是源于人与环境的和解，其观念基础是如哈贝马斯所说的"交往旨趣"，而不是"技术旨趣"——是人文、社群和经济、伦理的诉求奠定了网络技术的价值根基。微软帝国的成功，固然离不开创业者锲而不舍的坚韧品格和顽强进取的科学探索精神，但更离不开他们对现代社会架构、人类精神需求和社会心理的理解与迎合。比尔·盖茨和他的同伴们将他们所理解的现代社会人性化诉求——如个性独立、平等交往、意志自由、信仰多元、资源共享、市场机会扩展、跨境交流等，用"比特"的技术演绎表现出来，创造了可用于世界收缩而信息扩散的视窗平台，从而为世界新经济起到了巨大的支撑作用，是人文主义背景和数字技术的合谋打造出了"世界首富"的幸运儿。如果追索到发明微积分的莱布尼茨，发现"三大定律"的牛顿，发现天体演化的布鲁诺、康德，甚至像解答"哥德巴赫猜想"的陈景润等，他们的科学思维无一不是超越了实证科学"一加一等于二"的层次，而升华到了人文精神和哲学素养的境界。康德曾经说过，人类的"理解力"的功用在于认识世界、获取知识，并技术性地改造世界，人类"理性"的功用在于思考世界，为生活世界提供"意义"，并对技术运用提供思想指导。他号召人们"推拒知识，以便为信仰留出空间"。后来胡塞尔、海德格尔和马尔库塞等人呼吁"欧洲科学的危机""存在的被遗忘""人的单向度化"等，技术的心灵旨趣和人文诉求一直回响在科技文明史的每一扇窗口。历史一再证明：只有作为生产力的科学技术为作为解放力的人文精神服务的时候，它才是福音；相反，如果简单地把科技进步作为衡量社会进步的唯一标杆，或者将技术霸权认同为人文诉求是否得以合法存在的仲裁者，那它只可能带来灾难。价值理性的任务就是在新技术的剑锋上锻铸道德律令和制度约束，让科学精神与人文精神一道回归"认识你自己"这一古老的人学命题。

可以说，网络比其他任何媒介都要强调对大众权利的珍视，网络是真正意义上的大众文化媒介。它使大众文化不再只是被表现的对象(如印刷媒介开启的精英文化)或被模仿的对象(如传统电子媒介开启的大众文化)，它开始作为一种言说的主体，充分运用自己的权利自主地表达自身的文化。而这恰恰说明了网络文化最重大的意义。曾经的第一代网络写手、现在的知名出版人李寻欢在谈到"网络文学的真正意义，就是使文学回归民间"之后，分析其原因为：

这是文学和社会生活发展矛盾的产物。过去的所谓文化体制是建立在工业文明的基础之上的。而工业文明的核心理念就是分工，详细的专业化的分工。于是，有人种庄稼，专人炼钢铁，也就有人创造精神食粮——这就是专业作家的由来。然而在知识经济时代，信息量变得如此之大，传播变得如此之快，以致原有的生产生活方式正在被极大程度改变重组着。比如说对于文学。现在我们有了这个网络，于是不必重复深更半夜爬格子、寄给编辑等回音、修改等复杂的工艺了。想到什么，打开电脑，输入、发送——就OK了。你甚至可以在几分钟之后看到读者给你的回应。这就是网络文学的真正意义。就是它借助网络这个工具使文学回到民间，使之成为人们表达自己和彼此沟通的便利工具——而文学的意义，不就是表达和沟通吗？

网络文化的公共空间最大限度地向私人话语敞开，网络给了每个人平等的发言机会，"我是网虫我怕谁"的口号表明，这是一个人人都能参与的自由、平等、非权威化的精神乐土，它抛弃了旧有的文学体制，避开了文学的等级制度，拆卸了文学资质认证的门槛，消解了文学发表、传播的所有壁垒和创作的一切范式，开启了"后纸张时代"的"快乐文学"。在这里，任何人都可以染指文学、发表作品，都可以评价他人和随时被他人评价——大师与无名小辈、智者或庸者可以平起平坐，无论是惊世骇俗之作还是陈词滥调之文都无关紧要，重要的是文学摆脱了贵族书写，品尝到了文学归还大众的那份惊喜，感受到了无名(匿名)者浮出文学地平线的那份傲岸：这个文学普泛化的世界可能只是一个俗人的世界，一个非承担的世界，一个反诗意化的世界，但却是一个尊重个性的世界，一个张扬自由的世界，一个坚守民间立场和文学兼容对话的世界。《爱是生命的舞蹈》的作者杉娃说：

> 在BBS里涂鸦的日子很快乐，比自由撰稿的日子自由得多，虽然没有现实的报酬，却多了很多和读者直接交流的途径。我可以看到我的读者如何评价我的文字，可以看到我的文字给他们什么样的感觉、什么样的影响。有时我会提醒自己这是一种虚荣心(而写作只是为了表达的意愿而已)，转而我又觉得这是一种快乐的虚荣，一种任何文字着的人都希望被了解、被进入的共性。

这样一种快乐的写作心情，对于文学创作无疑是重要的。

(二) 话语空间的展现

互联网技术把自身的逻辑和规则施加给文学后产生的"文学洗牌"，可能导致形而上审美意味的缺失和文化精英立场的"沦陷"，但它却关注和描绘芸芸众生本真的生存状态，满足了社会公众交流、抒情、创造和表现的欲望，给创作自由和自由创作以彻底的心灵解放，实现文学的广场狂欢和心灵对话，这又从本体上拓展了文学的发展空间，激发出社会底层的艺术活力，用网络开辟出了文学的新民间时代。

1. 对话平台

网络文学的民间话语意义也许可以从巴赫金的"对话"理论和"狂欢化"诗学中得到学理佐证。苏联语文学家、哲学家、美学家米·巴赫金在《陀思妥耶夫斯基诗学问题》等诸多著作中提出了革命性的"对话"(Dialogics)理论，他认为，人文科学在本质上是倚重对话形态的科学，在人文科学领域，"真理只能在平等的人的生存交往过程中，在他们之间的对话中，才能被揭示出一些来"。巴赫金认为，生活就其本质来说就是对话的，对话的边界纵横交错在人们现实的思维空间里，"一切莫不归结于对话，归结于对话式的对立，这是一切的中心。一切都是手段，对话才是目的。单一的声音，什么也结束不了，什么也解决不了。两个声音才是生命的最低条件，生存的最低条件"。人也只有在对话中才能交流思想感情，从事种种社会活动，显示出人之所以为人的本质特性。

在巴赫金那里，"对话"是基于"复调式小说"的前提而提出的。巴赫金没有赶上网络时代(他病逝于 1975 年)，但他有关"对话"的人文立场和思辨方法却与网络的交互式对话模式形成耦合，并且他所倡导的"对话"理念也只有在计算机网络技术中才可能真正成为现实，因为网络变传统媒体单向式交流为双向互动式交流，使人们不再是被动地接受外来的恩赐与强迫，而是可以根据自己的爱好和需要来自主地选择。

互联网是人际交往最理想的对话平台，这里有聊天室、QQ、微博、微信、论坛、个人主页等，一颗颗渴望交流的孤独的心灵，可以在这个由数字化打造的"赛伯空间"(cyberspace)里即时又实时地交流个人的观点、感受、情感，而无须像日常生活交往那样要考虑人际阶层、身份、年龄、性别、职业、长相、家庭背景等社会面具。由于互联网人际交流的虚拟性、匿名化、偶然和不确定性，对话双方抑或多方对于压制的情感常常直接释放，常常实话实说，平等交流，率真对话，重在过程。网络邂逅的互动交流排除了日常对话的"面具焦虑"和书面表达的思维延时和表达延时，对话双方的话语更多的是受情绪而不是受理智的支配，网民在表达自己的观点和感受时，即使不是出于顾虑，往往也无法做到深思熟虑或字斟句酌，因此，网络的对话具有生命的本真性和性情的率真性。这样的"对话"是真正自由的对话，完全平等的交流，如池田大作所说的，是"把灵魂向对方敞开，使之在裸露之下加以凝视"。而这种对话的意义在于：有的人从中发现与自己兴趣相投的网友，有的享受舌战群儒的乐趣，有的人可能只是为了解闷或发泄，有的人只想体验某种另类的身份和角色。甚至，也许有的人就愿意待在一边默默地旁观，因为在他的现实生存处境中，他连当一名旁观者的愿望都难以实现。

2. 全民参与

网络文学基于计算机网络技术，起于民间俗众，是文学圈外无数漫游和聊天的网民，以游戏的心态，在"赛伯空间"晨光熹微的地平线上打造出来的一方蓊郁的园地，它的活动方式是全民参与的，它的姿态是平民化的，它的本性是大众化的。尼葛洛庞帝所说的"人人都能成为艺术家"，在网络时代不只是一个扣动心扉的预言，而是一个可以践诺的现实，因为蛛网覆盖的数字化网络所提供的大众参与、自主独立已经为大众文学和文学的大众化构筑了理想的技术平台。全民参与文学的诗学意义在于：它革新了文学旧制，颠覆了文学主体的等级观念，彻底消除了"贵族书写"，打破了传统作家对舆论工具的垄断，分享了社会精英、文化贵族的话语权力，如巴赫金所说的："狂欢节具有宇宙的性质，这是整个世界的一种特殊状态，这是人人参与的世界再生和更新。"另一方面它开辟了文学回归民间的坦途，创造了文学的新神话。尽管这样的创作自由和文学未必就代表了文学进步，但至少是蕴含着文学陈规的破除和文学观念的新生，正如陈村在《网络文学两则》一文中所说，文学史素来都不是杰作史，"文学的全部意义并不仅在于它有高峰。许许多多的人在文学中积极参与并有所获得，难道不是又一层十分伟大的意义吗"？

3. 宣泄逻辑

文学网民走进网络不是要打造经典以"经邦治国"或"为民请命"，而多是肆意宣泄以张扬个性，或网海觅奇以打发闲暇、网上交流以排遣孤独：上网者匿名登录个个如生猛海鲜，无不以各种方式吸引网民眼球，只要悦心快意、畅神游心，哪怕"过把瘾就死"。宣泄以图表达或者如何表达自己的宣泄，成为文学网民要遵循的基本逻辑。马龙潜先生在描述"网络写手"时曾这样说：这是一群特殊的边缘艺术家，他们有自己的规则，在网络上多以化名出现，文风洒脱自然，思想无拘无束，天马行空，任意为之，"仗剑行千里，微躯敢一言"。这些"地下世界的游侠儿"，在一片峰熠中，各据山头无人喝彩，孤傲独立。……网上贴文，真是有很多乐趣的言说，有时笔者觉得，它其实很像网络游戏，既可创作，又可娱乐。看着自己的点击数不断增加，想象着有许多人为自己的作品欢喜或流泪，那是何等美妙的感觉！

文学网民需要的就是这样一种感觉，这种感觉正是宣泄逻辑的必然结果。

网络文学能达成宣泄逻辑，是基于两种主体焦虑的消除：一是社会面具焦虑的消除，二是审美承担焦虑的消除。前者使网络写手抛开身份角色定位，化身为匿名的网虫在"赛伯空间""玩的就是心跳"，获得一种现实中无法实现的选择身

51

份的自主和变换角色的自由；后者则使作者从传统的艺术重负中解脱出来，满足在纸介质印刷媒体中无法轻易兑现的发表欲和自我表现欲，自由地舒展内心深处的文学热望——面对历史时，他们无须仰视前辈文学大师巍峨的文学神殿，没有践履规范的沉重包袱；面对现实时，他们没有兼济天下的责任和稿酬版税的焦虑，无需将文学当作获取功名的手段，而使自己处于超脱功利的审美状态，真正做到率情率性，以手写心，让文学回到舒张人性的本真状态。有评论者做过这样的追问：传统媒介文学和网络文学，更能接近个体的心灵的本身？最初的文学，不管是源起于关关雎鸠，还是源起于杭育杭育，不就是自由随意地表达出来的吗？那时谁还会想到求得什么名利？比起投稿—筛选—编辑—出版—发行—评奖—成名成家，这套现行的文学体制，网络文学难道不是返璞归真？

4. 广场诗学

巴赫金曾说，狂欢化打造的是一种"广场文化"——广场不像哥特式建筑那样尖顶直逼云霄，气势咄咄逼人，也不像中国古代庙堂那样层次分明，等级威严与神秘；相反，广场平坦，有很强的亲和力，不分男女老少、尊卑贵贱都可以在这里休憩、聊天、狂欢，它那平等的结构特点正是人与人之间平等的暗示。"赛伯空间"就是这样一个公共"广场"。这个"广场"是看不见的，但存在于广袤无际的虚拟世界；网络上的狂欢不像广场狂欢那样亲历躬行，但身体的阻隔和主体的间性并没有妨碍心灵的无等级沟通，因为孤独的"出场"和心灵的"在场"就足以构筑众声喧哗的网络"狂欢化"诗学。如果说传统文学是过去时间的再现诗学——以回忆、记忆、时间的经验模式作为诗学精神的理性约定，网络文学则是当下时间的在场诗学，它隐含的是一个独特的审美本体论的隐喻体系——以人的存在的在场、境遇和畅快式宣泄，使艺术的时间编码回到生命的当下状态去把握永恒。赛伯空间的文学狂欢，注重虚拟空间的时间体验、个人境遇的在场倾吐和生命话语的循环阐释，它使得个体生活的原生态在时序的重新编码中，以狂欢的瞬间碎片体验生命中永恒的诗性，将过去和未来化作在此营造时间的迷宫，让消解了时序性的写作变成一种现在时的表达。

三、网络文学对自由精神的复归

互联网最重要的精神表征是自由。文学的精神本性是自由的象征。网络之接纳文学或者文学之走进网络，就在于它们共享一个兼容的精神支点——自由。可以说，"自由"是文学与网络灵犀融通的桥梁，是艺术与电子媒介的精神纽带，网络文学最核心的人文本性就在于它的自由性，网络的自由性为人类艺术审美的自由精神提供了又一个新奇别致的家园。

（一）网络对"中心"的消解

网络文化对人类信息传播的最大贡献，就是通过蛛网重叠和触角延伸的方式，实现了世界收缩和信息扩散，达成人、机、网的共生共存，开辟从信源到信宿的自由通道和广阔空间。1994 年中国加入国际互联网时，网上曾流行一句广告语："全世界计算机联合起来，Internet 就一定要实现！"而当网络日渐普及后，网民为了反抗微软视窗系统的技术垄断和商业控制，在世界范围内曾出现了以 Linux 为代表的自由软件运动，网友们呼吁："全世界网友联合起来，网络的自由就一定要实现！"以此高扬网络的自由精神。对于这种源自民间的真诚吁求，不能止于一种简单的道德评判，要对具体情况进行具体分析。评论家李洁非曾提出："关于网络文化精神，如果非得用一个词加以概括，我所能想到的便是 Free。"他还说："必须注意到，这种写作的冲动，不是平面媒体上作家写作的'文学冲动'，它没有边界，完全'Free'(取其所有含意)。"Free 的含意有"自由的""自主的""宽松的，无拘束的，随便的""自愿的""免去……(比如免费)""空闲的，打闹的""随时有的""任意的"，等等。而网络文学这个名词本身，就带有后现代的"拼接"(collage)的味道，将"网络"和"文学"拼接在一起，有着后现代"无中心""不确定"的特点。当然，在实际上是没有绝对的自由。

在互联网时代，信息传播和交流的全球化所确立的信息公开和公平原则，打破了昔日信息垄断的中心话语模式，促成了个体话语、小众话语对主流传媒话语权力的消解，形成了开放、透明、民主、平等、宽容的大众话语新格局。网络传播的全球化、高时效性、开放性和低成本性等特征，冲击和削弱了信息控制和舆论垄断的行为。面对四通八达的电子网络，人们将更为自由和自主地发布和接收信息；面对海量的网络信息资源，人们又可以更充分、更全面地享受信息；而面对众多来源的信息和不同立场的观点，公民的信息知情权有望得到真正的行使。

获得第二届老舍文学奖的网络文学作品《蒙面之城》当初以自然来稿的方式分章节寄过《收获》《花城》《钟山》《大家》《黄河》等五六家杂志，但只有《黄河》杂志很快同作者宁肯进行了联系，其他均无任何反应。然而，当这本小说于2000 年 9 月率先在新浪网上连载后，立刻引起轰动，在此情况之下，2001 年 4月作家出版社才出版了单行本。有了这种"无处发表，无家可归"的惨痛经历，宁肯面对"它是不是网络文学？"的质疑，肯定地回答说："它当然是，它天然就是，它最先诞生于网络，是网络给了它成长的可能"。

网络表达所拥有的这种散点辐射、触角延伸方式，是一种天然的消解中心话语模式，它从技术载体和文化精神上延续并强化了后现代文化的边缘姿态。弗•杰姆逊就曾说过，后现代主义的一个很重要的话题就是所谓"主体的非中心化"，因为现代人已不再处于一个仍然存在着"个人"的社会，我们都不再是个人了，而只是被"他人引导"的人群。他说：

> 如果说现代主义是彻底的隔离、孤独，是苦恼、疯狂和自我毁灭，这些情绪如此强烈地充满了人们的心胸，以至于会爆发出来的话，那么后现代主义的病状则是"零散化"，已经没有一个自我的存在了。

主体作为现代哲学的元话语，标志着人的中心地位和为万物立法的特权，然而在后现代话语中，昔日的主体已经由"边缘化"而丧失了中心地位，由"零散化"而没有一个自我的存在了，人成了一个非中心化的主体，无法感知自己与现实的切实联系，无法将此刻和历史乃至未来相依存，无法使自己统一起来。现代人曾经拥有的孤独、焦虑、畏惧的情感被掏空了，人的历史感和现实感抽掉了，成为一种没有根基、浮于表面的人。现代主义名噪一时的先锋色彩和个人魅力也不再成为关注的中心，因为后现代艺术不再表现人的精神和个性，它只表明主体性、自我、人格、风格的结束。无论是在现实社会还是艺术文化领域，后现代人都成了远离中心话语的边缘人，他们在自己的心灵中放逐了自己。后现代主义的边缘姿态使得人的主体支配意识丧失，人成了一个没有中心的自我，一个没有任何身份的自我。如果说尼采宣布"上帝死了"是对基督上帝和现代理性的叛逆，那么，后现代理论家宣布"人死了"(福科)、"知识分子死了"(列奥塔)，则戳破了现代社会以人为本、以人取代上帝而成为"绝对主体"的虚妄性，以及知识分子特殊精英地位的脆弱性，因为在他们眼中，只有把中心意旨、二元对立的神学模式解构为多元、歧义的"踪迹运动"，才是知识演进的结构规律。

这种非主体性、非中心化的边缘立场，正是网络文化的持论范式和思维逻辑，因为网络的文化本质就是消解中心话语模式最有效的工具。

（二）虚拟空间所提供的自由平台

网络文学的自由精神基于数字科技的哲学命题——虚拟。作为观念形态的"虚拟"，是数字化时代要面对的哲学认识论预设，也是数字化网络的逻各斯存在。从现实性哲学转换到虚拟性哲学，这将是我们时代哲学所发生的最为巨大的历史性转换。这一哲学框架的转换是时代转换的映现，是一个客观的不可逆转的态势。网络的虚拟通过数字化构成，为人类提供了一个"赛伯空间"，这不再是一个以原子、分子构成的物质世界，而是一个以"比特"构成的数字化虚拟世界。确切地讲，赛伯空间是思维和信息的世界，它利用信息高速公路作为最基本的平台，通过计算机实现人与人之间的感情交流与文化交流，而无须面对面接触，只需操作鼠标、键盘就可以实现心灵的沟通。网络的空间是虚拟的，又是真实的，因为在这里不仅可以共享海量的有效资源和财富，而且可以与无数真实的个体的人进行交往，所以才有了"虚拟现实"(Virtual Reality)这样一个二律悖反的名词。

以前的哲学，从柏拉图、苏格拉底到尼采、海德格尔，从孔子、老子到现代哲学，都是现实性的哲学或者以现实为解答对象的哲学，而电脑、网络等高科技带来的数字革命使哲学面对的不仅是现实，还有数字化虚拟：一是对现存事物的虚拟，即对象性的虚拟或现实性的虚拟，实际上是对现实事物的模拟或仿拟，这一点传统艺术也能做到；二是对现实超越性的虚拟，即对可能性或可能性空间的虚拟，如艺术虚拟、虚拟主持人、虚拟明星等，我国首部国产数字影片《青娜》中的数字偶像"青娜"就属于这种虚拟。过去的浪漫主义、象征主义以及现代主义如荒诞派作品也在这个层面上进行了虚拟，不过那是一种想象中的虚拟，而不是如现代电子艺术那样"真实的虚拟"；三是对现实背离的虚拟，一种对现实而言是悖论的或荒诞的虚拟，即对现实不可能的虚拟，如赛伯空间中对"方的圆"或"圆的方"的虚拟，或依托于赛伯空间的各种网络游戏、网络超文本、超媒体艺术的虚拟等，这样的虚拟只有在数字化时代才有可能出现。根据科学家的论证，作为赛伯空间的重要技术基础，虚拟现实技术创造的是"灵境"，它将与人的思维能力、形象思维和灵感思维理论、大成智慧等相联系，从而能够推动思维科学和自然科学大发展，引发科技革命，甚至还会推动文艺的巨大进步和引发人类的文化革命。

数字化虚拟本来是科学的产物，属于高技术的范畴，但它所拥有的沉浸性、想象性与交互性却拓展了人类精神的自由空间，创造了一个前所未有的自由天地，并且与网络文学、网络艺术的自由想象和审美沉浸珠联璧合，形成了网络虚拟的艺术哲学和自由的美学本体。

网络自由的美学变革是电子技术媒介之于人性自由的馈赠。人类第一次媒介革命的标志是语言文字符号的产生，传统的文学就是以语言为唯一媒介的艺术。语言导致了人类文明的巨大发展，人类至今取得的一切成就，都与语言文字符号系统密不可分。但语言文字符号对于表征人类的自由、人性的自由又存在较大的局限性，因为语言文字的实指言传只存在于指称意义对象的关系之中，是一种现实关系的表述和创造。语言能创造间接想象的自由空间，这使得海德格尔所讲的"诗意的栖居"成为可能，这是文字符号具有审美性的一面；但语言文字却不能建构直观呈现的虚拟现实，难以提供让每一阅读主体交互沉浸的有意味的临场形式，这又形成了审美的局限和自由的桎梏。语言文字创造了思维空间、符号空间，而数字化虚拟则是在思维空间、符号空间中创造了虚拟空间、数字空间、视听空间和网络世界，它指向不可能的可能，使不可能的可能在人类历史上第一次成为一种真实性，从而使语言符号变成了一种较低级的媒介方式，它表明了哲学中的主体、客体和中介系统关系发生了根本性的变革。

虚拟的自由性在于它不仅超越现实，虚拟了现实的各种可能性，提高了人类对现实性的合理选择性，使现实性的进行有着广阔的空间和可选择性、可比较性，而且在虚拟空间中形成了对于现实性来说是不可能的可能性，甚至形成荒诞的悖论或梦境的虚拟，把痴人说梦中的虚幻变为真实。例如从互联网上可以进入巴黎某一超市看到琳琅满目的"真实"的商品，驾驶虚拟的汽车穿过纽约的大街小巷，看到如地图一样的路标、路牌和高楼大厦，如果配上电子头盔、数据手套、数据服和电子引擎，还可以到人类的血液中去游泳，钻进地心感受岩浆的温度，拥抱天堂里的银河，造访仙境中的爱丽丝……这样的虚拟并不一定是现实的，但却是"真实"的，因为你已经获得实实在在的真切体验；换言之，虚拟至少是在虚拟空间通过数字化的方式存在着，并让人切实感受到了这种存在。在数字化的虚拟看来，传统的现实性，无非是对一种可能性的选择，而计算机网络中的虚拟则展开了其他未被选择的可能性，并在虚拟中使其成为虚拟空间的真实，这便大大开拓了人的选择空间，打破了束缚身心自由的坚冰，为人类以自由意志实现心灵的自由插上了科技的翅膀。

在技术的层面上，数字化网络技术为文学的自由精神带来了"返魅"的契机。

1. 感觉的开放性

网络中的作品不仅是一字字、一行行、一页页线性排列的文字(即使是就文字阅读，读屏的文字也有着字号可调、选择色彩、同步翻译)，还可以有视频、音频等多媒体表达，把文字、数据、影音和图像结合起来，构成一种丰富而生动的组合，还可以运用超文本链接的多向选择获得阅读的能动性，打破传统思维的线性逻辑而显示一种跳跃性思维：这一切都将形成对主体感觉的全方位敞开，以表达方式的更多自由唤起接纳途径的充分完善，使人的精神、意识和智慧成为确证自身的本质力量，也使得感觉的开放性成为合规律与合目的相统一的人的自由精神的有效中介。

2. 体验的沉浸感

网络文学表现的虚拟生活来自对网络的体验，这种体验常常是在虚拟社区中获得的，它不是一维的，而是三维的甚至多维的；不是想象的现实，而是虚拟的真实，能使人达成迷恋的沉浸感和孤独的狂欢化，有一种切入肌肤的深刻体验性。如加拿大学者德克霍夫在《文化肌肤——真实世界的电子克隆》一书中所描绘的：人们认为三维图像是视觉的，但三维图像的主导感官则是触觉。当你在 VR 中四处闲逛时，你的整个身体都与周边环境接触，就像你在游泳池中身体与水的关系那样。

从某种意义上说，"网虫""网迷"就是由这种沉浸的网络体验形成的。

3．对艺术界面的穿越

网络的现实是无中介的虚拟真实，它使人们逼近第一现实(客观生活现实)又进入第二现实(人造现实)。网络写作被称作"空中的文字舞蹈"，它能利用虚拟现实引导欣赏者穿越界面，占有与创作者同样的赛伯空间，采取与对象同样的视点，从有限的视窗界面背后获得无限的阅读资源。电脑显示器上的文学网站、根目录或搜索引擎犹如无所不能、无奇不有的"阿拉丁神灯"，"在场"的文学作品犹如满天繁星又随风飘荡，真正让欣赏者实现了阅读的自由或自由的阅读，这与传统文学艺术止于书页、止于画布、止于银幕的给定对象、被动接受和有限欣赏是大相径庭的。

(三) 网络文学的自由本性

基于数字科技支持和虚拟现实的艺术哲学平台，网络文学用自己独有的方式实现着艺术对自由精神的永恒向往。

1．反叛陈规

只要不是将网络文学简单地视为"印刷文本的电子化"，你就不能否认一个基本的事实：网络文学是对印刷文学的反叛和颠覆，并且在这个过程中开辟文学的新道路。

譬如：在艺术哲学的层面上，网络文学改变了过去心物相分的"二元对立"模式，而呈现"非心非物"或"亦心亦物"的认知本体和表征对象。网络作品的表现对象不再限于作为客观存在的现实生活，而多是图像化的虚拟现实或网络生活(如网恋故事等)，作者不限于感应世相、体察时艰、以我观物，以历练世俗的生存来获取创作的资源，而是以"数字化的生存"为认知本体，以赛伯空间本身为表征对象。建立在"二元对立"范式上的艺术哲学基石已被抽空，传统的反映论、再现论、表现论、审美意识形态论、主体性等诸多文艺理论的元命题都失去了言说的语境和思维的平台。网络"读屏"的乌托邦改变了文学关注的方式，文学活动不再像过去那样对生活现实作静观默察，或者是在文学与生活、心与物之间寻求比照和印证，而是在主观、客观的观念本体和主体、客体的本体观念之间探求一体化的新语境。

在文学传播的层面上，网络文学以媒体的开放性来反叛文学的私密性，以电子文本的共享性颠覆作品的专有性。网络彻底打破了话语权和知识垄断，拆掉了编辑、印刷成本、发行商、权威批评家等几乎所有的文学传播壁垒，这意味着所有的网民都可以尽情地写作、发表和欣赏文学作品。正如英国人安吉拉·默克罗比所说的，"图像和讯息交流侵入到先前的私密性空间当中"，"自我的边界被消抹和变形"，"所有事物都被暴露在信息和讯息残酷无情的光芒里"。网络文学的这种开放式传播和资源共享，让文化公共空间最大限度地向私人话语敞开，真正实现了"文学面前人人平等"，使畅通无阻的自由传播书写着全新的文学传播学和文学社会学。

在角色主体的层面上，网络文学对创作职业化的否定和对功利性模式的消解，是文学主体的解放，更是对文学自由精神的肯定。

2. 主体间性

网络文学的自由本性在文学主体性上体现为主体间性，即主体的显性消逝和隐性在场、"我"的能指退位和所指凸显，孤立的个体主体变为主体间的共在、对话、交往和"视界融合"，变成交互主体性。在这里，主体既是主体间的存在，又是以交互的个体组成的，主体间性就是个性间的共在。在传统的创作中，作家操持着先验的话语霸权，把自己的言说不可抗拒地推向接受者，而接受者别无选择地聆听着作家的独语，作者与读者的关系类似于宣讲与倾听的关系。这种对知识话语的垄断实际上是对一种意识形态的天然占有，可以时刻对社会施加主体精神影响。网络的出现，意味着文学"众声喧哗"局面的形成和文学普泛化时代的到来，创作者与接受者的间隔被拆卸了，传统作家的地位被彻底解构了，"作家死了"，传统的文学主体没有了，文学主体性也成为被悬置、被虚位、被消解的"夕阳"概念，它只在用于填补传统文论话语的理论豁口时才会被人提及，才可以被给定，也才是有意义的，而在网络文学的元命题中已不可能再有"主体性"的先验地位，只有"主体掩蔽""主体退场"造成的"主体间性"。因为在网络中，原先由某个作家独立构思、独立写作、具名发表的文学体制已经被打破了，具有整体品质的人物、情节、主题、意图、文体、语言、风格等，这一切都解体了，或者成了未定的东西，它们要随着续写者续写的变化而变化。文学不再是孤立的个体活动，而是自我主体与对象主体间的交往活动，是主体间共同的生存方式，只有通过对他人的认同才能达到自我认同，其自我体验与对象体验是合而为一的。它要通过互相倾诉和倾听，使自我主体向对象主体敞开心扉，在共在与共识、沟通与交流中彰显自由个性，打造主体间性。

在传统的康德哲学视界中，实在物构成的空间具有经历的先决性，任何审美感知都要基于体验实在。但在图像技术制造的虚拟空间中，人们体验的是空间形成的过程，空间体验就是经历和存在本身，它不仅会改变人的感悟方式，还会改变人本身的主体性存在观念——"我虚拟我体验""我在线我存在""我交流我在场"。于是，在网络中，"不是人说语言，而是语言说人"。文学的主体性已经被分享、被"间性"了，文学却在对先验主体的颠覆中赢得了一种新的自由。福柯在《何为作者》中提出：作者在他自己和他的文本之间产生的狡辩和对抗，抹去了他特有个性的印记。如果我们想弄清楚今天的作者，就必须通过这种作者不在场的特性以及他与死亡的关系，这已使作者变成了他自己写作的受害者。

主体性被敲击键盘的无名者击碎后，主体间性则引领自由重返文场——丧失了审美承担的主体可以一身轻松地自由言说，人机合作，众人交互，文学将不再拖着锁链，而是展开双翼。

3. 救赎孤独

孤独是精神的拘囿、灵魂的寂寞和生命的苦酒，也是自由的殉道者。在社会心理学的意义上，孤独是"现代文明病"的典型征兆。美国意象派诗人庞德的名句"人群中这些面孔幽灵一般显现，湿漉漉的黑色枝条上的许多花瓣"，真切地表达了一颗孤独的心灵在这个纷繁世界里无以认知的孤寂感受。但有孤独就会有对于孤独的体察与救赎，正如海德格尔所说："人是谁？人是必须为其所提供见证者。"可借以追究存在的存在者是人，只有人，只有对存在发问的人，才能领会到人的存在；存在总是存在者的存在，所以必须通过存在者通达存在。现代人类曾有过多种摆脱生命孤独的尝试，但却无法真正救赎孤独。如卡拉 OK、迪斯科可以使人发泄却无法使人沟通；影视图像文化能使人观赏却难以躬行和参与；世界杯、奥运会等体育盛事和旅游活动能使人参与和沟通却摆不脱成本纠缠和时空束缚……这时候，计算机网络犹如文明时空悄然飞来的一只仙鹤，为现代人类救赎孤独、寻找自由的精神家园构筑了最便捷的赛伯空间。有学者形象地将网络的自由世界称为"孤独的狂欢"：个人电脑造就的是一种崇尚少年精神、鼓励越轨、强调创造性的个人文化，它使中年期和更年期的文化返老还童，社会成员将像汤姆·索亚那样在不断地历险和寻宝中体会到一种"孤独的狂欢"。同时，人与人的交往抽象为机与机的交往，人类浪迹在虚拟的世界里，远离大地和尘土。这是另一种意义上的"孤独的狂欢"。

是的，网络上的孩子为王、少年精神、技术牛仔、黑客伦理等体现美国文化精神的个人历险是一种"孤独的狂欢"，人在赛伯空间里与"机"交往，以实现嬉皮士的社群主义和自由主义的政治理念也是一种"孤独的狂欢"，而一个个处于现代"生存围城"中的个体通过互联网找到"海内存知己"的网友和"天涯若比邻"的知音，更是一种救赎孤独的生命狂欢。这时候，网际的沟通拆卸壁垒、打破封闭，引领孤独走向敞亮，纾解焦虑进入澄明，救赎心性通达自由，不仅在电子化网络空间中实现海德格尔所说的使自己"成为你所是的"，而且可以与他人共在，以此来重新加以选择和限定，使自己的"在场"和文学的"出场"成为他人救赎孤独的表征和消弭焦虑的确证。网络及其文学对于人类心灵家园的呼唤和慰藉，体现的是网络人道情怀，诉求的是以人文理性填补心灵豁口的文学道义。现代人自由的精神家园也许就是在这个过程中重新构造的。

四、网络文学是对社会文化的映射

网络文学如同其他文学样式一样，是由技术发展和特定社会环境塑造的。互联网是探视社会文化走向的一个窗口，网络文学已成为表达社会文化形态和内涵的重要阵地。阅读和创作网络文学作为青少年休闲娱乐的重要渠道，侧面反映了年轻亚文化群体的文化表达和文化追求，这就为研究当代社会文化问题提供了生动的活标本，为思考当代社会特定人群的价值观、道德观、审美观、心灵趋向等提供了方向与内容，为体察亚文化群体的日常生活与价值理念提供了契机。

第三节　网络文学的局限

一、文学性的消解

"文学性"是表明文学品质内涵和价值本体的一个概念，指的是文学之所以被称为文学的那种内在资质和意义存在。俄国形式主义理论家雅各布森(R. Jakobson)说过："文学科学的对象不是文学，而是'文学性'，即那个使一部作品成为文学作品的东西。"中国古代文论没有使用"文学性"这一概念，但"文学性"的内涵却隐约可辨，主要指从审美的角度看文学。如曹丕在《典论·论文》中提出"诗赋欲丽"，把诗赋的语言形式美提到了首位；陆机的"诗缘情而绮靡"，钟嵘的"滋味说"，司空图的"不著一字，尽得风流"，严羽的"羚羊挂角，无迹可求"等都道出了文学即审美，表明文学性即包含着丰富的意义生成可能性，是文学的审美原点和价值本体。

这一传统的文学观念在网络文学中发生了消解性的变化。网络文学要不要文学性，有没有文学性，有怎样的文学性，事关这种文学的资质确证和价值立场。"相对于传统的书写印刷文学，栖居网络的文学方式消解了真实与虚拟、话语能指与言语所指的两级分立，抹平了艺术的技术性与技术的艺术化的审美边界，更换了人们对文本诗性的认知与体验范式"，用电子数码的"祛魅"方式褪去文学的原有韵味，重铸人与虚拟世界间的审美关系，用符号仿真的图文语像刷新这个时代对文学经典性的命意。"因而，传统文论的核心命题——"文学性"，在网络文学时代就成了一个"问题"，成了被网络消解的对象。

网络文学是怎样消解文学性的呢？这与网络媒介的技术特点、网络写作的主体心态和网络作品的欣赏方式不无关系。

(一) 网络对文学性的技术消解造成文学的非艺术化趋向加剧

网络文学的历史性"出场"并不意味着其文学性的必然"在场",换言之,一种文学不会因为有了某种新载体就自动拥有了文学性,数字媒体技术也不会自动给文学带来审美诗性增值;相反,单纯依靠技术媒介替代文学创新,或以技术升级替代艺术追求,倒可能造成对文学价值的"祛魅"和对文学性的遮蔽。

计算机网络传播使用的是数字比特的软载体语言,网络空间的自由与开放、兼容与互动等特征,对于因为社会分工而缺少文学话语权的文学爱好者和民间审美意识而言,找到了一个尽情展现自己的舞台,但同时也给文字垃圾和非文学的宣泄提供了场地——网络上情绪化、即兴式的信手涂鸦,容易失去文学的精致、细腻和深刻,也容易淡化创作者的艺术责任。一旦数字技术成了文学性临场的阻碍,这种文学的价值和历史合理性都将是令人质疑的。当数字媒体写作的时尚意义多于文学意义,媒体革命大于艺术提升,传播方式胜于传播内容的时候,它此时需要的不是艺术的尊重,而是存在根据的历史定位。数字媒介作品的"软肋"正在于文学质量不高或文学性的匮乏,在于其以技术智慧替代艺术规律,以游戏冲动替代审美动机,以工具理性替代价值理性,最终则是"海量的文学"与"短缺的文学性"共同增长。于是,文艺学对"文学性"的理论聚焦便被数字媒介作品釜底抽薪,使原有的理论范式失去对现实的解说能力。

这一现象的出现并非某个人有意为之,而是数字媒介对文学诗性特质施加技术"祛魅"的必然结果。新媒介把文学拉入的是一种技术化的存在方式,在这里,纸与笔让位于光与电,网页顶替书页,"看"代替了"读",文学由间接形象的"语像"(language iconography)转化为直观的"图像"(structured image),昔日的"语言艺术"变成了图文兼容的屏显文本。网络的超文本已经使文学进入"所见即所得"的"语像时代"(an age of iconography),那种"通过书页文字解读和经验还原以获得丰富想象的间接性形象"的文学,已经让位于图文并显、音画两全、声情并茂、界面流转的电子文本,文字的诗性、修辞的审美、句式的巧置、蕴藉的意境,一道被视听直观的强大信息流所淹没,语言艺术的魅力被技术"祛魅"或"解魅"了。昔日"纸面"凝聚的文学性被"界面"的感觉撒播所碾碎,文学表达对技术机器的依赖无情地分割了原有的美与审美。于是,数字媒介文学以图像制衡了文字的韵味,"界面"流动感淹没了"纸面"沉淀的文学性,强化了人对机器、艺术对技术的依赖,使得千百年来文字书写、纸质印刷、线性阅读的文学活动,变成了机器操作、比特叙事、图文匹配的观赏性浏览和趣味性选择。当数字化作品用多媒体"立体叙事"全方位刺激人的感官的时候,文字阅读时的风格品味和诗性体验便荡然无存了。在网络文学等数字媒介作品中,图像与文字之间彼此兼容而又相互制衡,解构了文字品味时的"澄怀味象"(宗炳),"余味曲包,深文隐蔚"(刘勰)和"境生于象外"(刘禹锡)的想象性审美体验，消解了文学审美韵味的主体沉浸感和艺术意象的丰富想象性。文学的诗性特质被电子"仿像"的技术操作所拆解，文字的隽永美感让位于图文观赏的快感，艺术欣赏变成了感官满足和视像消费，文学应有的文学性就这样给"电子幽灵"吞噬了，"文学性"——这个文学审美的内蕴支点和文艺学建构的核心命题亦失去了讨论的基础。

(二) 网络写作的无限准入消解了文学的诗性品位

传统的文学创作，其创作主体是具有专业水准和职业特点的作家，他们的创作成果通过报纸、杂志或出版书籍与读者见面，作品在发表之前都必须经过文学编辑或出版商的甄淘和筛选，经层层把关而"杀出重围"的作品，一般都会符合文学诗性的评判标准，具有较高的艺术水平和思想价值。这样的文学体制对作家的专业水平和作品的质量有很高的要求。当互联网出现之后，文学的"准入门槛"大大降低，发表作品成了一件稀松平常的事情，"人人都是作家"的梦想一夜之间变成了现实。尤其是在 BBS 和各种网站的文学论坛上，文学编辑消失了，出版商消失了，自由的网络空间为每一个文学爱好者都提供了平等交流的平台，同时这种自由由于缺乏应有的节制而显得有些失范，导致了网络作品泥沙俱下，一些"孤独的狂欢者"常常不讲创作的技法和章法，随心所欲，想写就写，想发表就能发表，许多"业余写手"即兴涂鸦，不求质量，导致网络上"口水"之作泛滥，大量的准文学、非文学性作品充斥网络空间，即便文学网站经"网关"遴选过的作品，也常常内容雷同，结构零乱，或者无聊浅薄，意义平面化，文学应有的艺术审美、诗性品格难觅踪影。

在推崇道德理性的儒家文化长期占统治地位的背景之下，文学在传统文人手里只是一种工具，并在使用这种工具时要戴上众多的镣铐。他们虽然有个体情感宣泄的欲望，却受着政治背景、伦理规范和文化环境的制约，找不到痛快表达的场所和方式。尽管人们抑制着不敢直接表达，但在创造表现心灵的形象时，难免以迂回的方式流露出来，令人感到言此及彼的艺术张力。譬如我们读阮籍的咏怀诗，读李商隐的无题诗，总能感到诗人的用笔曲折、旨趣遥深。与传统文学含蓄蕴藉的表达方式殊为不同的是，网络写手经常以非常直白的方式表达自己的欲望和体验。并且，网络写手很少关注宏大叙事，他们在自己的博客上或各种文学网站上信手涂鸦，表达自己当下的喜怒哀乐，将艺术的随意性、品位的感官性和思想的平面性作为自身的审美标准。尽管在互联网上也有品位高雅、富有思想深度的作品，但更多的却是各色人等露骨的自我宣泄。邢育森曾回忆他写作《活得像个人样》的情形："在写这篇文字之前，我确实是处于一种难以言表的苦闷和迷惘之中。具体的故事已经破碎成无数的碎片，散落在我的每篇文章的角落里了，我也不想再去回述了。总之，一种个人的痛苦经历以及由此而来的悲天悯人使我进入了一种极其兴奋的状态。动笔写第一篇的那天，我从西客站回来，独自坐在公共汽车上，满脑子里全是要诉说要倾诉的冲动。回到学校，洗了个澡，晚饭也没有吃，就去了实验室。那段时间我特别迷摇滚，Nirvana 的，重金属的，我戴着耳机听了一晚上音乐，内心里的感受要满得溢出来，真的如此。等人都走了，我打开音箱，开始写起来。就这么着，一段段的，故事引导着我，它自己就完成了。"类似这样的自我倾诉、个性体验与感官满足充斥于网络写手的心境，往往会消弭文学应该具有的大气、崇高、深邃、厚重，也消解了诗化创造产生精品和经典的可能。

我们来看看 2006 年最热门的网络小说标题：《史上最强的追 MM 方法》《和我试婚的邻家姐姐》《和一个美女同事一起在电梯里被困了一夜》《恋上我的保姆》《当美女爱上处男》……这些网络原创作品往往不是靠内涵吸引注意力，而是靠欲望化、肉身化的标题抢占眼球，作品难免流于思想肤浅，停留在感性体验和本能欲求的层面，甚至有着平面化、游戏化、暴露化的倾向。传统的经典文化以艺术的精致、品位的高雅、思想的深度为标准，是一种可能塑造人的灵魂而使人性和人格趋于完善的文化，批量化生产的网络文学，却常常内容浅显通俗、一览无余、无深度、无余味，缺少对精神、意义和理想的探寻，是大众文化一种世俗欲念的表达。大众文化追求的是短暂的快感，一般不求提供终极意义，也不能满足更高层次的审美需求，最终只能成为时间浪潮里翻腾的泡沫。

毋庸置疑，网络传播技术为网民提供了发表作品的自由，只要懂得电脑操作，几乎所有的人都可以在网上自由发帖，快捷地传播自己的作品。网络的自由、便捷和热闹使许多人以为写作是一份轻松的工作，可以一蹴而就，而忽视了必要的苦功练习。很多人经不起名利的诱惑，纷纷去网络上"赶场"，参与假面舞会般的集体狂欢。不少原本可能经过"十年磨一剑"的艰辛所能成就的精品，因作者急功近利，就只能成为"粗坯"提前上市了。这便造成了网络文学不仅失去了原有的根基，而且达不到真正的高度，只能作为一种俗文化或快餐文化存在。如何拒绝在网络上随意发帖、抛头露面的诱惑，坚守文学创作所需要的寂寞境界，是互联网时代对写作者的严峻考验。

网络的技术架构是非中心化的，每个网民都是中心；网络辐射的咫尺天涯、无远弗届消弭了时间上的距离感和历史的深度感，每个终端节点都只是关注现在(虚拟空间)和眼前(视窗)，这个空间是平面化的、无深度的空间，是拒斥历史感的，因而它一般不接纳任何宏大叙事、历史母题和权威话语。网络只关注所指，其能指已被疏离或悬置，成为无根的飘浮者、隔膜者。于是，指代价值、深度、意义、诗学向度的审美逻各斯传统，在网络及其文学中被艺术的技术性所消解，又被技术的艺术化所闲置。平面化的所指在消除历史传统和个人记忆的同时，也把"审美的艺术"打造成了众声喧哗的聊天室和技术游戏的电子文本。

二、责任承担感的弱化

一直以来，文学被认为是崇高、神圣的事业，甚至被尊奉为"经国之大业，不朽之盛事"。传统文学承载着"文以载道"的历史重任，强烈的现实精神和深刻的忧患意识是从《诗经》《离骚》以来中国传统文学的根本特点。互联网技术不仅带来文学创作、发表和传播方式的变化，而且以其高度自由、非功利的特点，将挑战直接对准了传统文学的价值体系。网络文学的历史认证取决于它能否走进人文审美的精神殿堂，建立自己的价值体系，而互联网之于责任承担意识的技术解构将使文学的价值本体经历一次新的格式化。这主要表现在三个方面：

（一）匿名写作对主体承担的卸落

在传统文学观念里，作家的主体地位是毋庸置疑的。作品是作家经过心灵的熔铸创造出来的，在作品中充盈着作家的精神和生命。但在网络文化时代，传统文学遇到了被重塑的命运。网络技术创造了虚拟的网络空间，虚拟的网络空间又为网络文学创作主体的虚化提供了有利的技术环境。网络文学的作者多不是传统意义上的专业作家，而是钟情于网上漫游的"三 W"(无身份、无性别、无年龄)网民；网上作品甚至没有确定的作者，它们可以是出自某个匿名或化名的"网虫"之手，也可能是由许多彼此并不相识的网上冲浪者共同完成的。

1993 年，美国画家斯坦纳的一幅漫画描绘了这样一幅情景：两条狗在网络中漫游，大狗教诲小狗道："在网络上没人知道你是一条狗。"这幅漫画形象地体现了网络传播匿名性的特点：参与者主体身份处于一定程度的隐匿状态，匿名传播隐去了作者的真实身份，也就使许多网络写手认为可以对自己的作品不承担任何责任，于是他们的写作就可能变得无所顾忌，由此暴露出许多人性的弱点和阴暗面。匿名写作的网络世界是一个众声喧哗的非主体世界，是一个以庸常抗拒崇高、用世俗阻隔主流、以宣泄替代承担的世界。网络写手们"我手写我心""我写故我在"，大家都是芸芸众生、凡夫俗子，大家一道卑微和庸常，没有等级的区别和权威的尊荣，网络就像马路边的一块小木板，谁都可以走上去信手涂鸦。于是，随着作者虚拟和主体性缺位，写作的责任和良知、作家的使命感和作品的意义链也就无根无依或无足轻重，文学的价值依凭和审美承担成了被遗忘的理念、被抛弃的信念或不合时宜的观念。一些早期的网络作家都曾谈到过他们创作的初衷。如李寻欢把网络写作的精神概括为："平等，网络不相信权威，也没有权威，每个人都有平等地表达自己的权利；非功利，写作的目的是纯粹表达而没有经济或名利的目的；真实，没有特定目的的自由写作会更接近生活和情感的真实。"邢育森认为："热门专业和学位证书让我衣食无忧，网络写作令我心灵充实自信平和。所以我相信无论身在何处，物质和精神上都将是宽松满足的。和所有的人一样，我们都是想过一种自己喜欢的生活，做一些自己喜欢的事。"宁财神则坦言："以前我们哥儿几个曾经探讨过这个问题，就是说咱们为了什么而写，最后得出结论：为了满足自己的表现欲而写、为写而写、为了练打字而写、为了骗取美眉的欢心而写。"这样的文学写作，注重的是自由心态、自我表达和自在方式，具有鲜明的自足性和排他性，它们无疑是对主体承担的一种自动卸落，无论是社会历史承担、人文价值承担还是艺术审美承担。在网络作者看来，文学创作不再是一件"载道经国""三不朽"、有为而作的崇高事业，而是一种悦心快意、自娱娱人的网络游戏；作者不再是"灵魂的工程师"或"社会良知的代言人"，而是网上灌水的"闪客"和"撒欢的顽童"；作品不再有宏大叙事和深沉主题，也无须是"国民精神所发出的火光"和"引导国民精神的前途的灯火"(鲁迅语)，而成了用过即扔的文化快餐。

(二)　"玩文学"心态对社会责任的回避

与传统文学偏重于认识、教育和审美等社会功能不同，网络文学更多地发挥了娱乐功能。网络写手们的即兴写作，或为情绪的宣泄、压力的释放，或为寻求安慰、自信与自我满足，或为纯粹找乐，带有"玩票"的性质，因而是典型的"玩文学"行为。慕容雪村坦言："我写作纯粹是兴趣化的，不功利。用平常心去写，就为了玩。"日新月异的现代物质文明给现代人带来层出不穷的苦闷，使人们在高速运转的生活中备受压抑。网络文学则给了人们宣泄自我、一吐为快的广阔平台。在网络中，写手们摆脱了现实角色的桎梏，远离了深刻复杂的苦难意识、忧患意识和批判意识，怀着好奇、休闲、交友、打发无聊、孤独等游戏心理在网络上发言。

尽管在传统的文学理念中，也有所谓"宣泄""自娱"之说，但文学的责任承担始终在文学意义中占据正统的地位。目前，在绝大部分网络写手们看来，文学不过是自娱自乐的游戏，他们反对说教，讲究趣味，在网络上谋求一种纯粹的精神宣泄。网络文学以表现个人经验的内容居多，题材单一，视野狭窄，讲究时尚化，追求娱乐性。出于宣泄和自娱的创作目的，网络文学一个突出的美学特征就是在写作中融入浓厚的个人经历和个人情感，并把它们当作可以把玩的对象，在"玩文学"的心态中展现自我，放弃责任，回避沉重和苦难。

(三)　后现代文化对传统价值观的颠覆

网络写手从昔日的文化精英手中夺回了公共空间，却没有承续传统，反而对传统的文化价值观进行了诸多解构和颠覆，秉承了后现代文化的价值观。网络写手通过互联网接触八面来风，是接受西方后现代文明的先锋军，致使他们的创作经常采用非正统的、前卫的、后现代的价值观看待世界和生活，具有明显的后现代文化特征。"后现代主义既是一种文化思潮，又是一种文学思潮，其核心概念，就是解构。解构是一种思维方式，又是一种价值观。作为思维方式，它从哲学根基上对任何形而上的意义持一种否定的态度；作为价值观，它是一种彻底的虚无主义。后现代哲学不将文学看作一种使命，而看作一种游戏。在这种价值观念之中，文本的后面没有意义，也没有真理。在表象后面没有本质，在时间后面没有终极，因而没有焦虑，没有抗议，没有责任感和使命感，没有改变什么的冲动。这是一种没有悲剧感的悲剧，没有绝望感的绝望。这样一种彻底的解构哲学，表现在文学上，就是在价值上放弃承担的使命，放弃改变世界的冲动。这种放弃，表现了文学中能指和所指的分裂。在这里，文本就是本质，就是绝对存在，在其后面没有深度模式，没有精神结构，没有一种形而上价值的表达。一切形而上的价值，如本质、真理、终极，都只是一些空洞的能指，而与之相对应的所指，即本质、真理和终极意义等等，实际上并不存在。这样一种彻底的虚无主义，解构了人类精神存在的哲学本质，取消了人们文学观念中关于深度模式、思想意义等最根本性的价值取向，把文学的意义建立在游戏性的基础上。用这样一种观点去审视网络文学，我们看到，这一文学景观在最大限度上实践着后现代主义的文化理论，是相当典型的后现代文学的表征。"

削平深度模式、平面化、零散化、生活化、娱乐化等后现代主义品格在网络文学中得到淋漓尽致的表达。网络写手毫不遮掩地表达对物欲的追求、对现实的失望、对感官刺激的痴迷、对社会责任的逃避，充分体现出自恋、自卑、自弃的后现代情调。譬如安妮宝贝的小说，主人公大多过着拒绝承担责任的生活，洋溢着颓废的世纪末情绪。她在《告别薇安》中借主人公之口诉说着病态人生："我从没有想过欺骗你。如果你要知道，我可以告诉你，我和那个男人同居已经有三年。他永远也不会离婚。但是他帮我维持我想要的物质生活。……我什么都没有。我只是想这样生活下去。不想贫穷，也不想死。"宁财神则以其特有的调侃、泛爱、玩世不恭来解构爱情的神圣与崇高。他在《本命年之夏》中写道："听着听着，我哭，倒不是因为她的离去，在越来越强的阳光照射下，我的脑子越来越乱。这个燥热无比的夏季，我对一个女人说了无数句'我爱你'，可最要命的是，我根本不知道我爱上的是她还是我自己心里的那个影子，这也就是说，我大概已经丧失了爱的能力，是的，我把那东西丢了，丢在草丛里，转瞬即逝，再也寻不见。"王瑞鑫在《千万别对我一往情深》中叙述了那已被架空的价值选择。虽然我们进入了消费社会，但浮躁、冷漠、缺乏责任感并非人人所希望的，人们在被物质欲望困扰的同时，还是会渴望有一个灵魂栖息的精神家园。并且，在文学活动的世界里，作家是占主体地位的始动者，文学写作具有引领审美趣味、价值观念的可能性，如果文学不能带给人们理想和信念，那么文学就失去了存在价值。

三、艺术经典观念的蜕变

互联网技术不仅带来文学创作、发表和传播媒介的变化，而且带来艺术经典观念的变迁——面对互联网上的文学，一些人不再崇尚文学经典，不再追求文学经典，也不再创作文学经典，文学不再以文学经典为价值取向。

本来，经典是文学的圭臬，是由特定文学理念的逻各斯文化命意而高标独特的价值规范，网络文学却以委地如泥的"渎圣化"思维将典雅的诗意和崇高的文化命意改造成为"自娱以娱人"的快乐游戏；经典是由时间历史累积而成的文学认同标准，用德里达的话来说它总是以"缺席的在场"方式被历史性地延迟出场，而网络写作和阅读只在当下的虚拟空间共享交互的过程。"网络文学的话语平权机制抹去了人们对于文学神圣性和敬畏感的向往，话语像合流的即兴表达与即时欣赏，将昔日作为历史记忆或生命寓言的'文以载道''以文明志'的文学理念，变成了一种飞驰而来又瞬间消逝的时尚身份认同与消费文化想象。""当网络越来越以自己的祛魅方式揭去文学经典的诗性面纱，抛弃经典的认同范式，回避经典那隽永的韵味，挤对经典的生存空间时，文学还有能力用'经典'来为人类圈起一个精神的家园吗？"在数字化的技术媒介中，文学经典在复制、拼贴、"大话""戏说"面前溃不成军，人们在为文学的巨大变化而惊诧时，又不免为网络造成的文化遗产衰微与艺术经典观念的蜕变而悲悼、忧心。那么，网络文学中艺术经典观念的蜕变是缘何而成的呢？

(一) 数字化拟像、复制与拼贴技术造成艺术独创观念的淡化

网络文学身上技术的因素比历史上任何一种文学都要多，因而不仅容易出现如评论者所讥讽的"只有网络没有文学"的现象，而且还容易在文学观念上出现技术主义和工具理性，导致文学的"非艺术化"和"非审美性"。

目前，计算机网络已走到拟像与仿真的技术前沿，网上的文艺作品可以反映现实，也可以表现"拟像"，反映"仿真"的现实(如网恋故事、数字化生存)，甚至是脱离现实(如表现赛博空间的虚拟现实)。当符号不再是现实的表征，而成为自身的复制时，符号就将不再信赖表征，能指就将脱离已有的所指约定，进而导致对现实的怀疑或与现实的剥离。计算机网络拥有最便捷的复制技术，从前的艺术品从没有像今天这样在如此广泛的范围内可对之进行技术复制。本雅明在《机械复制时代的艺术作品》一书中对现代工业社会中出现的机械复制艺术进行了独到的社会学描述，他指出："在对艺术作品的机械复制时代凋谢的东西就是艺术品的韵味。这是一个有明显特征的过程，其意义超出了艺术领域之外。总而言之，

复制技术把所复制的东西从传统领域中解脱了出来。由于它制作了许许多多的复制品，因而它就用众多的复制物取代了独一无二的存在；由于它使复制品能为接受者在其自身的环境中去加以欣赏，因而它就赋予了所复制的对象以现实的活力。这两方面的进程导致了传统的大动荡。""韵味"(Aura)是本雅明用来描述机械复制时代之前艺术特征的独创性概念，有"韵味"的艺术泛指传统艺术，这个韵味是指"在一定距离之外但感觉上如此贴近之物的独一无二的显现"。经典艺术的审美魅力就在于它具有艺术"韵味"，有"韵味"的艺术品具有距离感、无功利性、超然性和独一无二性。本雅明所说的机械复制艺术主要指电影，对于网络化电子艺术来说，不仅复制的手段更为便捷，拼贴的方式更为多样，而且复制与拼贴已经成为网络文学的一种生成方式。用特定的创作软件编制情节曲折的小说、冲突尖锐的戏剧、语言"陌生化"的诗歌，实现"艺术的技术化"或"技术的艺术化"，已成为一道新的文学景观。并且，只要学会了"复制+粘贴"，就可以"天下文章一大抄"，文字文本的写作以观念的复制(仿真)、语段的复制(拼贴)、意义的复制和话语的复制(挪用网语)为创作常态。它带来的结果有二：一方面，用图文语像的无穷复制动摇了艺术经典的横亘沉积性，转移了对经典的审美聚焦，使艺术失去了生成的一次性、留存的经典性和礼仪的崇拜性；另一方面，艺术复制用技术干预造成了对自然存在的中断和文本诗性的语境错位。经典是一种审美发现，一种艺术原创和个性独创，而网络文学写作重发表不重发现、重表达不重原创，它用机械复制与技术拼贴消弭了原创与仿拟的界限，复制成为本源，拼贴即生成，创作变成了"生产"，艺术转化成了"文化工业"。在这种情形下，文学独创连同独创的文学观念都淡化了，消解了，文学经典、艺术经典亦便丧失了生存的空间。

(二) "字思维"向"词思维"转变消解了创作经典的思维范式

数字媒介对创作主体的影响不仅表现在技术操作层面上，而且表现在深层次的思维和观念上，使创作主体的艺术思维由传统的"字思维"转变为工具理性的"词思维"。字思维是汉字点、横、撇、捺的书写思维，而书写思维是执笔亲历的体验式思维，是积淀深厚的感悟式思维，又是情理蕴含的形象思维，这些都是打造经典的必备条件。词思维则是符号表征的技术思维，是工具理性的代码思维，又是基于机器原理操控的逻辑思维，因而，较之于字思维，机器书写的词思维与生命行为的隔膜，难以表达人的生命本体的价值理性，也不适于创造符合审美逻各斯原点的艺术经典。

对于西方作者来说，敲击键盘的机械动作是极其平常的事，键盘是写作的必备工具。从来就没有西方人对键盘写作提出过疑问，并把它提高到对写作产生观念迁移的高度。而中国则不同，汉字是象形文字，这种象形文字极大地丰富了中国人的形象思维。中国人写汉字运用的是"字"思维而不是"词"思维，每个"戳"

出来的字都伴随有作者对语言形象化的过程。电脑的键盘写作则直接摧毁了字的形象，因为大多数的汉字输入法用的是完全拆解了汉字形象的机械编码的方式，如按照拼音输字法，"网络文学"变成了"wangluowenxue"。这种文字符号的编码、解码过程的改变，使中国字本身的形象感淡化了，取而代之的是对语音或者偏旁拆解的强调。符号的编码规则代替了汉字的结构规范，数字操作颠覆了铅字权威，"输入"代替"书写"的直接结果便是"词思维"对"字思维"的替代。以机换笔后，创作主体的艺术思维没有了执笔"戳"字时的语言形象相伴，也没有了笔意和书法，没有了历史感，甚至没有了"文章千古事"的道义约束和"手稿时代"严肃与执着的创作心态。在"遗失手稿的时代"，有人曾描述过电脑写作与执笔手书的差异性："电脑写作使敲击键盘代替了执笔手书，速度的成倍增加使书写具有了某种一泻千里的快感，思维因书写过慢而受阻的现象也大大地减少了。"

（三）电子文本用"展示价值"置换了艺术经典的"膜拜价值"

艺术经典是基于艺术积累并由特定审美文化命意所标持的价值规范。网络媒体打造的是大众文化、新民间文学，而不是精英文化或"纯文学"。网络写作常以"渎圣化"思维，将精英文学时代崇高的文化命意改造成快乐游戏，就像本雅明所说的那样用作品的"展示价值"替代"膜拜价值"。在本雅明看来，有韵味的艺术和机械复制艺术的区别体现在膜拜价值和展览价值的差异上。传统艺术作品因为独一无二、珍贵稀有，只能为少数权贵拥有，这种价值在接受者心目中体现为"膜拜价值"；机械复制艺术作品则不具有独一无二性，人们能用技术手段对之进行大量复制，使其为大众普遍拥有，从而打破了艺术与大众的隔膜，使艺术作品的可展览性大为增强，原有的膜拜价值日渐消散，成为人人可以欣赏的东西，而具有了"展示价值"。随着摄影、影视、广告、畅销书等成为现代社会主导的艺术消费品，源于宗教故事、英雄史诗、宫廷艺术和传奇的艺术膜拜传统，已被现代文化工业的大规模机械复制艺术所替代。艺术品的展示价值和欲望消费互为因果，使艺术以"类像"取代个人独创，以符码游戏替代审美，以机械复制性消解艺术的经典性。这种状况在网络写作中得到了进一步强化。网络作品的自况性展示价值多于膜拜价值的现实，与后现代话语存在着艺术逻辑的协同性。因为在网络空间中，"我"能够易如反掌地改变"我"的自我，使主体身份在不断"漂移"中变得无限可塑，最终使"真我"在失去外在约束的同时，也失去个人心灵的根基。于是，网络中的许多作品，可能有自况式心灵袒露或率性的游戏化表演，却常常失去本体真实性和价值膜拜性。

与"膜拜价值"所体现的对艺术品崇拜珍惜、若即若离并能发挥想象进行深入思考的心理不同，网民们以快捷的技术操作游弋于虚拟的快乐世界，不会去刻意追求经典性与精致性，也不再沉浸于自由玄想的静观沉思，他们所要做的是如何充分地展示自己，最大限度地被人欣赏。因此，他们以一种轻松的乃至消遣的态度直接把握艺术对象，所追求的是自况、"当下"和直观，而不是自律、意义和深度。网络作品追求展示价值的同时，失去的不仅是膜拜价值，更有历史意义和时间记忆。因为在网络这个"赛博空间"中，已经割裂了时间与空间的辩证法，将历史感的时间转换成了"在场"的空间，将有深度价值的时间转换成了浅表化展示的空间，把心灵记忆的时间转换成为即时游戏的空间，最终一切都被空间化了。这种后现代式的空间化不是传统意义上的材料结构的物质性空间形式，而是把思维、存在的体验和文化产品中的时间、历史因素等彻底加以排斥，使时间永驻现时所形成的新的空间形式。它切断了各种复杂的符号联系，从深层观念上排除了文字纯表面之间捉摸不定的关系，成为一种单向度平面展示的"当下"存在。网络作品中的人已经没有历史，只存在于当下空间，变成没有根的浮萍般飘来飘去的人，时间已经碎化为一系列永恒的当下片段，唯一存在的只有空间和在这空间中的自述、展示与游戏。

第三章　网络文学的主要类型

第一节　网　络　小　说

1998 年，痞子蔡首次在网络发表小说《第一次的亲密接触》，随即掀起一阵网络文学风潮。2001 年初，光明日报出版社出版今何在的《悟空传》一书，引起图书市场的轰动，更是引发了人们对网络小说的热情。

1999 年之后，当网络文学的市场前景被普遍看好的时候，"网络写手"群体也应市场需求而自然产生。一时间中国的"网坛"也轰轰烈烈，涌现出如宁财神、李寻欢、邢育森、安妮宝贝等知名网络小说作家。"榕树下""龙的天空""爬爬书库""幻剑书盟""起点中文网'等文学网站也相继出现。

一、网络小说的含义

谈到网络小说，首先要谈一下网络文学。目前，对于网络文学的界定很多，流行的观点有四种：一种观点人为，"网络文学"就是以网络生活为题材的文学，如网上聊天、网恋等。第二种观点认为，"网络文学"就是运用超文本链接和多媒体等方式制作的作品，这类作品具有网络的依赖性、延伸性和网民互动性等特征，不能下载出版做媒介转换，一旦离开了网络它就不能生存。第三种观点认为，"网络文学"就是网上的文学，即 e 形文学，凡在互联网上传播的文学都是网络文学，这种网络文学同传统文学仅仅与媒介和传播方式的区别。第四种观点认为，"网络文学"就是存在于网络空间、以计算机网络为传播媒介、其创作和接受具有在线性和交互性的文学样式。我们人为，前三种观点都存在不足之处，不能对网络文学提出合适的注解，而第四种观点则较为准确。这样的界定，一方面突出了网络文学存在、传播的方式，即网络空间；另一方面符合文学的活动实践，即创作和接受具有文学形式。

结合网络文学的定义，网络小说的定义也随之而出：网络小说是指首发于互联网互动性社区，在互联网上专播，在创作、发表过程中不断得到读者的反馈并能随时修正其内容的小说作品。这是一种新兴的小说体裁，随着网络的快速发展而出现。

二、网络小说的特点

（一）开放性

1．创作的开放性

众所周知，传统小说的创作，作者是非常个人化的作业，绝大多数是一个人独立完成，随后与编辑沟通意见，然后进行修改、补充，最后在刊物发表，或者出版单行本。这时，作品才与读者见面。读者除了阅读，产生读后的感想，根本无法与作者即时沟通，甚至一起探讨小说的构思和语言等，更不可能因为读者的意愿和建议而对原作进行任何修正。反观网络小说则不然。文学是一种信息，网络是传递信息最现代的工具。同时，网络也是一个特殊的平台。在这个平台上，作者与读者可以随时交流、互动。这使网络小说形成了一个有别于传统小说的鲜明特点，那就是读者也参与了小说的创作。

网络小说大多是写手边写边发到网站、论坛或是博客等其他平台，有全文存稿或小说大纲的网络小说数量不多。读者可以边阅读小说边评论发表意见，写手可以从这些评论中获取一些有价值的信息运用到之后的创作中，而已有大纲的网络小说也会因为读者的反馈对大纲进行改动。在这一过程中，写作、阅读、评论可以同时进行，与传统小说的创作、发表、评论的程序大相径庭。作品由作者与读者共同创作，从某种意义上说，这是一种集体创作。也就是说，网络小说是一种开放性的文本。美学理论家姚斯在《文学史作为文学理论的挑战》中说："读者本身便是一种历史的力量，文学作品的历史生命，如果没有接受者的介入是不可想象的。"的确，自古优秀的作品，无论是经典的四大名著，还是唐诗宋词，都是经过读者的选择流传下来的。而今，网络时代，读者的力量对于作品似乎更加直接。在华文网络文学社区的小说接龙中，有个有趣的关系，那就是作者本身也是读者，而读者，只要愿意，可以随时加入接力写作变成作者。正如法国解构主义美学家罗兰·巴特所言：让"读者"成为名副其实的"读写者"。

2．题材的开放性

网络小说除了内容具有开放性，在题材选择上也具有一定的开放性。

首先，网络小说发表地点为文学网站或论坛等网络平台，这些网络平台其自身对小说题材限制较少，写手在创作小说时对小说题材的选择更加多样。现在文学网站对小说的分类众多，除了传统的言情、武侠等，还出现了同人等小说类型专题。

其次，网络写手具有年轻化特征，自身能抓住时代潮流，并能借助互联陶迅速接触吸收新鲜事物，并将其大胆地运用到自身的创作中。这也成为网络小说题材开放的原因之一。

　　不止网络写手具有年轻化特征，同为网民的网络小说受众也具有年轻化特质。年轻的受众对新鲜事物接受程度较高，而且这一群体对娱乐性的追求越发热烈，这些都成为新题材小说市场的保证。

（二）个人主义题材

　　网络写手作为当时一种新的身份，有其自身的特点。这些网络作者从职业看，有曾任公司高管的景旭枫这样的高级商务人士，也有当年明月这样的普通公务员和董晓磊这样的在校大学生，以及数量众多的自由写作者；从专业背景看，有步非烟、阿越这种出身文史专业的作者，也有萧鼎、易铭、余扬这种其他专业的作者，更有天下霸唱这类自称没读过什么书，"见了文化绕着走"的作者。作为由非职业作家基于兴趣创作的直接面向阅读的故事，当然不能被解释为对某种现代文学创作论的实践。

　　从年龄上来看，网络写手群体大多出生于20世纪70—90年代，他们在开始自己网络小说创作生涯的时期常常被冠以"新生代""后新生代""晚生代"等头衔。在他们的记忆里，很难找到属于他们这代人的共同话语，也很难从一个整体角度来谈论他们的生活与工作。那些前代人所津津乐道的"阳光灿烂的日子"，离他们似乎很遥远。他们更愿意相信自己的眼睛与身体，更愿意信赖自己对生活的私人理解。

　　这种"个人"主义并不是否定性的，它直接来源于欧洲文艺复兴的宗教改革，是对个人权利的发现和肯定。美国思想家爱默生指出："我们时代的另一特征就是承认个人的新的重要性……人与人要像主权国家之间那样对待。"个人主义从美国发展到整个西方世界，被帕森斯称为西方现代化的三大要素之一(另两个是市场经济与民主法治)。

　　同时，这种个人主义题材纷纷打上了网络的烙印。目前我们视野中的汉语网络文学作品，尤其是初期的网络小说，很多都是以网络为故事背景的。网络在其中成为一个符号、一种坐标，生活在它的映照下凸现出更多我们从前忽视的矛盾和谬误。而"清纯"的源头就是网络空间那跨越时间空间和个人背景等直接进行的心灵上的沟通。

（三）民间本位的写作立场

　　众多的网络文学作者虽然位列知识阶层或中产阶级，但他们在写作心态上往往秉持民间立场，坚守黎民本色，不惮于"街谈巷语""刍荛狂夫之议"，自矜于嬉笑怒骂、"下里巴人"之文，把一种新民间写作推上网络平台，使民间本位的自我表达成为网络写作的基本立场。

1. 脱冕快慰

本雅明曾说，传统艺术品注重的是"膜拜价值"(Kultwert)，而机械复制时代的艺术作品注重的是其"展示价值"(Ausstellungswert)。网络文学作为电子化复制的典型文类，其创作动机不在膜拜，而是出于自我展示和快慰表达。网络作者少以"作家"自居，甚至贱视这一"冠冕"，而甘愿做它们的"痞子蔡""李寻欢""今何在"。网络写手宁财神对"咱们是为了什么而写"的回答是："为了满足自己的表现欲而写，为写而写，为了练打字而写，为了骗取美眉的欢心而写……"网络是一个大众狂欢的自由广场，又是一个消解崇高、颠覆神性、贱视权威的世俗世界。与之相适应，网络文学是"脱冕"的文学，而不是"加冕"的文学。写作者并不想以此换取功名，乃至立言、立德而成"不朽"。因为上网写作不再被视为文人安身立命的方式和文学承担形式，而只是一种游戏、休闲方式和宣泄、狂欢的途径。它用"另类"的数字化约定破除文学旧制，用"比特"的收放转换褪去文学神圣的光环，并以蛛网勾连的交互式触角拉开文学圣殿尊贵的面纱，让"脱冕"后的文学女神走下神坛，回归民间，与民同乐，形成自由而快意的文学亲和力。这时候，平民百姓的欲望表达公开登台，如巴赫金论及狂欢节活动所说的"以丑角弄人身份亵渎神灵"，假面话语用数字符号沟通贫富、雅俗和高低的对立，让充满欢笑的怪诞、嘲弄、调侃、滑稽、耍贫嘴、假正经，以及各种民俗民间文化来颠覆尊贵和典雅，把传统的文学经典范式和文学价值理念弄得"兜底翻"(Inside out)。

2. 讥嘲崇高

彻底的平民姿态，使网络写作对于崇高的东西一般都采取戏弄和讥嘲的态度。许多网络写手常常将大众耳熟能详的成语典故、名言警句、影视歌词等，翻新为时尚或调侃的噱头，将其纳入新的语境，以制造喜剧性的反讽效果。周星驰《大话西游》中那几句经典的台词："曾经有一段真挚的感情摆在我面前我没有珍惜，等失去后才后悔莫及，尘世间最悲哀的事莫过于此……"不仅被戏仿为某品牌饮料的电视广告词，在网上更是经常被文学网民在新的语境里予以套用。一些文学网站的"开心一刻""随笔小札""心有灵犀""青青校园"等栏目，类似"美女如此多娇，令无数男人累断了腰"之类的戏仿之作可谓比比皆是。

戏嘲崇高不是网络文学独有的东西，但由于它契合了网络"脱冕"和"祛魅"的游戏精神，因而一直在网络原创文学中大行其道。

3. 渎圣思维

这是在价值取向上体现民间立场的一种创作理念，是反本质主义的思维表征。巴赫金将其称为"贬低化"，"亦即把一切崇高的、精神性的、理想的和抽象的东西转移到整个不可分割的物质和肉体层次，即(大地)和身体层次"。这种"贬低化"

其实并不含贬义，主要指物质化、世俗化和人间化，是高雅相容于粗俗，精英存形于普泛，神圣崇高回归到低微和平凡，一切形而上的东西都向下转移，以求打破壁垒和特权，把文学连同自由平等观念从神坛拉回民间。如先在网上走红又在书市热卖的网络小说《悟空传》，对唐僧与他三个弟子之间的师徒关系就作了"渎圣化"处理。这里完全没有传统小说《西游记》中师傅的威严和徒弟的敬重，也没有师徒共赴危难闯天涯的大义和神圣感，只有俗世的率性而为与相互敌视。还比如获奖网络小说，Flying-max 的《灰锡时代》、Mikko 的《英雄时代》，以及 Will 的《网络 CHAT 男性照妖指南》、Jascha 的《网络 CHAT 女性防狼手册》、邢育森的《活得像个人样》、慕容雪村的《成都，今夜请将我遗忘》等，都带有犬儒主义的渎圣色彩。

把神圣化作笑谈，将崇高降格为游戏，用喜剧冲淡悲愤，以笑料对抗沉重，这便是网络写手渎圣化思维的常见套路。网络文学天然地隶属俗物，所以从不装扮高尚和伟大，它拒绝高尚和责任，结果必然与传统的价值理念格格不入。网络作家尚爱兰对此评论道：那些要求网络文学负起社会责任和更有良心的说法，实在是良好的一厢情愿。你根本不能再要求他们像老舍一样去关心三轮车夫的命运，或者像鲁迅一样去关心民众的前途……我们没有文化优越感，但是我们有足够的生存困境，有足够的热情和机智，有足够的困惑和愤怒，有足够坚强的神经，有足够的敏感去咬合这个时代，有"泛爱"和"调侃"这两把顺手的大刀。

(四) 颇具张力的语言

因网络平台的高度自由化、大众化，网络小说的语言更具简洁性、口语化、陌生化、能动性的特点。

1. 语言简洁，句式简短

网络小说的阅读不同于传统的"读书"，而是"读屏式"阅读。这种阅读近似于"扫描"，少有人能耐心品味结构繁复的句子，所以，网络文学一般不需要读者在字缝中阅读，而要求表达力求直白、简洁，要求创作者尽量减少长句的出现，句子结构尽量松散，段落尽量短小，分段频率尽量高，以免引起读屏者的疲劳。而短句的爆发力强，表达直接，风格简洁明快，有其适应网络书写的先天优势。

2. 口语化的语言

普通网民并非专业文学评论家，他们的阅读追求的首先是娱乐性，网络文学的作者也多不是文学专业出身，他们的写作追求的首先是自由抒写，所以网络文学的表达与传统文学作品相比，不以字敲句酌见长，也十分不讲求奇策深警，而显得相对简单通俗。很多网络作品甚至用的就是"我手写我口"的口语化写作方式，方言、俗语在作品中屡见不鲜。

语言的口语化特点表现在很多网络小说对对话手法的充分使用。对话是人物描写的一种表现手法，这种表现手法在网络小说中占有很大的比例，甚至有以网上情事为主要内容的作品直接将聊天室对话放到作品中。在李寻欢的《迷失在网络与现实之间的爱情》中有一个片段：

> [fengying]嗯。不过还是没有在网上好
> 我们好像更习惯网吧。
> [fengying]我们是网人。
> [qiaofeng]但也许不会永远只在网上。
> [fengying]是的，也许。

这是网络聊天用语在网络小说中的表现，在痞子蔡《第一次的亲密接触》、谭竹《聊也难受不聊也难受》中都发挥得淋漓尽致。口语化的聊天用语将计算机两端个性鲜明的两个人鲜明地展现在读者眼前。

3．文中使用新词汇、字母缩略、符号、数字语言等

网络小说的语言标新立异，不严格遵照汉语语法规则约束，如张普所说，"一般来说是含有非规范用法的文本"。经过较长时间的实践，网友们在使用网络时经常会用一些特别的文字符号、英文字母、阿拉伯数字、特殊符号等，表达相对固定的思想内容或情绪，网络小说的创作者们也将其运用到作品中。

事实上，许多网络作者为了使其作品语言"生动"，会运用当下流行的词汇。例如晋江文学网中花暮年的《大神何苦为难大神》一书中有以下片段：

> @小猫爱钓鱼：怎么了大大？
> @飞秦CP不可逆：……我看到泽路大神更新了，抚摸大大……。
> @脸书不是脸叔：再见？！不要啊！没事的，我们不介意这点设定上的差异的！请务必写下去啊啊！
> @山核桃：泽路大神真是出其不意……大大节哀。
> @你好我是松露巧克力：其实我觉得影响不算很大，反正结果他俩是好基友。

这里除了采用当下年轻人常用的微博评论场景外，作者使用的词汇也是现今网络中比较流行的词语。"大大""大神"多指某方面的高手、达人。"CP"则是couple 的缩写，指某两人的配对。"好基友"则多指男性之间较为密切的交往关系。从这里我们就可以清晰地看到，网络语言文学标新立异的特点。

（五）高娱乐性特点

网络小说还具有高娱乐性的特点，它能为读者带来阅读愉悦感，而这种愉悦感的产生离不开网络文学的三大核心元素"YY性、代入感和金手指"。

"YY"是"意淫"的缩写，是指满足人们在精神世界对美好生活的追求，尽可能让读者幻想那些欲做而无法做的事情，并成为保证写手脱颖而出的条件。而"YY"需要代入感的配合。代入感是指小说使读者产生一种自己代替了某个小说人物，并由此引发的身临其境的感觉。"YY"和代入感有时又需要"金手指"的支持，"金手指"是由游戏中的"金手指"延伸开来的，在游戏中指"作弊器"，在网络小说中则指主角相绞于其他人具有的特有的优势，而这个优势为超现实来源，比如获得一个宝物、拥有一项异能、具备独有的知识记忆等。

以女性受众为主的言情小说多注重"YY"与"代入感"，这类小说中很少有"金手指"的出现，但男主角多是帅气多金无所不能的"霸道总裁"，是大部分女性心目中的"最佳伴侣"，女主角则多为拥有某一个特质能够吸引"霸道总裁"的平凡人。女主角的平凡特征是多数女性读者的特点，易于读者将自己代入小说中，"亲身"经历一场与"霸道总裁"的爱恨情仇。

桩桩创作的穿越言情文《蔓蔓青萝》中，穿越到架空王朝宁国宰相家三小姐青萝身上的女主角程菁这样分析自己："大学学的是英语，无用之极，在现代生活了二十二年，懂得的知识或多或少总会用到一些。诗词可以抄袭，五千年的文化她所了解掌握的应该够用了。唐诗宋诗记不全也没关系，一些脍炙人口的句子她还是记得的。唱歌她不行，总是跑调，也没关系，知道一些曲词，说不定还能用用。会瑜伽，练过空手道。"从中可以看出，女主角在现代并没有什么特殊技能或过人之处。这给了女性读者将自己"代入"的机会。之后的故事发展证明，程菁仅凭自己对五千年文化的了解、掌握的现代生活技能以及学过的唐诗宋词在宁国众多大家闺秀中脱颖而出，并获得了"风城五公子"中两位公子的青睐，最终与男主角刘珏成为眷属。该文是这样描述男主角刘珏的："听说都是二十岁左右的英俊风流人物。风城大半少女说起五公子就眼冒星星。""身板儿不错，和太子差不多高，脸也不错，有棱有角，眉宇间英气毕露。"刘珏符合多数女性读者 YY 的伴侣的形象，"帅气多金，有勇有谋"。这样一部能为读者带来愉悦感的小说自然成为众多女性读者追逐的对象。

而以男性读者为受众的小说中，"YY""代入感"和"金手指"多同时出现，满足众多男性读者想要指点江山的愿望，给男性读者带来阅读中的满足感与愉悦感。

三、网络小说的发展

对于"网龄"超过 15 年的"资深网民"而言，他们肯定熟知《第一次的亲密接触》里"痞子蔡"和"轻舞飞扬"的凄美故事。从《第一次的亲密接触》至今，中文网络小说已经有了长足的发展，回顾中文网络小说的发展历程大致有以下阶段。

（一）孕育阶段：20 世纪 90 年代初至 1999 年

1991 年至 1999 年，中文网络小说经历了长达 8 年的孕育期，这一时期的代表作者有图雅、百合等人。

中文网络文学最早可以追溯到 20 世纪 90 年代初，一些分布于美国各大学的中国留学生，通过电子邮件等方式将他们编辑的刊物《华夏文摘》传送到世界各地。一般认为，少君 1991 年 4 月在《华夏文摘》第四期上发表的小说《奋斗与平等》是迄今为止发现最早的一篇中文网络小说。

到 1992 年，美国印第安纳大学 USENET 上开设了 alt. chinese. text(简称 ACT)，这是世界上第一个采用中文张贴的新闻讨论组。1993 年起，遍布世界各国高校的中国学生学者联谊会主办的综合性中文电子杂志也是大量涌现。围绕中文作品，ACT 上形成了一个文学意味很浓的讨论圈子，并引发了最初的网络原创潮流。

1994 年 2 月，世界上第一份华人网络文学刊物《新语丝》(www．xys．org)。随后出现的《橄榄树》和《花招》等，良好地记录了当时的网络创作成果。

1994 年，台湾的各个大学已经使用 BBS 互相交流，PLOVER 以《往事追忆录》一举成名，成为台湾最早的网络作家。

1995 年 8 月，随着第一个 BBS——"水木清华"的建立，大陆最早的自发型网络原创就此产生，其他各高校也陆续建立了高校 BBS。

1997 年，美籍华人朱威廉投资成立文学网站"榕树下"，成为我国最大的中文原创网站。

1998 年 3 月 22 日至 5 月 29 日，蔡智恒花费两个月零八天完成 34 集的连载小说《第一次的亲密接触》，风靡网络。三个月后出版，成为台湾第一部正式出版的网络文学作品。1999 年，该书在大陆发行期间，发行量高达 50 万，连续 22 个月高居大陆畅销书排行榜。

这一阶段的网络小说，尚未成熟，以作者的自发原创为主，加之其只为表达自我，体现了网络文学的高度自由性、游戏性和共享性，因此被人称为网络文学的黄金时代。

（二）自觉阶段：1999 年至 2010 年

随着《第一次的亲密接触》的出版及畅销，大陆网络创作迅速升温，开始步入自觉期，于 1999 年至 2000 年形成第一个热潮。这一时期的代表作者是"五匹黑马"，即邢育森、宁财神、俞白眉、李寻欢、安妮宝贝。其中，邢育森、宁财神、李寻欢有网络小说的"三驾马车"之称，安妮宝贝、吴过、Sieg 后来被称为"小三驾马车"。随后网易、榕树下等网站推出网络原创文学作品评选，并请到传统作家和批评家王蒙、王朔、余华、阿城、三安乙等担任评委，使得网络文学开始被文学界关注。

网络小说创作由自发走向自觉，有三个重要标志：一是一些传统作家开始参与网络小说的评选，并主动把自己的作品放在网络上传播，推动了传统文学界对网络写作的认可进程。二是各文学网站先后设立原创文学专栏，甚至主题网站。于是，从早期的代理出版到 2003 年以后的 VIP 收费阅读，日渐商业化。三是商业化写作出现，通俗文学成为网络小说创作的主流。写手凭借在网站的读者人气，吸引出版商介入或直接以 VIP 收费阅读方式使网络小说转化为金钱。

世纪之交，网络文学迎来高潮期。到 2001 年，仅"榕树下"就签约出版社 37 家，签约电台 46 家；出版图书 117 本，发行图书 235 万册；签约媒体 521 家，图书出版收入 1 600 万，注册用户 160 万。

经历了第一波热潮之后，2001 年至 2002 年，网络小说遭遇了冷眼。虽然仍有慕容雪村的《成都，今夜请将我遗忘》、醉鱼的《我的北京》等有影响力的作品，但仍无法改变传统文学界对网络小说的态度。

2003 年至 2004 年，网络小说的第二波热潮由大学生上网普及而来。校园题材的青春网络小说红极一时，2004 年有青春文学年之称。

2005 年被称为玄幻小说年。两大搜索引擎 Google 和百度向公众公布了 2004 年十大中文搜索关键词，唯一与文学有关的入选词语是《小兵传奇》。它与《诛仙》《飘邈之旅》被称为"网络三大奇书"。

2005 年底，以《盗墓笔记》为代表的"盗墓小说"又成为新的主角。国际在线、浙江在线、《天府早报》、IT 世界网、《法制晚报》、搜狐等报纸和网站纷纷连载，人民网、网易、新浪等也作出"江苏不慌不忙回主场，大唐忙里偷闲看《盗墓笔记》"的报道，可见盗墓小说的火爆人气。

2006 年 3 月，"本物天下霸唱"在网上发表《鬼吹灯》，使这类小说迅速走红。甚至有人认为，探险考古的"盗墓小说"开创了通俗文学的新门派——"盗墓派"。

2006 年以后，诡异离奇的惊悚小说也渐渐风起云涌。

2007 年，中国网络穿越小说发展进入高潮。2004 年金子《梦回大清》的连载和出版拉开了中国网络穿越小说发展的序幕。2005 年桐华的《步步惊心》和晚清风景的《瑶华》这两部都以清朝为背景的穿越文与《梦回大清》一起被人们称为"清穿三座大山"，也进一步推动了我国网络穿越小说的发展。2007 年后，我国网络穿越题材的小说呈井喷式发展，至今势头不减。

（三）高潮阶段：2010 年至今

网络小说随着类型的不断丰富，数量的不断增加，其影响力不断扩张，地位也不断提高。网络小说不论从文学性还是商业性上都体现出一定的价值，吸引了各界的目光，也受到了更多重视。

2010 年，我国第五届鲁迅文学奖首次将网络作品纳入参评范围。文雨的《网逝》成为第五届鲁迅文学奖入围的唯一一部网络作品，也是我国历史上第一部入围鲁迅文学奖的网络作品。

从第八届茅盾文学奖(2011 年)开始，"持有互联网出版许可证的重点文学网站"即有资格推荐作品参选茅盾文学奖。网络写手"菜刀姓李"的《遍地狼烟》成为当年唯一一部跻身该奖 81 部排名榜的网络小说。

中国文学奖项虽已向网络文学打开大门，但参评条件对于网络作品仍略显严苛。2011 年第八届茅盾文学奖要求参评作品必须出版落地书，而且出版落地书的时间须在 2010 年之前，这导致很多网络小说失去了参评资格。《盗墓笔记》在 2010 年虽已出版，但因其未能全面出版致使其未能获得参赛资格，而被称为"第一部申报茅盾文学奖的网络小说"《橙红年代》也因出版时间在 2011 年 4 月，没能符合"出版落地书的时间须在 2010 年之前"这一标准而不能参赛。网络小说想要在文学奖项中脱颖而出，道阻且长。

网络小说商业价值的体现则为网络文学"全版权"产业链的逐步完善。"全版权"指采用不同媒介的多种版权方式全方位运营。有关网络文学的"全版权"运营就是把网络作品转让给电视、电影、广播、手机、网游、动漫等不同传媒领域，通过文字、声音、影像、表演、视频等表现手段，对作品进行全方位、多路径、长链条的版权经营，在满足受众市场细分需求的同时，让网站、作者和作品经营者一并获得商业利益。

有关网络小说的影视剧改编，从 2000 年就已开始，但 2000 年由同名小说改编的《第一次的亲密接触》电视剧并不算成功。2001 年由筱禾创作的《北京故事》改编的电影《蓝宇》虽未在中国内地上映，但这部影片斩获多项大奖，在上映地区均获得不俗口碑。之后，由网络小说改编的影视剧几乎每年都会出现在大众视野。2004 年的《蝴蝶飞飞》，2005 年的《亮剑》，2006 年的《会有天使替我爱你》，2007 年六六的《双面胶》等影视剧都改编自同名小说。这一时期，由网络小说改编的影视剧引起轰动的数量较少。从 2010 年起，我国网络小说影视剧改编热潮全面爆发，此类型影视剧不仅数量剧增，而且影响巨大。2010 年改编自网络小说的影视剧有《美人心计》《佳期如梦》《泡沫之夏》《来不及说我爱你》《山楂树之恋》等，2011 年的《失恋 33 天》《步步惊心》《千山暮雪》《甄嬛传》《搜索》等剧都引发了极大的反响。2013 年网络小说改编数量大为减少。2014 年，随着各家广为宣传的泛娱乐策略，影视剧改编热度重新回升。2015 年网剧《盗墓笔记》、电视剧《花千骨》《他来了，请闭眼》《云中歌》等影视剧的热播宣告了我国文学改编影视第二次热潮的到来。

除了影视剧改编，网络小说的"全版权"产业链还体现在游戏改编、漫画改编等方面。《星辰变》《诛仙》等均改编同名游戏，《斗罗大陆》则改编为同名漫画。

四、网络小说的分类

网络小说的分类多种多样，如按创作主体来说，可分为电脑小说、网络写手小说、传统作家小说；按文体可分网络游戏小说、短信小说、网络接龙小说等；按题材可分为都市网络小说、校园网络爱情小说、另类情爱小说、网络都市小说、网络校园小说、网络武侠小说、网络玄幻小说、网络军事小说等。其中言情小说是通俗文学中的热点，最受大众读者青睐。而玄幻小说、武侠小说等因其带有想象性和幽默性也颇受大众喜爱。另外，拥有广大市场的网络穿越小说也渐渐成为网络小说的重要组成部分。本章将以网络小说受众性别为标准对作品进行划分，对女频小说、男频小说以及无明显目标性向受众小说等类别进行解读。

五、网络小说存在的问题

随着网络的快速发展、网民人数的增长，网络小说同样大步伐地向前发展，并取得了一些显而易见的成就，但同时也暴露了一些问题。主要表现为以下三个方面：

（一）创作题材单一雷同、缺少原创，著作权意识有待增强

网络小说的创作题材目前仍集中在都市、言情上，去除性和暴力的元素，再删掉作品结构、模式重复的情况，所剩的优秀作品就寥寥无几。传统文学中的很多题材也还未在网络小说中出现。

同时，由于网络获取知识的方便性和快速性，网络写手间用"ctrl+c"和"ctrl+v"便完成了一部作品，很少有独立的思考和创作出现。如《第一次的亲密接触》后，网络上便出现了《第二次的亲密接触》《第三次的亲密接触》……《第 N 次的亲密接触》的模板，而其模式也无非轻舞飞扬与痞子蔡的爱情。"如果我有一千万，我就能买一栋房子。我有一千万吗？没有。所以我仍然没有房子。如果我有翅膀，我就能飞。我有翅膀吗？没有。所以我也没办法飞。如果把整个太平洋的水倒出，也浇不熄我对你爱情的火。整个太平洋的水全部倒得出吗？不行。所以我并不爱你。"其中的"如果……我就……我有……吗？没有。所以……"也被网络写手们作为浪漫的格式，换了情景加以套用。诸如此类的行为容易造成网络小说主题单一，而由于网络作品多缺乏对著作权的保护，导致网络小说创作过程中抄袭现象

严重，内容雷同的网络小说数量较多。

（二）网络小说娱乐至上的导向

随着网络小说被越来越多的年轻人作为休闲娱乐工具，网络小说的写作也被商业化，与最初的非功利化相去甚远。最初的网络写作者以表达心中需求为写作目的，正如邢育森所说："网络文学就是意味更少急功近利气息，更少等级观念，更少陈词滥调的、新鲜的、活跃的、年轻的、民间的文字。"随着商业的介入，为了提高点击率、收藏率和推荐率，相当多的网络小说写手在作品公告、作品简介或每章更新的作品后面恳求读者"多砸月票"。阿三瘦马在《男人在上》的作品内容简介里直白地道出了写作的指导方针："一切为读者，情节很轻松，结局很圆满。"愤怒的香蕉在《隐杀》中这样介绍该书："这本书是一本纯粹轻松的 YY 小说，充满了大量轻松和扮猪吃老虎的情节，思想复杂的人请进来，这里会满足你的各种需要。"网民的兴趣牵制着网络写手的创作形式和内容，这使得网络小说整体趋向于低俗化，而且越来越萎靡。

（三）网络小说作者责任心不强，整体写作水平有待提高

由于网络写作的开放性，大部分网络小说写作者的经验不丰富和文学功底不深厚，表现手法陈旧，尤其缺乏深度和力度，这是网络文学作品普遍存在的问题。

同时我们也乐观地看到，目前网络文学正在经历一个由数量型向质量型的转型期，网络文学当中的一些经典作品正在慢慢成为当代文学的主流，例如阿越的历史幻想小说(又名"架空历史小说"）《新宋》，其中的文学欣赏性及历史专业性在当代中国的历史小说界是首屈一指的。

第二节　网　络　诗　歌

21 世纪是互联网的时代，网络影响和改变着当代人生活的各个方面。文学是延续人类精神文明的产物，在网络时代里面临着机遇和挑战，也接受着转型带来的种种彷徨、焦虑、不安。网络诗歌便是机遇与挑战共同催生的网络文学样式之一。

网络诗歌自出现起，便伴随着各种争议和怀疑。如今，网络诗歌渐渐为大众接受，当初争论的硝烟也渐渐散去。一时间网络上涌现出众多的诗歌作品，网络诗人也"忽如一夜春风来，千树万树梨花开"。当人们打开电脑，看到一夜间成长起来的网络诗人和他们大批量生产的作品时，有些惶恐，有些不安。于是，人们开始重新审视：究竟什么样的诗歌才是网络诗歌，网络对诗歌产生了怎样的影响。

新时代里，生活是高速的，提高物质生活水平是压在当代人身上的重担。每天 24 小时，除了工作、考证考级、加班等，人们很少有精力再体会当初李白"斗酒诗百篇"的怡然自得。人们的精神生活也随之快速化，并在沉重的压力面前渐渐空虚且低俗。

一、网络诗歌的含义

在中国，人们对于网络文学的关注，开始于对一些网络小说作者的前卫尝试，随后是对网络小说等一些非诗歌的网络文学的关注，而对于网络诗歌，学术界并没有进行深入的研究和探讨，使得网络诗歌一直自生自灭地成长着。直到青年学者杨晓民提出"网络诗歌"的命题，一场关于"网络诗歌定义的探讨和界定"才轰轰烈烈地进行起来。

大多数人认为网络诗歌必须是在线创作，摒除了诗歌从传统纸质媒介转移到网上的因素，强调的是作品的原创性和首发性，也很能代表一部分评论家和学者的看法。他们从媒介学角度入手，纷纷为网络诗歌下定义。比如吴思敬说，广义的网络诗歌是从传播媒介角度来说的，一切通过网络传播的诗作都叫网络诗歌，它既包括文本诗歌的网络化，即把已经写好的诗作张贴在电子布告栏上，也包括直接临屏进行的诗歌写作；狭义的网络诗歌则着眼于制作方式，指的是利用电脑的多媒体技术所创作的数字式文本。"这种文本使用了网络语言，可以整合文字、图像、声音，兼具声、光、色之美，也被称为超文本诗歌。"类似的观点还有胡慧翼，他认为：网络诗歌是运用网络这个新的媒介和载体，来创作、传播、储存和阅读的新的诗歌样式，它不仅指运用网络的多媒体技术和超文本链手段创作的诗歌，而且也包括文本诗歌的网络化形态，也就是在网上传播的文本诗歌。在以上两位学者看来，对网络诗歌的定义界定，关键看其传播媒介是不是网络，只要其传播和交流方式是以网络为平台，那从广义范围上来说都可称为网络诗歌。以上这两种界定应该是较为宽泛了的。而王本朝认为：网络诗歌，准确地说就是以网络为载体写作、发表和传播的诗歌，"网络既是诗歌的载体形式，也是诗人的生存方式，诗歌的传播方式和读者的阅读方式"。张立群则说："网络诗歌的概念目前大致可以归纳为在网络上创作并通过网络发表的、可以获得广泛迅速阅读与交流的网络原创性诗歌作品。"诗人艾若的观点更为明确：网络诗歌，指首发于各大网络诗歌论坛、诗歌电子网刊上的诗歌作品。

也有学者另辟蹊径，试图从其他的角度来定位网络诗歌。比如王璞说："网络诗歌，并不是一种特殊的诗歌形态，并不具有某种文学本体意义上的特性，并不是在题材、体式、风格等上的特殊规定和限定的诗歌准类型。在我这里，网络诗歌，是从现象学的意义上来谈的，它是指诗歌和网络发生关联，网络成为当代诗歌的重要空间的种种诗歌现象。"

本书认为，网络诗歌，首先指诗歌在网络情境中的诗歌。如果要为网络诗歌作出一个界定，那么网络诗歌是通过电脑进行创作、发表和传播的新型诗歌样式。

二、网络诗歌的发展

诗是我国最古老也是最具有文学特质的文学样式。它来源于古代人们的劳动号子和民歌，原是诗与歌的总称。诗和音乐、舞蹈结合在一起，统称为诗歌。中国诗歌有悠久的历史和丰富的遗产，如《诗经》《楚辞》和《汉乐府》以及无数诗人的作品。

文学还没形成之前诗便已经产生。我们的祖先为把生产斗争中的经验传授给别人或下一代，以便记忆、传播，就将其编成了顺口溜式的韵文，也就是诗。据闻一多先生考证："诗"与"志"原是同一个字，"志"上从"士"，下从"心"，表示停止在心上，实际就是记忆。文字产生以后，有了文学的帮助，不必再死记了，这时把一切文字的记载叫"志"。志就是诗。在心为志，发言为诗。

诗和歌原不是一个东西，歌是人类的劳动同时产生的，它的产生远在文学形成之前，比诗早得多。歌最初只在用感叹来表示情绪，如啊、兮、哦、唉等，这些字当时都读同一个音："啊"。歌是形声字，由"可"得声。在古代"歌"与"啊"是一个字，人们在劳动中发出的"啊"叫作"歌"。歌的名字就这样沿用下来。

歌，最初只用简单的感叹字来表示情绪，在语言产生之后，人类对客观事物的认识逐步深化，几个感叹字远远不能够表达人们丰富的感情，于是在歌里加进实词。"表现情感的某些劳动呼声被相适应的语言代替时，语言和劳动呼声便结合为一体；语言有了它的歌唱形式；呼声有了它确切的含意。这是劳动呼声的发展与提高。"在文字产生之后，诗与歌的结合又近了一步，用文字书写的歌词出现。这时，一支歌包括两个部分：一是音乐，二是歌词，音乐用来抒情，歌词用来记事。这就是说，诗配上音乐就是歌，不配音乐就是诗。最初的诗都能配上音乐唱，歌就是诗，诗就是歌。关于诗与歌的结合，我国古籍中很早就有论述。《毛诗序》："在心为志，发言为诗。情动于中而形于言，言之不足故嗟叹之，嗟叹不足故咏歌之，咏歌之不足，不知手之舞之足之蹈之也。"《尚书·舜典》中的"诗言志，歌永言"便形象地指出了诗与歌的内在联系。"言志离不开缘情，缘情亦离不开言志，情因志高而益深；志因情深而益高"，"诗中的情，应是有志之情；诗中的志，应是有情之志"，而且"言志与缘情均尚真"。由于这种情况，后来人们就把诗与歌并列，称为"诗歌"，并认为一个"真"字道出了诗歌的本质。

所谓"诗到真处一字不可移易"，《庄子》云："真者精诚之至也。不精不诚，不能动人。故强哭者虽悲不哀；强怒者虽严不威；强亲者虽笑不和。真悲无声而哀，真怒未发而威，真亲未笑而和，真在内者，神动于外，是所以贵真也"，又言"诗惟其真，方能有诗史的价值——诗内见诗人、诗外见社会。写诗，要缘真情而言真志"。"感时花溅泪，恨别鸟惊心"，唐代诗人杜甫，发愤处为诗，诗作真挚感人，被后世人奉为"诗圣"。

然而，在历史的长河中，诗歌渐渐失去了"真"的面目，沦为封建统治阶级歌功颂德的工具。清人袁简斋在其诗论中就曾感叹"诗难其真也"。诗歌"真"的本性丧失，离不开封建社会的大背景。社会和时代的统治者，沉湎于辉煌的业绩中，并极力打造盛世景象。他们只愿听歌功颂德之词，为后世留下功绩之书。于是社会上流传的都是粉饰太平的文字，稍有勇敢者直面社会的痛楚，便遭受"文字狱"的打压和酷刑。另外，在这样的一个社会大环境下，诗人也很难不顾个人的名利得失，坚持真理。反映在诗歌创作中，其本真也受到不同程度的抑制，甚至造成缺失。缺失"真"的本性的诗歌逐渐失去大众基础，沦为统治者施政和愚民的工具，或者成为文人墨客孤芳自赏的"阳春白雪"。

这样的情况一直持续，当传统诗歌发展到新诗阶段后，诗歌迅速走入困境。中国诗歌走到现当代，20世纪50—60年代政治诗歌风行，到80年代末90年代初期出现朦胧诗，之后新诗一直处在徘徊中。诗歌评论家十品曾为中国新诗"把脉"，认为包括"浮躁""虚伪""急功近利"和"缺乏诗歌精神"是新诗发展停滞不前的症结所在。而这些令新诗走向"堕落"或困境的所谓症结，正是与诗歌的生存基础和本真背道而驰：诗歌丧失真实情感和民众基础。诗人和读者之间缺少交流，甚至根本就失去互动性，无论是诗歌创作，还是诗歌阅读都走向盲目性，甚至畸形发展，结果使诗歌创作失去民众基础，失去其"民间性"，使诗歌创作和鉴赏标准缺失，激情和动力缺失。而正是在这个诗歌走向没落的时期，网络的出现使诗歌创作拥有了新的发展空间。

诗歌是我国最古老的文学样式，并盛极一时，然而到了网络时代，与其他网络文学样式相比，道路更加曲折而多艰。

我国的网络诗歌发展从20世纪90年代开始，随着市场经济体制的逐步确立，人们投入到轰轰烈烈的商业大潮中，人们的价值观和阅读趣味都发生了很大的转变，大众文化、快餐文化等适应了人们快速的步伐。而昔日神圣的文学则逐渐淡出人们的视线，诗歌尤甚。90年代大量诗刊停刊，诗歌陷入低谷。许多诗人没有了舞台，诗歌也濒临消亡。

1993年3月开始，诗阳通过电子邮件、网络发表大量诗歌作品。第二年诗阳的网络诗歌创作达到高峰，几乎以每天一首的速度在互联网中文新闻组和中文诗歌网上刊登了数百篇诗歌，被学术文献确认为历史上第一位中国网络诗人。

诗阳诗歌的大量发表，促使更多的网络诗人不断地出现。1995年，诗阳、鲁鸣、亦布、秋之客等诗人创办了首份中文网络诗刊《橄榄树》，诗阳为主编，形成了以该诗刊为核心的网络诗人群，后有马兰、祥子、建云、梦冉、京不特、桑克等加盟。

随着网络诗歌和网络诗歌爱好者的大量涌现，互联网上大量的中文诗歌网站也广泛建立并形成气候。数年后，网络诗人群开始转向国内发展并创办了众多专门性诗歌网站。资料显示，自 1999 年国内第一家中文诗歌网站"界限"创办，各种专业性的中文诗歌网站、论坛、专栏、个人博客等相继创办，2000 年，莱耳、桑克成立《诗生活》，和南人成立《诗江湖》，2001 年于怀玉成立《诗歌报》等。迄今为止，其数量已远远超过 1 000 家。其中，诗歌论坛因为开放、互动、直观等特点，成为网络诗歌作者和爱好者进行创作和交流的第一现场。随着互联网的快速发展，许多失去了诗刊的诗人在网络这个广阔平台上开始了新的创作，在这个低成本的舞台上再次活跃起来。网络诗歌也因此进入诗歌创作的主流时代。

这其中不乏聚集了专业诗人的纯文学诗歌网站，比如"界限""诗生活""终点""或者""守望者""蒲公英""今天""现场""中国诗人""诗选刊""诗中国"等，这些诗歌网站一般是由知名诗人组建或担当编辑，而担当网站各版版主的一般都是责任感较强的诗人，因而这些网站较为规范化、系统化，影响力和生命力也更为强大。

1999 年之前，网络诗歌属于"小荷才露尖尖角"，还未成熟。通过不断的自我发展，到 2001 年以后，网络诗歌"春风又绿江南岸"，它以一定模式和游戏规则重新引起网民的广泛关注。比起同期的其他网络文学，网络诗歌场更像春秋战国时期的"诸侯割据"。一时间各大网站、论坛争奇斗艳，日新月异，例如《诗生活》最早设置多栏目，诗通社即时发布丰富的资讯消息，拥有多达 57 期质量稳定的月刊、500 多位诗人加盟的强大阵容、40 多位诗评家专栏、每月诗评、翻译频道、文库观点等。再如《界限》的藏诗楼、肖像馆、沙龙月会，都成为网友们聚之不散的理由。后来居上的《天涯诗会》，每月的推荐和多人跟进的议论、批评，使得论坛持续火爆。以活动为龙头的《诗歌报网站》，也为网民们设置了讲座、沙龙等活动。从"八千里路"扩展的《北回归线》，加入音乐、美术、雕塑，表明网络诗歌发展扩展到新领域。《诗江湖》推出一个以口语和肉身化写作为主的社团流派，成为网坛最早的黑马以及 80 后的"集训营"。而《扬子鳄》则到处弥漫着硝烟，招引各路人马开辟战场，短兵相接，成为人气最闹的诗歌"烽火台"。

随着网络诗歌数量增长、网络诗歌爱好者人数的增多，各大诗歌网站为了增强与受众的联系，纷纷设置奖项：有《界限》首创网上诗歌评选的"界限诗歌奖""汇银奖""柔刚诗歌奖"；《诗歌报》连续 2 年进行"华语网络诗歌发展十大功臣""2002 年度十佳网络诗人"评选。此外，还有像"野草诗歌奖"、关注作品力度的"新诗歌诗奖"等关注80后网络诗人成长的奖项，还有和节日联系在一起的"情人节诗歌奖"，以及年度诗人奖、短信文学诗歌奖、首届博客诗歌奖等。单单2004年度，网上奖项就超过20项，这大大刺激了诗歌人气。网络诗歌是特别需要人气的。反过来，各地诗歌网事活动迅速发布，也大大推动诗歌的发展。

　　白玉苦瓜在《漂泊的诗歌——论中文诗歌网站》中列举了当年深受网友喜爱的中文诗歌网站。

　　汉语现代诗在网上正式出刊并最早引人关注的地方，是一个叫"橄榄树"的网站，网络诗歌的发展在这个境外华文站点得到了极大的推进，深受诗歌爱好者的喜欢，其网络刊物为《橄榄树》月刊，诗歌只是其中文学艺术的一部分，现任主要诗歌编辑是旅居海外的马兰。

　　国内纯诗歌站点出现较早且具有一定影响力的是"界限"网站(http：//grwy. online. ha. cn / liys99 /)，于1999年11月开通。创办者李元胜，其网上发行刊物是《界限》双月刊，"界限"网站内容丰富，特别是它的"藏诗楼"收集了大量诗歌作品，同时它还承办了一项民间诗歌奖——"汇银 / 柔刚诗歌奖"以鼓励诗歌创作。

　　"诗生活"网站(http：//www. poemlife. com)的最大特色是人气比较旺，这得益于众多创作者与诗歌爱好者的推崇与支持，其论坛包括"诗歌论坛""诗观点论坛"和以小说散文为主的"潭"论坛。同时，"诗生活"网站经过筛选，为那些较为出色的国内外当代汉语诗人建立了独立的诗人专栏。网刊《诗生活》诗歌月刊每月5日定期出刊。

　　"北大在线"中的文学大井堂(http：//wenxue. newyouth. beida-online. com /)，是由北大学子们创建的，有一批诗歌新锐聚集在"诗网恢恢"之下，他们是一些最具活力和爆发力的创作者。在"诗网恢恢"的栏目里，不仅包揽了北大在校诗人的作品，还广泛搜罗了国内外最新的诗歌思潮与原创作品。

　　"灵石岛"(http：//www. lingshidao. com /)，创办者为诗人灵石，是国内汉语诗歌资源最丰富的站点之一，网刊为《灵石岛周刊》，内容汇集新诗、古诗、译诗、外文诗等。

　　网络的开放性使得诗歌在21世纪后逐渐走向娱乐化，从2003年"垃圾派"与"下半身"的论争，到2006年的"梨花体"事件、2010年的"羊羔体"事件、2012年的"乌青体"事件，都是以一些颇具争议的诗作为开端，在短时间内引起巨大反响，在多种媒体上广泛传播后带来大量的戏仿，直至形成可以机械加工、大量复制的某种"体裁"。其本质并不是网络诗歌的繁荣，而是广大民众致力于将诗歌及其背后的权力拉下神坛，拖入大众娱乐的广场，继而保护诗歌的纯粹性的运动，浅层次是民众对于娱乐的需求，深层次则是借此表达对于诗歌以外的反对权威的主张。事实上，极具争议的诗歌能够获得如此高的关注，也在侧面反映出优秀作品的匮乏，近年来除了一首初署名仓央嘉措，后被证明是诞生于博客由谈笑靖所做的《见与不见》和被媒体热捧的余秀华算得上是正面形象外，即便是曾经给人"诗歌复兴"感觉的"地震诗歌"也没有在公众领域引起太多的关注和反响。

网络诗歌发展到现在，已经体现出一些问题，如网络诗歌中低俗化的尺度、网络诗歌批评与反批评的伦理底线、网络诗歌技术的利用与创新发展、网络诗歌中民众喧哗的标注和尺度等，这些问题如果能够解决，网络诗歌将取得更高层次的发展。

第三节　网　络　散　文

一、网络散文的定义

20世纪90年代，中国文坛涌动着一股强劲的旋风。这股旋风来自新型媒体互联网(Internet)。伴随着网络的迅猛发展，网民的急剧增加，各大文学网站纷纷创立并迅速积聚了众多创作者。与网络小说、网络诗歌一样，这段时期，网络散文的创作蔚为壮观，形成了一道亮丽的风景线。

散文以其所借助的不同的传播媒介可划分为纸介散文和非纸介散文。纸介散文有报纸散文、刊物散文、传单散文等。论功能和传达方式，它们各有其特点。比如报纸散文和刊物散文既有一致之处，也有一定的区别，可以在刊物上发表的散文不一定适合在报纸上发表，等等。从读者的角度讲，纸介散文的最大特点是阅读的随意性较强。非纸介散文有广播散文、电视散文、手机短信散文、网络散文等。广播散文，主要通过声讯传播，诉诸接受者的听力；优点是具有一定的灵便性，可与音乐相结合等，缺点是要受设备和播送时间的限制。电视散文，主要通过荧屏、声音传播，诉诸接受者的视力与听力；优点是可与画面、音乐相结合，使散文的感染力得到增强，缺点同样是要受设备和播放时间的限制。手机短信散文，主要通过手机发、接短信的方式传播，诉诸接受者的视力；优点是有一定的随意性，缺点是要受设备和篇幅的限制。广播散文和电视散文，伴随着广播和电视的诞生而问世；手机短信散文和网络散文属于方兴未艾的新事物。新媒体是相对于纸质传统媒体而言的，凡是以新兴的电子影视等为载体进行传播的都可以称为新媒体。如今的新媒体散文既涵盖网络散文，还包括广播散文、电视散文、短信散文等。它们各有特点。比如广播散文优点是简单易行、收听成本较低、可以配乐朗诵等，缺点是受节目时间的限制。电视散文优点是可以配上音乐、画面，增强散文的感染力，缺点仍然是受到播出时间限制。短信散文依靠手机传播，时间上较为自由灵活，但要受篇幅的限制。当下，广播散文、电视散文已经广为流传，短信散文、网络散文正在蓬勃发展中。

关于网络散文的概念，主要存在三种不同的认识。一种认为网络散文指所有以网络为媒体的散文，包括古典散文，现当代名家散文。但这种定义失之于宽泛。另一种则从技术层面界定为"发表在网络上并且运用了现代多媒体技术的散文"。这种观念在国外比较受到认可，但显然有画地为牢之嫌。网易在举办第一届网络文学奖大赛时对网络文学做过这样的描述："网络文学既不是传统媒体的文学作品电子化后搬到网上的文学，也不是利用网络的多媒体和 web 交互作用而创作出来的联手小说和多媒体剧本。"隶属于网络文学的网络散文也当作如是观。现在，国内普遍认为网络散文应指发表在网络上的原创散文。"在网络上自由书写的散体文章，包括传统的抒情、说理、叙事等散文样式，同时也包括新出现的意识流散文和个人心灵书写。"

二、网络散文的发展现状

20 世纪 90 年代中期，大小网站如雨后春笋般诞生。各门户网站纷纷设立文学论坛，各文学网站也摇旗呐喊，"新语丝""橄榄树""文学城""花招"的问世，意味着网络文学的正式兴起。在网上发帖、跟帖、回帖是如此简便、快捷，不受时空限制，较强的私密性，较低的使用成本，都真正产生了一种"天涯若比邻"的快感，这极大地刺激了网民的参与热情。作为文学作品中重要组成部分的散文也迎来了它的春天。一些颇具号召力的网站，如"榕树下""天涯社区""红袖添香""白鹿书院""清韵书院"都设有散文专栏，聚集了众多网络作者，有的网站一天能发表数百篇新散文。

在高涨的创作激情下，优秀的作品层出不穷，一大批颇具实力的创作者也浮现出来。如榕树下网站的散文写手人才济济，女性写手中著名的有安妮宝贝、尚爱兰、黑可可、王猫猫、周洁茹、南琛、任晓雯、何从、芭蕉、风吹佩兰、老实巴交、恩雅、仪琳等，男性写手中著名的有宁财神、李寻欢、邢育森、今何在、余白眉、痞子蔡、sieg、王小山、雷立刚、蔡骏、慕容雪村、秦歌、心有些乱、瞎子、蜘蛛等，晚生代有水晶珠链、辛唐米娜、菊开那夜、丁香女孩、ducky、翡冷翠、灵羽无双等。天涯社区更是人才辈出、高手林立，比较有名气的有朱千华、杨永康、杨广彬、杨献平、谢宗玉、长沙艾敏、眉山周闻道、森子、米奇诺娃、恭小兵、林歌尔、朴素、孟庆德、卢小雅、我是奔哥、林远清、燕山又飘雪、冉云飞、古清生、经远管带、阿贝尔、鲁晓敏、郭敏、常爷、西夏公主、大眼贼、西北劲风等。

红袖添香网站也拥有一大批散文作家或写手，而且还开展过如何写网络散文的大讨论。该网站的负责人汪建中，不仅善于组织管理散文的创作，而且亲自撰写了大量优秀作品。金翼、粒粒风尘、湖兰小蜗牛、塞上云鹤、陈强、指尖等是该网站的散文编辑，培养了万古愁、千雨荷、湖边农人、潇湘婉儿、伊馨儿、苍山沧海、唐毅、雁字南飞、暗香盈袖、黛梅如烟、林尽染、昨日王侯等一大批网络散文写手。张锐锋的《火车》似乎承继了他一贯的写作风格，但又和以往的作品有很大的区别，探索性明显增强，几乎摆脱了他在《夜晚》等作品中表现的理性过度、物象单薄的弊端。散文作家与学会会员较集中的网站有新散文网、大散文网、中华散文等，那里保持着自己特别的氛围，有着独特的格调。

一些小网站也保存了不少好散文，拥有一些好的写手。如漫天雪论坛的花间留晚照，忆石中文论坛的半树、杨汉立、杨献平、薛暮文以及齐鲁社区的海风等。

网络上还有许多女作家尤其值得关注。如楚楚天涯的哲思小品，一如她的诗词婉约隽永；扁舟一叶的散文细腻深沉；唐时明月的散文狂狷不羁，模仿张爱玲的写法，但比张更外向；郭敏不写则罢，写则一鸣惊人；在泉之州用小说的方法演绎散文，精于细节的刻画，模糊了散文与小说的界限；阿舍的诚实冷静，语言的游刃有余，气度的豁然和感悟的到位，每一篇文章都出乎意料；杨荻的散文多关乎心情、爱情和亲情，传达着一种温暖可靠的气息，令人迷醉；紫含的文字有时表现得相当精彩，短暂和玲珑的发现和表达都有着很强的个体生命和心灵意识。

特别需要指出的是马明博、江南梅创办并主持的"新散文网"、西北大学主办的"中国散文网"、散文选刊主办的"中国美文网"，这些独立的散文网站的问世，对于网络散文的发展起到了积极的推动作用。

对于网络散文而言，2006年，具有里程碑的意义，这一年兴起的"博客热"有力地推动了网络散文的发展，新浪博客、网易博客、天涯博客、龙源博客相继开通，网民们纷纷注册开博，最新统计资料显示，中国个人博客量已经超过3 000万。博客是个私人空间，博主在此书写生活、倾诉感情、发表评论，其中大量的作品就是散文，这无疑极大地增加了作者和作品的数量。在这样的洪流影响下，一些已经习惯于用纸笔写作，在纸媒上发表作品的作者、作家也加入博客的行列中，如河南的张天福，河北《散文百家》杂志常务副主编王聚敏等人，余秋雨、贾平凹等散文大家也在新浪网建了自己的博客，他们将文章发表在网上，并时不时与读者交流。

网络散文的迅速成长也逐渐引起了传统媒体的注意，贾平凹主办的《美文》杂志便为"天涯散文论坛"等开设了网络散文专栏，这对于网络散文的发展显然起到了支持和鼓励的作用。一些优秀的网络散文也集结成书，新散文网站便在马明博主持下出版了《新散文15家》和《新散文百人百篇》。网络散文的崛起已经引起出版界的注目和光顾，他们把目光对准网络，寻找优秀的作者及精品篇章。

如安妮宝贝的散文集，朱千华的《收藏与阳光》《美人与香草》，米奇诺娃的《天下谁人不识君》，广陵王的《像麦子那样金黄》，王雪梅的《上弦月》，杨沫的《东藏高原》，燕山飘雪的散文集《幸福是一种感觉》，王清明的《散文随笔选》等。《新散文15家》一书是新散文网站运行以来的系列作品汇集，由百花文艺出版社出版，初印达5 000册。该书荟萃了李汉荣、黑陶、黄海、于是、沈念、陈洪金、玄武、张生全、马明博、盛慧、独化、廖无益、黎晗、马叙等15位散文写作者的作品。

　　随着网络文学原创网站走向商业化，包括散文在内的非小说类文学体裁逐渐被排挤出主流文学网站之外，"博客热"虽然在一定程度上推动了散文的发展，但是随着博客时代的远去，微博时代的到来，留给散文的空间已经不多了。稍加关注便可以发现，近五年来，无论是业界还是学界对于网络散文都没有给予足够的关注，但这并不代表网络散文的彻底消失，恰恰相反，网络散文伴随着"自媒体概念"占据了人们不经意的网络空间和无处不在的碎片化时间。除了专门的纯文学网站，网络社交类产品如QQ空间、新浪微博、微信朋友圈、微信公众号、知乎、豆瓣、天涯社区等到处充斥着杂文、随笔、游记等，它们或记叙或抒情，取材广泛，甚至是图文并茂，获得了极大的关注。可以这样说，网络散文在走出文学网站的同时实现了向社交媒体的回流，而社交媒体以人为中心、非连续性、内容短小的媒体特性也非常适合散文的撰写、阅读与传播。更加可喜的是，社交媒体的运营机制无形中提高了散文进入的门槛，无论是微信公众号、知乎、豆瓣由编辑把关，还是网友自发的点赞、转发，都促使创作者努力提升质量，力求在大浪淘沙中脱颖而出，收获粉丝的"关注"。

　　"如果说昔日的网络散文还是一棵风雨飘摇的小草的话，如今的网络散文则是雨后春笋，遍网皆是。随着网络的快速发展，网络散文在整个散文创作中的地位越来越不容低估。"经过十余年的发展，网络散文确实展现出强劲的势头，写作人数之多，创作作品之众，是过去任何时候都无法比拟的。但也必须认识到，作为一个新生事物，它也有着稚嫩与不足，需要扶持和养护。

第四章 网络文学创作的原理分析

第一节 网络文学的属性、功能与创作方法

一、网络文学的大众文艺属性

网络文学反映大众愿望、价值观与情趣,它与神话、民间故事、明清小说、大众小说、大众电影电视剧具有显著共性,是为大众服务的"欲望叙事",具有相似的愿望—动机—行为主题谱系,主角为获取权力、财富、爱情,或者为获得超能、长生、成神成仙的目标而努力,故事的核心关切是个人的欲求是否能够满足,以此赢得受众的私欲认同。它们都是大众文艺的成员,互相影响,不断传承,网络文学正是在这个欲望叙事传统的影响中发生发展的。网络文学创作问题的研究,需要在大众文艺谱系中,明晰其彼此影响的关系,从中得到各种创作问题的启示。

(一)网络文学是大众文学

由于网络文学具有叙事的性质,以赢得大众支持为努力方向,并且在艺术表现形式上较为"通俗易懂",因此按照既往的学术观念,它被一些论者当作通俗文学,以与关注公共领域问题、追求艺术形式创新的各类精英文学相区别,但是这个定性不妥当。

"通俗文学"的概念隐含着"品位低俗"的暗示,也具有"可以低俗"的诱导作用;"通俗"也意味着在野,不是社会主流,难以进入文学殿堂,有以身份定地位的倾向,这既不公平,也不负责任。

"通俗文学""通俗文艺"的主张者,认为它们提供娱乐、消遣功能,并以此对"通俗性"进行辩护。然而,在阅读、观赏实践中,"娱乐"与"消遣",并不能准确地反映大众文艺的接受反应心理,那些被《红楼梦》《泰坦尼克号》《后宫•甄嬛传》感动得不能自已的受众,是在娱乐消遣吗?为什么这些作品令受众如此着迷呢?受众是因为这些作品的"通俗性"才喜爱它们的吗?

现代大众文学对于现代思想的传播,对于普通人的人格建设的作用巨大,即以民国以来的报纸连载小说而论,刘云若、张恨水作品中的人道主义精神、崇尚自尊自立的价值取向,金庸作品中的自由平等思想、民族国家意识与对中国传统文化的传播,都难以用"通俗文学"来涵盖之。在现代工商社会的文化教育背景

中，大众文学、大众电影、电视剧越来越消弭了高雅文化与通俗文化、艺术与非艺术的界限，它们是在市场经济和现代科技的基础上生长起来的，是大众文化生活的主流形态。目前的网络文学面向青年群体，作者与读者很多都受过高等教育，读者在整体知识水准上、精神追求上，与作者并肩而行，虽然也为欲望叙事所吸引，但显然不是作品的"通俗性"内容所能满足的，他们对文学作品精神领域的深度、广度提出了更多要求。

把网络文学定性为大众文学，更准确、更能体现大众文艺的属性，也更能体现平等意识，身份标识较为中立，大众文学是正名，如"张生"，通俗文学是小名贱名，如"小张三"，这对于作家的自我认知很重要，可以避免为网络文学的发展设置障碍，也可以鼓励网络作家向更广阔的精神领域开进，鼓励艺术创新，以更为专业的水准为读者服务。

另一方面，网络文学的兴起，也刺激了部分从业者自诩为先锋，把对面的"纯文学"贴上"传统文学"的标签，暗示着那些"传统作家"已经过时。这同样是不公平的，彼此服务人群有别，传播途径、功能有所不同，但都是当代文学的一部分，还是采取包容共存的态度为好，这才是现代文明的常规。

（二）欲望叙事与私欲认同

大众文艺属性的核心是其欲望叙事和私欲认同的性质。网络文学的欲望叙事与网络传播形态相结合，令受众"重新"发现了人类私人领域的愿望与情感，从人物的欲望中印证自己的欲望，其愿望—动机主题、人物与故事的创造，受到明清小说、好莱坞电影、美剧、世界大众小说、流行网络游戏等大众文艺的影响。追根寻源，可以在世界几大神话中找到共同的遗传基因：主角超越现实条件实现自身欲望的进程，就是故事的主体构成。

把网络小说与明清小说进行比较，可以清晰地发现它们的欲望叙事的性质。人的基本欲望古今中外相同，人们渴望得到权力、财富、爱情，这是个体生存与基因传播的基本保障，同时也渴求长生、拥有超能，不被生死大难禁锢，像孙悟空那样，"跳出三界外，不在五行中"，在生死轮回的长河中独立自主。

大众通常不是社会竞争的大赢家，日常生活狭窄无趣，需要在文艺观赏活动中移情代入主角的传奇性经历，补偿心理失衡而激活热情。明清小说与网络小说最为常见的愿望—动机—行为主题，就是主角追求权力、财富、情爱和生存安全感，主角得趣了读者也就满意了。

《三国演义》的主角，卖草鞋的刘备、卖枣的关羽、屠夫张飞，赢得了同样身处底层的《三国演义》的作者、传播者的权力欲望认同，为刘关张集团建立政权的每一步胜利而欢呼，这与以曹魏为正统的官方性史传陈寿的《三国志》大异其趣。《水浒传》是英雄传奇，以底层官员、武勇、游侠结拜聚义，复仇，寻找政治出路的过程为作品主体。对于底层人士而言，它是社会组织方式的教科书。

动乱是有抱负的人士的兴奋剂，网络历史小说如月关的《回到明朝当王爷》、天使奥斯卡的《1911新中华》、赤虎的《商业三国》，是满足权力欲望的一种隐秘快感通道，主角穿越到动荡的历史时代，建设理想中的国家，攀登权力顶峰。"历史演义"与"穿越历史小说"都与历史学关联不大，而与人的权力欲望密切相关。

"三言二拍"集聚了宋元明话本的重要成果，其中以市井传奇故事为主流，与今天网络小说中的"都市小说"相仿，呈现人们在日常生活情境中，获取权力、财富、情爱的传奇故事。《卖油郎独占花魁》最具代表性，与获得奇特成功的网络小说烽火戏诸侯的《陈二狗的妖孽人生》、小农民的《混世小农民》志趣相同，展示屌丝逆袭，在情爱中得趣的快感体验。

《金瓶梅》展示主角西门大官人在追逐情色、财富、权力方面的成功，特别是追逐美貌已婚女性，与潘金莲、李瓶儿种种偷情景象，以及妻妾争风吃醋的"日常生活"细节，不断重复出现，这是作品屈从于男性情色欲望的显著标志。《金瓶梅》反映市井生活的人间性的"艺术特色"，其实附丽于西门庆种马生活的展示，西门庆淫笑着，带动了那条想象中的宋朝街道的生活景象。

网络都市小说如更俗的《重生之官路商途》、录事参军的《重生之官道》，主角获取财富、权力、情爱方面的丰富经历，作为男性欲望对象的各种姹紫嫣红的女性人物，社会生活面的开阔，情欲趣味的多样性，都对《金瓶梅》不遑多让。

《红楼梦》是以含蓄的情欲(意淫)为基础的文人小说，是最为雅致的大众小说，作品的主体是男女生命体验、生命情感的诸种愉悦与苦痛，这是读者迷恋《红楼梦》的生命情感基础。它的意义当然不止于意淫，但是作品的主体构成是男性意淫的世界：一个天赋异常、既能够博爱又能够超越于肉欲的男生，是住在大观园中的唯一的男性，目光所及皆美女也，有纤弱敏感的美女典型林黛玉，有丰盈雍容的美女典型宝钗，有"兼美"的秦可卿，各种仪态、性格、品性的美女都很乐意与主角交往，纷纷产生温柔情愫，如此全面而真切可感的美人世界，至今还是网络小说作者们学习攀比的对象。

明清神魔小说是神话与人间喜剧的融合，佛教道教两大神话系统相互杂糅而成的幻想世界，特别是《西游记》《封神榜》，是网络玄幻、修真等类小说的远祖，网络小说主角通过修炼达到永生、得到超能、到达成神成仙彼岸的故事，与《西游记》主角寻师学艺、天庭造反、被佛祖解救，后来在西天取经路上打怪升级通关的故事，在故事构成方式上颇为相似。无论何时代，任何人都难逃生死大关，关于彼岸的幻想可以令人暂时脱离恐惧，在向死而生的岁月里，让灵魂得到自由飞翔的快乐，这是推动神魔小说与网络玄幻、奇幻等类小说发展的内在动力。

可以说，明清小说中所有的欲望主题，无论是人的常规愿望还是怪异另类的欲望，在网络小说中，都能找到同类。对于人类数十万年的进化历史，几千年前神话产生，几百年前小说产生，到今天网络小说出现，都只是一瞬之间，人类的基本欲望还没来得及变化，而欲望叙事一脉相承，并且还将传承下去，因为欲望是人类得以生存繁衍的根本动力。就一般情形而言，网络文学欲望叙事的性质，与中国现当代严肃文学品性不同，是对"传统文学"的回归。

（三）商业属性

大众文艺通常都具有商业属性。网络文学通过商业性网络传媒发表、传播、与读者互动，并且通过网络传媒获得报酬，因此也必然具有商业属性。事实上，是商业性运营保证了网络文学的生存，塑造了网络文学的基本形态，运转有序的市场有助于需求与供给的衔接。商业属性并不是庸俗的代名词，庸俗作品也并不见得能够畅销，畅销书更不必然是庸俗的。网络文学的商业属性，主要表现在作品赢得读者喜爱，推动读者付出金钱购买作品的那些因素，其核心是符合受众需要的作品功能及其创作策略。

文艺行业的存在，根基在于社会需求，向创作者支付报偿的"需求者"，会表达自己的意志，并影响创作的形态、发展脉络。

在中国文学史上，官方支持并且事实上由官方支付报酬的文学，有史传文学、唐诗、宋词等，它们曰官员(或后备官员)写作，在士林中阅读传播。如果得到朝廷与士林的好评，作者就能在官场上获得名位报偿，并不依赖稿酬制度而生存。它们整体上反映了统治阶层的意识形态，"诗言志"传统一脉相承，其写作传播是社会统治功能的一部分，因此它们可以称作官方文学，具有官方文化属性。

宋元话本、元曲、明清小说由市井生活中的大众需求派生，由市场直接提供报偿，其作者要么是无名市井之士，要么是匿名的知识分子官员。话本创作更是从现场信息中获取灵感和刺激。观众兴味发生之处，说书人就大量添油加醋，繁殖情节，作品内容与形式都受到"说书"现场观众反应的影响。比如在话本基础上创作的《水浒传》嗜杀倾向明显，武松杀嫂、血溅鸳鸯楼等情节，杀得津津有味，不厌其烦，盖由大众仇恨官府与奸夫淫妇的强烈情感所导致。而明清小说的出版发行，由民间书商所主导，也必然在意商业利益，重视对读者欲求的满足。网络文学受到网络媒体的作者—读者交互反应的影响则更广泛，比之于茶馆、剧场，互联网的传播范围更宏阔，传播效率更高，作者得到的大众自发的报偿也更大，作者满足读者心理需求的写作策略，是获得人气、经济报偿的保障，特别是标举"读者主权"的付费阅读小说，在契合、满足读者(报偿支付者)需求，应对读者反馈方面已经有着成熟经验。自然，网络文学享受着市场带来的好处，也承受着必有的拖累。

二、网络文学的基本功能

探究网络文学的功能是把握网络文学创作原理的关键工作。体察网络文学的作者创作实践与读者阅读心理，并在大众文艺谱系中进行印证，可以发现网络文学的基本功能是满足大众读者的情感体验与补偿需求。

(一) 快感奖赏机制与美感诱导策略

人类以情感活动(感觉、情绪、感情)、认知活动，与外部世界建立联系，人类的精神世界是情感活动与认知活动的结果，而文学艺术以激发受众的感觉、情绪、感情活动，与受众一起创造情感体验过程为主要途径，参与受众的精神世界的塑造，受众在情感体验过程中，接受文艺作品提供的精神资源。

而追求快感与美感是人类生命运行的基本需求，是最为重要的情感活动，是读者、观众追寻文艺作品的主要目的，也是大众文艺创作的原初动力。网络文学创作活动的起点、网络文学的基本功能，就是满足读者情感体验与补偿，特别是快感体验与补偿的需求。

快感奖赏与美感诱导是生命运行的根本机制。从达尔文进化论，到当代的自组织理论，以及大量的生物、医学、心理学实验，对人类生命体的研究成果表明，人的生命系统与自然系统、社会系统一样，是在能量与信息输入的刺激下，不断走向有序的自组织结构。当人们去做对生命体有益的事情，得到或者在展望与幻想中得到有益于生存、发展、繁衍的成果，生命体内就会产生诸种兴奋性、愉悦性荷尔蒙，让人产生快感，这就是生命体的快感奖赏机制，它驱使人类获取利益，不断进步，追求成功。

人在快感经验的推动下，寻找和发现更多对人有利的事物，超越生理束缚、具体功利、现实条件，而获得更大自由、更多主体性的情感势态，就是美感体验，它诱导人类积极从事有益于人类群体生存、发展、繁衍的创造活动，得到更为丰富、新鲜的愉悦感，这就是生命体的美感诱导策略。

比如爱情，给人以多层次快感与美感体验，那是生命体在激励人们承担繁衍后代的繁重责任，如果没有爱情在每一个环节给人以快乐，人们也就没有动力去承担繁衍后代的责任。人们视爱情为艺术创造的重要源泉，享受爱情，歌颂爱情，也是生命体对快感奖赏机制与美感诱导策略的自发的强化。而文艺作品中的爱情故事，比生活中的事实更完满、更排场、更跌宕起伏，会强化人们对爱情的信仰，对于更多承担繁衍后代责任的女性来说，偏好言情小说、影视剧，是有着生命需求基础的。

类似爱情这样的快感奖赏机制，遍布人类行为之中。人们必须注意到，人类的快感是生命进化与社会发展的共同结果，是生理与文化因素混合作用的结果，包含人类本质的自我认知与历史文化传统，人类不可能有"纯本能"的快乐。

具有丰富的快感与美感体验的生命体，更有主体精神和创造性，一切有益的认知与创造活动，都会得到生命体自身的快感与美感奖赏，形成良性循环，快感与美感的追求是人类创造文明的发动机。长期缺少快感与美感体验的个体，就会陷入过度焦虑、抑郁、恐惧、痛苦之中，而快乐激励就是解除这些负面情绪的良药，观赏提供快乐体验的文艺作品，可以疏解内心纠结症结，导向积极情绪。

追求快感是人类生命的根本运行机制，也是社会运行的驱动机制，社会的职能之一是为民众提供快感体验载体。如果你能够让别人的大脑前额叶皮层主管积极愉悦情感的部位兴奋，别人就会把你看作快乐的源泉，愿意进一步靠近你，为你做任何你想要的事情。

美剧《星际之门：亚特兰蒂斯》第三季第三集中，在飞马星系的一个星球上，面包师卢修斯发明了一种草药提取物"神水"，他一边喝着神水，一边对着追随者讲述自己的"成功"故事，口中发散的气息可以令别人愉悦并喜欢自己，就这样吸引了几个美女共同生活，离开他，她们就会感到痛苦，坠入情绪的低谷，乃至于生病。

"星际之门"的主角们，那些拥有理性头脑的医生、科学家遇到他之后，全部迷醉般地围绕在他身边，包括有几分冷艳女王范的女主角、首席科学家伊丽莎白·韦尔博士，都甘愿为他做任何事情，只想和他在一起，甚至把这个江湖骗子带入机密场所。只有伟大的一号男主角约翰·谢泼德，因为感冒，并且很少与卢修斯在一起，才没有中招，并解开了"神水"秘密：卢修斯喝着神水，向他的观众讲故事，其实是把草药中的兴奋愉悦物质，向围观者喷发，造成追随者的兴奋剂依赖。

某些社会制造政治迷狂与宗教迷狂，吸引崇拜者的工作原理，是渲染靠近政治中心或者宗教中心就能飞黄腾达的想象，只要你是纯洁而坚定的崇信者，就会受到赏识赞誉，就能得到各种成功奖赏，即使是关于这种成功的想象，也能带来身心愉悦的积极反应，从而引导民众的向心行为，与卢修斯的"神水"效果一样。

明智的社会会对宗教"快感迷狂"有所制约，而宽容民众的娱乐性"快感迷狂"，宗教的造神运动必然要堵住娱乐快感源泉，把追求欲望满足视为邪恶，把民众迷狂的激流导向领袖与组织崇拜，引导民众转向无害的娱乐快感源泉，有时可以令社会的紧张感松弛下来。现代人类社会大力发展文艺与体育事业，有影响的世界大国即文艺产品输出大国，根由在此。

(二) 艺术快感与情感体验快感补偿功能

人的基本欲望的满足会带来快乐荷尔蒙的分泌，然而人的生命体作为自组织系统，具有玄妙的平衡功能，饮食过度、性爱过度会使人受到伤害，所以身体内既分泌快乐物质也分泌抑制物质，使人处于可持续发展的状态，"食色"本能满足带来的快感，其实是有限制的快感。而从事艺术创造与欣赏得到快感与美感体验，通常却不会受到抑制，所以艺术快感是更持久的快感。

人们需要在文艺作品中寻求、汲取快感与美感体验，是因为特别渴望而现实生活中又无法达成，或者要付出巨大代价才能达成的欲求，在虚拟的"生活"中，在故事情境中，可以通过各种欲求得逞的情感体验获得快感，补偿失衡的生命情感形态，以重新安置精神秩序。

关于文艺的快感功能，人们有着两种误解。一是大众文艺可以无限度依赖情色内容吸引读者，但其实赤裸裸的色欲宣泄并不能长久吸引读者，欲望的审美化呈现，欲望的转移曲线更能温润亲和人心。反复过度目击肉身、香艳刺激的情景，容易带来快感荷尔蒙蹿升，但是也会带来肉欲的焦虑烦躁感，唤醒生命自身的被抑制的感受，《红楼梦》式的、对情欲对象的审美性"拥有"，比《金瓶梅》式的肉体"占有"，快感更绵密悠长，更多回味，更多旁通侧击的感受，也给人艺术水准更为高妙的感觉。网络小说中，猫腻的《庆余年》与《间客》的欲望叙事就高出同侪一筹，在欲望周边更多盘旋吟诵，提供了多样性美感。禹岩的《极品家丁》、月关的《回到明朝当王爷》主角的爱情故事比其偷腥情景更耐看更感人，更具高潮感。这是重要的艺术接受规律：对于读者的情感体验，欲望的审美化情景比肉欲呈现，更具有开放性包容性，更为老少咸宜。读者心理上更少伦理障碍，这就要求作者具有相应的艺术能力和创作诚意。

而人们对"纯文学"或者"严肃文学"具有另一种误解，以为它们应该过滤快感体验，或者是应该与人们的快感需求对着干，那就"严肃"了。文学艺术对于需要它们的人来说，都有其艺术快感，即使是以提供严肃思考和教育意义为宗旨的作品，也有令人愉悦的"严肃性"。如鲁迅作品中的情感体验建构，是为精英身份认同的读者提供一种智慧愉悦，作者与读者一起解剖阿 Q、祥林嫂、孔乙己等人物的愚昧、丑陋，一起审视他们的劣根性，特别是阿 Q 渴求参与革命、获得情爱、赢得尊重的努力，被作品粉碎性解构，令读者得到了智力上、伦理上、身份上的优越感。

文学的快感与美感体验功能，长期以来被信奉"严肃性"文学的人们忽视乃至蔑视，但是在为大众服务的网络文学中，人类的各种快感与美感的需求态势都得到了呼应，创造了独特的快感美感模式的作品受到热烈追捧，快感奖赏机制与美感诱导策略在主角行为中的体现过程，就是故事情节的常规构造过程，连续性的快感体验及其节奏、韵味，主导着作品的内在情感波动，形成作品的节奏与气质。网络文学兴旺发达的秘密，不在于作者们具有深邃的思想、高超的艺术水准，而在于聪慧的作者们提供各种独特的成功想象的快乐，令追随的读者迷醉，如同手持"神水"的面包师卢修斯。当然，网络文学要想赢得普遍的尊敬，这还不够。

三、白日梦愿望达成创作方法

网络文学创作的重心在于体现人们的愿望，而不是反映物理事实与社会事实，幻想性长篇故事是网络文学的主要形态，营造愿望达成的白日梦是网络文学的主要创作方法，同时，网络文学追求幻想性与逼真性的统一。

（一）白日梦是人类不可或缺的精神生活内容

依据自组织理论和当代脑科学、心理学研究成果，人们可以认识到白日梦是生命体自组织不可或缺的精神活动，是人类进化的结果，它不是一部分人的特殊病态，而是人类普遍具有的重要机能。人的大脑中白日梦控制区域，是默认活动模式的，只有在现实中必须专心工作时，该区域才会减弱或停止活动，否则就是一直持续兴奋着的，白日梦状态占据着一般人睡眠以外的近半时间。

白日梦既是自由发散的，也具有可控性，围绕人们的欲望满足而蔓延。在白日梦中，人们创造虚拟世界，体验各种超越现实可能性、突破现实障碍的快乐进程，把精神创伤、焦虑情绪，通过"变形"的幻想情节"置换"为愉悦性体验，它可以随时化解心理危机，是一种自我保护机制，也经常激发创造灵感，提升人们的创造力水平，耽于白日梦的人，很可能更为聪明、更有创造力。

事实上，愉悦性的白日梦活动是有益于人类身心健康的，既往人们对白日梦的评估是过于负面了，白日梦不是对现实的逃避，而是对现实感受的重构，也可以是对未来的一种愉快展望。当然，抑郁症患者的幻想，会把"生活"想象加工得更为严酷压迫，更需要愉悦性想象来解救这种精神坠落的趋势。承认残酷真相的能力固然对人类很重要，特别是对于精英知识分子，这种能力尤其重要。然而人类更需要在累累绝望之时得到安慰，调适身心，对心理危机进行转化，所以，梦想成真的白日梦是人类自救所需，是安慰剂，也是营养品，起着积极的心理调节作用。

（二）白日梦愿望达成创作方法

创造超越现实可能性、突破现实障碍的愿望达成的故事，是自神话产生以来的大众文艺常见创作方法，大众文艺与人类的白日梦是同源同构的，是把人类的白日梦更集中更有美学意味地表现出来，可以说，大众文艺的创作方法就是白日梦愿望达成创作方法。

很多世界文学经典，具有其思想性、艺术性的突出优点，但是，它们用营造愿望达成白日梦的方法来构成作品主要内容，并在此基础上进行修正与装饰，以提供更完满的快感与美感，也是无须避讳的事实，那恰恰是它们受到大众欢迎的原因之一，是对人性的体贴尊重。

《红楼梦》作者曹雪芹家族叠经抄家问罪，从钟鸣鼎食的富贵顶峰跌入举家食粥的窘境，作者经历了困窘难堪的生活，而营造带有情色意味的"红楼梦"想象，被人娇宠疼爱的贾宝玉在大观园群芳中，体验温柔富贵乡百般况味的愿望达成梦境，在意淫中与审美对象进行生命情感交流，也许能够把作者的日常生活变得更有意味一些。

法国作家司汤达的小说《红与黑》中，清秀温柔而内心火热的主角于连(木匠的儿子)，受到两个美丽的贵族女性的青睐，她们甘愿为主角奉献爱情，为他经受磨难。善良而敏感的市长夫人，对于连的爱情既渴望又害怕，两人的秘密情感如同地下的火山；高傲而浪漫的侯爵小姐玛特儿，对于连主动示好，渴望被他征服，却又希望于连能够展示出足够的魅力。显然故事构成并不是依据文学反映"生活本质"的现实主义逻辑，而是依据一种诗意的白日梦需求，是青年男性对贵族女子的意淫式想象，而这是《红与黑》广受男性青年知识分子欢迎的重要原因。

在莫言的《红高粱》中，"我奶奶"戴凤莲在出嫁的路上，被赶跑劫匪的轿夫余占鳌所吸引，三天后新娘回门，与余占鳌在红高粱地里激情野合(野性生命力的证明)，戴凤莲丈夫与其父被人杀死，新娘勇敢地撑起了酿酒厂("我奶奶"获得产业)。余占鳌在与一个土匪头子对抗后，回来在酒缸里撒了一泡尿，酿就了奇香的好酒(生命力的神秘作用)。九年后，日军强迫乡亲砍倒高粱修建公路，并将酒厂的罗汉大爷剥皮示众，已经成为土匪的余占鳌带领部下与乡亲报复日军。在红高粱地里，用神奇的火罐子炸毁了日军汽车，乡亲们全死了，"我奶奶"也死了，余占鳌父子站在火焰中(死得英烈，活得雄壮)。

在这个"红高粱"梦境里，作者个人的贫困压抑生活体验与屈辱的民族历史记忆，置换成了愉悦的情色的雄壮悲歌，呈现着野性武勇的英雄、浪漫的野合、火烈神奇的红高粱酒与响彻云霄的酒歌，作品显然是一个色彩强烈的富有动作性的白日梦。

(三) 白日梦与逼真感

生活事实永远是不圆满的，但是白日梦叙事遵循人的内心准则——追求愿望的圆满实现。是否反映现实生活的任何真实，其实与作品价值评判关系不大，它们追求的正是脱离现实的羁绊，到达梦想的自由世界。

同时，白日梦叙事又必须营造故事情节的实存感、逼真感，它们常常利用情节与细节的逼真性圈套，引诱读者进入一些不可能有或不能置信的情境中，需要把情境、细节描述与人们的经验相连接，调动人们的视觉、听觉、触觉等感官的感知经验，使得读者情感体验进程具有实时性、现实性，如《红楼梦》那样荒诞的意淫故事，因为作者所展现的细针密线的、写实的生活细节而显得真实。把快感梦境逼真地呈现出来，让梦想成"真"，是一种仁慈，因为真切可感的体验，才能调动读者身心参与，读者才会感受强烈，作品才能达成自己的功能。

"真实"感并不在于与现实生活一致，在叙事作品中，假定性常常是故事的基本前提：假如作者对于故事发生是全知的，假定主角具有特异能力，假定故事是特定的时空、物理条件下发生的，如《西游记》中孙悟空的七十二变，它不可能是现实存在的或者可能存在的，而是顺从人类愿望所做的艺术假定，因为符合人类内心需求，而被人类欣然接受。

第二节　网络文学的主要写作策略

网络文学的属性与功能，决定了写作者所应选择的相应的写作策略，主要表现在如下几个方面。

一、营造代入感与愿望—情感共同体

网络文学重视营造读者对作品主角及其故事情境的代入感，创造文学的愿望—情感共同体，这是网络文学功能得以实现的主要通道。

（一）代入感

营造代入感是网络文学实践中的普遍策略，读者能否对作品主角产生"代入感"，亦即读者能否认同、融入主角，感受主角的情感与行为，一起迎接故事情节的高潮，这种读者与主角的融合感是作品成败的关键之一。

对主角产生代入感，是早已有之的接受反应现象。《红楼梦》的读者，对于林黛玉、薛宝钗、贾宝玉、王熙凤等人物，因为高度认同而代入其中，成为红迷一族；张爱玲作品的人物，引起女性读者的迷恋和代入感；J．K．罗琳的小说《哈利·波特》的人物对于青少年读者的吸附；好莱坞众多电影如《泰坦尼克号》主角引起女性观众的代入感……，是普遍的文艺接受反应现象，但是一直就缺少贴切、恰当的理论阐释。

欧美接受反应文论，为人们探讨网络文学的代入感问题提供了系列路标。阐释学开路人尧斯把接受反应研究重点指向了读者与主角的关系，诺曼·N．霍兰德在其所著的《文学反应动力学》中，则把儿童口唇期的摄入需求当作问题的起点，儿童口唇期常常通过幻想把外界摄入自身，与自身融为一体，以此被动地实现自身需求，这样的能力使人们能够对文艺作品的人物与故事，进行摄入、同化、融合，并进行带有个性色彩的幻想。

依据自组织理论，人们则可以认识到，在幻想中摄入外部事物，是人类生命体天然的本能，原本就在人类的身心中潜藏着，只是在儿童口唇期显性化呈现而已。而随着人的成长，这种能力得到强化，从食物的想象性"摄入"，转化为从文艺作品中摄入、同化、融合人物的身心感受，因为这越来越成为一种愉悦的体验，鼓励了人们的幻想性欣赏行为，并成为习惯性依赖，而文艺创作则顺应并怂恿了人类的这种本能。

（二）愿望—情感共同体

成功的作者善于把握人的愿望，把握受众的接受反应心理，为受众认同主角开辟通道。当读者、观众遇合文艺作品中的主角，对于主角的愿望与动机、情感与伦理倾向产生了认同感，把自己代入主角，一起行动，一起经受挫折考验，一起实现人生愿望，把主角的情感体验，摄入、融合为自身体验，特别是混合着快感与审美冲动的高峰体验，带来震撼感、透亮感、痛快感，此时，幻想界专业人士(作者)、主角、摄入者(读者、观众等受众)，因为融合行为的发生，就构成了三位一体的愿望—情感共同体、命运共同体，因为拥有相通的体验、相似的心事而与其他人群不同。

而影响受众认同主角的关键性因素，是主角在自身愿望—动机的支配下，去战胜困难，努力实现愿望的进程。经过受众对主角的移情、代入与融合，随着主角经历奋斗获取胜利，愿望实现，主导人的快乐水平的荷尔蒙分泌显著上升，令人迷醉于喜乐之中。这是无数生化实验证明了的生理现象，也是无数阅读体验能够证明的艺术心理现象。所以网络文学、大众电影显著强调故事中主角的中心地位，脱离主角而发展故事情节，缺少对抗与冲突的情节，是不受欢迎的，因为主角不在场或者没有积极行动的情节，读者失去了关注焦点，因而不会产生兴奋反应。

在网络文学实践中，即时写作、即时连载的小说创作形态，现在进行时的故事形态，令作者—主角—读者三位一体的愿望—情感共同体陷入命运未定感、紧迫感，主角愿望得逞后带来的快感就更为强烈。读者对故事中愿望得逞的快感奖赏机制，产生了上瘾——身心依赖的情形，如同烟瘾、酒瘾，因为期待而焦急，因为满足而快乐，很多网络小说作者善于利用上瘾机制，确实具有精神控制的倾向。上瘾——满足机制是网络作家吸引粉丝，娱乐行业吸引控制受众的秘密之一，这是行业存在的心理基础。

能够不断提供快感体验的精彩故事，是读者的心灵家园，对此读者是感激和依恋的，希望它天长地久，不要完结。作者要创造出比读者预期更殊异、更强烈、更过瘾的快感体验，才会成为读者膜拜的、主宰精神旅程的大神。一个成功的网络小说家，意味着有一个不断扩张的情感共同体风雨同行，他事实上主宰着共同体的行进方向、喜悦与哀伤，作者也就从中得到精神上超越于大众的快感。对于读者干预故事情节进程的能力不宜高估，对于读者追求快感的欲求则不能低估，对于创作自由的可能性也不应该低估。

同时，网络文学即时写作即时发表传播的情态，读者对作者的赞美与支持，也给予作者及时的快感奖赏，使得作者倾向于持久写作，延长共同体的快感进程，这是网络小说颇多鸿篇巨制的内在原因。

二、主角定律

遵循主角定律，是大众文艺不断印证其效果的叙事策略，网络文学实践中更是显示了主角定律的威力。

古往今来，大众文艺受众的关键性接受反应心理是主角认同，因而产生了愿望—情感共同体，受众希望主角的愿望能够实现、能够成功、得到更多尊荣，所以在心理趋势上偏向主角，这是由人的自利倾向决定的，主角好就是自己好，偏向主角就是偏向自己，就是在加固愿望—情感共同体，所以，作品偏向主角以赢得读者好感的叙事策略，像山岳一样稳固，这就是通行于大众文艺以及部分知识精英文艺和官方文艺的"主角定律"。

（一）主角的中心地位

在大众文艺中，世界必然是围绕主角运转的，主角站在高处，头顶光环，其他人物像向日葵一样朝着主角开放，故事按照主角的愿望向前发展，在整个人物关系中，主角处于令人艳羡的地位，主角的愿望、意志决定了所有人物的命运和故事结局，作品会给予主角好运气，让其他人物做出符合主角需要的行为。

电影《十诫》作为宗教题材的宏大叙事，以庄严崇高的姿态示人，却通行着男性白日梦特色的主角定律。在故事中，主角摩西是处于奴隶地位的希伯来人的弃婴，上一代埃及公三的养子，成年后身居高位，但是知道真实的身世后，毅然选择回归希伯来人奴隶身份，甘愿与本民族同苦，并因为对希伯来人的神耶和华的坚定信念，而得到神的眷顾，具有与神沟通的特权；主角深受女性欢迎和爱慕，这一代公主深爱他，因为得不到爱的回报而又深恨他，疯狂报复他，主角被流放后，遇到七个美丽的姊妹，个个喜欢他，希望成为他的妻子，其中六个在他面前用舞蹈展现魅力，任由他挑选中意的人，而摩西选择了兼具美德、美貌的长女为妻；因为埃及法老想杀死每户希伯来人的长子，而希伯来人的神耶和华令埃及人的长子死去，并且曾经深爱主角的公主成为法老的妻子，也形同背叛了主角，所以公主的亲子死亡。大众文艺的铁律，背叛主角者会受到惩罚——最终备受埃及人欺凌的希伯来民族，在摩西带领下愉快地进军"应许之地"约旦河谷，而迫害希伯来人的法老受到惩戒。

主角定律隐藏在宗教神话情境中，使人忽略了主角得到好运气、处于优越地位的真正的缘由：偏向于主角，就是偏向于代入主角的受众，遵从主角定律带来的快感体验，可以令受众的信仰之心更为坚定，这也是重要的宗教传播策略。

《金瓶梅》中，主角西门庆的欲望满足进程是作品构成的主线，女性人物潘金莲、李瓶儿等扮演着男性欲望对象的角色，潘金莲总在创造极端的淫行，是色情狂的象征，李瓶儿在两次婚姻中与西门庆相互追逐，是狠毒无情的荡妇，最终被西门庆收入家门，却立刻贤淑深情起来，这都是为对应主角欲望而存在的，不同风情对应主角欲望的不同部位。

《红楼梦》主角贾宝玉自谦自抑，而主要女性角色林黛玉、薛宝钗、史湘云、王熙凤等都处于优越地位，各有自己的美丽优雅，都有自己的愿望—动机—行为线索，使《红楼梦》故事呈现出多个女王同住的蜂巢形态。所以她们都成为读者代入对象，都有自己的粉丝人群，"红迷"其实是多个粉丝群体的集聚。这是《红楼梦》独有的叙事策略，为男女读者代入故事情境，留下了多个舒适的入口。但是其实"女王们"都在乎、疼爱贾宝玉，这个大观园中的唯一男性，是不言自明的中心，只有少数次要人物才漠视他，让他领悟了他不能得到所有人的眼泪。贾宝玉没有什么丰功伟业，但是他出走了，《红楼梦》故事就没有存在的必要了，一切就结束了。

（二）创设垫脚石

为了凸显主角的地位，大众文艺常常为主角设置垫脚石式人物，令主角形象更为高大。

在《西游记》中，历史上真实存在的，为求佛法西行取经、经受生死考验的佛教高僧玄奘大师，被严重矮化，"唐僧"反复被妖怪所害，束手就擒，等待徒弟、菩萨与各路神仙相救，是一个软弱无能、教条僵化、好坏不分、心胸狭窄、缺乏主见、遇事慌神的可怜虫。这当然是与历史不符，但是真正的原因不是作者对佛教和历史不敬，也不是要消解崇高，而是大众文艺的主角定律使然，唐僧不幸成为主角孙悟空的垫脚石了。唐僧显示弱点的时刻，都是孙悟空显示优点的时刻，他具有与唐僧相反的品性，勇敢、忠诚、是非分明，是饱经磨难、委屈而不改其志的英雄。孙悟空一脚踩着唐僧的后背，还有一脚踩着猪八戒的后背，猪八戒自私、世俗、愚蠢，经常给取经团队带来灾难，而孙悟空忠于团队，大公无私，牢记使命，总能够解决难题。

类似情形还有《红楼梦》中的贾琏、贾环、薛蟠，他们用自己的猥琐粗俗的行为，凸显贾宝玉的高雅、被女性角色疼爱的优越地位；《金瓶梅》中西门庆的朋友应伯爵等人物的小气猥琐，凸显了主角的豪爽性格与威势，金庸《笑傲江湖》中令狐冲的垫脚石林平之，同样经历磨难，林平之趋向于身心变形，而令狐冲越加豁达豪放。

这些配角作为垫脚石，一步一步垫高了主角的快感，他们存在的理由与行为逻辑，就是不断尽力成为主角的增高器。

以通常的文学标准来看，潘金莲、李瓶儿与唐僧等人的行为表现，是不符合人物自身的规定性的，但是在世界小说史、电影史与网络小说中，通行着这种不由分说的主角定律：好事归于主角，男女配角围绕主角的欲望运转，并按照主角需要改变自身，若违背这个主角定律，让主角围绕配角的欲望而改变，受众就会对作品百般挑剔。

当然，如果主角使人讨厌，不能使受众产生代入感，则主角偏向就会加倍令人反感。

（三）主角偏向的平衡问题

主角定律经常造成大众文艺中的情感、伦理偏向，主角永远是对的，对手自然是错的，创作者会让主角的敌人死，竞争者死，背叛主角者死，伤害主角利益的各种角色都会受到惩罚，有时候主角的敌人、竞争者的死亡经过伦理包装，也就是说他们犯了该死的错，主角报复惩处他们时在伦理上没有瑕疵。但是有一些竞争者无过错死去，仅仅因为他们站在了主角的对立面，这是赤裸裸的猴群"正义"使然，他(她)死去，仅仅是因为成了猴王(主角)的竞争者，这就会影响到作品的声誉。

在《三国志》等史书中，周瑜是气量恢宏、雄才大略的英豪，是布局天下大势的高手，赤壁之战后，因为箭伤发作而英年早逝，与诸葛亮没有关系。但是在《三国演义》中他成了诸葛亮的竞争对手，于是诸葛亮"三气周瑜"，"气量狭小"的周瑜含恨而亡，诸葛亮还去吊唁，并且凭胆气与雄辩，说服了江东群豪，联手抗曹。偏向于头顶光环的主角而贬低竞争者，以至于斯，而一般读者却欣然接受。历史演义是说书人与小说家制造的。《水浒传》中，很多英雄人物嗜杀，如武松"血溅鸳鸯楼"滥杀二十几人，这些人多数根本是无辜的，也毫不妨碍武松的安全，只是主角需要泄愤，就被杀得痛快，杀个干净，书中还大书杀人者武松，如此恶质歹徒，头顶主角光环，作者不吝赞美，而成为亿万读者喜爱的英雄，武松的最后结局也就是断臂出家，"惩罚"显然与其罪行不相称。这些主角偏向缺少平衡处置，显得幼稚狭隘，是作品的负资产。

"血溅鸳鸯楼"式的英雄传统，对中国人的伦理认知起着负面的作用，是形成网络文学暴力倾向的精神基因之一。成熟的文明，要求对大众文艺的主角偏向进行限制与平衡。

电影《乱世佳人》是充满了伦理争议的大众文艺作品，是分析主角偏向以及进行平衡处置的较有代表性的案例。女主角塔拉庄园的小姐斯嘉丽，在美国南北战争爆发前夕和战争中,先后拥有多名男性爱慕者并有两位别人的丈夫为她而死,留下了遗产,后来与一直爱她的白瑞德结了婚(英俊而多金,对主角的奖赏)。女儿邦妮出生,白瑞德把全部感情投注到她身上(女儿成为主角感情的竞争者),女儿邦妮意外坠马摔断了脖子(竞争者死去)。女主角的另一个竞争者贤德女性梅兰妮,因怀孕和操劳过度卧病不起,临终(竞争者死去)前,她把自己的丈夫艾希礼和儿子托付给斯嘉丽(竞争者做了主角期待的事情),斯嘉丽不顾一切扑向自己一直喜欢的艾希礼怀中,紧紧拥抱住他,丈夫白瑞德无法忍受转身离去,与她彻底分手(对主角的惩戒)。主角最终失去了所有男人,但是她还拥有土地和财富。

流潋紫的《后宫·甄嬛传》中主角偏向显然与此相似,面临的批评也相似,甄嬛的女性竞争者全部死去,她们总是想害主角,却最终帮了主角的忙,最终阻碍她得到最高权力的皇帝也在关键时刻死去,主角的每一个愿望都能实现,包括得到热爱与赞誉,包括成为最高统治者,但是主角也成为孤家寡人。

主角为了生存和成功而不择手段,主角的竞争者死去等,其实反映了人类的利己本能的欲求,生存(利己本能)可能是一种难以否定的本能,但是利他主义美德,显见对于人类整体的文明延续意义重大,所以这类作品的主角偏向的平衡处置,是让主角最终失去爱情,失去亲人,但是走向了孤独的人生。这样处置可以平息一些争议,而那些配角的冤死仍然会令人感到心中不安,给人们带来持久的伦理困惑。对于代入女主角的女性受众而言,这种平衡已经足够了,而对于某些严酷的男性评论家这还不够。但还能怎样呢?

(四) 网络文学主角:世界的主神

网络小说变本加厉地继承发展了主角定律,如同单一神祇的神话。故事主体是主角欲望实现的进程,主角是故事世界中重要成果的享有者,写作的中心任务是让主角爽、让主角身心得到全面快慰。

网络小说的一般读者通常不接受主角像刘备、关羽、张飞那样难堪的死亡,孙悟空那样为人作嫁,西门庆那样最终身败名裂,林黛玉那样死得绝望凄惶。大多数网络小说作品主角的结局,是大获全胜,圆满美爽,要死也要死得美丽好看,死得悲壮,是更为对症下药的白日梦偏方。

网络文学秉持主角偏向的宗旨,发展了升级策略与金手指策略。目前,网络文学读者群体主要是青年,更为强化主角不断成长升级的快感,故事通常是从主角弱小时开始,经过努力,战胜对手,克服困难,在人生旅程中、在社会台阶上、在修炼等级上,不断取得进步,这种愿望导致作品为主角设置了许多升级台阶,直至世界顶峰,主角从胜利走向胜利不断升级的形态,显著影响了人物关系设置、故事情节走向与作品的整体格局。

而在主角弱小时,为了在起步阶段快速成长,超越同侪而显得英明神武,经常为主角安排"金手指"措施，比如穿越小说中，主角穿越到古代，利用现代知识、知晓历史发展过程的优势，占古代人的便宜，如果再带上装满现代知识的笔记本电脑和太阳能电池，那就能把整个现代知识体系搬到古代去了，可以创造古人艳羡佩服的奇迹；奇幻小说主角获得古代典籍，其中藏着重大秘密，或者是一个戒指中隐藏着无所不知的古老灵魂，帮助主角在修炼道路上迅速超过同辈，如此等等，都是老套而又有效的，偏向主角赢得读者好感的招数，只要稍微变幻一些花样就行。

网络小说特别是男性小说，普遍存在更为严重的主角伦理偏向，竞争者会各种倒霉，乃至无过错死去，有些人气作品几乎在故事每个阶段，都会为主角安排一些配角，被主角欺辱，在身体上或者精神上被主角"打脸"，让主角和读者感到爽，"打脸"成为跨类别的写作策略，却普遍不怎么在意平衡处置，主角肆意妄为，就使作品显得幼稚和俗气，这是网络文学还处于少年时代的显著标志。

三、市场策略

通过市场表现出来的读者需求，显著影响着写作策略，创作者会据此选择自己的目标观众、差异化与文学性策略。

（一）满足读者群的特定需求

网络文学具有明确的读者分群意识，为读者的特定需求创立了各种小说类型、流派和风格，集聚了各自的阅读人群，面对不同的读者群体、故事的愿望主题，快感模式有所不同。比如通常人们喜欢主角成功的舒爽故事，但就有一些人喜欢主角被虐的故事，就会出现一些主角被虐而读者狂哭，然后心境甜美舒适的阅读景象。比如水明石的《杨戬——人生长恨水长东》，主角杨戬为自己所爱默默付出，却无人知晓，且被人百般误解、百般虐待，最后真心才被人明了，压抑心情得以释放，赢得了悲剧爱好者或者被虐狂的喜爱，还有人表示，要更虐一些才更爽，当没有可以泪奔的作品时，就会经常重温这些被虐经典，这种作品虽然接受度不广，但是却吸引了一批死忠。

而最大的读者分类是男性、女性，两大人群的阅读需求得到了充分关照，形成了男书与女书的分野，男性、女性网站或者频道的分野。

在小说类型中，"硬质小说"如玄幻、修真、武侠、军事、历史小说，更招惹男性读者的热情，软性读物如言情、宫斗、青春、校园等类型小说，则以女性读者为主要对象，但真正区别男书与女书的，是作品男女主角不同的愿望——情感形态、不同的实现愿望的快感模式。女性读者对女性作家笔下的女主角，男性读者对男性作家笔下的男主角，才容易有代入感，男女两性的愿望与情感经常是隔膜乃至对主的。

以历史小说为例，在男书中，男性主角纵横于官场、战场与情场，大动干戈，大开大合，总是能够迅速获得权力、财富、美人，到达人生顶峰。在这个男性快感模式中，女性是男性的欲望对象。欲望对象目标人物出现，网络文学的男性读者就眯起眼睛，进入男性白日梦心理模式，他的快感预期就会升腾，眼前这个世界，是按照男性主角愿望得逞的需要而运转的。

而在女性历史小说、女性白日梦的集大成者"宫斗小说"中，主要故事构成是在宫廷情景中，一群女人依靠口舌之争，斗出荣华富贵，斗得江山色变，女主角愿望都能实现，而男人们疯狂地爱着女主角，为女主角实现各种愿望承担后果。而人群以此分为两拨，一群是泪流满面沉醉于宫斗故事的女性读者，另一群是她们小心翼翼的男友和丈夫(其实内心有所不满)。

由此可知，男女两性是不可能共有梦境的，他们会在一起过日子，生儿育女，然而可能不会一起看网络小说。因此男性评论家会给予宫斗小说《后宫·甄嬛传》《步步惊心》低评，而女性评论家则可能认为它们意义非凡。

(二) 差异化市场策略

在一个竞争性市场中，与他人不同是很重要的叙事策略，特别是同一时间出现的同类型文艺作品，如果没有显著差异，就很难吸引受众的兴趣，跟风之作从来不会取得成功，因为人类天然地会对新鲜的信息感到兴奋。市场竞争其实是鼓励创新的发动机，这正是好莱坞电影、美剧与中国网络文学花样繁多的原因之一。

美剧的市场经验丰富，比较同为政治题材的美剧《白宫群英》与《纸牌屋》的创作策略，可以对"市场"多一些认识。

《白宫群英》以写实风格而大获好评，情节大部分都是围绕主角巴特勒总统和幕僚的政治生活来展开，对主角和他的自由主义路线，进行了理想化呈现，他遵从宪政法规，深爱家人，忠于婚姻，是道德完人，在经济建设和社会发展上成绩辉煌，在对外事务上果断、强硬，是智慧而坚定的领袖。在长达七年的播映中，《白宫群英》几乎探讨了美国政治生活的每一个细节，堪称美国政治生活的百科全书，也可以说它是用大众文艺的手段，宣扬美国式价值观的"政治童话"。

《白宫群英》珠玉在前，逼得后来的官场剧、政治剧必须另辟蹊径，因为观众不会期待另一个"白宫好"的剧集。《纸牌屋》就有意与《白宫群英》相反，主角同样是民主党人，也用政客生活情节的展现，营造出政坛的"逼真感"，但是其旨趣在于满足大众的政治秘密窥探欲，用夸张的剧情揭秘美国政坛的黑暗(其实改编自英国原著)。主角作为党鞭，屡屡背叛党的利益，为了满足权力欲，采取包括诽谤、贿赂、谋杀在内的一切手段击倒对手，私德也很糜烂，还亲手杀人。厉害的政客绝不会陷身于黑社会式的搏杀，政治的黑暗也并不体现于私斗，然而，这可能是观众愿意看到的"改治活动"的情节，他们喜欢传奇，喜欢肉身刺激。

如果以为《白宫群英》与《纸牌屋》是政治生活的"真实反映"，那就被制造者蒙住了。用政治生活图景满足受众的权力想象需求，白也好，黑也好，都是不同的市场策略而已，创作者并不在乎是否能够反映美国政治生活的本质。

这种差异化市场策略在网络小说中多有表现。作者们为了不一样而拼命地不一样，在同一个小说类型中，力求在故事的世界设定、历史背景、人物性格与人物关系、价值观各方面，与他人有所差异。

以价值观差异而论，网络小说中传统的光明价值观与暗黑流的竞争很明显，反映了作者与读者的不同需求，官场小说既有录事参军的《重生之官道》等理想化加意淫的小说，使读者甘愿代入主角，体会节节高升的快感，也有许多揭黑的官场小说，处处潜规则、处处暗黑的情节，满足读者窥私欲望，或者让读者产生自己比人物更高尚的伦理优越感，与明清官场谴责小说、欧美政治黑幕小说和影视剧相通。在修真小说中，有主角信奉光明伦理的作品，如萧潜的《飘邈之旅》，也有人人互相残害的暗黑流作品，如忘语的《凡人修仙传》等。

价值观认知与市场策略选择纠缠在一起，形成大众文艺显著的黑白两个传统，文学是人学，尤其是关于人类欲望的价值判断的学说，说到底，市场策略是对人性的不同把握，歌颂"白"与揭露"黑"，都反映了人类灵魂海洋中的复杂潜流。但是这种价值观差异策略，如果明显违背人类基本伦理准则，那么即使一时取得市场成功，也会在整个社会中遭到失败。

(三) 审美化与伦理化的欲望叙事策略

网络文学由于即时写作、即时发表的特性，一般作品确实显得粗鄙直白，需要强化文学性，在文学的一般要求如语言、谋篇布局、人物刻画诸方面多下功夫，特别是要加深欲望叙事的内涵，改变直奔肉欲满足的初级阶段形态。

网络文学作品赢得文学素养较高人群的赞誉，或者"纯文学"赢得市场销量的共同策略，是对私人领域的欲望进行审美化、伦理化叙事，这也是网络文学最需要向经典文学作品学习的地方。

一些经典小说，以欲望叙事为基础，却折腾出人性深度或者社会思想意义，提供特殊的快感与美感，也提供伦理判断，看起来与大众文艺差异很大，但是两者之间并无不可逾越的鸿沟。经典作家如梅里美、莫泊桑、司汤达、托尔斯泰、茨威格、纳博科夫等，是不同社会背景、不同时代的表现人类欲望、描画人类灵魂的高手，然而其作品具有一个共性，就是他们对人类欲望进行了显著的审美化、伦理化处置。

托尔斯泰的《复活》故事构成就是一个典型的男性本能(占有纯洁的少女)与道德欲(救援风尘女子)的欲望叙事，这两种欲望的诱惑是男人一生中通常会面临的，有时候男人会同时具有这两种相反的欲望。男主角聂赫留朵夫公爵，大学时代引诱了姑妈家的养女兼婢女喀秋莎(后来名为玛丝洛娃)，一个有点斜眼的美丽少女，男主角对她始乱终弃，喀秋莎怀孕后被赶出家门，后来沦为妓女，因被指控谋财害命而受到审判。男主角以陪审员的身份出庭，认出了从前被他引诱的女人，良心受到冲击，因此为她奔走申冤，并要同她结婚，以赎回自己的罪过，玛丝洛娃悲愤地指责他，是在利用她来拯救自己的灵魂。上诉失败后，聂赫留朵夫陪她流放西伯利亚，她感动了，原谅了他，但为了不损害他的名誉和地位，她最终没有和他结婚，而同一个革命者结合(多么体贴主角，道德欲得以满足，却不用承担代价)。故事主体与一般大众文学的欲望叙事相似，但故事是在主角宗教精神复活的过程中展开的，作品为思想性评判提供了特殊领域，它就"经典化"了。

茨威格的《一个陌生女人的来信》中，一个作家收到一封奇特的信，一个女子从前暗恋他，后来为他献身，并有了孩子，但是却不让他知道，独自依靠卖笑来抚养孩子，直到孩子病逝，自己也油尽灯枯，才给男主角写信，倾诉哀痛的心情，一个年轻时备受爱慕的浪漫的小说家，与一个为爱执着、为爱牺牲很多年的凄美女人，令男女两性读者都有角色认同，都为女主角的哀情而伤感，而男性听到一个默默爱着自己的女人的最终倾诉，会更多一份感动。

这种转一个弯子的欲望叙事，审美化、伦理化的欲望叙事，是一个很重要的文学传统，也是作家面对市场的一个策略。中国现代作家郁达夫的作品《沉沦》《迟桂花》《春风微醉的晚上》，虽然情景不同，但其实都是同一个故事范式，一个伤感的文弱的男主角，在肥白的母性味道浓烈的女性那里寻求温柔的安慰；张爱玲作品的主角总是在暧昧情感中冒险与挣扎；沈从文作品中，淳朴的故乡、美丽的村庄，是对游子身心的最后承接；贾平凹的才子书《废都》更是围绕着男性欲望而建构，男主角备受女性人物的疼爱、仰慕。然而在这些欲望叙事的容器里，勾兑了心理探索的意味和独特的审美情趣，经得住岁月淘洗，能永久发出自己的人性光华。

日本文学中，介于纯文学与通俗文学之间的"中间小说"，主要架构策略也是如此。如渡边淳一的《失乐园》男女主角在肉欲中挣扎，又对生命与爱情深感绝望，于是按照计划好的那样双双殉情，其实是在表现爱欲的极致体验。村上春树的《挪威的森林》也有相似性，男主角渡边与一个精神状态异常的女孩直子陷入情欲纠缠，又与温暖人心的女孩绿子互生爱慕，故事游走在纯情与精神猎奇的中间地带，却笼罩在伤感迷惘的气氛里。这种在情欲世界中淘宝，调和文学理想与市场属性的策略，很能讨好全世界的文艺青年。

网络文学并不会自外于文学传统，也不必低估读者的审美欲求和能力，在受到广泛赞誉的网络文学作品那里，可以很清晰地看到审美化、伦理化的欲望叙事策略，为文学批评与新闻传播提供了言说的理由。树下野狐的作品如《搜神记》的女主角都极有个性辨识度又独具美态，令读者用"搜神"的眼光看待异性；烟雨江南的《亵渎》由于对人性深度的挖掘，对宗教伦理的颠覆性、反叛性重构，为读者提供了精神迷宫，影响了同类作品的创作；猫腻的作品《庆余年》《间客》中的男女恋爱过程颇具"审美性"，犹如兜兜转转的现代校园爱情，而不是直奔肉欲而去；流潋紫的《后宫·甄嬛传》等女性历史小说借鉴《红楼梦》情趣，对女性各色欲望的吟诵玩味，却正是女文青的最爱，这些"文艺青年"的趣味，其实增加了作品的魅力，具有审美价值的网络文学作品，也会更有机会进入文学史写作，增加了作品的社会接受度。

第三节 网络文学创作的形态

网络文学具备神话故事形态，也具备类型小说的作品形态，而这也是大众文艺的显著共性。从形态层面认识网络文学，有助于创作者明晰网络文学创作的特点。

一、网络文学的神话形态

大众文艺都是欲望叙事谱系成员，是神话的后裔，或多或少地都体现出神话基因，网络文学的神话形态更为显著。

人类与自己创造的大众文艺具有天然的神性，造神是人类永恒的需求：创造大德的神，让自己来拜服，如圣经神话与中国上古神话的主角是道德的化身，是德能兼备的神，负责管理人类的精神秩序，是世界的最终主宰和裁决者；或者创造一个大能的神，他的欲望与意志得以充分伸张，如北欧神话、希腊神话都是大神的"成功史"，主角都具有通天彻地的神通，并为维护自己的统治，实现自己的权力、情爱的目标而努力奋斗。他们更为凡人所认同，而人类代入大能的神话主角，可以体验实现愿望、支配世界的快感。这些大德与大能的神是整个大众文艺的精神鼻祖，他们也化身万千，变为网络文学诸多主角。

（一）北欧神话与奇幻文学

流行于欧美乃至整个世界的现代奇幻文学，就是北欧神话、希腊神话、圣经神话、凯尔特神话的后裔，又常以北欧神话为基本构架，无数文艺作品创作者，从神话中看到了自己的内心，繁衍了自己的奇幻故事。这里以北欧神话与奇幻文艺的流变说明神话对大众文艺的影响。

北欧神话主神奥丁兄弟杀死元初巨人，以其尸体创造世界，以树木为材料创造男人和女人，繁衍出人类，并与巨人的后裔世代爱恨纠缠，直至"诸神的黄昏"，诸神与巨人族的多数成员同归于尽。托尔金受此启发，创造了《魔戒》的神话世界，开创了现代奇幻文学的神话谱系，北欧神话诸神、诸种族在奇幻文学、电影、电视剧中不断繁衍后代。

主神奥丁为了获得智慧，甘愿挖出一只眼睛投入智慧泉中，因而看到了整个神族的末日："诸神的黄昏"之战，从此他在人界四处搜寻勇士英魂，甚至在人间挑动战争，以让最好的勇士尽早魂归麾下，作为末日大战中神族一方的战士。他将勇士们的灵魂安置在瓦尔哈拉神殿，白天以战斗为戏，晚上则狂饮狂欢。奥丁还派遣女神，往来于各地战场搜寻勇士灵魂，如果战斗未分胜败，她们也会按照自己的喜好加入一方，因此她们被称作女武神。北欧勇士们笃信战死沙场者的灵魂可进入瓦尔哈拉神殿，老病而死者的灵魂只能去阴暗恐怖的冥国，因此，英勇的男儿浑不畏死，精神勃发时可进入"狂战士"状态，勇力倍增。而"诸神的黄昏""神殿"与"狂战士"，就成为许多奇幻小说，电影、游戏的故事架构、场景与角色的原型，也是网络奇幻文学的重要元素。

瓦格纳的著名歌剧《尼伯龙根的指环》与后来的同名电影都是根据北欧神话中女武神与英雄的故事改编的，电影《尼伯龙根的指环》主要讲述英雄齐格弗里德与女武神之首、冰岛女王伯仑希尔·米颜的爱恋故事，两人邂逅相恋，约定在齐格弗里德完成游历后相聚，后来齐格弗里德屠龙夺宝，获得龙之宝藏的同时，也继承了宝藏中的诅咒，被敌人陷害而死，伯仑希尔为其复仇，并自刎殉情。

这种神与英雄的命运悲剧元素，也在科幻文艺如美国电影《星球大战》、日本作家田中芳树的小说《银河英雄传说》中遗传不绝。太空题材科幻电影、小说正是因为对神话思维、神话世界构造、英雄与神的性格与命运的诸多继承，常被看作太空时代的神话。现代人面对茫茫宇宙，与几千年前的神话创作者，可能具有一样的茫然而跃跃欲试的心情，这个巨大的不知底细的世界，只能是大神的舞台。

（二）明清小说的造神传统

在欧亚大陆东端，同样有着绵延不绝的神话传统，从明清小说经典名著的造神思维，就可以看出神话传统对其故事形态的影响。

《西游记》《封神榜》等神魔小说，创造了自己完整而封闭的神话世界，既是对佛教、道教神话世界架构的融合，也是人间皇朝统治的镜像，它们继承发展了中国庞大的神仙系统，而主角们在神佛的世界里，通过战斗完成了佛祖或上天安排的使命，也实现了自己的愿望，把个人意志与神佛使命融合在一起。而《聊斋志异》则是在东方神佛神话背景下，创造仙、灵、妖、魔、鬼、怪飞舞的局部世界，凡人在其中体验各种情感经历，特别是贫穷的书生得到各类身份美女的垂青，多数故事体现出神性与人间性的融合。

在《红楼梦》中，主角来自青埂峰下，是一块女娲炼石补天剩下的顽石，因为痛感"无才可去补苍天"，才到人间体验荣华富贵生活，他与一众神仙僧道关系特殊，并且最终回归仙界；《镜花缘》与此相似，是百花仙子在天界犯了错误，被贬谪下凡，化身为人间的美貌才女。这类故事中身份特殊的主角是连接神仙界与凡人界的关节点，也是吸引读者代入主角进入故事情境的重要手段。

《水浒传》在整体架构上是道教神话的神明们，在人世间演化的天道命数故事。大宋开国皇帝宋太祖是霹雳大仙的化身，第五位皇帝宋仁宗，是赤脚大仙的化身，在仙界的帮助下，大宋度过一段繁荣昌盛的时期。嘉祐三年，天下瘟疫盛行，太尉洪信奉旨抵达龙虎山的上清宫，祈禳瘟疫，完成使命离开之前，执意进入了一座封闭的殿宇，看见一座石碑上凿有"遇洪而开"四个字，难以抵挡诱惑，命人掘开石碑下面的大石板：一道黑云从地穴中冲了出来，裂作百十道金光，向四面八方散去，他们就是数十年后化身为绿林英雄的三十六员天罡星和七十二员地煞星。

后来，宋江梦遇九天玄女，觉悟自己乃是"星主"，应该承担天命，九天玄女送他天书，帮助他成为梁山聚义团伙的领袖。招安、征辽、打方腊，都是"替天行道"的应命之举，所以梁山好汉只能听从。与这个神话框架相对应，多数好汉都有自己不同凡响的特长，甚至于具有神通，也都确认了作为兄弟的命定情义。他们的结局是死于战场、出家、自杀、被害死，还是寿终，也都是命运使然。最后天罡星回归天界，地煞星潜入地中，死后成神，为人间祭拜，也是一种大团圆收场，强化了天命故事的完整性。

这些明清小说把自己打造成神话的模样，主要人物来自神仙界，其实也是读者偏向所致，读者喜欢这种代入神话故事主角、参与天地宇宙大事的感觉，扮演"与众不同""身负使命""一身系于天地国家气运"的角色，是一种隐秘难言的快感。在大众文艺中，主角拥有特殊的身份，是常见的吸引读者代入角色的招数。

《三国演义》是最为接近写实小说的作品，但其实也浸透着神话精神，是制造"伪神"的典范，它更能说明人们为何需要神话。关羽成神，并在清朝最终晋级为"关武大帝"，依据主要来自《三国演义》及其话本前身中的形象塑造，对照产生于晋朝的《三国志》等历史著作，定型于明朝的《三国演义》中，关羽的光辉事迹都来自虚构，而虚构的方向是彰显关羽的忠义武勇，使其成为大众的伦理、人格榜样。

请看关羽简历的真伪：桃园三结义——《三国志》等史籍中没有刘关张结义的记载；关羽温酒斩华雄——虚构的事迹；斩颜良，诛文丑——斩颜良确有其事，诛文丑是虚构；过五关，斩六将——关羽离开曹营，直接南下汝南投奔刘备，"过五关，斩六将"是虚构的；华容道义释曹操——在华容道拦截曹操的是刘备，而且刘备去晚了，被曹操跑掉了；关羽单刀赴会——实为鲁肃单刀会关羽；麦城拒降——史实是关羽被围，孙权使人劝降，关羽诈降，在城头虚插旌旗，暗从别门撤退，却被吕蒙半路截杀；关羽很拉风的八十二斤青龙偃月刀也是虚构的，骑将不可能使用如此笨重的、战斗实效低的兵器，在战场上那是找死。这些光辉事迹，竟然只有斩颜良确有其事，其他都是从别处挪用，或者索性是虚构的。

这些虚构的故事经常被当成历史本身，据此，数百年来在官方与民间合谋下，人们一再为关羽封神晋级，而遍地香火的关帝庙则参与了人们的精神塑造，参与了历史进程。造神比之于事实描绘，更能满足受众的心理需求，造神的一般过程是：按照创作者与受众的愿望，对人物进行理想化虚构，然后通过各种途径强化传播，经过官方仪式予以确认，故事就成了"神迹"与"真相"。

（三）网络文学的神话形态

网络文学与神话在人类精神领域是同源同构的。数百年来，随着理性思维的崛起，文学的幻想性受到压制，神话创作消亡，写实文学如现实主义文学一度成为文学主流，但是 20 世纪以来，在世界范围内，神话文学的潮流再次回归，正是人类精神再平衡的需要。这个潮流在中国主要体现在网络小说中，它跨越现实主义文学与现代主义文学，把神话基因显性化，是对神话故事形态的创造性重置。

东西方神话主人公为了实现自己的愿望、体现自身的意志，运用不受现实条件限制的神力，战胜对手，克服阻力，创造非现实的"神的事迹"，这就是神话的主要内容，神话故事是人类白日梦的经典性呈现，是最疯狂、最坚定的，超越现实可能性，突破所有现实障碍的愿望达成的事迹。

而把神话中的"神"置换为人类主人公，由普通人类经过修炼战斗而成为"神"，并创造"神迹"，那就是奇幻、玄幻、修真、仙侠小说的故事形态。说不得大师的《佣兵天下》、天蚕土豆的《斗破苍穹》等小说的主角在别人创造的世界里，从凡人修炼成神；而烟雨江南的《亵渎》、我吃西红柿的《盘龙》《星辰变》的主角修炼成神后，创造出自己的"宇宙"或者空间领域；辰东的《神墓》、跳舞的《恶魔法则》主角原本就是神，却因为某些变故，失去了记忆和能力，觉醒后经过修炼，变为更厉害的神。他们与神话主角的区别主要在于，神话主角的神力其来源语焉不详，而他们经过不断修炼升级而成神。修炼升级的体系在原始神话时代还没有来得及发明，在明清小说中有所萌芽，在现代欧美奇幻文学，特别是在中国网络文学中才逐渐发展成熟起来，而不断升级进步的感受，更符合现代读者的心理需求。

有些网络小说作品，与《水浒传》意趣相同，佛道相融合的神仙世界支配着人物穿梭时空。月关的《回到明朝当王爷》主角穿越到明朝正德年间，就是出于阎王主宰的地狱系统的安排；在张小花的《史上第一混乱》中，同样是阎王的部下判官们出错，导致整个东方天庭与地狱系统忙着弥补错误，把各朝代的开国皇帝们、名人们弄到了现代社会，这就把人间与神仙世界焊接在了一起，人间也成为神话世界的一部分。

在都市小说中，在人们的日常经验世界里，一般人受到物理、时空规则的约束，但是小说主角们却能够具有不受现实规则约束的超能，犹如较低等级的神仙，如网络都市异能小说跳舞的《天王》主角陈潇，可以通过获取别人的 DNA 获得别人的异能，逐渐进化成神仙一样的人物，跳舞的《邪气凛然》主角陈阳能够控制自己的运气、横行于世界各地的黑社会，他们在现实生活中创造神迹，实现自身愿望，除暴安良，帮助亲人，令周边群众对主角仰慕、佩服、信赖。

都市重生小说、历史穿越小说的主角通常并不具备异能，即使修炼武功有成，也就是一个武林高手，不足以凭借武功创造出神迹，但是他们能够像神那样获得成功。如天使奥斯卡的《1911 新中华》主角穿越后在短短的数年内，开创了强大的"新中华"，对世界局势有决定性的影响；更俗的《重生之官道商途》主角，还是在校生，就已经对世界科技发展与金融运作举足轻重。这样的成功故事与神话具有内在的一致性：他们凭借现代人对历史进程的"预知"，让个人的欲望和意志可以无障碍地实现，主角实际上等同于一个具有预见力的神，其预见力、智慧创造了根本没有现实可能性的神迹。

在受到欢迎的网络文学作品中，很难寻觅反映真实的现实生活的故事，神话传奇故事是网络文学的主流故事形态，因为人们需要各种神力、好运的想象，需要与现实生活不同的新鲜神话。而网络作家也只有创造出被广泛欢迎的新神话，才能成为公认的"大神"。

(四) 神话创作思维

古代神话、明清小说、欧美奇幻文艺、网络文学，其创作思维与写实文学迥异，具有神话思维的两个重要特点，明了此中道理，可为作者"造神"指明方向。

1. 神话思维具有超越性

神话主角突破时空、物理、种族、社会文化等规则，具有超现实的神通，能够创造任何物质与意识，其实是人类的欲望支配着神话主角、塑造着神话世界，欲望是神话世界最终的造物主。

神并非不能失败，神也不一定是荣华富贵的享有者，神的最大特征是能够按照自己的意志创造世界，为世界制定规则。北欧神话主角奥丁兄弟用巨人尸体创造世界，用树枝创造人类，中国上古神话中女娲用泥土造人，打破了物理规则、生物规则；托尔金的《魔戒》神话中，创世神在思维中形成了诸神，在与诸神的合唱中，令世界在虚空中产生，这是打破了物质与意识的界限；我吃西红柿的《星辰变》主角秦羽修炼成神之后，利用宇宙"原始能量"，创造了自己的宇宙、自己的时空法则，这是打破了现存宇宙时空的规则。一切人类能够感知到的现实束缚，恰好是神话主角刻意要打破的，并构建超越于人世间的神话世界。

人们在欣赏神话与神话形态文艺作品的时候，把自己代入神话主角，把神话故事当作真人真事，用神的心态和眼光接受神话世界，得以暂时超越现实世界的各种束缚，体验意志自由飞扬、愿望圆满得逞的快感。现代大众文艺恢复神话的造神功能，使人类接受人人皆可成神的念头，因此就把人从单一神祇的精神奴役中解放出来。神话以万物有灵论为基础，任何动物、植物都有自己的灵魂，精灵、兽人、树人与人类在精神上并肩而立，因此把人类从自大迷狂中解放出来，更能够与自然和谐相处。神话具有普世性，神话元素如孙悟空的金箍棒、哈利·波特的魔法杖，可以超越民族国家疆界，被世界各地的人们所认同、吸纳，因此超越了种族文化的局限性，有助于人类文明的整体性认知。

2. 神话思维具有整体性和象征性

神话世界通常是一个非现实的整体的世界，用局部代替整体的方式指称世界，比如圣经神话中"伊甸园"象征着人类的精神故园，联系着人类与造物主的关系，"天国"象征着理想国度，是人们向往之境，它们都没有确定的时空位置。正是这种不确定，把神话故事从其特定性中解放出来，成为物质世界与精神世界中许多情境的象征，成为人类精神世界的核心词汇。

神话思维用象征直接覆盖人类精神领域。象征思维先于逻辑思维而存在，是人类最原初、最基本的思维方式，是人类知识和文化的根基。而大众文艺创作者恰恰是保存象征思维成果，并予以创新的有功之士。

人类对逻辑思维、理性和科学的崇拜，实际上使人类思维变得僵化。人既可以是进化论的信徒，也可以是自由的神灵。自发生长的欧美奇幻文艺与网络小说，复活、兴旺了神话的象征思维与灵性思维，体现着精神寻根的冲动，这也是人类文明自动纠偏的自组织功能在起作用，有助于人类从科学主义的思想牢笼中解放自身，保持鲜活的心灵，使人们更有创造性。

当人们在讨论网络文学功用时，如果只是关注大众文学的通俗性、资本运作与粉丝经济等，那简直是暴殄天物，相当于把一片森林只看作木材、药材的来源，而森林原本是万物共生共长的家园，这里万物吟唱，万物互相依赖、倾诉，每一片绿叶都在向你传送灵魂的力量和宇宙的信息。

网络文学带领人们回归神话家园，网络文学的繁荣，是人性与神性的共同繁荣，激发出文艺创作的更多可能性，网络作家们自由创设自己的神、自己的宇宙，使每个人的精神领土得到无限扩张，使人类更为自由与富有。

二、网络文学的类型形态

大众文艺作品的类型化现象，是在创作实践中自发形成的，而不是在文艺理论的指导、设计下产生的。明清小说、好莱坞电影、美剧与网络文学都具有丰富的类型形态。

(一) 大众文艺常见类型

比较明清小说与网络小说的类型名单，可以发现彼此在作品类型形态上的内在相像，明清小说的类型以今天之公认，有历史演义小说，英雄传奇小说，神魔小说，世情、人情小说，公案小说，讽刺、谴责(官场)小说，侠义小说等等。而网络小说主流类型有奇幻、玄幻、修真、仙侠、武侠小说，还有都市小说、爱情小说、历史小说、军事小说、官场小说、惊悚小说等等。明清小说与网络小说类型名称不同，是在各自的社会文化条件下约定俗成的，但具有相通的人类欲望基础，每个类型都是为满足大众的特定需求而产生的。

在好莱坞电影发展史中，观众的喜好推动了类型形态的演变，决定了创作者的叙事策略与惯例，大型制片企业针对不同的观众需求，生产不同类型的影片，根据观众的反馈，总结出最能吸引观众的故事模式和电影技巧，电影创作的各个环节都向成功模式靠拢，与之配套，这种细分市场的成功实践，确立完善了各种电影类型。虽然每种类型只能满足部分观众的特定需求，但满足的程度大为提升。经过数十年的历史变迁，现在常见的电影类型有奇幻片、科幻片、爱情片、历史片、文艺／剧情片、警匪／犯罪片、政治片、灾难片、动作／冒险片、恐怖／惊悚片、悬疑片、喜剧片、西部片等，与网络小说的类型高度相似。事实上，网络小说类型是在好莱坞电影与美剧的刺激启发下形成的，是好莱坞电影类型的对应性生长，也可以说，现代大众的心理需求是基本相似的，所以满足特定需求的作品类型也是相似的。

(二) 小说类型发生原理

世界各地不同文化背景、不同发展阶段的社会，流行的大众文艺类型颇有相同相似之处，这反映了人类情感需求的共性。网络文学从产生之时起，就遵从类型小说、类型电影电视剧的传统，追求小说类型形式因素与情感体验功能的统一。

人的情感，是生命体对外部世界与自身状态是否符合自身需要，而做出的诸种反应，人的每一种情感对于自身的生存、发展、繁衍都具有重要意义。它支配生命体通过各种途径，达成情感体验的满足，以保持人的情感能力处于鲜活状态。小说创作与阅读，也正是这样为满足人们情感体验需求而产生的创造性活动。小说与其他大众文艺的类型形态发生发展的根本动力，是人的生命情感需求。

　　读者不同的愿望实现与情感反应的模式，衍生出不同的文学需求，作家们在不同的愿望实现与情感反应领域中，创造情感体验与快感补偿效果，造就了常见的小说类型。一种类型包括作品主角的愿望—动机—行动链条、人物关系、故事情景、时空规定性、作品遵循的逻辑情理基础等约定性因素。小说类型的形成，通常表现为一些作品对某些影响深远的经典作品的靠近。在同类作品中，这些因素有意味的重复就成为一种写作的类型"定式"。它的主要功能在于能够方便、突出地满足某些情感体验和快感补偿需求，有助于调动读者阅读的心理预期、情感参与。因此，小说的类型不断被发明、扩展、更新，以创造人类情感体验的新天地。

　　网络小说的故事情节是围绕主人公愿望得逞的主线来展开的，小说的类型正是对人类愿望体贴的分门别类的安置，各种愿望得以实现的快感体验模式，构成了小说类型的内核和显著特征。

　　追求权力、财富、爱情这些人类基本愿望的满足，是神话、民间故事、大众小说、电影电视的常见愿望动机主题，因为这些愿望的满足对于人类的生存、发展与繁衍至关重要，也是人类最容易感到匮乏的目标。

　　这些愿望主题与现实情境结合就是都市小说或者明清小说中的世情小说；与历史情境结合，就形成历史演义小说或者穿越历史小说；与官场元素结合，则为满足大众权力窥探欲望的官场小说、政治谴责小说；如偏向于爱情目标的实现，则称之为言情小说或者爱情小说；重点表现财富愿望主题的有财经小说；等等。

　　穿越历史小说、都市重生小说，是新近发扬光大的小说类型，是成年人的童话。穿越重生小说翘楚如《庆余年》《回到明朝当王爷》《极品家丁》《1911 新中华》《重生之官路商途》等，演绎当代人穿越到过去时空，因为知识领先，"洞悉"历史趋势，迅速取得人生成功，改变历史进程，创造了特定情境中，愿望与意志得以实现的快感模式。通常主人公在现实生活中无地位无尊严，因为穿越重生而改变，把人生痛苦、创伤体验，变形置换为一种愿望不断满足、走向人生高峰的愉悦体验，读者现场体验"社会历史变迁"，体验舒爽的快活人生，因此欣然接受穿越、重生、架空这些非现实的类型化设定，把假定性当作实际存在的事实进行认同。

　　面向女性读者的言情小说，除提供爱情愉悦体验之外，还经常呈现"哀情"态势，这与女性生命情感需要更合拍。欧洲文学、日本文学拥有绵长的感伤主义的传统，中国文学中，从《红楼梦》中的林黛玉等人的伤感情态，到现代文学史上盛极一时的哀情小说，到琼瑶剧，到网络小说中部分言情小说、宫斗小说，各种感伤、"哀情"小说同样代代盛行，就在于人们需要在文艺作品的悲情体验中，无障碍哭泣宣泄，释放负面情绪，治愈情感伤痛，让生命体得以轻松愉悦。

　　而武侠小说、军事小说等"硬质"读物，根植于人类的战斗本能，更为男性读者所需要，奔跑、搏斗可以令生命体产生内源性兴奋物质，鼓励人类通过运动、战斗，变得更加强壮，更好地生存与养育后代，这也是体育运动可以成为一个重要行业的生命基础。战斗小说可以令读者在各种生存危机情景中，意志经受考验，在对抗中挑战身心极限，在流血牺牲、热血沸腾的体验中，使人趋向于硬朗壮烈的生命情感面貌。一些武侯小说、军事小说，如刺血的网络小说《狼群》，演绎着主人公出生入死，为自身信念献身的悲壮故事，让男性读者热泪盈眶，身心紧张得以释放，精神得以净化，与莎士比亚英雄悲剧功能相似。

　　在普通人的日常白日梦中　快感来得快而廉价，缺少节制，浅显失真，而在武侠、军事这些"硬质小说"中，人物经常面临严峻考验，甚至受到虐待，成功快感来之不易，不确定性很大，是一种饥饿性快感，因而是弥足珍贵的情感体验。从痛苦中、在各种严峻的生命考验中获取快感，是人类特有的需求，创造这些复杂的情景体验也更体现出作家的专业能力。

　　网络奇幻、玄幻、修真、仙侠、武侠小说的主人公经过努力修炼，不断升级，拥有超能、成就神仙事业，主角修炼升级的故事情节是作品的主要构成，显著强化修炼升级的快感，可以统称为修炼小说；与科幻、武侠等小说等非现实的类型作品一起，可以统称为幻想小说，如同在好莱坞电影中，科幻与奇幻影视剧也统称为幻想电影。

　　网络修炼小说与神话、明清"神魔小说"、西方奇幻小说、奇幻电影电视剧一样，是根基于人类渴求长生、拥有超能、超越生死的愿望，这些愿望与人类同在，自有艺术存在的远古，就是重要的艺术表现主题。

　　在科学主义与大工业体系支配下的现代世界，个人的身体与灵魂在摩天大楼、大型机械面前倍感压抑，任何个人都微不足道，所以从物质主义世界重压下解放身心，得到生命本质的体验，就成为强烈愿望，从而刺激了幻想元素如魔法、斗气、武功等各种神力想象的膨胀。在网络小说《盘龙》《佣兵天下》等作品中，主人公通过修炼得到强大的肉体和灵魂，在修炼—战斗—升级—成神的进程中，改变世界、创造世界，读者与之偕行，压抑情绪得到释放，生命运行得到调谐，体会生命的力量感、增长感，得到了不可或缺的生命快感。

　　修炼升级小说更能体现艺术假定性的功用，比如具有魔力和灵魂的戒指、魔杖，因为能够帮助人们实现愿望，人们调动心灵中潜藏的神话思维，认同了它们存在的逻辑情理基础。

　　而青少年对于拥有超能、成神成仙的欲望更为强烈，幻想的能力也更充沛，所以修炼小说更受青少年阅读心理的影响，更为强调不断战斗、不断"升级"的快感奖赏模式，因为单纯，所以愿望得逞的快感更为强烈。所以故事情节简单的修炼小说，常被称作"小白文"。在某些虚拟社会，人们在青少年时代，就已经被教育成等级观念信徒，把能力升级当成是获取权力、财富与尊严的通道，努力爬升至较高等级，并捍卫其中的快感奖赏机制，这是其社会的秘密根基，也是修炼小说类型不断繁荣发展的重要根由。

有些小说类型中的情感体验似乎与快感体验相对立，比如惊悚恐怖小说，通向恐惧、紧张情绪的阅读体验，这同样来自生命体的自组织功能，这些负面情绪能够提醒人们去感知、应对危险，调动人体的能量对抗敌人，这是人类根深蒂固的生命机制，对于人的生存安全具有重要意义。缺少快感固然不妥，然而平安过久，喜乐过度，人对危险的警觉水平下降，人们就会本能地从文艺作品的恐怖刺激情景中，寻求紧张、警觉体验，得到生存经验的补偿，在虚拟情景中训练各种生存技能，为对付艰难的生活处境做好准备。

故事情境中的危险解除，也使得紧张感、焦虑感、恐惧感得到释放，得到愉悦松弛的感受，这种心理需要就刺激了相关类型小说、电影的发展，说明人会顽固地寻求每一种情感体验的满足，这就从另一面体现出小说类型发生发展的原理。

(三) 类型、流派、风格与独创性

由于网络作家强烈的跑马圈地的欲望和差异化市场策略，网络小说特别强调各自的类型、流派特色，因而人们宣称的类型、流派十分繁多。

每种小说类型、流派群落，都聚集着大量为之着迷的读者。而优秀的网络小说受到追捧痴迷的原因，主要在于其类型定势之后，总是呈现作者个人独创性，体现出对人类愿望情感的独特发现和艺术呈现的独特模式。人类对新鲜事物的需求是与生俱来、永不满足的本能，人的基本欲望难以改变，而情感体验的情景、方法却永远求新求变。小说类型定式的重复不是目的，对故事情节的模仿更是为读者厌弃。读者要求作者的是，深入挖掘人类在各种社会背景、时空条件、人际关系中的情感状态，为读者提供新鲜、殊异、强烈的情感体验态势，这是独创性的主要推动力。

作者应该充分了解、尊重自身的生命情感倾向与才华的方向，在作者设想小说类型、流派、风格的方案时，应该先自问当前最强烈的愿望是什么，最擅长的幻想模式是什么。对于读者能够产生作用的文学功能，首先会对作者发生作用，作者不同的心理情感状态，导致灵感启示、情感对象、人物关系、情景的想象的不同，故事情节演进就不同。

以修炼升级小说为例，《恶魔法则》《佣兵天下》《兽血沸腾》等作品，创造性运用西方神话、奇幻小说的魔法、龙、精灵、魔鬼、魔兽等元素，《星辰变》《神墓》等作品，运用了东方神话与神魔小说诸种神力元素，来建构自己的故事，显

示出它们的类型特征，但是这些小说显著地呈现出作者个人生命情感特征、个人的愿望情感诉求，是作者精神世界里孕育的独有的主人公与故事，其化用的类型元素已经与人物故事融合在一起，类型元素是为了创造人物与故事服务的，而不是外在于此的形式标签，因此优秀的作品应该具有文本价值的独一性，并不是某种小说类型牢笼的囚徒。

在历史小说中，由于作者自身愿望不同，形成主角不同的愿望—动机，就形成了不同的故事形态。如月关的《回到明朝当王爷》、禹岩的《极品家丁》，主要是主角在古代社会情境下升官泡妞发财、带兵打仗、建功立业的故事；天使奥斯卡的《1911新中华》，主角为民族国家的理想浴血奋战，而克制自身的个人欲望，是以战争与权力斗争为主的热血故事；酒徒的《明》、赤虎的《商业三国》、阿越的《新宋》，主角在古代社会实验现代文明，以改良社会的社会活动为主，是启蒙民众的故事，导致这些差异的决定性因素，是作者的个人愿望与才华方向。

小说类型、流派的开创，需要作者具有创新意识、心胸见识和创作能力，还需要一点机缘。网络小说较早期，开创类型流派较容易，因为到处都是空白，而现在的作者们能在一个类型中开创某个流派，就已经很难得。比如《飘邈之旅》把中国古代的修真概念发扬光大，设置了修炼升级体系，并与星际修炼的世界设定相结合，开创了网络修真小说类型，其修真体系为无数后来者继承，后来的《凡人修仙传》所开辟的"凡人流"就只能是一个修真类型内部的流派了。

在技术层面，多数流派的产生缘于各种类型、流派元素的交叉繁殖。好莱坞电影大片与美剧常常是多种类型元素的混合物，这也给予网络小说类型创新工作很多启示，比如《星球大战》是科幻片与西部片元素的混合，《泰坦尼克号》是爱情片与灾难片元素的混合，《魔戒》是奇幻片与史诗片元素的混合，美剧《X档案》更是包含科幻、悬疑、惊悚、奇幻等多种类型元素。但是也必须强调，这些作品的成功并不是只靠类型元素的使用，作品中强烈的情感力量与奇特的想象力，才是最为打动人心的因素。

这种类型元素混搭，也是网络小说流派创新的常态。比如在都市小说中加入奇幻、玄幻元素，形成了都市异能小说；加入重生元素，形成了都市重生小说；把玄幻故事放在远古神话的洪荒背景中，就形成"洪荒流"玄幻小说。

类型元素交叉的新方案，就可能引起阅读热点。比如武侠小说可以引起读者对无数武侠故事的联想，校园小说中则会发生浪漫的爱情、青春的传奇。例如墨武的《武林高手在校园》，把通常发生在古代社会的武侠故事，搬到现代校园环境中，宋朝的岳家军先锋萧别离的魂魄，附身现代校园中的大学生，于是这位大学生成为一个能文能医又能武的盖世大侠。武侠与校园小说类型元素叠加，环境与主角、故事错位搭配，令读者觉得既熟悉又新鲜，就会加强读者的阅读期待。这类创新方式会令读者感到舒适，而根本颠覆阅读经验的内容与形式创新，是先锋文艺的任务，通常并不适合于大众文艺。

第四节 网络文学的伦理表达

一、网络文学的伦理表达功能

网络文学是大众文艺、欲望叙事谱系之一员，大众期待从文艺作品中得到欲望满足的快感体验，也期待得到欲望与伦理关系的答案。数千年来的艺术实践说明，伦理表达是大众文艺天然的功能，大众文艺在基本的伦理判断上，给出明确的答案，或者揭示伦理表达的新课题，是争取大众欢迎的基本策略之一。正是大众的需求推动了文艺伦理表达机制、范畴的形成。当然，创作者把握大众文艺的伦理表达并非易事，会受到各种思想情感因素的干扰。

（一）人类伦理的发展线索

人类伦理的发展变迁是一个渐进的、连续的累积过程，人类的伦理系统演化也遵循着自组织规律。可以从几条线索来考察人类伦理的发生与发展。

其一，人类伦理起源于人类远祖的生命反应形态，在快感奖赏机制的推动下，生命体的生存与生命繁殖活动得以进行，人自然亲厚自己的基因遗传链条——父母与后代，以及基因相近之兄弟、姻亲。因为群体对个体的生存繁衍的保障作用，爱吾子伦理扩展到人之子，由于通婚范围不断扩展直到全人类，而基因亲厚的爱与平等的情感范围也扩展到全人类，伦理范围不断扩大对人类基因遗传与进化有巨大益处，可以说人类的伦理根源于基因遗传的本能需求。

其二，在人类的进化中，人类认识到合作活动对个体与群体生存的重要性，人在与猛兽竞争中能够保存自己，得以在大自然中胜出，全靠真心诚意的合作，而合作就需要个体与群体遵守规则与信义伦理，相信符合伦理的行为就是最优策略的观念，社会公义体系与利他信念对于个体生存和繁衍，是一种重要的保障，甚至是个体生存的前提，而自私和背叛行为就会使合作失败，导致所有人都成为输家。在此合作伦理基础上，产生了部落、民族和国家的公共伦理，特别是公平正义观念，人类全球合作活动产生了人类世界共同遵守的规则。比如国际法和各种行为准则，把伦理法制化、制度化是人类合作的必然结果，而回避全球合作的民族国家，就会陷入社会落后、文明停滞的局面。

其三，从宗教与文艺发展的线索来考察，可以发现原始氏族制社会以降，神话与灵性、神性宗教的发展(秉持多神论、万物有灵论)，促使人类伦理体系向宗教化、艺术化变迁，一些道德准则以禁忌的形式表现出来。如希腊神话与神庙的兴盛，推动了神话故事与戏剧对伦理禁忌的表达，大众文艺开始形成自己的伦理奖赏机制与惩戒机制，比如俄狄浦斯的故事，就是通过惩戒机制来表达人类的重要伦理规则。

而神话形态的网络小说，特别是奇幻、玄幻、修真等类型小说写作，显然与人类意识中潜藏的神性、灵性文化基因相勾连，它们对激活人类的创造欲望有奇效，但是，主角们与希腊神话中的神一样，追求绝对力量的强大以支配世界的欲望，压倒了现代性的道德完善的愿望，这是一种意味深长的伦理表达的返祖现象。

在现代社会中，在教育体系、大众文艺与人文宗教的共同作用下，人类伦理与人类创造性不断调适，社会伦理更趋合目的性和多样化。

由此可知，人类伦理是在多重因素作用下形成的，既来自人类基因遗传的生命活动，也来自人类合作的社会实践活动，而教育、大众文艺与宗教在确定伦理表达的机制、范畴、规则的过程中作用巨大。

(二) 大众文艺的伦理调适作用

人类文明史是人类进化中的创造史，也是通过文艺等途径，对欲望进行伦理化、审美化，进行安置与驯服的繁复进程。过于放纵欲望，导致社会伦理下沉，积累起动荡因素，人类社会容易失范失控，但是管控过度则有悖人类本性，会使人类社会失去活力，禁欲主义行为会损伤创造力，导致社会落后和人性扭曲。

文艺的伦理表达具有较大弹性，文艺对待无害于社群的个人欲望是宽容的，在欲望管理上也更内在化。文艺通过白日梦叙事释放本能，给人以快感满足，调适心理环境、欲望的体验情境，成为欲望原力的缓冲垫与隔离墩，从而释放了欲望与现实之间的紧张关系，同时大众文艺通过伦理表达的奖赏机制与惩戒机制，强化基本的伦理信条，但是也经常用难以判明的伦理两难情景，诱导受众自行做出伦理思考与抉择。

人类及其伦理直到今天，还是未完成的继续进化的状态，对于个人来说，本能与社会伦理的冲突是长期的。由于社会的发展变迁，不同的伦理信念的冲突也会带来新的伦理挑战，对大众文艺的伦理表达提出新的要求，而网络文学是正在奔跑的少年，伦理表达的自觉与能力尚不充分，理应在全人类文艺经典的视野中，寻求伦理表达的经验，以铸造自己的伦理形态。

二、伦理表达的机制

大众文艺是在欲望叙事与伦理奖惩的复调中铺陈情节的。生活中，好人不一定有好报，让好人成为好人，就已经是上天对他们的最大回报。但是文艺作品应该有自己的伦理评判倾向，给予"好人"以好的结局，给予"坏人"以坏的结局，这正是大众的普遍期盼。

（一）伦理表达的接受反应心理基础

在大众文艺的接受反应实践中，在受众把自己与人物特别是主角的生命情感体验历程相融合，在愿望—情感共同体形成的过程中，受众对主角愿望实现的快感，产生了上瘾—心理依赖的情形，接受与依赖一种快感模式，就会认同其合理性，就可能外化为行为模式，所以伦理表达与作品中的快感奖赏机制密切相关，同时主角遭遇挫折或者惩戒所感受的痛楚，也会传导至受众身心感受上。

而创作者的伦理表达正是通过给予人物成功圆满的快感，以奖赏作者认可的人物品性、行为，这就是伦理表达的快感奖赏机制；通过给予人物(及其关联人物)身心痛楚乃至于死亡结局来惩戒其负面的品行、行为，亦即伦理表达的惩戒机制；通过具有伦理判断意味的悲喜剧结果，给予故事整体以伦理安置。这些举措旨在通过身心的快感与痛楚记忆，把伦理准则内化为接受者的身心律条。

奖赏与惩戒以及各种伦理安置的伦理尺度，是随着创作者和接受者的愿望而定的，随着时代、个别文化、伦理评判主体的不同而不同。但是有一些大众愿望与道德认知相对恒定，因而一些伦理尺度也是相对恒定的，比如人们今天仍然能够认同神话、明清小说中的一些伦理观念，一些宗教准则形成于两千年前，至今也在发挥作用。人们接受、认同文艺作品中的伦理安置的主要凭据是，人物的行为与奖惩的伦理安置是否平衡，是否符合普遍的伦理认知。

（二）伦理表达的快感奖赏机制

让主角愿望达成，是最能传递作者对人物的肯定性伦理态度的。玄幻、奇幻小说中的主角经过修炼战斗，不断升级直至成为他们的世界的主宰，得到高峰体验，都市小说、历史小说的主角获得财富、权力、爱情方面的成功，都显见是用快感奖赏给予人物正面肯定。

金庸笔下的"成功人士"郭靖、令狐冲、段誉、韦小宝，他们的成功模式及其品性，对于网络小说具有很大的示范性。高人气网络小说《极品家丁》《回到明朝当王爷》等作品的主角，都获得了韦小宝式的成功快感奖赏。这并不意味着作者的伦理立场就是对的，韦小宝式的厚黑、实用主义人生态度，爱情婚姻中的种马行为，显然有违现代伦理，然而华人男性青年对韦小宝的行为方式却认同度很高，以至于金庸修改作品，原本打算让韦小宝陷入妻离子散的结局，以表达伦理惩戒的态度，却因为读者的纷纷反对而作罢。

快感奖赏的后面必然带着一定的价值观，庄严的价值观宣扬后面常常隐藏着快感奖赏。电影经典《勇敢的心》主角华莱士，为了苏格兰的自由而反抗英王统治，浴血奋战，悲壮身死，战争期间，他得到奇特的奖赏，敌国英格兰的王后(敌人的女人)爱上他，他们狂热偷情，他们的儿子成为英国统治者——当然都是虚构的，作品给予热血战士深切赞誉，标举了自由精神。正因为它是反历史的、虚构的，才更彰显出大众文艺伦理表达奖赏机制的威力。在这种充满雄性荷尔蒙的男性读物与男性影视剧中，剧情与伦理表达都是鲜明透亮的。

(三) 伦理表达的惩戒机制

伦理表达的惩戒机制在神话中就已经很多见，用来强化人类文明的基本伦理禁忌。这里以乱伦惩戒为线索，考察古今文艺的伦理惩戒机制的情态。经过神话、文艺、宗教传谕人类，乱伦禁忌深入人心，使人类摆脱了乱伦的漫长历史，建立、巩固了生殖婚姻文明，成为人类核心伦理信条。

索福克勒斯的戏剧《俄狄浦斯王》源自希腊神话与荷马史诗，是表现乱伦禁忌惩戒的命运悲剧经典，呈现了人类由野蛮走向文明的心灵烙印。剧中俄狄浦斯父子的罪行，如弑父、乱伦、同性恋行为在希腊神话的主角们身上屡见不鲜。

俄狄浦斯的生父拉伊俄斯年轻时犯下数种罪错：背叛了自己的恩人、同性恋、杀人，所以被诅咒将会"被自己的儿子杀死"。拉伊俄斯后来成为忒拜国王，与伊俄卡斯忒结婚之后，诅咒又被"神谕"再一次印证，拉伊俄斯在恐惧中把刚出生的婴儿抛到荒山中(增加遗弃亲子的罪过)。

但是婴儿被牧羊人解救，并因受伤的双脚被命名为"肿胀的脚"，即俄狄浦斯，后来成为忒拜的邻国国王的养子，并被定为王位继承人。因为德尔菲神殿的神谕说，他会"弑父娶母"，俄狄浦斯为避免神谕成真，便离开这个国家并发誓永不再回来。

忒拜国王拉伊俄斯希望通过神谕，找到击退正在肆虐害人的妖怪斯芬克斯的方法，在走向德尔菲神庙的途中，与朝着忒拜城方向行走的俄狄浦斯狭路相逢，因为争道，发生斗殴，俄狄浦斯盛怒之下杀死了拉伊俄斯(罪人受到命运惩戒，同时产生弑父的罪人)。当然他并不知道杀死的就是自己的父亲。俄狄浦斯进入忒拜城之后，破解了狮身人面的女妖斯芬克斯的难题，拯救了忒拜城，被人民推选为国王，按照习俗与失去了丈夫的王后伊俄卡斯忒成婚，并生下儿女(与生母乱伦)。

由于俄狄浦斯在命运的驱使下犯了大罪，受其统治的国家不断发生灾祸与瘟疫。在先知提瑞西阿斯的揭示下，俄狄浦斯才知道终究难逃"弑父娶母"的不幸命运。震惊不已的伊俄卡斯忒上吊自杀(乱伦惩戒)，而俄狄浦斯用针刺瞎了双眼(用极度的身体痛楚自我惩戒)，把王位交给克瑞翁，自愿被放逐出国(用放弃权力地位自我惩戒)，在女儿安提戈涅的牵引之下漂泊四方，最终死于众女神的圣地(因为悔改，而得到内心安宁)。

这种伦理惩戒机制发挥作用、用"不可避免的命运惩罚"来构成故事的方式，被后来无数文艺作品所继承，曹禺的话剧《雷雨》就是如此。一个威严而虚伪的父亲，曾经对一个女人始乱终弃。女人生下儿子，播下命运的祸根，这个儿子(大少爷)与其继母繁漪乱伦，又与侍女四凤交好，而四凤却是他的同母妹妹，这种乱伦当事人是不知情的，但是命运的惩戒，在各种巧合下不可抗拒地降临在人物身上，结果二少爷和四凤触电身亡，大少爷自杀，只剩下绝望的老爷和发疯的繁漪。主角在不知情的情况下犯下罪错，但仍然受到命运严惩，不可回避、违抗的"命运"如影随形，其实是对乱伦禁忌的强化。

现代伦理对私人领域的欲念越发宽容，对损害公共伦理的乱伦禁忌则更为严厉，纳博科夫的《洛丽塔》就是因为探索现代情境下的乱伦禁忌，在成为文学经典的同时在多国成为禁书。男主角亨伯特因为迷恋上女房东的十二岁女儿"小妖精"洛丽塔，成为洛丽塔的继父，女房东觉察其恋情后，在外出奔跑中意外遭遇车祸死亡(其实是为主角行为创造方便，也是强化主角罪错)，亨伯特与洛丽塔从此尽情厮混。变态狂剧作家奎尔蒂拐走洛丽塔，并强迫她拍色情电影，亨伯特枪杀了奎尔蒂(惩戒)，后来亨伯特因为血栓死于狱中(惩戒)，洛丽塔在十七岁因难产而死(惩戒)。

即使是因情色内容而被禁，《洛丽塔》其实仍然运用了大众文艺伦理的惩戒机制，让不伦恋情的相关人物都异常死亡，演绎了"命运"的严惩，与希腊悲剧在精神气质方面相通。

电影《美国丽人》反映了美国保守主义伦理抬头后，对于乱伦禁忌更为严酷的态度。没有血缘关系的老男人与少女的恋情，在古代社会并未纳入伦理禁忌，甚至成为美谈，而在现代则经常被纳入禁忌。《美国丽人》因为反映了多种社会心理危机而获得无数赞誉，然而作品的主要构成还是变形的"洛丽塔情结"精神乱伦及其惩戒。精神萎靡的主角莱斯特遇上了女儿的同学安吉拉，被少女的美丽活泼打动，枯死的心重新复活。一个十六岁的女孩成了中年男人的拯救者，从此莱斯特开始振作。莱斯特对安吉拉的性幻想，始终在铺天盖地的玫瑰花瓣中展开(精神乱伦的罪错)，但是二者并未发生真正的性关系，在安吉拉带来的暧昧冲动事态紧迫的时候，莱斯特扮演了劝慰少女的"坚强的父亲"的角色，似乎从情欲压迫下解救了彼此，但是莱斯特却走到了生命尽头，对莱斯特误会极深的邻居、海军陆战队中校弗兰克举枪杀死了莱斯特(死亡惩戒)。

创作者为何让仅仅是坠入性幻想的莱斯特死掉？因为他的幻想对象是女儿的同学，是精神上的乱伦，使美国家长感到了威胁，主角的死亡捍卫了精神乱伦的禁忌，中年男女观众在体验暧昧之情后又接受了禁忌惩戒。

当人们在观赏命运剧、伦理剧时，看到无辜的人在命运的捉弄下受到惩罚时，比如人们看着俄狄浦斯刺瞎双眼，自我放逐，看着无辜的四凤与二少爷触电而死，看着大少爷自杀，人们会受到震撼，感到本能的同情，却在伦理认知的作用下，认同"命运"的惩戒。很多人物在法律意义上罪不该死，而在伦理惩戒的机制作用下死去，这是一种伦理的强化手段——没有比身体痛楚和死亡更令人记忆深刻的了。

三、伦理表达的主要领域

大众文艺伦理表达的核心是欲望与伦理的关系问题。如何处置获得情爱、权力、力量的欲望，与公共伦理构成的矛盾冲突，是最重要的伦理表达课题。

（一）爱欲与伦理

在爱情婚姻题材的文艺作品中，利用男性与女性基因遗传策略得逞的快感来构成作品是非常普遍的。人类爱情婚姻伦理，总体上不断趋向于一对一的均等正义，因为人类总体上是男女性别数量均衡的，性资源占有的不平等会导致社会秩序崩溃，乃至于动乱与战争，这是人类的历史教训给予人类的正义观，现代文明社会的伦理要求人们，在爱情婚姻中放弃自由，约束本能，缔结一份忠诚协议。但是个体却在基因遗传的竞争天性驱使下倾向于"多吃多占"，因此爱欲本能与社会伦理的冲突需要进行伦理安置。

男性原始的基因遗传策略，是种马式广泛传布基因，皇帝后宫就是对皇家基因遗传的制度性安排，以保证其繁衍后代的安全、可靠、高效。金庸小说的主角段誉、韦小宝，网络小说的男性主角，会不断追逐各色美女，并大功告成。特别是在历史情境中，掩饰男性基因遗传本能的达成，躲过现代爱情伦理的覆盖，构成快感来源，是历史小说的常态。

而对于男性本能的伦理安置其实也是有传统的。《金瓶梅》主角西门庆在他的世界里猎艳，以奇特的"人妻"爱好者著称，他常常人财两得，一度过上了志得意满、幸福美满的生活，但是西门庆被女性的欲求榨干，陷入身败名裂凄惨死去的结局，而且妻妾一一归于他人怀抱，并且潘金莲被杀，李瓶儿病死，庞春梅淫亡(彻底的惩戒)，达到了伦理的平衡。皇权社会的一夫多妻制度，剥夺了很多人的基因遗传的权力，是根本性的不公正，因此《金瓶梅》中西门庆的艳遇体验与西门庆的死亡惩戒的下场，是对大众读者愿望的双重满足，让读者入梦时分体验艳情，梦醒时分感受伦理安置的公平，这其实是欲望叙事的常规策略。

《红楼梦》也是以男性后宫梦想作为作品框架的。在故事的主场景大观园中，主角贾宝玉是唯一男性，而大观园里满是各种仪态、性格、品性的美女，都与主角温柔痴缠，比之于皇帝后宫的生活，更为丰富鲜活，其他男性其实都嫉妒得发抖。但是主角也就是止步于审美性意淫，而不是贾瑞、薛蟠式的淫邪，因而在伦理上并未构成罪错。但最终结局是贾宝玉看破红尘，回归青埂峰下。在伤感的欲望叙事之后，隐含着朴素的伦理，平衡是人类生活与人类伦理的根本之道。如果贾宝玉和一众美女过上了幸福美满的大家庭生活，那也就不是《红楼梦》，而是普通的种马小说了。

在女性爱情作品中最多见的叙事模式，是主角与拥有权力、财富或者权威的男性构成稳定的家庭关系(提供安全与生活资料)，和最英俊最有才情的男性发生恋情(可以拥有激情体验和漂亮后代)，出现多个男性为女主角而争夺，甚至发生战争，一个(或多个)男性为她的生存而献出生命(印证女主角的重要)，这种模式最令女性有愉悦感。当然，这只能是芸芸众女的隐秘梦想，与男性种马欲望一样，是生物进化造就的女性基因遗传策略，并不是个体的道德低下所致。

由于社会伦理的普遍要求，在女性爱情文艺作品中，基因遗传本能的梦想体验与惩戒性结局，达到伦理安置平衡的是一种常见的故事形态，很多大众文艺经典都是对这个故事原型的变形置换。

宫斗小说与电视剧如《金枝欲孽》《步步惊心》《甄嬛传》的故事构成，都是从女性基因遗传策略出发的，女主角成了皇帝(最有权力和最威风的男人)的女人，和最英俊的亲王谈恋爱，而他甘愿为女主角的生存而献出生命(《步步惊心》中康熙帝的成年儿子都是女主角的爱恋者、争夺者，形成替补梯队)，然后进行伦理平衡性安置，或者男主角死掉，女主角独存(《甄嬛传》)，或者女主角死亡离开纷争(《步步惊心》)。可以说宫斗故事的欲望自我满足与伦理奖惩机制的传递，是大众文艺的常规状态，无须大惊小怪。

这种叙事策略在电影、电视、名著中很多见。《泰坦尼克号》中，露丝的未婚夫企业主卡尔(拥有财产)和艺术家杰克(英俊浪漫)，两个男人都深爱着女主角，在泰坦尼克号上为她拼命，杰克在冰海中为女主角的生存而献出生命(艺术家最适合如此死去)，把天下女性感动得热泪狂飞，同时杰克的死亡本身就是伦理安置的策略，是一女二男结构的常见结局，如此才能构成作品的悲剧性和经典性。

1942年美国电影界人士在一边拍摄一边争辩剧情走向的匆忙情况下，创作出一部世界电影经典作品《卡萨布兰卡》。抵抗法西斯运动的领导人拉斯罗(充满激情的男性)和妻子依尔沙(美丽的充满魅惑力量的女性)为了获取通行证，以离开北非前往美国，走进北非卡萨布兰卡的里克咖啡馆，依尔沙认出了从前的恋人、咖啡馆的老板里克，德国秘密警察头目也追踪他们到了卡萨布兰卡，而里克机缘巧合下得到了两张通行证(主角生存能力很强而且富于智慧)。

里克和依尔沙曾经在巴黎是亲密的爱人，在德国军队向巴黎推进时，相约同时离开巴黎，依尔沙却爽约了，原来她的丈夫并未如传言那样死去，因此她与里克分手与丈夫重聚(丈夫死而复生，以免除女主角三角恋中的伦理瑕疵)。

里克对依尔沙的爱最终抚平了受伤的情绪。里克叠经风险，帮助他们夫妻登上了飞机，奔向安全之境，自己则为掩护依尔沙而枪杀了德国秘密警察头目，自己陷入了亡命天涯的命运。为爱情与反法西斯事业甘愿自我牺牲的里克，成为整个影片中最具魅力的角色。

《卡萨布兰卡》利用一女二男，且男主角为了女主角的生存而甘冒性命危险，这个屡试不爽的女性快感模式，助燃了美国社会特别是女性对参加"二战"的热情。《卡萨布兰卡》的魅惑力，使一些美国男女把里克与依尔沙的事业当成了"自己的事情"，为了正义而献身是很有快感的。所谓崇高，就是本能的升华，是一种很有快感的牺牲想象。利用人类本能的快感模式，是可以表达很多思想伦理内容的。

(二) 力量、权力欲与伦理

人类个体拥有绝对力量和权力，会逐渐暴露出人性之恶，那种掌握一切的快感和摆脱法律束缚的欲望，不是个人自制力可以克制的，完善的权力制衡设置，不仅可以保护大众维护社会正义，也可以保护当权者免于人性堕落。

在非现实的幻想性文艺作品中，恰恰更为直接地表现了权力伦理的运作。在《西游记》等神魔小说中，有一个基础的设定，就是神仙未得天庭使命不可进入凡人世界，以免扰乱世界秩序，私自下凡的神仙将会受到惩罚。如果身具法力的神仙可以任意行走人间，为所欲为，人类就只能是没有反抗之力的蝼蚁。神仙界与凡人界相分隔，修炼者一旦成为神仙，就必须离开凡人世界，否则会受到天道或者高等级神明的惩罚，这样的设定被网络修炼小说所普遍认可。

美剧《星际之门：亚特兰蒂斯》中的古亚特兰蒂斯人，大量成员因为利用能量修炼，生命体能量充足，不再依赖肉体而存在，以能量体"飞升"未知的空间，而飞升以后的永生能量体，相约不再干预物质层面世界事务，以免宇宙空间能量动荡，违反者会受到惩罚。

科幻文艺与神魔小说、修真小说殊途同归了，背后起作用的都是大众文艺伦理。"仙凡相隔"的禁律，正是对强者的限制、对弱者的保护，任何一个世界要想长久运行下去，都必须有对强者最起码的伦理规范。

但如果你自认为应该是一个强者，也许会被主宰世界的欲望所诱惑，对于强者与弱者、神仙与凡人的关系问题就并不那么容易有答案。

烟雨江南的奇幻小说《亵渎》的伦理态度具有代表性。它设定了这样的世界：天界诸神掌控万千位面，利用强者通过国家、宗教组织统治着凡人，凡人是底层的存在，天界诸神将无数位面生灵圈养起来，源源不断地吸取其信仰之力。

神制定规则，并且根据需要更改规则，强者与凡人挑战诸神的下场，只有灭亡。而主角罗格的奋斗目标正是打破至高神的规则，自己坐上命运的牌桌，把痛苦牌发给别人，这显然不是为了公平，而是为了自利，其实隐含着对强者特权合理性的认同。

最终罗格因为挑战至高神的规则而死去，却在自己的隐秘的无属性领域中复活过来，在自己控制的绝对领域内，成为能自由制定规则的另一位至高神。主角将来也会为他人所反抗、所挑战，这是一种无法摆脱的轮回。显然，作品并未解决神与人、强者与弱者的伦理关系的问题。

这种轮回是不可违抗的宿命吗？人类的实践早就超越了这个轮回，问题的实质在于规则的制定本身是否公平。少数人制定、大众必须遵守的规则，当然会导致造反轮回的宿命，而经过全体成员自由意志所同意的规则，经过公平的理念和程序制定的规则，才是保护所有人的规则。不过，有些网络小说的作者可能并不愿意如此处置自己创造的世界，因为与大众分享权力令他们不爽。

托尔金的史诗奇幻小说《魔戒》是人类心灵的镜子，照见了在绝对力量与权力面前，每个人的伦理态度。

主角佛罗多从叔叔比尔博·巴金斯那里得到了"至尊魔戒"，这枚戒指是黑暗魔君索伦打造的，能够支配其他十几枚统御魔戒，因而拥有奴役世界的邪恶力量，谁拥有它就能够支配世界，它是引诱野心家祸害世界的根源。在德鲁伊·甘道夫的指引下，主角与伙伴们一起，把魔戒送到当初打造它的末日山脉的烈焰中彻底销毁，他们要逃避索伦爪牙的追杀，更要抵制至尊魔戒本身的邪恶诱惑，它鼓动人们占有力量和权力的欲望。而他们先后屈服于诱惑，发生心灵的扭曲，最后在末日山脉的烈焰边，即将销毁魔戒的时刻，被认为是最不容易受到诱惑的主角佛罗多也不想舍弃魔戒。曾经拥有魔戒的古鲁姆尾随佛罗多，一心想杀死他，抢走魔戒。佛罗多抓到了古鲁姆，因为怜悯他而放下了剑，古鲁姆抢走了魔戒，却与魔戒一道跌进深渊，成为命运的"救赎者"，成全了主角，使之完成了任务，主角从诱惑中得到了人生觉悟，展现了托尔金对怜悯和救赎的信念。

也许生活中很少有人能够经受魔戒的考验，想要拥有绝对力量，成为世界支配者，所在多是。但是大众文艺应该代大众立言：人类并不需要一个具有绝对力量和权力的暴君或者神来统治自己，所以大众文艺理应反对强者拥有不受制约的权力和力量。

(三) 法治、秩序伦理

当法治、秩序体系面临崩溃的时候，人们才知道法治社会比黑社会可靠。任何司法系统都有其漏洞，民间社会永远存在法律之外的需求，水浒好汉在这个意义上有了合理性和英雄色彩。但是并不因此就可以把黑社会洗白，他们对法治、规则、秩序的破坏，不可宽恕。

在大众文艺中，江湖、武侠、黑帮题材作品层出不穷，而且每个时代都有经典作品，其实对应着男性希望凭借暴力与团体势力获得不受约束的权力、使个人意志与愿望无障碍实现的幻想。与其他欲望叙事一样，创作者会对暴力欲望与法治公理的冲突，进行伦理安置，这同样是作品的经典性因素之一。

美国黑道犯罪电影电视剧的伦理安置有很多经验值得借鉴。黑帮电影《教父》系列作品的"合理性"在于，在展现男人对家庭的责任、亲情友谊、个人对组织的责任忠诚中，演绎了男性魅力和快感奖赏机制，头号主角迈克不断取得事业成功(奖赏)，快意恩仇，竞争对手与敌人、叛徒不断死去(奖赏)，但他却保护不了自己的女人与女儿，她们死于黑社会混战(惩戒)。观众在体验男性成功的快感的同时，体验责任重担的分量，也经受伦理惩戒，从生理上得到快感与痛感的双份烙印，构成男性心理的一种运行模式：你享受一切，也要承受一切，所以《教父》被一些男人当成是男人的圣经。

美剧《越狱》主角迈克尔的哥哥林肯，蒙冤被投入监狱等待死刑执行，迈克尔持枪闯入了一家银行，被捕入狱后来到了林肯的身边，主角的动机是救助无辜的兄长，因此获得观众的情感认同。迈克尔设计了史上最完美的越狱计划，经过险象环生的筹备，与伙伴们一起成功越狱(奖赏)，最后搞垮了一直陷害他们的"公司"(奖赏)，但迈克尔脑中长了一个肿瘤(对违法行为，用身体痛楚进行惩戒)，最后，他和怀胎八月的恋人莎拉结了婚，但还来不及度蜜月，莎拉就被捕入狱，而"公司"的首脑"将军"悬赏十万美元加害于她，最后迈克尔为救妻儿而死，爱人与朋友永远铭记他的情义(对违法行为的死亡惩戒和对献身精神的赞美)。

越狱主谋迈克尔是一群罪犯中罪孽最少的人，是友情亲情价值观的承载者，但他是越狱行为的首脑，法治伦理不容颠覆，所以他被病痛与死亡惩戒。

网络小说中的江湖黑帮小说，或者都市小说中的江湖黑帮打江山的内容，也在不事声张地生长着，成为一个显著卖点，但是主角(黑帮头领)过于英雄化明星化，通常会得到成功圆满的结局，却不做伦理平衡，但是如果作者不在作品中惩戒"坏人"，作者与作品最终就会受到社会惩戒。

(四) 群体、社会组织伦理

个体与群体的关系伦理是社会伦理的主要内容。人类经过长期探索，才找到个体与群体之间相对合理的伦理关系。现代群体伦理把全社会当成情感共同体和伦理适配范围，强调尊重个体差异，尊重个体权利，特别是个人的选择权，强调平等的法治伦理，这是现代社会的伦理基石。

在人类实践中，基因亲厚的伦理是人类基础性的伦理，与自己基因接近的人就自然亲厚，打虎亲兄弟、上阵父子兵，就是强调基因亲厚的天然可靠性。在人类群体组成中，特别是纯男性的军事团体，仿照基因亲厚的伦理进行内部组织，是很普遍很自然的做法。但是基因亲厚伦理使人际关系依基因远近而自然分出亲疏厚薄，在此基础上建立的社会必然是亲谊社会，而不是公平的现代法治社会，以家庭伦理晓喻天下的儒学伦理体系的局限性就在于此。

仿照基因亲厚的"兄弟"伦理，影响着古今中国社会的运作。《三国演义》中刘关张结义为兄弟，选择刘备接班人的问题，是刘关张的"家事"，诸葛亮等权臣都要表示回避，而关羽正是因为对"兄弟"的无瑕忠义，而成为朝廷、士族与民间社会一致认同的千古道德楷模。《水浒传》中一百单八个首领结义为兄弟，是整支军队的领导力量，结义兄弟之间可以分享权力，而兄弟之外，士卒皆为无名无姓的喽啰，"梁山泊"之外众生，则更如猪马狗牛，无须对其讲究道义。

在《盘龙》《神墓》中，主角与伙伴一起成长、一起战斗、共享或功的兄弟之情，是令人印象深刻的，在残酷的修炼战斗中，温暖人心的兄弟信义、伙伴之情是必要的平衡；《佣兵天下》中，佣兵团体成员必须信赖兄弟的规则设定，更是作品基础性的价值取向，主角与伙伴们的兄弟情义、忠诚是佣兵团体的主要精神支柱，而最后伙伴们的伤逝，使得主角不愿意接受造物主册封的"智慧上神"，飘然离去，体现了人性的亮色。

兄弟团体伦理与狼群伦理是不同的，虽然都强调群体向心力，都有共同目标与行动一致性，但是兄弟团体以兄弟忠义、情义为主要伦理，强调团体成员的平等，强调群体对每一个成员的重视。狼群伦理强调服从，消灭异己，管控个体的思想行为，塑造领袖权威，并要求成员向头领效忠。狼群伦理与组织方式，对于不发达的社会，或者是特定情形下不完整的社会，具有强烈的诱惑力。

狼群伦理产生于丛林生存状态，根基于人类生命体的求生欲望，面临危机时，一般个体需要在紧密的群体中寻求安全；在个体找不到自身价值时，需要与别人同质化，思想行为的一致性，能够带来集体归宿感和群体力量感；"狼群"中的强者也很容易被绝对权力所诱惑，利用人性的弱点控制人群。

美剧《太空堡垒卡拉狄加》设定的绝境考验了人类的群体伦理信念。在遥远的太空，人类创造的"赛昂"(强大的人造人)造反，几乎灭绝了人类，人类仅剩下一艘即将退役的太空堡垒卡拉狄加，它和由几十艘民用飞船组成的不到五万人的舰队，踏上绝境下的逃生旅程。在压力下，他们很容易变成一个高度军事化的狼群社会，但是由于主角们的坚持和政治传统的双重力量，艰难地保住了群体伦理底线。特别是舰队司令官阿达玛是军事雄性的代表，体格强壮，冷静果断，是完美的头狼人选，但是他克服了独掌大权的诱惑，遵从法治规则，始终站在反对狼群伦理的一方。

当他们的成员星芭在战斗中错过了回归母舰的时间，舰队停留在约定的空间等待她，会使得遇险的概率大增，但是若抛下她进行空间跳跃，就会违反不抛弃战友的基本伦理，人类会因为失去内在凝聚力而灭亡。他们的选择是等待伙伴的回归，群体共济伦理是在危机来临时，保障人类得救的重要精神支柱。

而著名的科幻小说《三体》与此相反，也是人类面临灭亡绝境的设定，但是作品明确主张在危机时代，应该由具有绝对理性、能够牺牲良心的人士，进行神明般独裁，他能够做出决断，关键时刻能牺牲部分人群，以争取人类整体的生存，因此应该以黑暗森林的原则，进行专制而高效的集权统治。

《三体》想要的就是《太空堡垒卡拉狄加》极力反对的狼群伦理。假如不是《三体》伦理偏好的话，那就是作者没有搞清楚社会制度及其伦理与社会组织技术及其伦理的区别，把星际战争组织指挥的决断力和策略选择当成是必然的社会制度与伦理选择。

现代群体伦理是人类文明进化的结果，包含了面对危机所需要的秩序规则，民主法治体制可以集中群体智慧，来保证决策正确，出错的概率比头狼独裁体制要小，而为了战争或大规模社会运动的现场指挥组织的高效率，可以授权恰当人选，全权指挥具体行动过程。恰如《太空堡垒卡拉狄加》中的主角阿达玛，一个尽责的军事指挥官，从无数次灭亡危机中挽救了人类，但这并不是让他成为专制领袖的理由。人类的历史已经说明，因为人性的弱点，"超人"独裁的社会充满不确定性和周期性社会动乱，所谓更能高效解决危机保障群体安全，只是一种幻觉，但总是有人喜欢这种充满魅力的权力神话。

四、网络文学伦理表达的主要问题

某种大众文艺在自发生长的初级阶段，欲望叙事的动能过度释放，会形成一定程度的渲染色情暴力的倾向。文艺复兴时期的文学、明清小说，都有这种现象，所以也都会引起伦理制衡的强力反弹。网络文学在十几年的自发生长之后，形成了跨类别、跨网站的奉行丛林法则、狼群伦理的暗黑潮流。当然，除了欲望叙事本身的缺陷所致，还因为长期以来人们片面宣扬达尔文进化论中"物竞天择，适者生存"的观念，却忽略人类进化中的合作伦理的作用，忽略了人类文明对丛林价值观的超越，使得很多人把个人与民族都看成是丛林社会的一员，视丛林法则、极端民族主义、种族主义观念为理所当然的真理，并在现实社会潜行。许多网络文学作品、影视剧作品向现实生活所塑造的丛林世界观靠拢，又进一步发挥了自激效应，放大了丛林法则快感模式的市场需求。

一些人气爆棚的网络修炼小说，营造了丛林法则的弱肉强食的世界，主角必须努力成为强者，才不致沦为他人的猎物，而主角成为世界的主宰之后，与他们反抗的旧主宰一样，并不会制定公平的规则，而是继续奉行强者支配世界的规则。甚至于像梦入神机的《阳神》等作品那样，主角吞噬他人的身体与力量，以达到强大的目的，全面复制了丛林世界的野蛮景象。

而在大量历史小说、军事小说中，主角成为国家领袖，率领狼群式铁血军队，去占领世界、争霸全球，或者在科幻世界中，争霸宇宙，主角们如顾盼自雄的头狼，征服并统治着黑暗森林。

这些丛林世界或者铁血称霸世界的作品人气旺盛的原因，与它们的快感模式有很大的关系，它们为代入主角的读者提供杀戮情景的体验、掌控世界的体验，令人体内兴奋愉悦的物质大量分泌，带来如潮快感。习惯了这种快感模式，他们自然就会寻找丛林法则的合理性、合法性。世界通行丛林法则，而他们是丛林世界的主宰，那正是他们获取快感的条件，所以丛林世界想象与快感模式依赖，就会互相激发强化，互证其合理性。

这种伦理缺陷，已经成为很多网络作家走向更广阔世界的障碍，也拖累了社会的文明进步。人类文明早就跨过了丛林社会的阶段，大众最终会倾向于公平均等的、能保护大众的伦理法则，信奉利他主义准则的主角最终会受到大众的欢迎，因为大众永远不是丛林社会的胜利者。获得个人成功快感体验是一种欲望，获得生存安全、享有公平正义是更现实的欲求。古往今来，为何大众文艺会固执地追求公平正义的伦理规范？因为那是大众的深切需求。

第五章　网络文学创作的基本设定

第一节　网络文学创作的世界设定

一、世界的功能与设定原则

网络文学中的世界，包括作者为人物与故事设定的一系列自然、社会、人文环境，通行规则，角色特征等要素，是人物与故事创造的基础。它是作家个人愿望驱动下的创造物，也深受东西方神话、小说、电影、电视剧传统的影响，各种小说类型的世界设定都有其历史源流，因此写作者应该具有必要的知识储备。

世界设定应该在作品构思阶段成型，在作品写作进程中调整完善，这是一项很有难度的工作，很多网络小说作者缺少审慎细致的写作态度，因而其世界设定显得粗疏、自相矛盾。如何创设一个统一、有效的文学世界，为完成作品任务提供支持呢？需要把握几个关键问题。

（一）世界的功能与类型规定性

世界设定首先要把握文学世界的基本功能与类型规定性。文学世界是为主人公实现各种愿望而存在的，是人物特别是主人公实现梦想、获得成功体验的舞台，所以世界设定应该与主人公实现愿望的行动任务相契合，向主角愿望—动机—行动线索靠拢。而各种小说类型的愿望主题有所不同，实现愿望的途径方法不同，构成世界的主要因素也就不同。世界设定也因此需要遵循某些类型的规定性。

都市小说与历史小说的世界是凡人为主的世界，世界设定使用的元素，主要是人们熟知的自然与人间社会的现实、历史元素，为主人公获得权力、财富、爱情成功提供基础条件，其世界与人们的经验世界相似度较高，主人公在"现实"情境中愿望得逞，更符合人的快感经验，让读者得到体验的真切感，因此其世界设定，要充分考虑人类对现实世界的认知和人的情感经验因素。比如《1911 新中华》中，主角带领新军攻打上海制造局时期，其社会环境、城市地理、各类角色特征，与人们对晚清民初的认知是一致的，这就给人"真实"的感受。

奇幻、玄幻、修真、仙侠小说等修炼小说，需要为主角通过修炼获得超能、长生，成为神仙，攀登世界顶峰等叙事任务，提供合适的世界来源、创世神、世界运行的规则、世界的自然社会形态、主要种族势力分布、修炼功法及其等级、修炼的各种资源等世界要素。它们的世界必然是显著不同于经验世界的，并以显著不同于现实生活的逻辑来驱动故事进展，幻想文学的灵魂是获得超现实、超自然能力的自由，因此需要一个完整的、自成体系的、能为故事发展提供支撑的世界架构。

　　而东西方修炼小说中的世界，如玄幻与奇幻小说的世界，时代背景以东方、欧洲古代社会为常见，以各自的神话为源头，各有自己的创世神话、神明系统，具有各自的武器、异能、修炼门派、各种非人类种族等设定传统，所以东方与西方的幻想性文学世界也显著不同。

　　同为幻想小说，修炼小说与科幻小说也各有自己的规定性，修炼成神与科技工业发展，遵循着显著不同的逻辑情理体系。在修炼小说中，即使主角是在星际、异时空、宇宙不同"位面"进行修炼，除非具有可靠的依据，能把各种神功与科技可信地结合起来，否则不宜出现枪炮、蒸汽机、原子弹、宇宙飞船等科技工业产物；同样，在科幻世界里，出现各种神功异能也需要谨慎，它们应该是科学能够加以阐释的现象，不能被科技常识所证伪，甚至于某些神功异能本身就是科技发展的结果。

　　然而欲望是无边界的，幻想也是无边界的，主人公的欲望，对应着能够实现这些欲望的世界设定。在都市、历史题材小说，这些本应该脚踏实地的文学体裁中，也经常会出现非现实世界的元素，比如神仙或者天使降临日常生活的世界，会对主角实现愿望提供帮助，或者主角具有超能，能为自己、朋友和社会提供帮助，这就使得故事中的世界超越了日常经验世界。同时，奇幻、玄幻等类作品的人物也会有获取权力、财富、爱情的欲望，使得世界设定也要具有人间社会的一般景观，为主角获得权力、财富、爱情提供世界舞台。

　　因此世界设定的核心关切，还是为人物实现愿望服务，类型的规定性要体贴人性、人的欲望。幻想文学始终有跨类别发展的冲动，它们总是跟随欲望的指引，不断突破文学世界的边界，只要能够提供令人信服的理由，具有逻辑情理的支持，欲望到哪里，哪里就是世界。而每一次具有逻辑情理支持的、跨类别的世界边界突破，都可能是一种了不起的创新，甚至可能是创造了一种新的小说类型。

（二）可理解性与新颖独创性

　　人物的愿望与行为，是文学世界可理解性的关键因素。幻想文学的世界，与日常经验的世界有着鸿沟，写作者又倾向于追求新奇的世界设定，因为喜欢新奇的事物是人类的天性，陈旧的世界令读者感到无趣，但是读者进入一个新奇的世界可能会有一些理解上的障碍，对于全新体系的、超越于阅读经验太多的世界，理解的障碍就更大。而人物的愿望、情感与行为模式，却容易被读者理解感受，人性的展示最令读者有真切感。所以越是新奇的世界图景，就越是应该配合人物的行为、人物的感受，来逐步展开，以便于读者理解把握。

世界是假定的，人性是真实的。以奇幻、玄幻文学而论，世界设定中，常见由凡人升级到至高神的设定，等级、状态设定各异，对于初涉幻想文学的读者而言，会有陌生感，但是主角不断升级带来的快感，与读者的内心欲望结构是吻合的，所以读者很快就会跟随人物的愿望—动机—行为线索，进入那些奇特的幻想世界。

神话传统其实一直在影响着我们的感知和想象，它是一个背离现实经验的知识谱系，幻想文学的世界设定所需的要素，多数在各种神话中存在原型。神话是人类欲望最大化实现的神迹，它无意于描述世界的客观景象，也不需要经验世界的验证，而是要表达人对于世界的愿望，是人生与情感体验的解释范式，也是读者理解幻想文艺作品的先验的内心结构。我们熟悉自己的内心，就会对各类神话世界感到熟悉。幻想文学的世界设定，也因为与神话同构而增加了可理解性，这是修炼小说与科幻文艺的世界设定，向神话结构靠拢的重要原因，它可以使人们迅速理解各种新奇的世界设定，无障碍地进入故事的内层：人性的律动。

新颖独创而又可理解的世界设定，更能吸引读者注意力，会给人以强烈快感。托尔金的《魔戒》等作品中的世界，是借鉴了北欧神话而自成体系的神话世界，是独创性与可理解性相结合的典范，其人物与故事都有鲜明特色，故事主线是正邪两派围绕争夺至尊魔戒的剧烈搏斗，各种族"人物"面对诱惑时的内心波澜。虽然其世界架构与人物故事迥异于现实世界，但如同一个人们经常遇到的梦境，是人类某些原始欲望的产物，所以世界的情境、人物的心理与行为就仿佛在印证读者的精神世界，即使是儿童都能把握作品精髓，让人们从中得到了新奇独特的情感体验过程。

（三）内在同一性与创造自由

各种幻想文学的世界设定，看起来可以随心所欲，不受人间法则限制，比写实小说的世界设定要更自由。其实文学世界离现实越远，就越是需要自身的内在同一性，因为它没有现实情境来掩护或者依托。世界整体与每一个局部，都更容易受到读者的推敲与质疑。

神话世界(包括作者独创的新神话体系)的建设，只能用一个满足内在同一性要求的体系，在与其世界来源、运行规则不存在冲突的情况下，吸收运用各种世界元素。神话是一个闭合的世界，它具有统一连贯的法则，造物主与他创造的神是其中的主角，主宰着那个世界的产生与运行。圣经神话中，是上帝凭自己的意志在虚空中创造了世界和各种族，北欧神话中，是奥丁用死去的巨人的身体制造了世界架构，上帝与奥丁创造并主宰各自的世界，他们的存在显然是相互否定、颠覆的、有他无我的。现实世界中各种宗教组织、设施、人员可以同时存在，但是在神话性世界里，如果出现上帝、七大天使、堕落天使、恶魔等角色，就意味着这是圣经神话体系，如果同时出现北欧神话独有的奥丁、精灵、矮人名头，就意味着这个世界体系的解构，除非是有意为之的颠覆活动，否则就是违背了内在同一性的要求，就颠覆了自身存在的基础。

网络修炼小说的世界设定存在的突出问题，就是缺少内在同一性意识。修炼小说显然是神话的后裔，鼓励了很多作者，把东西方宗教、神话、民间故事、好莱坞电影、西方幻想小说各种来源的神奇元素，随心所欲地一锅乱炖，生长出野蛮而诡异的世界，很容易陷入自相矛盾、自我颠覆的境地，"一锅乱炖"行为是精神发育未完成的标志。

跳舞是最优秀的网络作家之一，他的作品以令人惊奇的想象力、精彩的故事情节著称，然而，其世界设定的随意性也与一般网络作家相似。在其奇幻小说《恶魔法则》的世界中，有教廷骑士团，光明女神与光明神殿，恶魔概念，魔法体系，北欧神话中的龙族、精灵族、兽人、希腊神话的梅杜莎(蛇)等种族，也有托尔金神话世界的角色如甘道夫、阿拉贡等，主角的几度转世，光明女神转世为主角的曾祖母，却又有印度神话、佛教的转世旨趣。这些不同神话体系中的元素，靠什么融合在一个世界中？内在同一性如何体现？显然存在疑问。跳舞的《猎国》里，"大陆"的南方是古老帝国拜占庭，北方是奥丁帝国，西边有岛国兰蒂斯，三国鼎立，这三个不同神话宗教历史背景的国家凑在一起，这个世界又是谁、根据什么规则创造的？故事主角与神蛇达曼德拉斯建立了"生命共享契约"，彼此共享生命力和神通，主角受伤可以通过吸纳神蛇的生命力迅速治愈自己，如是等等神迹只能以有神论或万物有灵论来解释，它也是奇幻文学的基础理念，然而主角却宣示自己不相信任何神灵，只相信丛林法则、弱肉强食的信条。这对于奇幻小说作品是非常违和的，违背了基础理念的同一性，等于是自挖根基的自杀。这两部作品故事情节很精彩独特，世界设定却存在内伤，极为可惜。

（四）文化传统与世界设定

网络文学的世界设定要注意避免东、西方传统文化与传统小说的负面影响，不要以为流传久远的文化传统、文学传统就是合理的，就是可以沿袭的。特别是要注意两个传统因素的影响。

其一，北欧神话与希腊神话中留存着早期人类的残忍嗜杀习性，北欧神话主角奥丁杀死原初巨人，以其身体为材料架构了世界，希腊神话中大地之母该亚所生的儿子克罗诺斯杀死父神而成为第二任神王，宙斯又杀死父神克罗诺斯而成为第三代神王，宙斯荒淫无耻，乱伦，为达目的不择手段，如是等等，在托尔金及其之后的现代作家的世界架构里，这种丛林习性已经被扭转，做出了符合人类伦理进化趋势的安排。

网络小说的世界设定中返祖现象大量存在，许多小说的世界通行规则与欧洲古代神话中的丛林法则相似，主角暴力崇拜的价值观与嗜杀的行为模式，与奥丁、宙斯相似。因为古典神话如此，所以小说创作可以沿袭，这是一种认识误区，文明的倒退是一种不能宽恕的恶。

其二，中国明清小说中存在思辨能力发育不良、随意冒犯内在同一性的缺陷，对于世界设定，这种影响是致命的，却一直未被重视，需要明辨。

长期以来，道教部分门派、民间宗教力图把道、佛统一起来，并以道教为尊，为此寻求各种依据。西晋惠帝时期，道人王浮编撰出《老子化胡经》，以配合佛道相争的局面，《史记》中对老子结局的记载是：老子过函谷关西行，而后莫知所终。《老子化胡经》续接为：其实老子是西去了天竺国，点化胡人为佛，佛祖如来就是老子的弟子。这一说法流传甚广，在古代民间社会，很符合大众特别是道教信众本土自尊自大的需求。神魔小说《西游记》与《封神演义》是在远古神话、佛道神话、话本与民间传说的基础上创作的，所以沿袭了这种佛道统一的路数。

在《西游记》中，佛教与道教的主要神明佛祖、观音菩萨、玉皇大帝、太上老君等等，同时存在于一个世界，互相还有合作，他们都参与了主角们的故事，佛道世界、神仙队伍真的就合流共存了。作品也认可了老子化胡说，比如在《西游记》第六回"观音赴会问原因小圣施威降大圣"里，观音菩萨、太上老君(老子)等人，在南天门观看捉拿大圣孙悟空的戏码，二人要拿出有用的兵器去打他，老君将起衣袖，取下一个金钢琢："当年过函关，化胡为佛，甚是亏他，早晚最可防身。等我丢下去打他一下。"还有，如来佛祖之口会说出道家与道教特有的知识，如《西游记》第五十八回"二心搅乱大乾坤一体难修真寂灭"中，如来与观音菩萨谈论六耳猕猴时说："周天之内有五仙，乃天地神人鬼"，这是与道家修炼相关的语言，与佛理相冲突，出自佛祖之口，很不合理。

《封神演义》中，发挥说大话的精神，把民间传说中的道教至高存在"鸿钧道人"，捧成"玄门都领袖"，总领包括"西方教"在内的天下玄门，在第八十四回"子牙兵取临潼关"中，"鸿钧道人"与"西方教主"接引道人和准提道人相见，鸿钧道人称赞了西方极乐世界，二人口称老师，行弟子礼，"打稽首"后才坐下。这二人趁着封神大战，把"道门弟子"文殊广法天尊、普贤真人、慈航道人、燃灯道人接引到了西方教门下，后来他们就成了文殊菩萨、普贤菩萨、观音菩萨和燃灯古佛。其实这些人物原本就来自佛教，被作者借用到商周战争中。在《封神演义》的世界里，只有势力的划分，而较少信仰的分别，人物改换宗教门庭，却没有信仰的障碍。

道教、佛教世界观、世界起源、世界规则的设定相互冲突，相互颠覆，很难也没有必要合并在一起。佛教产生形成也早于道教数百年，在现实世界里和尚、道士可以合作，但是佛与道的主要神明不能在一个神话世界里共存，这与上帝和奥丁不能共存的道理相同。《封神演义》的世界设定更是与民间黑社会争码头相同，不管来源如何，拜了个老祖，定了头把交椅，大家共烧一炷香，就可以宣布合并了，统一就好，教义学理的冲突可以不用在意，在意的是地盘分配。

很不幸的是，在网络玄幻、修真、仙侠小说中，《封神演义》的混乱作风不断蔓延，佛道同源、佛道主要神明共存，违背内在同一性要求的现象比比皆是。确实，把佛教、道教、民间宗教的神佛队伍统合在一起，具有很大诱惑力，因为显得规模庞大。但是今天的作者与读者的思维能力、道德水准，理应超越《封神演义》的时代，不能再用《封神演义》的大话传统、不尊重其他宗教的态度来创造神话体系。如果是为了与西方奇幻文学比拼系统的宏大，就靠说大话唬人，可能效果适得其反。这种世界设定的混乱状态，已经是网络文学走向全球市场的巨大阻碍。

创造一个宏大、新颖、体系严谨的世界，需要作者具备宏观架构的能力，需要对全球文艺经典进行深入研究，借鉴有益经验。慢下来，在主人公成为世界主宰之前，先让作者这个"创世神"成为贯通透亮的人，打牢根基再盖高楼。

二、植根于现实的世界观

（一）现实时空的"个人世界"

都市小说、一般历史小说等类型小说的世界，是作家创设的个人化的世界，不能被当成是现实世界的反映或者镜像，现实主义文学的"真实"世界观，会限制作者创作的可能性。

都市小说的祖先之一《红楼梦》，其主要情境大观园这个"小世界"，是男性愿望的承载体。从情理上说，一个男性与一群美女在一个封闭的世界长期共处，并且排除其他男性进入，在现实人类社会中是不可能存在的(除了皇宫)，特别是严行礼教的明清时代官宦人家，更不可能出现让贾宝玉得趣得意的大观园这个世界。而这个不可能存在，或者需要很多前提条件才能存在的世界，正是《红楼梦》世界的核心构成，是曹雪芹使用架空等手段，为他自己和读者安排的迷魂幻境。

这类逼真的世界，是作家为了人物实现愿望而创设的真切可感的世界，是人物的舞台。如果小说人物能跳出作品，会发觉自己的世界，其实是被作者这个造物主所操纵的，就如同电影《楚门的世界》的主角楚门，是一个策划好的真人秀的主角，而他并不知道自己其实是一个演员，他的出生、成长、恋爱与工作，一切喜怒哀乐，都在一个设计好的世界中上演，并通过电视实况转播，被无数观众观看。这个世界与人们的经验世界一样，经历着白天和黑夜，期盼与满足，但它是创作者设定、营造、调度的世界，一切围绕着主角而运转。主角不在场的区域，群众演员们立即停转，主角出现时，这些世界的角色"元素"，立即按照剧本忙忙碌碌地"生活着"，而剧本随时会根据剧情需要而修改，以满足和调动观众的心理。因为观众希望他们偷窥了很久的这个"人"，能打破操纵获得解放，获得自由，所以楚门最终觉察了自己被操纵的真相，勇敢地冲出了这个人为设定的世界，虽然进入了庸常世界，但是他不再是主角。

但是一般文艺作品的主角却只能在作者安排的世界中，享用主角的荣光，直到作品结束。如果读者感觉不到这种操纵，那是因为操纵很高明、很隐蔽，更因为作品为人物安排的世界符合读者的愿望。

这是网络文学与许多大众文艺作品的世界运行规则之一：这是主人公的世界，主人公是世界中心，世界围绕主人公运转，像《楚门的世界》那样，看起来都是现实情境，而其实与现实世界的实际运行规则不同，却正是读者所需要的。

阅读是一种情境体验游戏，而网络都市小说是现实情境中的体验游戏，作者与读者一起观看主角在设定的舞台上表演，读者把自己代入主角，感受在这个"真切"的世界中，主角实现自己的愿望带来的舒畅满足感。这不是欺骗，因为网络文学的读者早就被告知，世界是假定的，网络文学没有必要假装世界是生活的真实反映。不让读者、观众知道大众文艺的世界是假定的，宣称它是真实生活的反映，那才是欺骗。

（二）穿越重生小说中的世界设定

受欢迎的网络都市小说与历史小说，通常都是以现实与历史材料制造愿望满足的梦境。这两类小说中目前又以都市重生小说与穿越历史小说更为兴旺。

穿越或重生，回到过去时空，就需要架构一个从前的世界，并且还要在此基础上，建构一个被主角改变的世界，通常它们不是人们已知的真实世界，而是主角的行为造成的平行空间。

都市重生小说《重生之官路商途》主角的灵魂回到了十几年前的自己身上，而那是一个与现实世界相似的空间，是一个"平行位面"的世界，在主角改变它之前，它与现实世界是一样的。这样的世界设定很流行，它为作者的无限意淫提供了方便。因为主角知道世界发展的过程与"规律"，领先一步，提前布局，创造了影响世界潮流的功能强大的企业，那些现实时空人们熟知的世界知名科技企业，因为与主角合作才成就美名。在主角光芒照耀的地方，世界发生了改变，展现了一幅幅新的世界图景，主角构建了涵盖科技、金融、资源、地产诸领域的政商集团，在世界范围内推动了重大事件的进行，那似乎是更美好的世界，至少是让主角很爽的世界。

在另一部重生名作《重生之官道》中，作者给予主角的"金手指"比较多，导致了世界的变迁。主角重生到著名政治家族以后，得到家族与岳父家族势力的帮助，步步青云，一路走向权力中心，利用世界政治经济危机在全球猛赚大钱，帮助重生后的"母亲"成为世界首富，又以外商的名义在他任职的地区投资，眨眼之间创造了政绩，得以迅速升官，改变了家族命运，改变了世界经济版图和国内政坛图景。

穿越历史小说的主角则更少羁绊，他们大胆改变历史时空的世界。如《1911新中华》中，主角被雷电送到另一个平行世界的晚清，到了辛亥革命第一线，建立自己的军队，统一国家，利用世界列强的竞争关系，"新中华"迅速得到工业化的机会，成为第一次世界大战名副其实的战胜国，与人们熟知的历史轨迹完全不同，构成了全新的世界格局，那将是民族主义者理想的世界，当"我们"在说话时，全世界都在聆听。

架空历史小说中，通常是主角光临前，那个世界已经被其他人改变，而因为主角的行为，那个世界再次被改变。《庆余年》经过多重架空，小说中的世界与《红楼梦》的世界一样，已经难以找到历史坐标，但正是由于从具体的历史情景中解脱了出来，这个世界具有了神话般的象征意义。在《庆余年》中，由于核爆炸毁灭了地球表面的人类文明，只在北极遗留下一个使用太阳能的军事博物馆，代表着曾经的人类文明高峰，它被这一世人类当作神庙来膜拜。神庙主人决定不干扰下一个人类文明的发展，但是要阻止人类重新走上工业文明的道路，所以这个时空地球残余的人类缓慢发展起来，社会状态与中国的古代社会相似。

主角范慎的生身母亲叶轻眉的灵魂来自工业文明发达的 21 世纪，到达这个皇权社会的时空，为"庆国"创造了近代工业体系和政治体系，但叶轻眉被庆国皇帝与神庙联手扼杀以后，她开创的政治经济体系恰恰被庆帝利用，成为控制人民加强统治的利器，帮助庆帝征服天下。主角范慎的灵魂穿越到"庆国"的范闲身上，最终决心反抗专制皇权，并战胜了庆帝，庆国也离开了被庆帝控制的原有轨道，变得更为自由。

架空小说的世界设定，由于失去了具体时代的参照系，而且主角还在不断改变世界，显然要提供清晰的时代面貌、世界的诸种情态，这就需要更多笔墨落在世界的介绍、描述上，这会给情节发展带来过重的负荷。《庆余年》的巧妙之处在于，并不是通过静态介绍、描述来表现世界的来龙去脉，而是设定为世界本身就攸关主角的命运，通过主角对真相的探寻，来逐步揭示掩藏起来的世界面貌。

江南的《此间的少年》则是另一种架空，世界设定更有时空假定性意味，它是以金庸小说人物为基础的同人架空小说，人名出自金庸的十五部武侠小说，但他们都是宋代嘉祐年间的"汴京大学"各年级各专业的学生(与北京大学相似)。乔峰、郭靖、令狐冲在集体宿舍过着他们的学生生活，郭靖和黄蓉还是会相恋，杨康和穆念慈则另有结局。这些成长与友谊的故事，让你想起自己的大学生活。这种世界设定既很有人情世故的真实感、人间感，又具有角色扮演中的间离效果。

(三) 猎奇的世界

网络文学无意于反映庸常的生活景象，与明清小说、好莱坞电影一样，追求世界设定的奇特新颖，新鲜的信息对于人类进化是必要的刺激，所以"猎奇"不是贬义词，作者与读者对新颖世界的好奇，也是世界小说、影视剧发展的动力。

探险小说最依赖世界设定的新巧，其世界既要有现实世界的真切感，又要足够新奇，带有危险刺激因素，并以不断更换场景、不断跳地图的方式，给予读者魅惑感。电影《夺宝奇兵》《古墓丽影》等险境探秘的典范，直接刺激了相关网络小说的兴起，又以盗墓小说《鬼吹灯》与《盗墓笔记》角色设定、情境的险奇效果最为出色。

天下霸唱的《鬼吹灯》设定的主要角色，是具有秘术传承的盗墓世家子弟，其行业规则，"发丘摸金、搬山、卸岭"这三大职业体系，摸金校尉、发丘天官、搬山道人、卸岭力士等专用名词的设定，是作者在民间传说基础上创设的，引来模仿无数，很像是一直存在的公认的事实。

《鬼吹灯》依据作品各章要追求的故事效果，安排适宜的空间设定，比如在"云南虫谷"中，把灵异和科幻色彩的元素融合在一起，坠毁的飞机残骸、幽灵般的摩尔斯信号、千年不死的巨型昆虫，情景玄奇而悬念迭出。"昆仑神宫"则充满了神话色彩，昆仑山是中国神话中的重要元素，作者揉入了亦真亦幻的风蚀湖的鱼王、无量业火、水晶自在山、恶罗海城、灾难之门的情景，创造了真实世界与奇幻情景的结合体。

南派三叔的《盗墓笔记》中，奇邪的事件与奇邪的场景相配合，长沙的镖子岭、山东的七星鲁王宫、西沙外海、秦岭神树、蛇沼鬼城、阴山古楼、邛笼石影，鬼影憧憧，危机不断。书述根据剧情绘制了盗墓地图，引发了新的阅读热潮，说明小说的世界设定本身，对于调动读者的热情就具有重要意义。

(四) 现实生活中的异常存在

都市异能小说、妖异小说，与古代志怪小说、《超人》《蝙蝠侠》《钢铁侠》等好莱坞电影，具有相同的志趣 一些身具异能的人士藏匿在普通人中间，暗中维护正义，或者是为实现自己的欲望而奋斗，其实是代替读者观众，在板结的现实生活土壤里，伸出生命的触角。主角的异能有些是来自天赋、个人修炼，有些是与科技因素有关，在日常生活的情景中，这种存在异能异怪的世界设定，重在主角与庸常世界之间、主角能力与大众意识的巨大差异，以及剧情的可能性与合理性之间的平衡。这些人物虽然具有超能力，但也要受到社会规则的制约。

在唐家三少的《生肖守护神》的世界中，存在着十二生肖保护神，传承各自生肖的血脉，拥有着自身属相的能力，守护着"炎黄共和国"这片土地。当拥有麒麟血脉的王者降临之后，生肖守护神们就会聚集在王者的身边，集结成一种特殊的力量，当然这个时代拥有麒麟血脉的孩子就是主角齐岳。他在觉醒、修炼成长之后，统率十二生肖守护者等力量，迎接来自各方面的挑战，特别是希腊十二星座守护神们的对抗。与生肖守护神一样，他们是希腊的守护神，由战争和智慧之神雅典娜的精神继承者雨眸带领，与主角构成了爱恨情仇的复杂关系。

在这个世界里，神话与现实紧密衔接，现实社会运转与异能神通相融合，特别是"国家"管理职责与异能人士的使命相融合，化解了神话与现实两个世界不同规则间的矛盾，这也是异能小说的常见策略。

三、奇幻小说的世界观

（一）欧洲神话世界观

欧洲神话元素，有些已经被后世的奇幻文艺深度挖掘，有些还有待开发，现将几大神话的主要"世界元素"列示如下。

1. 北欧神话中的创世与诸神、种族

北欧神话的世界构架对后世的奇幻文学世界设定影响最大，如同描画清晰的房屋结构图谱，令无数奇幻作家跃跃欲试，对之加以借鉴改造，以搭建自己的世界。

（1）创世与世界架构。

最初，世界上有一冷一热两个区域，之间是一道沟壑，当冷热相遇，烟雾和水汽升腾，产生了巨人伊米尔和一头大母牛。巨人吸饱了牛奶，沉入睡眠，从他的身上产生了一男一女两个巨人，从此巨人族便繁衍成群。神族的祖先布里也从盐碱地里出现，后来，伊米尔与布里发生战斗，布里被杀，但是布里与女巨人的后代奥丁与兄弟把巨人伊米尔杀死。奥丁兄弟用伊米尔的身体创造了大地、海洋、山脉、苍穹、云彩。

奥丁与诸神创造完善的宇宙由九个世界构成，并分为三层：最上面一层中有"诸神国度"，奥丁与诸神以及精灵居住其中；第二层则是人类居住的"中庭"，它被大海所环绕，可以经由三色虹桥通往"诸神国度"，巨人族、矮人族也住在这里；第三层是死人之国，是一个冰冷多雾的永夜的场所、亡者归宿之地。而贯穿联结这一切的是世界之树(伊格德拉希尔)，它是从巨人伊米尔尸体上生长出来的，其巨大的树身伸向三层世界，树根之旁有泉水涌出，滋养着神树。

（2）主要神明与种族。

北欧神话神明众多，尤以奥丁与洛基为核心人物，他们与各自的妻子、情人

与子女的故事最为丰富。

奥丁：众神之王，形象高大威武，坐骑为八足天马，肩上栖息着两只神鸦，名为"思想"和"记忆"，它们每天到处巡游，回来向奥丁报告见闻。奥丁脚下蹲着两只狼，名为"贪婪"与"欲念"，承担警卫之责。奥丁发明了北欧古文字，司命运的仙女用这种文字把命运记载在盾上。

洛基：火神，奥丁同母兄弟，为人乖戾，神通广大。他有许多怪物后代，如芬里尔狼、耶梦加得之蛇和死神海拉，也能在一瞬间把自己变成无数怪物。是奥丁的主要对手。

巨人族：神族的世代仇人。主要敌对势力。

精灵与矮人：伊米尔的尸体长出蛆虫，受光一面生长出来的蛆虫变成了精灵，通体发亮，美丽、温良、开朗，能和万物沟通，因此众神就把他们当作朋友。从尸体背光一面生出来的则成了矮人，因为品性欠佳，众神令他们居住在大地的下面，不得被阳光照射到，否则就会变成石头或者溶化掉。

人类：奥丁兄弟在海岸边发现两根树枝，就用其中的榛树枝造出男人，用榆树枝造出女人，并赐给他们灵魂，于是这对男女就成为人类的始祖。

2．希腊神话中的主要角色

希腊神话对整个人类的宗教、哲学、科学、文学艺术产生了深刻的影响，希腊神话故事已经成为人类的公共知识。希腊神话中的神，拥有人类欲望与情感，其形象等同于掌握神通而又具有无限生命的人类，他们个性鲜明，生命力旺盛，创造了灿烂的英雄故事和情爱故事，为世界文学包括奇幻文学提供了系列人物和情节原型。

希腊神话的神祇、英雄、妖怪队伍非常庞大，兹将三代主要神祇和奇幻文学中常见的角色原型，列举于后。

(1) 黄金时代的神祇。

是创世神一代神祇。天地未成形，先有混沌之神卡俄斯，随后诞生了大地之母该亚、地狱深渊神塔耳塔洛斯、黑暗神俄瑞波斯、黑夜女神尼克斯和爱神厄洛斯，他们是五大创世神，世界由他们开始。

大地之母该亚又生育了许多孩子，如十二提坦，分别代表了世界最初的一些事物和不同的海。该亚是众神之母、奥林匹斯神的始祖。

(2) 白银时代的神祇。

就是提坦们，其中克罗诺斯杀死父神而成为第二任神王。普罗米修斯是最有智慧的神之一，被称为"先知"，是人类的创造者和保护者。

(3) 青铜时代的神祇。

是宙斯为神王的第三代神祇，对后世影响更大。

宙斯：主神，宇宙之王，维持着天地间的秩序，他是许多神祇与英雄的父亲。

克罗诺斯与瑞亚最小的儿子，在母亲瑞亚和独眼巨人的支持下，杀了父亲克罗诺斯，成为第三代神王，建立了新的统治秩序。宙斯直接统治奥林匹斯十二主神，与他们一起生活在奥林匹斯山。

普罗米修斯与人类起源：普罗米修斯是青铜时代的十二主神之一。普罗米修斯用黏土按照自己的身体形态创造了人类，智慧女神雅典娜把神的呼吸吹进他们口中，使他们获得了聪明和理智。普罗米修斯教会人类学会计数和写字，造出帆船在海上航行，制造金属与药物，还教会人类预言未来和释梦。后来普罗米修斯教会人类使用火种，遭到宙斯的惩罚，被铁链缚在高加索山的悬崖上，宙斯还派他的神鹰每天去啄食被缚者的肝脏，但被吃掉的肝脏随即又会长出来。三十年以后，英雄赫拉克勒斯救下了他。

雅典娜：智慧、战争、艺术、工艺之神。

阿波罗：人类的保护神、光明之神、迁徙和航海者的保护神、医神以及消灾弥难之神。他是最英俊的男神，是美的原型。

著名的妖怪

美杜莎：女妖，两眼闪着骇人的光，任何人看她一眼，就会立刻被石化。

斯芬克斯：怪物，有翼，长着美女的头和狮子的身子，在忒拜为害人间。

塞壬：她们住在一个海岛上，以歌声诱惑并杀死水手。

3. 《圣经》中的至高神与创世

圣经神话影响了人类的世界认知与道德判断，也为奇幻文学提供了世界的原型。影响奇幻文学的主要世界元素如下：

(1) 上帝耶和华创世。

他在空虚混沌中发出命令，先后创造了光、大气、旱地、植物、天体和动物。到了第六天，耶和华按自己的形象创造了亚当和他的妻子夏娃，将他们安置在伊甸园。耶和华第七日停歇工作。

(2) 原罪。

亚当与夏娃在伊甸园中违逆上帝出于爱的命令，偷吃禁果，从此与上帝的生命源头隔绝，致使罪恶与魔鬼缠身，陷入病痛与死亡的结局。后世人类皆为两人后裔，生而难免犯下同样的罪，走上灭亡之路。

(3) 天使。

上帝耶和华用他的话创造了这些天上的灵体：天使，天使是永生的；七大天使与对应的堕天使、恶魔撒旦，构成正反、善恶的世界两极。

(二) 凯尔特神话中的世界元素

凯尔特神话主要流行于欧洲，神话中关于德鲁伊和魔法的传说，对奇幻文学影响巨大。

1．德鲁伊

德鲁伊是预言家和先知，也是生灵和亡灵、"彼世"和"现世"之间的桥梁。许多德鲁伊也是各部族首领的军师，如亚瑟王的导师梅林，他的辅佐使亚瑟王建立了丰功伟绩。

2．魔法与巫术

德鲁伊、人间吟游诗人和一些大英雄拥有魔法的力量。吟游诗人的歌声可以令敌人烦躁不安，也可以让他们昏睡不醒；德鲁伊们可以将自己或别人变成动物或植物，也可以呼风唤雨、召唤异兽。

（三）活跃的神话元素

一些神话元素被各类世界设定所运用，在最初的原型基础上不断演化，成为一个内蕴丰富的谱系。现举两例予以说明。

世界之树：

北欧神话的"世界之树"设定，自托尔金的"双圣树"之后，被广泛运用，它与不同的世界体系都能相合，而不会损害其体系的同一性。

如美国暴雪娱乐公司的游戏《魔兽争霸》的世界，有三棵世界之树，其能量可以治愈世界每一处伤痕。时间之王诺兹多姆对世界之树施加了魔法——只要世界之树存在，暗夜精灵就不会衰老、得病。梦境之王伊瑟拉也对世界之树施加了魔法，在世界之树和她的梦境王国之间建立了连接——翡翠梦境，这是一个巨大的、不断变幻的精神世界，独立于现实世界而存在。

在宫崎骏的动画片《天空之城》中，"拉普达"城飞行在空中，故事开始，它出现时就已经空无一人，但是存在着巨大的飞行石(提供能量)、不计其数的机器人、足可以毁灭大地的攻击力，这里显然曾经先进而繁盛，而这座巨大的空中之城却贯通着巨树，与北欧神话中世界之树作用相同，支撑着整个世界。而"拉普达"人之所以弃城回归大地，就是因为人类与树木一样，离开土地就会失去生命的本源。

在电影《阿凡达》中，在那个被人类侵略的星球上，高大、深入大地的灵魂之树，与人们的生命相通，可以治疗伤痛，它告诉我们原始的有灵性的生活是有价值的，而企图毁灭这个灵性世界的工业与科技力量是邪恶的。那些地球人类武装殖民者却轰炸了那些灵魂之树，以摧毁土著的生活信念，加剧了观众对他们的反感之情。

在网络小说里，上述神话、奇幻文艺、科幻文艺中的"世界之树"各种形态、各种功能，都有所体现，它一定会继续根繁叶茂、开枝散叶，因为"世界之树"

具有永恒的生命力。

奇幻小说中兽人角色应该具有多个来源，如北欧神话中的各色兽人、希腊神话中狮身人面的斯芬克斯等，都已经广为人知，圣经神话中的比蒙，见于《圣经·约伯记》第四十章，比蒙状似河马，生就獠牙，人耳狮尾，对后世的兽人角色创设也具有启发意义。

北欧神话众神毁灭的元凶芬里尔狼，后来具有许多变种，比如，在《哈利·波特》中就描写了一个著名的狼人芬里尔·格雷博，他是狼人的头头，是一个效忠于伏地魔的食死徒，继承了"祖先"的秉性：嗜血。而在月关的网络小说《狼》中，主角狼人扭转了原型的角色定义，成为正面人物。

在网络小说中，"比蒙"的角色也在演化，而作者们其实在混用比蒙与兽人的概念，它们的形态也确实是相似的，那就是兽与人的形态相混合。

比蒙角色的演化，到静官的网络小说《兽血沸腾》这里，可算是升级换代了，可以看作兽人角色设定的经典案例。在《兽血沸腾》中比蒙不是动物，而是具有各自种族特征的人形生命，有着自己的语言、自己的智慧文明，经过亿万年的进化，比蒙的生育能力和寿命与人类相仿，猴子可以进化为"人"，那么其他任何动物也都可以。

主角中国侦察兵刘震撼，在新疆作战时中弹穿越到了比蒙世界，在这个世界比蒙国度与人类国度共存，两者在社会制度上很接近，都是贵族分封制。刘震撼因为鼻孔朝天，被当作"皮格"(pig)一族。后来意外成了兽人王国的萨满祭司，而且是千年难得一见的龙祭司，因功拥有了自己的领地，聚集了各种族的追随者。随着主角的行动，串联了各种比蒙角色故事，特别是归顺于主角的各族比蒙"美女"，其形态与个性的丰富性，使得这个世界很艳丽。

四、东方神话世界观

中国上古神话、道教与佛教神话、明清神魔小说，为玄幻、修真、仙侠等修炼小说的世界设定，提供了东方神话世界的原型。对于中国的写作者来说，东方神话世界具有文化身份认同的意义，其文化基因与中国读者也特别亲和。因此它在网络文学创作中，迅速复活，重新生长，提供了丰富的想象资源，介入了当代青少年的精神成长。

中国上古神话，印度神话，佛教、道教神话元素相互融合形成的神话世界，是网络文学东方神话世界的基础。

（一）中国上古神话

中国上古神话缺乏系统性，没有鸿篇巨制和曲折生动的情节，散见于《山海经》《水经注》《尚书》《史记》《吕氏春秋》《淮南子》《风俗通义》等古代著作中。有些始祖神，经过西周以来的诸子百家有意识改造，被赋予了人类理想的美德，一些神祇与人间帝王身份相匹合，历史传说与上古神话混杂在一起，这就与野性、人物个性鲜明的欧洲神话很是不同。

1. 创世、诸神与人类起源

盘古创世：混沌未开之时，其中有一块浑圆如同鸡蛋的空间，里面生着一个巨人盘古。这巨人醒来，把这"鸡蛋"里的空间扩开，清气上升，成了天，浊气下降，成了地。盘古顶天立地地生长着，天日高一丈，地日厚一丈，盘古日长一丈，如此万八千岁，天数极高，地数极深，盘古极长，最终天地离开得很远，不会再粘靠在一起了，盘古力竭身亡，双眼化为日月，毫毛飞散成星，气息成为风云，他身躯倒下，肉体成了山川，血液成了江川大海。他牺牲了自己的肉体来完成世界开辟创造。

女娲造人与补天：女娲揉团黄土造人，又引绳入浆拖拉甩动，飞溅的泥点变成了人。上古世界，曾经天崩地塌，女娲就熔炼五色石块去修补苍天。女娲还替人类建立了婚姻制度，让男女互相婚配，繁衍后代。女娲还创造了乐器，她也是音乐之神。

其他开创诸神与神迹：伏羲演八卦，神农(炎帝)尝百草，黄帝(轩辕氏)主导农业发展，嫘祖(黄帝之妻)教人养蚕，仓颉造字，尧舜禅让，大禹治水，共工怒触不周山，后羿射日，嫦娥奔月，以及神话人物天帝、后土、姑射仙子、西王母、广成子、鸿蒙、刑天、雷公、河伯等各有独特传说。

2. 神兽和神怪

鹏、青鸟、青龙、白虎、朱雀、玄武、龙王、哮天犬、精卫。

3. 灵地与神仙界

玄圃、瑶池、扶桑、鹊桥、蓬莱、瀛洲、方丈、广寒宫、天庭、琅嬛。

这些世界元素，成为后世宗教、文艺世界构想的重要源头，在网络小说中更是得到了发扬光大：华夏远古神话回来了。

(二) 印度神话

印度神话主要见于《罗摩衍那》和《摩诃婆罗多》两部诗史，后来佛教吸收了其中很多元素，也主要是通过佛教的传递，对中国古代社会文化产生影响，并将影响递延到网络小说。其主要神明与创世神话如下。

梵天：印度教三大神之一，世界的创造者，佛教吸收其为护法神"大梵天王"。在混沌中漂着一个梵卵，其中孕育了梵天，梵天把梵卵剖开，变成天地、山海和日月星辰，以及空、风、火、水、地各种元素，从他身上产生了许多儿女，他们繁衍出世间的神与人。梵天的形象通常为四头四臂，坐骑为孔雀或者天鹅。在一些神话故事中，梵天的灵魂醒着时，世界就是活动着的；当他躺下时，世界就平静下来；当他睡着时，万物就融化于他的灵魂之中，如此，让万物永无休止地生生灭灭。

湿婆：印度教三大神之一，起死回生之神、破坏神，也是生殖之神，对藏传佛教密宗中的欢喜佛的形象有影响。湿婆的化身之一大黑天，在佛教中为护法神，传入日本后，成为著名的财神，也是武士和浪人的保护神。

毗湿奴：印度教三大主神之一，是秩序之神、救世之神。另一个创世故事中，在世界之初的宇宙之海上，毗湿奴躺在大蛇那伽的身上，从他的肚脐中长出了一株莲花，莲花绽放时发出了灿烂万倍于太阳的光芒，光芒中诞生了梵天，然后梵天创造了世界。毗湿奴以各种各样的化身闻名，通常他的形象是蓝肤、四臂，坐骑是大鹏金翅鸟。

三女神：梵天、毗湿奴和湿婆的配偶，也是著名的女神，其中毗湿奴的妻子拉克希米，是佛教中的吉祥天女，是幸运、财富和爱的女神，也是世界之母。

死神阎摩：在佛教中成为阎摩罗王，佛教传入中国之后，又衍生了十殿阎王。

迦楼罗：一种巨鸟，主神毗湿奴的坐骑，在中国的神话传说中演变成了大鹏金翅鸟。五百年自焚一次，又从火焰中复活，与凤凰重生的故事类似。

夜叉：夜叉从大梵天的脚掌中生出，如守护佛寺山门的手执金刚的夜叉。

另外，印度神话中的"化身""转世"说，对整个东方神话世界影响巨大，也为后世中国的神魔小说、网络小说提供了方便。

(三) 佛教世界观

佛教世界观自释迦世尊创立佛教之始，经过历代大能参悟而明晰，对中国历史社会与文学艺术影响深远。

1. 觉悟者

佛学是关于世界的觉悟，而不是创世神话。释迦世尊是人间的觉悟者，不是创世主，也不是主宰神，虽能觉悟世界，但不能改变世界，他只能教导众生脱离苦海的方法，却不能代替众生脱离苦海。

佛教认为世界并非实有，构成世界的要素——时间、空间、自我、语言、善恶等也不实有，但是却不妨碍因果的现象和作用显现(不昧因果)。宇宙万物由众生的共业所成，并没有一位全知全能、创造主宰宇宙的神。但佛教并非主张无神论，从信仰者的角度来说，神是有的，从被信仰的神的角度而言，可能是因地而异、因时而异的存在。

2．大千世界

同一个日月所照的世界为一小世界，一千个小世界为一小千世界，一千个小千世界为一中千世界，一千个中千世界为一大千世界。整个宇宙是由小、中、大三千世界组成，故总称为三千大千世界，简称大千世界。大千世界以须弥山为中心，山顶为帝释天所在，四面山腰有四峰，各有一天王，分别保护四方天下，即四大天王。须弥山周围有七香海、七金山，第七金山外有铁围山围绕的咸海，海四周是四大部洲：东胜神洲、西牛贺洲、南瞻部洲、北俱卢洲。

3．劫

劫有大、中、小三种，1 小劫是 1680 万年，其 20 倍为 1 中劫，再其 20 倍为 1 大劫，即 67.2 亿年。

4．四圣道

佛、菩萨、缘觉、声闻。

5．六道

天、人、阿修罗、畜生、饿鬼、地狱。

佛教认为，整个宇宙的变化，其基本原理不外是"以自性空"及"缘起有"而已，这是整个佛法的支柱。

（四）道教的世界

道教是诞生于中国本土的宗教，主要创始人张道陵等人综合神仙思想、阴阳术数、巫术，并与汉代所崇尚的黄老思潮融合，以此立教，其神明队伍一直在四下蔓延，直至宋元明时期，还在大量吸纳民间信仰与佛教的元素，与佛教形成之初对印度神话的吸收相仿佛。民间道教更是大大咧咧地兼收并蓄，比如福建泉州修建于明万历年间的道观昭灵宫，同时供奉着十几种信仰的神明；在辽宁锦州笔架山的三清阁中，把儒释道主要神明与上古神话中的盘古大神放在同一个石塔内供奉。这是《封神演义》神仙谱系的现实版，反映了道教混同宇内，"不争论"的思维特色。

道教奉老子的《道德经》、庄子的《南华经》《易经》等为最重要的经典。《正统道藏》等经典记载了道教符箓、斋醮、科仪、修炼方法。《周易参同契》《抱朴子》是道教丹鼎派的基本经典。玄幻、仙侠、修真等修炼小说的基本观念根源于这些著作。

1．道教神话中的创世

"道"是宇宙万物的本原和主宰，万物都是从"道"演化而来的。宇宙创生的过程是：道生一，一生二，二生三，三生万物。三清尊神则是"道"的化身，三清三位一体，亦即元始天尊、灵宝天尊、道德天尊。道德天尊亦称为"太上老君"，圣人老子是他的化身。

2．主要神仙

玉帝：玉皇赦罪天尊，存在于始劫之先，本体是三清祖气所化，统御所有神仙人兽、妖魔鬼怪，总管世界的兴衰成败、吉凶祸福。玉帝也是儒教的最高神——昊天上帝，还是中国民间信仰的最高神——上天、苍天、老天爷等。

琼台女神：王母娘娘、碧霞元君、妈祖娘娘、九天玄女、百花仙子、送子娘娘、骊山老母。

战神：真武大帝、关圣帝君、雷公、电母、风伯、雨师、水神、火神。

财神：正财神赵公明、文财神比干、武财神关羽。

幽冥鬼神：太乙天尊、酆都大帝、东岳大帝、十殿阎王、天师钟馗。

其他著名神仙：八仙、福禄寿三星、和合二仙、喜神、月老、彭祖、麻姑、灶王、门神、床神、厕神、井神。

道教与其说是信仰，不如说是修炼的观念与阶梯。道教的理想世界不同于佛教的极乐世界、基督教的天堂。道教追求得道成仙，在仙境中过着逍遥自在的生活，"洞天福地"就是仙境的代表。

在欧洲神话中，神、天使、精灵与人类的寿命极限都是创世神或至高神决定的，不能自主改变。道教认为"我命在我不在天"，人类与动物都可以通过修炼达到长生不死，相信万物有灵，甚至人体的各种器官都有自主神灵。道士的修行道术，包括内丹、外丹、服食、房中等内容。外丹是指烧炼丹、砂、铅、汞等矿物以及药物，制作能够使人长生不老的丹丸。内丹则是把人体作为烧炼丹丸的炉鼎，通过行气、导引、呼吸吐纳，在身体里"炼丹"，以达到长生不老的目的。

道教是典型的多神教，神系纷繁复杂，神祇数量极多，吸收上古神话、佛教、民间宗教人物为己用。这种"神仙俱乐部"作风，优势在于能不断生长扩张，一派天真烂漫，仿佛总是处于青春期，而缺陷是体系庞杂混乱，神仙间的关系剪不清理还乱。

道教的修炼观和四处扩张的作风，为明清神魔小说，网络修真、仙侠、玄幻小说，留下了修炼成神的观念、成长途径，也留下了庞大的神仙队伍、法宝、丹药等资源。没有道教这个源头，就不会有网络修炼小说的发生发展。

第二节　网络文学创作的人物设定

一、主角及其人物关系设定

写作者常常听到这样的教诲，叙事艺术要创造人物(或塑造人物)，但是创造人物的目的何在呢？创造人物就是目的本身吗？写作者首先就要清楚各种人物与人物关系对于受众的意义所在。

大众文艺创造人物的根本目的，还是满足受众的心理需求，人物是受众的欣赏与审美对象，受众会把各种情感投射到人物身上，所以创造人物要沿着受众需求与期待的方向前进，并令受众得到超越于预期的惊喜。有一只看不见的手在支配着人物的创造，这就是作者在受众期待的基础上形成的写作意志，在引领着人物舞蹈，所以人物创造是作者与受众合谋的结果。

人物在故事中扮演着各种角色，依据其功能，主要有主角、情欲对象或情感对手、敌人或者竞争对手，与他们身边各自依附的辅助性人物，共同构建起人物关系网络，而每一种人物都对应着受众不同部位、频谱的内心需求。

（一）主角创设的要点

主角的创设在整个人物与故事的创造中，处于优先位置，写作者要明了主角在作品中承担的功能，明了主角的愿望、性格、身份所起的作用，据此进行主角创设。

主角是受众的主要代入对象，人们认同主角的愿望与情感倾向，认同主角身份、品性、行为特征，就会把自己代入作品主角，而主角在故事中实现愿望的行动过程与结果，就是作品的主要构成。主角的愿望、动机、行动决定了故事的基本方向，主角的行动带动其他人物的行动，一起推动情节的发展。因此，主角的主要功能就是承载并实现受众的愿望、以主角为枢纽构建人物关系网络，以主角行为推动故事情节的进展。

都市类、历史类文艺作品的主角，通常会具有获得权力、财富、情爱的愿望，并为之努力奋斗，会与实现目标相关的人物，构成密切关系；奇幻、玄幻文艺的主角会带着获得超能、长生、成神成仙的愿望，去修炼战斗，与修炼相关的人物会成为盟友或者敌人，而这些愿望是否能够实现，正是人们最为关心的问题，所以创设人物，明晰他们的愿望—动机是前置性的工作，是作品的起点。虽然有一些作品不会明确说出人物的愿望，甚至于隐藏人物的愿望动机，但是在人物的行动中，一定会表现出人物的真实愿望，没有愿望与动机的指引，人物与故事就没有前进的方向，就没有构建人物关系的内在动力，所有的人物都不是无缘无故地出现在作品中的，他们一定是与主要角色的愿望与行为密切相关的。

《三国演义》中刘关张集团趁着天下大乱，从散兵游勇到聚集抱团，与其他集团争夺天下，建立自己的王朝，他们打天下的愿望得到大众读者的认同，并盼望着他们成功。《西游记》主角孙悟空开始时的愿望是去寻师学艺，后来的愿望是保得唐僧西天取经，成就功德，所以才会有那些战斗故事。《鹿鼎记》主角韦小宝的愿望是升官发财娶美妞，让娘高兴让自己爽，这些愿望都指明了作品的方向，是引领读者的灯光。

作为主角，特别是超长篇幅作品的主角，通常具有强烈的欲望、外向型性格，天生就爱"惹事"，积极主动与各类人物构成复杂关系，与其他主要人物具有深入的情感交流。这样，故事就更容易具有动感，更容易让故事情节的发生具有合理性。一个时刻找事做的主角，会令作者愉快地跟从主角到处冒险，情节妙招自然会源源不断地产生。

《红楼梦》主角贾宝玉无心于仕途经济，却有一个明确的愿望，就是在各位姐妹面前，尽到心意，表达一些温情，并且他是无事忙的性格，对于姐妹们的事情很是上心，恨不得黏上去把事情办好，方才安心，即使被父亲责打，也不肯改变。他的愿望—动机—行为，把花团锦簇的大观园带动起舞，叮咚作响。那些风格多样的美丽女性，谁是欣赏者？她们为谁歌哭？贾宝玉就是观看大观园的眼睛，是最好的倾诉对象，是百花开放的大观园的中心，他不在场发生的事情，都是为了他到场而做的准备。而贾宝玉这样的愿望与性格设定，是主角履行功能、构成作品的基础。如果没有这个四处献殷勤的主角的串联引发，整个作品就是一捧散落的珍珠。

《鹿鼎记》的主角韦小宝、《回到明朝当王爷》的主角杨凌、《极品家丁》的主角林三，都具有贪婪好色、油嘴滑舌的品质与性格，像被欲望充了电的狗，不停息地追逐自己的各类目标，这是构建长篇作品，带领读者不断体会成功快乐所适宜的主角性格。读者可以休息，主角不能休息，读者一天生活二十四小时，主角要格外多活几个小时。

而修炼小说的主角，通常都有坚忍不拔并且好战的性格，否则难以忍受长期的艰苦修炼，也难以引发、经历各种战斗，修炼小说的主要故事内容也就难以发生。修炼小说主角的祖先们，孙悟空、武松、鲁智深、李逵之流，都有寻衅滋事的爱好，听说有架要打，马上就能找到正义的理由。若不如此，读者看什么呢？网络修炼小说的主角，到处溜达、修炼、战斗，必须具有强烈的进取心、战斗天性，而且要具有很强的目标感，这是修炼—战斗—升级故事的必要前提。

若把主角设定为内向的性格、被动性人格，作者就得网罗各种主动性的人物，前来与主角纠缠，否则就难以构建故事情节，让作者疲惫欲死。如《射雕英雄传》的主角郭靖为人木讷、迟钝，这是非常冒险、令作者与读者劳累着急的主角性格设定。故事前期是江南七怪因为打赌，主动来找郭靖教授武功，后来只能为他配一个恋人黄蓉，性格与郭靖相反，主动、聪慧、机灵、人缘极好，为主角郭靖笼络关系，创造机会，这样故事情节才得以不断拓展。但是郭靖这个主角就不能免于因人成事的讥评，黄蓉出现之前，作品就显得呆板，后来黄蓉如果不在场，故事情节立即就有停滞感，作品因此显得不平衡。

　　大众文艺主角的身份、地位等人生状态设定，有两种常见情形：一种是与目标受众相似，一种是受众想要达到的那种状态。两者没有绝对的好坏之分，要看这些设定对于完成作品是否有益。

　　通常网络文学主角初始身份设定与期望中的主流读者相似，比如学生、刚出校门的年轻男性、女性，处于正从社会底部向上爬行的状态，这是目前网络文学的主要读者群。无论是何种类型小说，主角若是中老年大妈大爷，则受欢迎的概率很低。

　　主角通常具有普通人的嗜好、缺陷，以平易近人一些，让普通人没有障碍地认同主角。但总是如此，就会显得陈腐，缺少新鲜感。有时候，读者会代入与自己相似的人物，而有时候，人们会更倾向于代入自己心目中理想的人物，比如贾宝玉、林黛玉、薛宝钗，身份、才情、美貌都非普通人，但却是人们乐意代入的对象。

　　许多年来，美国电影中的超能英雄，虽然有超凡的能力，但是通常身份设定为普通人，隐藏在大众之中，让观众从这些超级英雄身上看到自己，如《超人》。而《蝙蝠侠》《钢铁侠》等剧的主角设定就花样翻新了，主角是男性观众理想中的形象：拥有影响力巨大的公司；拥有忠心的老部下，特别是忠心、漂亮且暗恋自己的女下属，以确保自己外出去干某些事的时候，公司还能正常运转；有男性魅力且能够到处证明自己的男性魅力；拥有超能并且到处行侠仗义，参与对国家社会至关重要的大事；具有潇洒幽默的个性、不循规蹈矩的行事风格，最重要的是，财富、地位来源于自身的智慧才能。

　　可以说大众从这样的主角身上看不到自己的影子，那是每一个男人想要成为的、每一个女人想要拥有的男人。由此可知，没什么不能改变的，主角身份设定应该具有多样性，而不是墨守成规。追求人物的创新，需要我们不断回到问题的起点：人物创造的目的是什么？有助于此的任何新招数、好主意都值得使用。

（二）以主角为中心构建的人物关系

　　单一主角的文艺作品数量远远超过多主角的文艺作品，网络文学更是如此，因为主角单一，作者控制情节走向更省力，能更好把握故事的整体布局；读者跟随单一主角一路前进，不用在几个主角之间跳进跳出，也更容易入戏。

　　单一主角的文艺作品，其他角色通常是围绕主角而创设的。主角、情感对手或者情欲对象、敌人或者竞争对手，此三种主要人物形成"三角框架"，再加上依附于主要人物的功能性人物，构成一个相对易于把握的人物关系网。

　　他们履行各自的功能，主角在自己的愿望动机支配下，结识志同道合的同伴去行动，与所爱所欲的对象，发生情感纠葛。有时候主角行为目标就是得到所爱，有时候情欲对象或者情感对手进一步发挥作用，协助主角去完成其他任务，而他们必然遇到敌人或者竞争对手及其同伙的阻拦，克服阻力，达成目标，这就是各类人物在故事中的主要作用。

完整的神话与民间故事，在流传的过程中，故事与人物关系会逐渐向主要人物集中，其人物关系网通常就是以"三角框架"为骨架来构成的，现以北欧神话的主要人物为例加以说明。

北欧神话中的主角奥丁，其主要愿望是维护统治世界的权力，并为此征战不休。他遇到了内外强敌的挑战，并最终被敌所害，其子为其报仇，并继续统治世界。其主要人物关系就是围绕奥丁来构建的。

1. 主角

奥丁：众神之王、世界的统治者，与众神一起创造完善了世界并创造了人类。具有强烈的权力与爱情欲望。主角不断追逐各色情人，她们为主角生下了许多儿女。所以奥丁也被称作众神之父。

2. 主角的妻子、儿子

弗丽嘉：奥丁的妻子、爱神，掌管婚姻和家庭。

维达：奥丁与女巨人格莉德之子。森林之神，在诸神的黄昏之战时，芬里尔狼击败奥丁并将其吞下肚中，维达赶上前来，把芬里尔撕为两半，报了父仇。之后和他的兄弟瓦利成为新世界的主神。

瓦利：奥丁与女神林德之子，他一出生迎风即长，刚过一昼夜就能上阵打仗。

布拉吉：奥丁的儿子，智慧、诗词、雄辩之神。其妻伊敦拥有青春的金苹果。众神只要尝一尝金苹果，便可以返老还童。

奥丁的情人若干。

3. 主角阵营的同伴、部属

托尔：雷神，腰束一条魔带，使他的力气加倍，手执神锤，诸神的黄昏之战时，与耶梦加得巨蟒同归于尽。

海姆达尔：神界的守护神，能眼观四路、耳听八方，日夜守卫在天界入口的要道，防御冰霜巨人的侵袭。诸神的黄昏之战时，与火神洛基同归于尽。

英灵殿瓦尔哈拉的战士：奥丁在人间的战场上挑选的英勇善战的战士，让他们同诸神并肩作战。那些牺牲在战场上的人，到了晚上又像没有受伤的人一样狂饮。

精灵与矮人：诸神的伙伴与助手。

4. 敌人及其帮凶

洛基：火神，奥丁的同母兄弟，为人乖戾，后来变成恶魔，神通广大，能在一瞬间把自己变成无数怪物，是主角的主要敌人。洛基有着可怕的后代，如冥界女王海拉、巨蟒耶梦加得、巨狼芬里尔等。

芬里尔狼：造成众神毁灭的元凶，大嘴巨狼，当它张开嘴时，上下颚可以顶住天地。善制兵器的矮人用山之根、猫之脚步、鱼之呼吸、女人之胡须、熊之跟腱以及鸟之唾液这六种罕见事物，锻造成一根无形的魔链，才将芬里尔缚住。诸神的黄昏之战中，芬里尔挣脱了这根魔链，吞食日月，杀死了诸神之王奥丁。

巨人族：最古老的种族，诸神也都具有巨人族的血脉，但是为了争夺世界的统治权，巨人族与诸神世代搏杀不休。

这些角色都在故事中履行了自己的功能，并且成为后来的幻想文艺的人物创设的原型。

文艺作品的人物关系创设，根据主角与故事的不同，通常是在三角框架的基础上进行适度调适。

(三) 多主角的人物关系创设

在神话与大众文艺中，两个或两个以上的主角，独立发展其故事情节，具有各自的人物关系网络，但也不是互不相关，而是几个人物关系网相互连接统合，构成统一的人物网络，这样的作品也代有佳作。

希腊神话中，几个世代的神祇、诸神都保持了自己的独立性。在青铜时代，统治关系上，诸神以主神宙斯为首，但是雅典娜、阿波罗、普罗米修斯都是具有独立意志和独立故事情节的人物，普罗米修斯更是违背宙斯意志，创造人类并给予人类智慧，宙斯成了陷害普罗米修斯的反角。阿波罗作为美神、光明之神，有很多恋爱故事，成为人人景仰的帅哥英雄、一号男神，反而是主神宙斯因偷情显得猥琐。当然，诸神所在的世界仍然是统一的世界，遵循着神界的发展逻辑。

印度神话也是多主角各自发展的，印度神话三大主角是彼此竞争的关系，在神话发展史上此消彼长，不断演化各自的故事。

在小说史上，《水浒》是突出的多主角小说，武松、林冲、鲁智深、李逵、晁盖、宋江等人都有自己的独立发展的故事，再以核心事件梁山聚义和宋江等人的串联作用，把整个故事约束在一个框架内，可以说宋江是一个传奇英雄，也是一个穿针引线的功能性人物。《三国演义》是多方势力互动的群戏，在多阵营的人物关系网中，前期又突出曹操、关羽的形象，后期突出诸葛亮的作用，把他们并列为主角也无不可，因为他们的行为带动了故事发展，并且头顶光环，也为他们安排了各自的垫脚石角色。

在电影电视剧中，特别是长篇幅电视剧中，多主角群戏很常见，因为可以为观众提供更多的观赏兴奋点，如长达数百集的电视剧《老友记》，演绎了生活在一个公寓楼中的三男三女，在日常生活中点点滴滴的爱与关怀，他们在十年彼此的陪伴中一起成长。这六个人的性格秉性相异而互补，都是主角又都是他人的配角、倾听者、欣赏者，为观众代入人物留下了足够多的通道。该剧的群戏给人以这样的感受：友情比爱情、比拥有主角的光环更令人心醉，观众渴望能够跳进剧中的"家"，成为第七个伙伴，以对抗孤独冷漠的现实生活。

其中三位女性角色得到更多关注。瑞秋：有点任性，但是善良、随和、漂亮，有女人味；菲比：经历丰富、风趣、真诚、有才华；莫妮卡：争强好胜、独断专行、有洁癖、有点爱折腾人，但其实是很敏感、容易受伤的人。这些角色特征覆盖了生活中的多数女性的自我体认，令大众产生代入感。

《天龙八部》是最为成功的多主角现代小说。段誉、萧峰、虚竹三个主角对结义兄弟的热诚是相同的，而身份、性格秉性、人生愿望差异很大，彼此相映成趣，覆盖了大众读者代入主角的多种偏好。三个主角拥有各自的人物关系网，又通过主角与串联型人物相互连接，构成作品整体的人物关系网络。

1. 段誉一方

段誉：云南大理国镇南王之子，长相俊美，深受父母与家族宠爱，是多情种子，与其父一样四处招惹情债，不愿意学武却在被动中习得绝世武功。是天下一切娇懒少年乐意代入的对象。

情感对象：王语嫣、木婉清、钟灵等。

父亲：段正淳。母亲：刀白凤。

段氏父子的部属：高升泰、巴天石、傅思归、朱丹臣等。

导师：枯荣大师、黄眉大师。

敌人：四大恶人，恶贯满盈的段延庆、无恶不作的叶二娘(同时是另一主角虚竹的生母)、凶神恶煞的南海鳄神、穷凶极恶的云中鹤。

番僧：鸠摩智师徒(是绑架段誉的敌人，又是促成段誉功力飞涨的垫脚石)。

2. 萧峰一方

萧峰：丐帮帮主，侠义冲天、豪气干云，是热血男儿的榜样，因对待阿朱、阿紫的深情厚谊，而成为少女们的理想爱人。身为契丹人的秘密被揭露之后，原来的部属朋友皆成敌人。

父亲：萧远山，契丹贵族。养父母：乔三槐夫妇。

情感对象：温婉贤淑的阿朱、精灵古怪而用情很深的阿紫，都是男性的理想对象。

盟友：契丹皇帝耶律洪基。

部属兼敌人：丐帮诸长老，以及无数江湖群豪。

敌人：马夫人(康敏)、游坦之(也是著名的垫脚石)等。

3. 虚竹一方

虚竹：少林寺小和尚，相貌不佳，为人愚直，无意中成为逍遥派掌门人无崖子的徒弟，得其功力，成为逍遥派的掌门人后，又被灵鹫宫主天山童姥带至西夏皇宫中，尽得逍遥派真传。天山童姥与西夏王妃李秋水同归于尽后，虚竹成为灵鹫宫主人。是希冀好运气的普通人的代表。

生父：少林寺掌门玄慈。生母：四大恶人之一无恶不作的叶二娘。

导师：无涯子、天山童姥。

情感对象：李清露(梦姑、西夏银川公主)。

部属：余婆、石嫂、梅兰竹菊四剑、苏星河、丁春秋以及无数江湖群豪。

4. 三个主角共同的盟友与敌人

少林寺：扫地僧、玄慈、玄渡、玄难等僧人若干。

慕容氏：慕容博、慕容复。

三个人物网中的角色互相有很多交集，少林寺是虚竹与乔峰的成长之地，少林寺众僧参与了故事中的重大事件，涉及几方势力，其实是贯穿性人物群体。慕容复是段誉的竞争者，也是乔峰的对手。三个主角的行为带动着整个人物关系网的运转，各种角色履行了自己的功能，又呈现了各自的个性，辨识度很高，本身就是作品有趣的部分。

二、人物性格设定

人物性格是什么？在文艺作品中有何功能？如何创造人物性格？人物性格如何影响故事情节？明了这些问题是写作者的必修课。

（一）人物性格的内涵与功能

创造人物的核心是创造人物的性格，而人物性格的主要内涵，就是在人物行为中呈现出来的，与他人不同的心理特质与行为特征。虽然人物的一些外部特点如独有的表情、行为习性、常用口头语、明显的弱点等都对创造人物辨识度有帮助，但是性格创造更重要的是表现人物的内心特质与行为特征。

对于读者来说，人物性格是读者认同、代入人物的重要依据，是进入人物精神世界的定位坐标，读者需要从不同质感的人物那里，得到丰富鲜活的生命信息，以激发自身生命与心灵的生长发育。文艺作品的各种人物性格，"冰山美人"或者"热情似火的女郎"，林黛玉或薛宝钗，其实对应着读者各种不同的生命情感需求，而读者也可以从人物身上感受到作者的特质。

人物应该具有很高的辨识度，应该能够引起读者强烈的情绪反应。比如鲁迅笔下的人物阿Q、孔乙己、祥林嫂，都是单向度特征强烈的人物，并不具有复杂性、多面性，但都能够引起读者强烈的情感反应与伦理判断，也因此成为百年中国文学最成功的人物。人物性格创造不应该追求面面俱到，过度表现人物性格的复杂性，会使人物性格显得含混。

长篇故事应该根据读者的期待、作品构成的需要，构建主要人物成长史，心理、行为特征的变迁史，在一种性格基调上展示其特质的多侧面状态，但也不必把人物性格弄成迷宫，使读者无法预知他的行为倾向。赋予人物过多意义感、过多性格侧面，会带来沉重阻滞感，使得作者失去创造的快感，令读者丧失积极主动参与的热情。

《天龙八部》中最令人心折的主角萧峰，具有豪放热诚的性格基调，与群豪搏杀，呈现豪气干云的一面，对待把兄弟则真挚而仁义，对爱人阿朱则深沉温厚，以萧峰大起大落的遭遇，如果让他的性格转向善恶不定，以追求人物性格变化的复杂丰富，也是合理的，但是这样迭经命运考验，仍然本色不变的大英豪性格，则更震撼人心。单纯而强烈的性格最能深入人心。如此豪放的"大哥"性格，也与段誉、虚竹等主要人物的特质，构成显著差异。

人物的性格秉性，特别是主角的性格秉性，与人物在作品中的作用、与故事的性质是匹配的。如贾宝玉天性浪漫、敏感、多情，喜欢讨女孩子欢心，擅长与各类女子贴心交流，适合于在《红楼梦》的温柔富贵乡厮混；韦小宝自小就生存艰难，养成实用主义价值观，性格泼悍而机灵，所以在《鹿鼎记》的朝堂与江湖就如鱼得水。如此，主角就成为特定故事性质的内核。

（二）在行动与冲突中创造人物特质与特征

有些作品刻意追求人物性格塑造的特别或者深刻，却置情节发展的合理性、情节的速度与节奏于不顾，而有些作品追求故事情节的新奇有趣，却对人物性格的创造没有帮助，其实可以把人物创造与故事进展密切结合起来。

凸显人物性格——人物的心理特质与行为特征，最有效的方法就是让故事成为人物的行动历史，就是说人物性格的创造过程，也就是故事情节的行进过程，就是在人物的愿望、动机、行动、冲突链条中、在故事情节构建过程中呈现其特质与特征。在行动中特别是人物的交流、对抗中展示人物特征，是最古老、最有效的人物创造方法，能吸引读者的积极跟进。阅读原本就是对人物行动的跟随，是一个流动的情感体验过程。

虽然《红楼梦》很少大开大合的动作性情节，但是其人物一直在活动中，在具体的美妙情境中，如同表演艺术所要求的，人物如同入戏的演员，真听、真看、真体验，人物之间，特别是贾宝玉与众姐妹之间，一直在进行情感交流，创造了一幅一幅动态的画面，所以喜欢它的读者可以从任意一个画面进入红楼梦境。

《水浒传》这样的动作性小说更是如此，人物的性格几乎都是在人物搏杀争吵中呈现的。武松在景阳冈打虎、杀嫂、血溅鸳鸯楼、醉打蒋门神等情节中，展现其豪迈、凶狠、易走极端的性格，潘金莲在春心荡漾、偷情、杀夫等剧情中，暴露出淫邪、狠毒的品性，这些动感十足的行为，令读者最容易把握人物特质与特征。

用戏剧性行动塑造人物性格，是现代大众文艺的常见手段。电影《闻香识女人》的主角弗兰克中校是一个盲人，人物行动受到限制的情景下，如何表现人物性格呢？对人生已经厌倦的弗兰克，决定到纽约放纵一天就死去，在高中生查理陪同下，去享受生活。他们乔装成准备购买跑车的父子，在名贵的跑车上，弗兰克要查理告诉他大街的情况，然后这个疯狂的盲人在大街上飙车(查理负责阻拦，当然越是阻拦，主角就越疯狂，好的同伴能凸显主角的风范)。到了豪华餐厅，弗兰克通过他敏锐的嗅觉(他声称能够靠闻女子的香水味道，识别其身高、发色乃至眼睛的颜色)，发现了一个漂亮的女子。他向查理打听餐厅中间舞池的形状位置，然后邀约那个正在等人的美女，一起跳了一曲探戈(查理负责表达惊奇，美女负责表达欣赏，现场群众负责鼓掌)。后来，主角自杀被查理所救，在查理帮助下找到活下去的理由。弗兰克去查理学校帮他出头，不顾阻拦(总是有人在阻拦主角)，发表长篇痛快淋漓的演说，痛斥查理所在学校虚伪嚣张的校长，捍卫了人的尊严、正派公平的价值观。这些超越了盲人行为局限的行动，把一个性格激烈的人物，既热爱生活又对生活绝望的心态，表现得真切可感，把人生的痛苦变成充满魅惑的表演，呈现出一种奇特的男性魅力，为观众传递了紧张、刺激、心痛和释放之后狂喜的身体感受，令你对这样一种人生状态、人的特质与特征，形成了强烈的画面记忆。

在《极品家丁》中，突厥女王玉伽，芳名月牙儿，可以称得上是震撼人心的人物形象。"女王"是男性欲望对象的鲜明符号，艺术史上有着电影《埃及妖后》中的埃及女王克莱奥帕特拉、《纳尼亚传奇》中的金发白女王等深入人心的女王形象。对于男性，充满野性和魅惑力的女性掌权者，是有着致命诱惑的挑战的，所以征服与反征服的动作性情节几乎是规定剧情。

主角林三与月牙儿经历了一连串对抗与冲突的剧情。二人在大华与突厥战争中邂逅，互相深深吸引，月牙儿被林三所带领的突袭骑兵俘虏，美丽而野性的月牙儿与智慧武勇的主角在互相纠缠中相知，萌发惺惺相惜之情，在穿越死亡沙漠中，在大自然的狂暴肆虐中携手求生，转化为男欢女爱，一路走向突厥王庭。双方既真心相爱，又玩着欺骗争斗、征服与反征服的游戏。林三攻破突厥王庭，俘获月牙儿之弟作为人质，月牙儿向林三射出惊天一箭，重伤林三，瞬间天降大雪，为一对爱人志哀，而月牙儿刹那身心沧桑剧变。

后来他们终于坐到了谈判桌前，忍受内心的爱恨搏斗，为了各自的国家利益，进行艰难的讨价还价，而夜晚，二人在国境线上的大床上拼死相爱，像史诗一般壮怀激烈。在这个过程中，呈现出月牙儿的纯真与狡黠、坚贞与柔情、热烈与感伤的复合性格，令人不觉泪下，只愿主角与月牙儿尽快团聚，但恰恰天涯分隔，相聚不易。虽然也是"女王"角色，但两个人是旗鼓相当、爱恨体验尽兴、能够称量灵魂容积的激情恋人。

在《庆余年》中，男主角与主要情感对手、恬淡而大气的海棠朵朵之间，原本是两个敌国代表性人物，也经历了许多对抗性缠斗才成为知心伴侣，那些"斗争"凸显了双方的品性。比如某夜月色正好，却有点冷，范闲到了海棠朵朵的屋里，海棠在床上，范闲掀开锦被，钻了进去。他们在一张床上、一个被窝里，谈婚论嫁，也谈国家大事，暧昧，温情流连，彼此却并未情欲澎湃，两个人之间隔着两个国家，隔着范闲复杂的家庭状况，又不肯抛下一切去私奔。无可奈何之下，两人在冰凉的月光下，争夺那床锦被，几个来回之后，身心近了很多，决心也增强了一点，海棠朵朵绝对不能嫁给别人。这一"月下争夺锦被"的对抗戏码，恋爱意味浓厚却并不急色，与一般饮食男女不同，两个角色都显出文艺青年的浪漫气质。

(三) 在情态呈现中创造人物特质与特征

大篇幅的静态的人物形态描写、心理分析，在一定文学时期具有新颖感，但不是可依赖的方法，它会使得情节停滞，会使读者走神出戏，离开作品的情境，读者的体验如同打开过多页面的电脑，运行缓慢。当然并非不能对人物展开描写与分析，而是要在不造成情节停滞感的前提下，进行人物情态描写，在其他人物的视觉、听觉、触觉中，在情节的流动中，进行人物面貌、姿态、气质的描述。

人物的"情态"创造是必要的，情态是某些情境中能够表现人物特质与特征的，带有某种情绪倾向、审美色彩的人物状态，对于人物性格的表现具有聚焦特写的作用，犹如舞台上聚光灯罩定了正在独舞的舞者。

《红楼梦》中的重要人物多享有这样的情态描写，比如"宝钗扑蝶"，宝钗来到潇湘馆找黛玉玩，在门外看见宝玉进去了，因为知道林黛玉素习猜忌，此刻自己进去多有不便，所以转身去寻别的姊妹。"忽见前面一双玉色蝴蝶，大如团扇，一上一下迎风翩跹，十分有趣。宝钗意欲扑了来玩耍，遂向袖中取出扇子来，向草地下来扑，宝钗蹑手蹑脚的，一直跟到池中滴翠亭上，香汗淋漓，娇喘细细。"作者有意呈现宝钗的丰盈身材，与细心、自重的性格特点。而紧接着的情节就是"黛玉葬花"，当春残花谢时节，林黛玉观景感怀，荷锄葬花，还一本正经地作了葬花词，念叨给花树花神。这样的"作"，也只有纤弱、敏感、秀美的林黛玉才能做出来，才惹人疼爱，而宝玉看见了、听见了葬花情景，顿生怜惜之情，如此，黛玉葬花才得其所哉，若是薛蟠看见，则彼此都没滋味，可见看的人对，做的人才对。

显然作者在这里把香汗淋漓、丰满的"杨妃"，与凄惨哭泣、纤弱的"飞燕"

两种情态、两种人物特征，进行比较性呈现了，人物特征鲜明，而读者因此产生了不同的情感反应，对钗黛二人产生了各自的喜好偏向。

"憨湘云醉卧芍药裀"却正适合众人一起欣赏，因为热闹场面与这一娇憨天真的情态很搭配。湘云与大观园众人饮酒行令，酒酣时径自外出，众人听得小丫头来报，湘云在山子后头一块青石板凳上睡着了。众人走来看时，"果见湘云卧于山石僻处一个石凳子上，业经香梦沉酣，四面芍药花飞了一身，满头脸衣襟上皆是红香散乱；手中的扇子在地下，也半被落花埋了，一群蜜蜂蝴蝶闹嚷嚷的围着；又用鲛帕包了一包芍药花瓣枕着"。众人看了，又是爱，又是笑，忙上来推唤挽扶。湘云口内犹作睡语说酒令，唧唧嘟嘟说："泉香而酒冽……醉扶归——宜会亲友。"如此热烈美好的青春情态，如此一团天真的娇憨女子，也适合你在无尽岁月中，独自怀想。

这些情态都能够凸显人物的特质，是在他人的观看之下"表演"的，是相对静态的描写，但其实也是人物与人物之间、人物与读者之间的交流，它们是在人们的内心时时播放的美丽影像。

人物特异的标志性的声音、动作也对性格塑造有表现力。在电影《闻香识女人》中，主角弗兰克经常发出标志性的喊声："Hu—Ah！"有时候是愤怒的呐喊，有时候是一种纠结的自嘲，有时候是一种忧伤的悲鸣，声音与表情构成特殊的情态，对于表达一个盲人孤傲、愤然不屈的性格很有帮助。电影《沉默的羔羊》中的汉尼拔，外表沉默、平静，知识渊博，足智多谋，但实际上是一个精神分裂的食人恶魔，在精神病院住了八年。女警员克丽丝为了捉拿另一个正在疯狂杀人的恶魔，与他合作。当克丽丝第二次去精神病院见汉尼拔时，只见汉尼拔坐在铁栏后面，目光沉静地凝视着远方，突然伸出舌头，发出"嘶噜嘶噜"的声音，仿佛毒蛇品尝美味。这种情态呈现了汉尼拔残忍的精神特质，制造了惊悚的戏剧效果，胜过千言万语。

一些网络小说家也喜欢创造独特的情态来表现人物特质与特征。《庆余年》中，主角范闲跟在海棠朵朵的后面，在"北齐"皇宫行走，发现她的走路姿势很特别，因为有先入之见，以为对方是在通过走路，不断地修行着某种功法，所以才会是年轻人中的顶级高手，深感佩服，但见那海棠姑娘，双手插在大粗布衣裳的口袋里，上半身没怎么动，下面却是脚拖着自己的腿，在石板路上拖行，看上去极为懒散……范闲忽然觉察，这哪里是什么功法？这就是农村婆娘最常见的走路姿势，北齐圣女海棠，其实就是个村姑。这种身份与姿态的差异感，这种朴实而懒散、大度、纯天然的村姑式美女特质，使得海棠朵朵足够特别而令人向往。

网络玄幻小说《搜神记》的美人情态描写，向来为同道所称颂。在远古洪荒情境中，男主角初会女主角"雨师妾"与"姑射仙子"的情景，可以与贾宝玉初会林黛玉、段誉初遇王语嫣、令狐冲得见任盈盈、韦小宝看见阿珂的情景相媲美，令读者对人物有了明晰而强烈的印象。

雨师妾与男主角有三世情缘，擅长御龙，"大荒十大妖女"之首，出场时的情态惊奇艳绝，凸显了妖媚的风情。主角在荒野之中，遇到千万野兽狂奔，都在躲避什么，然后就出现了一群"象龙兽"(虚构的大型远古动物)，其中一只格外高大的黑色龙兽上，坐着一位红发白肤的美女，穿着黑丝长袍，酥胸半露，玉腿斜出，眉目如画，眼波荡漾……耳朵上有两个黑色的耳环，竟然是两条三寸小蛇。

如此妖奇的人物形态，也预示了她颠簸动荡的人生。性格秉性奇特的女子，当然是不能平淡终老的，只能是在风波险恶的折腾中经历几生几世的传奇。

遗世而独立的"姑射仙子"是千古传颂的女神典范，在《搜神记》故事中是木族圣女，主角拓拔野背负神帝遗命前往玉屏山谒见青帝，邂逅了姑射仙子。山间，湖畔，竹亭，主角拓拔野听到箫声，有所感而吹响竹笛，身后箫声相和，拓拔野回首看时，但见月光之下，竹林之间，一位柔美的白衣女子，容貌与月光交相辉映，气质淡雅幽静，声音清雅，一缕淡淡的幽香，沁人心脾……

如此超凡脱俗、冰清玉洁的仙人，令人倾慕，一见之下向善向美之心油然而生。她不是雨师妾那般用来经历磨难考验人性的，而是用来爱惜的，后来主角多少次在她危难时，护佑了她的平安周全。性格确实就是命运——至少在文艺作品中，人物特质与特征的呈现就是在预示其命运。

(四) 在人物相互对照中呈现人物性格与人物关系

超长篇幅作品，需要很多"活动着"的人物，这些人物应该显示出各自独立的个性，而共同构成一个丰富而有序的人物世界。

以《水浒传》中的一百单八将而论，大多数人物有着自己的功能与个性，在人物的比照中，显示出各自的特征，沉静有谋的林冲与鲁莽的鲁智深相异，而同样是鲁莽系的李逵与鲁智深也有差别。鲁智深是一肚皮的明白，却不耐烦世人的恶俗啰唆，因焦躁而莽撞，是独立自主的硬汉的直来直去；李逵是天真的莽汉，如同藏獒一样容易被主人用食物收买忠心，对宋江忠心耿耿却对待世人凶恶粗暴，也因为对团体和领袖的依赖而有恃无恐，惹是生非，是依靠其愚蠢生事而引起情节突转的人物。

领袖型人物晁盖与宋江是两个对照性呈现的人物，在行动中显示出性格秉性的不同，但是功能重叠，宋江是天命所在，所以晁盖必须死去，晁盖之死不是有心计的宋江之过，因为一部小说有着两个功能相同的主脑人物，就很难行文，一出门一开会就得打乱仗，而这部作品的主旨不是内部纷争，前部分是英雄聚义的过程，后部分是在展现一个乌托邦团体与世界的关系问题，所以只能寻找一个合理的契机做掉晁盖。读者容易被这种"合理的契机"所骗，但是写作者应该知道，要做掉晁天王，就要赋予他粗豪而相对短视的品性，横死沙场才不会令人意外，而一百单八将的核心人物宋江，不仅仗义疏财，还心机缜密、懂得进退、擅长组织指挥能协调各方关系，人物性格也就意味着他在人物关系中的位置。后来聚义的一百单八将以各自的性格、功能，构成了一个闭合、完整、有序的人物世界，没有多余，也没有不足。

在《红楼梦》中，作者的文学野心，驱使他创造了黛玉、宝钗、湘云等金陵十二钗，香菱、宝琴、尤三姐等金陵十二钗副册，与晴雯、袭人等金陵十二钗又副册，人们向往中的各种性格、功能的美女，各种身份地位、与主角构成各种关系的角色，汇聚成了各色具备的女性世界。这些人物的特质与特征被有意识地加以对照与区分，比如在各种情境中，映照飞燕型黛玉与杨妃型宝钗二人在体态、心态、行为的差异，对于获得主角贾宝玉的亲近关系而言，二人是竞争对手，然而大度宽厚的宝钗与敏感纤弱的黛玉，性格上其实构成互补关系，所以二人最终成为体己的姐妹。当然在"男书"中，主要女性角色由互相竞争到团结和睦，也是男性的一种愿望。

《红楼梦》中还有意识地把性格相似角色的差异予以显示，比如晴雯与黛玉，在妖妖娇娇的情态上、眉眼上很有相似之处，也都是率真、灵巧、孤傲的品性，然而二人不仅身份不同，气质秉性差异也较大，晴雯更张扬，以"敢爱敢恨"的女性姿态，作为吸引异性的旗帜，黛玉则更自重自傲，更有艺术家孤高风范。还有学戏的女孩子龄官。黛玉葬花之后不久，贾宝玉在蔷薇花架下，见到"一个女孩子蹲在花下，手里拿着根绾头的簪子在地下抠土，一面悄悄地流泪"，以为是在学林黛玉葬花，"一面想，一面又恨认不得这个是谁。再留神细看，只见这女孩子眉蹙春山，眼颦秋水，面薄腰纤，袅袅婷婷，大有林黛玉之态"。龄官与黛玉的痴情也可一比，龄官痴情于贾蔷，犹如黛玉痴情于宝玉，但是到底龄官与黛玉两个人的质地是不同的，黛玉更为高洁贵重。作品用晴雯和龄官来比照黛玉，其实是为了凸显黛玉这样一种敏感、纤弱，而心灵炙热、高贵孤傲的女性艺术家式的特质与特征。因为有类似人物的比照，所以那些不同才更重要。对于有心人，不光是黑白分明不同，深绿与浅绿也很不相同，在生命体验的世界，那一点差异就是天壤之别。

《红楼梦》群芳谱式的呈现人物的方法，对后世言情或世情小说影响很大，一如《水浒传》英雄谱系创造，对于后世英雄小说的影响。在金庸小说《鹿鼎记》与网络小说《回到明朝当王爷》《极品家丁》《风姿物语》《亵渎》等小说中，一个男主角对着形态各异的群芳众艳发疯的故事形态，刻意对照性展现不同女性角色的形态、性格，这种作品形态，显然在西方小说中较少见，可能是中国文学的固有传统与气派。

在《天龙八部》中，人物之间的对照性呈现也有很强的效果。三个主角在人物关系网络中各自占据不同方位，具有各自的色彩：段誉是娇纵、天真、风流、雅致的富贵王子，主动追逐心仪的若干女子；萧峰是重义而轻色的大英雄，对于阿朱也是义在爱先；虚竹淳朴如穷家少年，羞涩不解风情，偏偏落入一众妇人之手。他们当然都是来历不凡的、轻功名而重情义的角色(但其实是成功人士)，与追逐权力不惜一切代价的慕容复、段延庆等人(其实是失败者)的价值观、为人处世风格又显著不同。

在网络奇幻或玄幻小说中，经常是几个少年伙伴一起征战天下一起成长，运用相互对照的方法呈现不同人物性格，是一种普遍的自觉。

网络小说《佣兵天下》中，几个主要人物共同组建了自己的佣兵团，逐渐成为影响整个世界的力量，各自形态、功能与性格相映成趣。艾米，是龙、人、神、魔四界共同承认的"佣兵王"，精明强悍、心机灵活、重信义，也重佣兵团集体利益，但是轻个人名位，是最合适的团体领头人，其坐骑是六翼天龙王冥牙，上代龙神后裔，在龙神被封印后成为新一代龙神；大青山，长相厚重，神圣龙骑士，是遵守骑士准则的典范，正直、善良、忠诚、守信、具有很强的同情心，其坐骑与伙伴绿儿，冰系神圣巨龙使，雍容华贵，可幻化为万物，像某些人类那样油嘴滑舌；池傲天，死神龙骑士，黑暗龙王，面庞俊美、身材修长，却散发着死亡的气息，对朋友热诚而对世界冷酷无情，用兵颇有计谋，擅长进攻，乘坐龙兽要离，是死灵龙系，由洁白的骨架构成的巨龙；矮人霍恩斯，具有矮人族的基本形态、秉性，却擅长谋略，尤擅兵法，让他成为矮人族的异类；易海兰是擅长战场指挥的统帅，也是一个极为强悍的战士。

这些人物无一雷同，相互映照其特色，功能互补，而且每个角色都得到了足够表现个性的机会，是货真价实的伙伴，有各自的尊严、各自的成长史，因此带来更为广泛的读者认同。

(五) 人物性格的精神意义

作家的生命情感状态、人生愿望与精神取向，可能会使他特别标举或者贬抑某种性格，如鲁迅特别揭示了阿Q、祥林嫂这类深受精神奴役而麻木自欺的"国民性格"，以强化国民性改造的主张，其实也反映了作者激愤孤高的性格。

作者的文学雄心，也影响人物性格的创造，比如金庸努力使每部作品的主角性格独树一帜，并赋予其各种精神价值：早期的道德榜样袁承志、质朴诚信的郭靖，忠信于事业与朋友，对女性诚挚有礼；中期的杨过偏激、纵情任性，令狐冲生性佻达、热爱自由；后期的段誉娇纵滥情，韦小宝油滑狡诈、贪婪好色。显然，主角性格呈现了由拘谨到放纵的变化曲线，也反映了作者伦理态度的变化。

人物性格是包含着精神意义的，它是作者精神世界的投射。大众文艺的人物创造同样可以、也应该具有人性深度，具有厚重的精神价值，那也是吸引读者的重要因素。人物性格的精神价值，主要看人物是否具有独立的人格、自由的灵魂，以此为轴心，可以凸显一些相互对立、相互映照的内在品质。

追求现世个人成功并顺从权力秩序的人物，在大众文艺中最为常见。《鹿鼎记》的主角韦小宝是一个实用主义者，为了获取财富、权力、美色，巴结讨好当权者，舍得放低自己而并不觉得委屈，为了粉饰韦小宝的奴性，作品有意识地把主角与最高统治者康熙皇帝安排为伙伴关系，而康熙皇帝是重情尚义的千古圣君，能够宽容韦小宝首鼠两端的行为，因而韦小宝能够在几方势力中讨巧；《回到明朝当王爷》《极品家丁》等穿越历史小说的主角都有着与韦小宝一样的人生路数，因为一些特殊机缘，与皇帝建立密切关系，因而迅速取得成功，大赚特赚后便与韦小宝一样安排后路，逃离权力旋涡。世俗利益崇拜者认同权力秩序，对最高权力满口颂词但心中另有主意，可以顺从任意规则，而内心只认个人好处，奉行有便宜不占王八蛋的准则，这种精神品格在华人社会其实具有现实普遍性。可能世俗中的人们都有一些韦小宝的影子，因为无论尔是否愿意，都肯定会有低眉顺眼的时刻。

与这些世俗人物相反，热血风格的网络小说《1911新中华》中，主角雨辰是坚定的民族主义者，具有清教徒般的身体仪态与精神风貌，但又是清醒的现实主义者，会选择行得通的国家道路；他的追随者李睿崇尚军国主义，不惜发动军事政变，要铲除买办、资本家及其政治代言人这些"国贼"，保证"新中华"征服世界的"正确航向"，与日本历史上的少壮派军人气质相通——只有他们自己才是正确的，才可以是国家真正的主人；另一个追随者何燧，则认定"新中华"应该奉行民主道路，宁可舍弃自身的权力地位，也要为国家探索建立一个永久的根本制度。他们在自身的信念支持下义无反顾，宁死不屈，内心热诚，外表端庄严肃，如同悬崖边的舞者，极端危险，却充满激情，他们更像是戏剧舞台上的人物，是某些热血青年理想的化身。

网络军事小说《狼群》也是热血小说的典范，作品说明在世俗成功之外，其实人还有更激动人心的目标，身为男人究竟需要什么，提供了另一种答案。它创造了在世界各地战斗的现代佣兵团体——"狼群"，一群悍不畏死，又极其重视兄弟情谊的佣兵。特别是主角中国人刑天，从普通大学生成长为顶天立地的英雄的历程十分可信，他被敌对一方抓获，备受磨难摧残，但绝不出卖团体与兄弟，身体受到极端的刑罚，承受难以想象的痛楚却保持高贵的品性，如同受难的耶稣。男人硬朗悲壮的生命情怀，是英雄、超人或者神的一种自我定义，饱经危难是印证自身意志的必要旅程，所以作品虐主(虐待主角)并不是不可以，在超人身上虐得正好，虐得越多，快感越多，因为这使主角印证了"英雄—超人—神"的磨炼成长的道路，见证了自身精神力量的强大，这是有悖于常人的烈士情怀，硬朗悲壮的刑天是特殊的人物形象，增添了网络文学的分量。

而追求自由的人物与渴望控制世界的人物，呈现出另一种人格意义上的两极。

有些人物无意于功名利禄，不愿意受到世俗的羁绊，渴望自由，却对所爱一往情深，不计代价，是自由而深情的人物，比如《红楼梦》之贾宝玉，不愿意与世俗的人们来往，见到俗物就心烦，听到仕途经济的言论就觉得脏了耳朵，但是对姐妹们包括丫鬟，却是处处真心、处处留意、奉献温暖，所以与雅洁的林黛玉是精神伴侣。他最终出家，其实是沿着自己的精神路径一路行走的自然结局，这恰恰是符合人物性格内在同一性的走向。其精神对立面自然是价值取向相反的贾政，是专制社会里最为正常的父亲：严厉、负责，要求自己也要求儿孙靠近儒家的品行准则，贤妻良母型的宝钗也与贾宝玉在精神上愈行愈远。但是在世俗社会，贾政与薛宝钗才是正常而且正当的人物，虽然内心未必没有自由的渴望，只是自觉按照社会规训的要求，逐渐变成自己的敌人，成为自己的牢笼，而贾宝玉则是一个逃逸的自由的象征。

《笑傲江湖》的主角令狐冲有着自由不羁的灵魂，不愿意按照江湖名门正派的模式化人格定型自己，不愿意被大侠的名头捆绑，但是对朋友守信，对恋人更是情深不移，甘愿承受委屈，遭受误解。令狐冲的对立面，是图谋当上武林盟主控制群豪称霸江湖的岳不群，为了攫取权力，不惜疏远亲人、伪装自己，甚至于割去命根子以修炼葵花宝典，其实伪君子必然有所图谋而内心炙热。令狐冲与岳不群是人性的两个极端，是向着相反方向狂奔的猛兽，一个自由意志有多强，另一个控制欲望就有多强。

《庆余年》主角范闲与其生父"庆帝"是另一个对立两极的范例，庆帝具有很强的控制欲，不允许治下人物自由逃逸，而范闲追求自由，精神上不愿意妥协。范闲之所以与韦小宝、杨凌等人物行为目标不同，是价值观不同，所以他们的言行、表情皆不同。范闲的面部与内心都是光洁的，他不允许给自己的灵魂抹黑，而韦小宝、杨凌即使满心污秽，也能对着恩主做出灿烂的笑脸。这种笑容是没有尊严的，但也令人心痛。他们出卖自由，也是为了最终的自由逃离，只是渴望满载而归，所以出卖自由罢了。

追求自由的人生与被体制化的人生，也是相反的精神取向。电影《肖申克的救赎》中，执着追求自由的主角安迪与被体制化的老布，是人类精神面貌的两面镜子。安迪是蒙冤入狱的年轻银行家，凭着对财务知识的精通，获取了监狱管理者的信赖，为自己赢得了生命的安全，为狱友争取到了利益。他坚定、执着、理智，决不放弃获取自由的希望，每周发出申诉信，同时每天如同蚂蚁啃土，用二十年时间，凿穿墙壁后幽长的隧洞，最终逃离了监狱，重获灿烂的自由天空。与此相对照的是在监狱待了五十年的老布，当他获知自己即将刑满释放时，却面临精神上的崩溃，如同犯人瑞德所说，"起初你讨厌它(监狱)，然后你逐渐习惯它，足够的时间后你开始依赖它，这就是体制化"。老布不惜伤害狱友，以求在监狱中继续服刑，他被环境同化，一旦脱离，就如同鱼离开了水，所以在不得不出狱之后，他自杀了。安迪明白"体制化"对朋友瑞德的影响，所以为瑞德在一棵巨大的橡树下，留下了投奔自由的路径，让他用希望拯救内心的绝望。恢复自由的心，就如同治疗慢性疾病，希望与信心是最关键的药物。

第三节　网络文学创作的故事设定

一、故事的功能与基本构成

故事可以有许多定义，但是对于写作者，最有意义的可能是如下定义：故事是主要人物在设定世界中的行动及其结果。人物、世界、行动、结果是吸引受众关注的主要焦点，而牵引读者精神走向的是人物的行动与结果。这个简单的定义提醒写作者如何抓住故事构成的要点，避免偏离重心，避免耍弄过多花招或者言之无物。

(一) 故事的功能与一般范式

人们通过小说、电影、电视、戏剧等叙事艺术，寻求各种可以感动自己的、新颖而可理解的故事，生命不息，对故事的需求就不会停止。故事是人类世界的象征，也是人类内在的精神结构，作者借故事表达对世界的想象与评判，受众通过故事得到各种情感体验的满足，通过故事认知人生。得到期待中的故事，就补足了受众内心某个残缺的角落，但是很快人们就会期待新的故事，因为人的内心永远有个角落是残缺的。

人类是在故事教育的经历中成长的，无数故事被当作文艺经典或者人生教科书，从人们年幼时就开始融入心灵。在人们接受新的作品时，内心已经具有了故事的一般范式与各种类型范式，期待与作品进行印证，并希望得到不同的故事元素，得到新鲜的精神体验。

网络文学也正是因为提供了许多新颖独创的故事，而吸附了亿万读者的关注，形成了强烈的社会影响。

故事是主要人物的有意味的行动史，也可以说故事是主要人物履行自身功能的过程。特别是主角的愿望—动机—行动驱动了故事的进展，主角的选择决定故事的方向，主角克服阻碍解决问题，使故事走向高潮与结局，并且用行动的过程与结果，展示思想、情感、伦理意义，因为读者的代入性体验，作者—主角—读者愿望情感共同体的作用，主角的故事成为读者的故事。

自神话至今天的网络文学，无论文体、文艺主张如何改变，故事都具备这样一般性范式：主角在自己的愿望动机驱使下开始行动－得到伙伴的帮助－遇到了敌人及其帮凶的阻碍－最终战胜了困难，达到了自己的目标，这个古老而常新的故事范式一直在繁衍后代，因为它反映了大众文艺实现自身基本功能的要求。

虽然这种故事一般范式的结局并不等于是大团圆，有些故事的结局中会有悲剧性因素，但是在大众文艺的故事中，主角愿望的达成，确实是被普遍尊重的。故事最核心的要素是，主角通过行动，实现了自己的愿望。

圣经神话中，上帝创造世界与人类，一切意志都得到了实现；希腊神话中，普罗米修斯在雅典娜的帮助下，创造人类并给予人类火种与智慧，虽然受到宙斯的阻挠和惩罚，但是他成功了，悲苦的他最终也被解放；中国古代神话中，盘古开天地，虽然是以自己的身体化作了世界，但是创世的愿望是实现了；北欧神话中，奥丁兄弟创造并完善世界，被敌对势力所阻碍破坏，但创世目标还是达成了。诸神的黄昏之战时，主神奥丁一伙与敌人洛基一伙同归于尽，但是新的世界产生了，奥丁的儿子成为新的世界主宰，这是对一般范式的延伸。

中国明清小说中，《西游记》主角西天取经，经历九九八十一难，战胜无数敌对的妖怪之后成功取经归来，师徒四人成佛；《三国演义》主角不断建功立业最后建立蜀汉，关羽与诸葛亮死后成神，被立庙祭拜；人们皆知《红楼梦》是悲金悼玉的虐心故事，但作者也还是按照大众文艺的运行轨迹完成了故事，主角达成了自己预定的目标：一块女娲补天剩余的顽石，去红尘体验生活，在感受荣华富贵、温香软玉，经历世间波澜之后，科考高中，在人间留下子嗣，跟随一道一僧离开尘世。

这就是故事范式的力量，它驱使故事对人类愿望达成的欲求做出回应。虽然在数千年的故事发展史中，故事构成的方式是不断变化的，故事也倾向于复杂，但是故事的一般范式一直在起作用，因为生活残破，人们最期待于故事的，是从主角愿望达成的历程中，得到情感体验与快感补偿，弥补读者心灵的缺口。

俄罗斯故事形态学家普罗普在《故事形态学》中描述了俄国民间神奇故事的基本构成，常见的几个主要环节是：主角因故(如救助亲人)外出寻宝或者寻求掌握特殊能力(如魔法)，与敌人搏斗(敌人曾经加害于主角或者亲友)，战胜了敌人，消除了敌人带来的灾难或者危机，但是敌对势力继续加害于主角，主角继续与之战斗，这个过程可以变幻情景重复多次；主角到了王都或者另一个国家(随需要安排情境和条件)，经受了考验，或者解决了难题，得到王位，或者获得国王、公主青睐，得到权力，娶了公主，后来加冕为王，惩处了最厉害的敌人，解决了主要问题，大功告成。

这种故事构成在其他地区的长篇民间故事中也大同小异，都是主角经历几个阶段的挑战，解决危机，并最终愿望达成(权力、财富、爱情与异能目标的实现)，主要人物中的主角、敌人、目标人物(如公主)及其各自的附属人物，履行了各自的功能，并得到自己该得的结局，故事就完成了。

虽然网络文学作者未必熟悉神话与民间故事，但是成功的作者一定熟悉人心，通常网络文学的主角比神话主角还要幸运，与神话主角一样业绩宏伟，人类大胆想象中的愿望，都得到了实现。在都市、穿越历史小说中，主角追求权力、财富、爱情，像民间故事主角那样娶公主，建立自己的理想国家；在玄幻、奇幻、修真、仙侠等修炼小说中，人们追求成神，创造自己的宇宙，主角的目标都能达成。

网络修炼小说中，主角愿望实现的过程，可以循环多次，如《盘龙》《星辰变》，主角在一个时空中大功告成，升级成神，可以跳入另一个不同的时空中(如另一"界"、另一个星域、另一个位面)，把这个故事范式重复一遍，但是因为"世界"与人物关系的不同，可以是全新的故事过程，与俄罗斯神奇故事中换一个王国的情境、主角与敌对势力反复交锋的故事构成，是大体相似的，都是为读者继续过故事的瘾服务的。这种情况下，写作者应该紧盯主角的愿望—动机—行为线索，以保持故事的同一性与整体感，只要主角最终目标还没有实现，故事就还没有结束。

在"女书"中，主角愿望实现的进程会更曲折一些，为了催泪的目的，会有主要人物的死亡，主角可以体验更丰富的情感波澜，但是主角最终走向人生高峰的故事，同样是读者期盼的。

《后宫·甄嬛传》主角甄嬛因选秀入宫成为皇帝的女人，凭借美貌聪慧，在宫廷斗争中占得上风，得到皇帝宠爱，其家族也一荣俱荣，同时机缘巧合，与多情种子皇弟亲王情深似海，暗结珠胎(一女二男模式)。皇弟亲王为保护甄嬛而死(恋人为保护主角生存而死，这是最催泪的女主角自我满足的招数)。甄嬛流产了(惩戒)，皇帝也及时死了(他已经成为甄嬛获取最高权力的障碍，他死去也是对主角的奖赏)。女主角的竞争者、敌人皆落花流水般死去(奖赏)。年少的皇太子于灵前继位，甄嬛成为皇太后，甄嬛到达尊荣顶端(奖赏)。

无论"男书"还是"女书"，网络文学的故事情节，是围绕主角深度过瘾的情感体验与最终的高峰体验而设置的。由是观之，男人与女人很难喜欢同一部网络文学作品，但是对待愿望达成的故事范式与文艺功能的认知是能够达成一致的。

网络文学叙事，与神话、民间故事的大众文艺叙事传统一致，尽可能贴近大众读者的阅读心理，比如很少使用倒叙，因为一旦倒叙，读者就会跳出原有情景，把故事情节当成一个需要冷静追究前因后果的问题，读者就出戏了。代入感强的作品，会努力营造出故事正在发生的真切感，按照读者内心的时间轴线，来顺叙人物愿望达成的过程，有头有尾地展现故事情节的进程，这有助于读者阅读时内心秩序的建立，产生舒适感。

（二）故事情节的驱动力

生活经常处于没有方向、没有结果的状态，而在故事中，主要人物特别是主角的愿望—动机驱动着故事的进展，并总能到达有意味的结局。

当人物已经成型，作者清晰地知道人物的愿望—动机、行为逻辑与行为习惯，就应该让人物依靠自身的能量和决心来推动故事的发展，作者要适当地"放纵"人物的生命活力，发挥主要人物的能动性，当然人物行为也要服从故事整体框架、前进方向、世界设定的基本规定。

阅读过程中，读者把自己融入了人物的生命体验，若作者过度信仰自己的权力，以不可知的理由把人物扒拉来扒拉去，让人物进行着不符合自身愿望的行动，那就如同藏在暗处的神怪，不停地支配读者的"生活"，令人感到失去自由，作者很爽而读者不爽。作者的意图应该是隐藏在人物愿望—行为的背后，就仿佛在舞台上，人物按照自己的愿望"生活"着，而导演却在后台等待演员归来。

在各种类型的文艺作品中，主角的愿望动机—行动都是故事的主要驱动力。即使是最依赖艺术假定性的童话故事也是如此，也正是人物的愿望、情感与行为，驱动着故事发展，才使得非人类非现实的童话故事，具有了可理解性。意大利作家科洛迪的童话《木偶奇遇记》中，木偶匹诺曹要成为一个"真正的男孩"这个愿望，驱动着他的行为，构成故事主线，并在蓝天使的帮助下，最终达成了愿望。

《人工智能》是童话式的科幻电影，故事是《木偶奇遇记》的翻版，主角大卫是一个人工智能机器人儿童，被"父母"订购来代替因生病被冰冻的亲儿子，但是亲儿子出院回家后，大卫在竞争母爱的过程中失败，被抛弃了，因为他与那个木偶匹诺曹一样不是真正的男孩。于是大卫带着自己的伙伴超级玩具泰迪熊出发，去寻找蓝仙女，期望在她的帮助下，成为真正的男孩，以获得"母亲"莫妮卡的爱，这个愿望驱动着大卫的行动，历经艰险，经受人类与机器人世界的各种困难，直到他在海底看到了蓝仙女——那其实是海平面上升，陷入水底的游乐场上的蓝仙女塑像。最终，几千年后的高级智慧生物复活了早已死去的莫妮卡，大卫在母亲的怀抱里获得了爱。

在网络文学中，主角的愿望—动机—行动更是明确的故事驱动力，穿越历史小说《1911 新中华》主角雨辰，想要一个成功回避了近代屈辱史的新中华，也企求攀登个人权力顶峰，故事的主线，战争与工业化建设活动都是围绕主角这个愿望动机—行动线索而建构：《回到明朝当王爷》主角想要荣华富贵，于是与最高统治者成为亲密伙伴，创办工商企业，建功立业，不断行动，最终大功告成；《后宫·甄嬛传》主角要一个自主的情感体验充沛的富贵人生，所以成天钩心斗角，与一群后妃斗个不停；奇幻小说《亵渎》《盘龙》的主角要成神，要成为决定世界规则的人，他们就修炼战斗，创造了自己的世界。

主角愿望—动机—行动的改变，就会导致故事的转向。在《庆余年》前部分，主角在获取荣华富贵建功立业的道路上高歌猛进，是追求个人成功的故事，而后来主角发现自己的生父、最大的后台庆帝原来是杀害母亲的元凶，是自由主义价值观的敌人，主角选择宁可抛弃荣华富贵也要与庆帝决裂，故事的后部分转向为自由而战的故事，故事的境界得到提升。

而主要人物间相互冲突的愿望—动机—行动，有助于建构对抗性故事情节，增强对读者的吸引力。

即使是在温情之书《红楼梦》中，也经常使用人物之间的愿望—动机—行动冲突、意气之争，来制造故事情节张力，比如宝钗、黛玉、湘云围绕宝玉、围绕大观园话语权产生的竞争情绪，晴雯与袭人对成为主角身边"第一丫鬟"地位的竞争，宝玉与贾政、薛蟠、贾琏之间，大观园男孩、女孩与整个外部社会之间，因为价值观、人生目的不同，而展开或明或暗的对抗，一直弥漫在作品之中。但是作者一直控制着对抗的烈度，避免过度戏剧性呈现，给人以生活正在自然行进的感觉，让故事情节保持着圆融的形态。

在奇幻电影《加勒比海盗》中，几个主要人物相互纠结的愿望—动机驱使着各自的行动，驱动了关键情节的突转，构成了变生不测的系列海盗故事，它的峰回路转的奇幻故事情节总会令观众感到惊喜。

主角杰克·斯伯洛，是活跃在加勒比海上的海盗，拥有自己的"黑珍珠"号海盗船，他喜欢自由自在地打劫过往船只的生活。他的仇敌巴伯萨船长抢劫了杰克的船，杰克要夺回自己的"黑珍珠"号，因为这是自由与财富的保障。

巴伯萨一伙袭击了罗亚尔港，绑架了总督的女儿伊丽莎白·斯旺，热恋伊丽莎白的威尔·特纳，设法救出了狱中的船长杰克，偷来英国皇家舰队拦截号军舰，两人迅速向"黑珍珠"号追去，以追回他们的船和恋人。

但是自由至上的杰克与爱情至上的威尔在行动目标选择上存在矛盾冲突，更不幸的是后来伊丽莎白对自由浪漫的杰克产生了好感(杰克才是一号主角啊)，她向往着海盗的自由生活，在第三部结尾，当伊丽莎白率领海盗大军迎击英军的时候，那就是她个人的高潮。而杰克的理想永远在远处的地平线那里，人生目标永远是自由航行，并不想在一个港口或者女人那里停留，当然也不会为了伊丽莎白而停留，而最终，威尔以失去自由的代价，得到了伊丽莎白的爱情，也为他父亲赢得了自由。

而巴伯萨和他的海盗们其实背负着咒语，在每一个月光之夜，会变成不死的骷髅，伊丽莎白正是解开咒语的关键，巴伯萨一伙渴望解除咒语，获得重生的生命，获得自由。巴伯萨船长在波涛叵测的海洋，追逐的不是财富与美女，而是生命的感觉，他对任何事物都没有感知能力，生命是一场麻木无感的噩梦，他希望找回痛感与快感，而在被击毙的最后一刻，他成功了，得到了真实的血肉感受。

由此可知，建构人物众多、场面宏大的复杂剧情，或者非现实的、怪异的故事，关键还是在于把握主要人物的愿望—动机，让受众跟随人物的行动，剧情才能既新颖又可理解。

要把一些聚会、会议、法庭辩论、几个角色长篇累牍地吵架等无趣的事件，构造成生动的故事情节，作者容易感到左支右绌，但这些又经常是写作者必须正面应对的，可行的办法就是紧紧抓住故事情节的驱动因素：人物的愿望—动机—行动线索，使剧情变得集中、变得具有对抗性，避免出现烦闷的剧情。电影《十二怒汉》(美国，1957 年，西德尼·吕美特执导)正是这样做的，它是小说、电影、电视剧以及其他一切叙事艺术编织故事情节的教科书。

该作品讲述了十二个陪审团成员，对一个少年弑父罪名进行辩论的过程，所有情节发生在一间陪审团的会议室和旁边的卫生间，空间不超过四十平方米。十二个人互不相识，来自社会的各个阶层，围坐在一个大会议桌前争吵不休，决定那名少年的生死。第一轮投票中，十一个人认为他有罪该死，但是八号陪审员对证人证据进行了强烈的质疑，凭耐心与毅力逐一说服其他陪审员推翻原决议，中间经历了七次表决，直到最后一名顽固坚持被告有罪的陪审员放弃立场，被告终于被宣判无罪。

这显然是对故事情节创造工作的高度挑战，避免故事情节进程陷入枯燥、混乱的关键性因素，首先是主角八号陪审员的强烈的愿望—动机：不让一个有疑点的案件当事人被定罪，这攸关一个人的生命，攸关法治正义观。他不屈不挠决不放弃，驱动了一轮又一轮的辩论与表决，认同他的理念的人们开始关心他的成败，而他与反对者的冲突一次一次以他的胜利告终，改变立场的评审员们逐渐成为他的盟友，每一轮冲突的形成与解决都有悬念与高潮。

其次是作品井然有序、层次感十足的现场人物调度。十二个陪审员都是平常人，并非法律专业人士，有着自己坚持立场或者改变立场的动机，每个人都会适时表现出自己的性格、个人愿望和辩论观点，展现了每一个角色的内心活动，因此每轮表决情节都有新的看点而不会有重复感。

这就使得故事情节避免了限制性时空条件、无趣事件的损害，反而因为这种限制，回避了外界的干扰。一群陌生人被按在会议桌子边固定的座位上，与其他人物构成稳定的交流关系，并逐一被主角说服。节奏把握张弛有道，情节跌宕起伏，有序而精彩。

所以写作者需要记住，建构人物的愿望—动机，并通过人物行为表现出来，永远是故事情节构成的首要事务。如果不知道故事情节如何发展，那就问问主要人物现在有何愿望，有何动机。

（三）故事的进程与要点

大众文艺常规的故事构成，包括三个主要部分：开局、对抗—冲突、高潮与结局三段式故事进程。超长篇幅的网络小说，与某些明清小说、金庸小说，通常显示出大型复合形态，在整体故事框架中，又存在多个单独的故事进程，或者是多个故事进程相互嵌入的形态，而在作品整体上仍然是三段式故事形态。

开局阶段，主角在特定情景中出场，在其愿望驱使下，设定了目标，开始行动，并结识了自己的同伴，也明晰了敌人与竞争对手的特性，构成了初步的人物关系，世界的面貌也初步呈现。开局阶段主要任务是建构故事的大体框架、行进方向，为读者营造阅读的心理环境，作者应该对谋篇布局心中有数，开局设下的问题，都要在后续的故事中解决，所以需要减少随意性，免得把故事与读者引入歧途。

对抗冲突部分，敌人(竞争者)设置阻碍，主角与其产生冲突，并获得阶段胜利。这一过程可以无数次循环。一个对抗—冲突进程的完成，也会带来阶段性高潮与结局，带来主角的爽点。网络文学的故事，通常是主角从一个阶段性胜利——高潮爽点，向另一个爽点前进。每个这样的循环过程，也可以看作一个单独的故事进程。

创造主角与敌人的对抗—冲突的故事阶段，需要不断强化读者对主角的关切。对抗冲突爆发之初，可以让敌人得意，令主角面临各种危机的压力，这是主角积蓄力量、准备搏斗之时，也是读者为主角焦虑忧心之时，对于后来的高潮是一种重要的铺垫。读者有多么紧张焦虑，主角战胜敌人带来的快感就有多么强烈。对抗—冲突情节适当延宕，故事的发育就会更为充分，所以不用害怕让主角处于危机之中，当然也不能让主角的压抑情绪长久得不到疏解，那就令人不快了。

修炼小说的搏杀型主角，是不会长期忍受敌人的压迫的，他们不断战胜对手，化解危机，带来胜利快感。而在"女书"中，特别是催泪的伤感主义作品中，女主角被压迫摧残的时间会长一些，需要更多哭爽的机会，哭够了，主角最终战胜坏人的快感就会更持久绵厚。

修炼小说主角经常处于生死交关的威胁之下，读者与主角一起承受生死考验，并无很多伤痛之感，皮肉之苦更只是修炼生涯的一部分。但是在《红楼梦》中，贾宝玉被小人作祟导致挨打，只是屁股开花红肿而已，却令读者倍感伤痛，因为贾宝玉挨打损害的是温情与尊严，对于其敏感的读者们，已经是重大事件。所以危机在不同的小说类型中，性质与力度是不同的。

激烈的对抗—冲突性的故事情节，给读者带来紧张感。故事的一般段落，需要紧张与松弛情绪的交替，让读者的心理曲线高低有序，读者才会比较快适，所以在主要故事情节的间歇，展开次要情节线索的发展，也可以插入一些舒缓的或者喜剧性的情节，比如金庸常用桃谷六仙、四大恶人这类角色，出场搞笑纠缠，以调节焦灼的情绪。

在最终高潮与结局阶段，应该是由主要人物的连续行动，来强化冲突的密度与强度，由主角的选择与行为解决问题，通向高潮，避免不相干的情节，并把紧张的感觉保持足够的时间长度。

《天龙八部》最后的高潮段落就是这样的典范，宋辽敌对背景下的萧峰与中原群豪的矛盾冲突，在主要人物的行动中得以解决，到达了震撼性的情感高峰。

萧峰的结义兄长辽帝耶律洪基晋封萧峰为宋王，令其统率大军南征大宋，被萧峰拒绝，此时游坦之已经牺牲双目，在虚竹的帮助下换来阿紫重见光明，阿紫向萧峰吐露倾慕心声，可萧峰心中只有阿朱一人。辽帝催促萧峰发兵，萧峰封金挂印而去，辽帝以"圣水"欺骗阿紫，阿紫为获得萧峰的心，对他暗下"圣水"，致使萧峰中毒而被抓获。途中阿紫逃脱，向中原群雄说明原委，中原群雄大为感动，萧峰结义兄弟段誉、虚竹的人马与中原群豪联手救援萧峰。

群雄救出萧峰，西行雁门关，打算进关后扼险而守，但守关宋将担心奸细混入，不肯开关。他们被紧追不放的契丹大军堵在雁门关外，萧峰决定与辽帝耶律洪基对话，虚竹和段誉寻机擒住辽帝。萧峰让耶律洪基许诺退兵，并立誓一生不许辽军越过宋辽疆界，否则同归于尽，耶律洪基选择退兵，折箭为誓。而萧峰念及自己身为契丹人，威迫辽帝退兵，再无面目立于天地之间，以断箭自戕而亡。阿紫情绪激荡，挖下眼睛还给游坦之，抱着萧峰，跳下深涧。所谓爱恨，生死而已，主要人物如此连续的壮怀激烈的行为，如闪电如海啸，令江山失色，其他人等只能是黯然销魂的观众，根本容不得不相干的行为出现。

故事的结局必然是主角的行为结果，是不可避免的、确定的，与主角不可回避的命运相连接，结局阶段不能再依赖巧合的作用。巧合可以在开始阶段引起情节的发生，那可以解释为机缘在发挥作用，但是巧合是可以避免的，不是由主角的意志决定的，用来构建高潮与结局，就显得轻浮、不踏实、不可信。

有些网络小说具有开创性意义，或者是一个时代的标志性作品，但是结局阶段的颟软，影响了其声誉，比如阿越作品《新宋》的后部分，主角亲率大军北征，但是前线将领无须主角指引，各自打仗，还打赢了；酒徒作品《明》与《家园》的主角奋斗半生，在最后选择天下发展道路的关键时刻，逃避选择，把事态拱手交由他人掌控，反映了作者内心的犹豫。这些作品需要一个彻底修改的过程，即使是一个粗疏的结局，也好过主角失控的结局、主角不在场的结局。所有故事结局都要满足读者对主角愿望—行动线索与命运发展的最终期待，那是读者在这一个情感体验历程的最终收场。对此，作者绝对不能以任何理由逃避，勇敢与坚定是作家的重要美德。

二、情节与细节创造

（一）情节的要素

如果说故事是通向彼岸的舟桥，是一连串舟船连接而成，那么情节就是这些单个的舟船，它们依靠主要人物的行动串联在一起，构成故事，而读者在一个情节之舟中，可以得到一个具体的情感体验过程。细节就是每一个人物行动、情态或者环境的细部，是舟船上的船板、铆钉与连接舟船的铁链，是形状、色泽、温度，细节可以给人以真切感，把故事情节牢牢地刻写在读者心中。

情节是人物在特定场景中的有意义的行为及其结果。作品创设的世界与人物的诸多元素，都会参与情节的发生发展，成为情节的材料。

情节构成的主要元素是场景、道具与人物行动，其核心是人物在其愿望—动机支配下的行为。它可以是孤立的过程，也可以是人物连续行为的一部分。情节通常具有人物情感交流或者矛盾冲突过程，对后续故事进程有影响。

场景是人物行动所涉及的具体可感的世界，即使是玉皇大帝所在的天庭，虽然云雾缭绕，但神仙们也得脚踏实地。即使是人物的梦境，也存在着具体的空间形态。

戏剧舞台受制于剧场条件，一部戏只能几次更换场景；电影场景也很有限，需要考虑故事情节的紧凑，也要考虑成本预算；小说创设场景比戏剧、电影、电视要自由得多，但其实也是有无形的限制的，频繁更换场景对于情节发展是有干扰的。当写作者描画一个场景，就意味着是在撩起读者的一个期待，这里将要发生该有的事件，甚至会是多次发生重要事件，所以应该是把场景的功能用足，才跟随人物行动转换场景。随便串场，或者场景一晃而过，是浪费笔墨，也浪费读者注意力。

在故事中，一个相对独立的"小世界"是有其独特意义的，它包含某些适合发生故事的场景，所以这个"小世界"可能是作者处心积虑营造起来的。比如在金庸小说中，少林寺就是这样的"小世界"，少林寺是佛教重镇，同时又有着关怀天下的传统，所以有关天下安危的武林大戏，多次在这里上演，少林寺的场景与江湖折冲事件相得益彰。大观园也是这样的"小世界"，本身就具有激发浪漫事件的魔力，而贾宝玉的怡红院与林黛玉的潇湘馆，又具有不同的情绪气氛的暗示，适合不同的情节发生。怡红院总体上是快乐的，适宜产生少男少女的青春事件，潇湘馆是伤感萧瑟的，凄美的戏码与药气弥漫相伴。

人物使用的武器、用具、装饰品对创造人物形象，对激发情节很有帮助。孙悟空大小如意的金箍棒、能变出许多孙悟空的毫毛，其特殊功能是情节的重要组成部分；林黛玉荷锄葬花，晴雯撕扇子作千金一笑，其道具也是情节构成的要件。

（二）细节

作者每天都要设法让一行一行的作品内容，变得生动有趣，这就需要创造一个一个精彩的细节，使故事情节变得真切可感。作者要耐心勾画人物行为、情态、场景的细节，创造令读者印象深刻的画面。一个精彩的细节如同一颗明珠，能照亮大片作品内容。

《三国演义》"青梅煮酒论英雄"的情节段落中，曹操灭了吕布之后，请刘备去宴叙，踌躇满志的曹操问刘备天下何人可算是英雄，刘备一一列举群豪，曹操说："今天下英雄，惟使君与操耳！"刘备一听大惊，手中的筷子掉落地上，刚巧雷声响过，刘备赶紧装出被雷声吓到的样子。这个细节凸显了曹操的奸雄性格，与刘备善于掩饰真心的表演能力，也暗示了后来的三分天下魏蜀对抗的格局。

《红楼梦》经常通过一些细节的营造，展示富贵生活的品质，使读者产生艳羡性认同。比如贾母在大观园设宴招待刘姥姥，贾母表现得格外怜老惜贫，让王熙凤挟些茄鲞喂刘姥姥，刘姥姥品了半天，不知道茄子为何是这个味道，便问做法。原来茄鲞做法十分烦琐，贵族就贵在吃穿的细节，在平常处显示出不平常，而刘姥姥听罢也格外配合，知好歹、识进退，负责表演诧异与艳羡，表演劳动人民的朴素。刘姥姥摇头吐舌道："我的佛祖！倒得十来只鸡来配他，怪道这个味儿。"

这个介绍茄鲞烦琐做法的细节本来无趣，却因为人物互相配合的夸张表演，特别是刘姥姥尽情表演的细节，构成了重要的情节内容，凸显了贾府的富贵优越的生活，垫高了主要人物的地位，效果显著。

许多作者对此道跃跃欲试，刻画日常生活细节以衬托人物。在《后宫·甄嬛传》等"女书"中，写药物、写菜谱、写服饰，更写人物反应，都有《红楼梦》式的炫富、炫优雅的况味。

《红楼梦》中王熙凤初次出场，用深描的细节呈现其性格与威势。当林黛玉初进贾府，事事小心翼翼，正和贾母叙谈之时，"一语未了，只听后院中有人笑声，说：'我来迟了，不曾迎接远客！'黛玉纳罕道：'这些人个个皆敛声屏气，恭肃严整如此，这来者系谁，这样放诞无礼？'心下想时，只见一群媳妇丫鬟围拥着一个丽人从后房门进来。这个人打扮与众姑娘不同，彩绣辉煌，恍若神妃仙子。"

这些细节描述、这些渲染气氛的手法，是重要人物出场该有的待遇。古典戏剧、好莱坞电影中，营造各种不同凡响的阵势，为大人物登台暖场，也是常见手段。

总体而言，网络小说的创作过程较为匆忙，精雕细琢的细节并不多见，需要耐心向经典作品学习，平心静气，体贴人物的生命运行，精心描绘出灵魂跳动的真切细节。若每个章节都有一些质感很强的细节，作品就能更为鲜亮。

（三）情节的种类与功能

故事由各色情节构成，情节具有各种不同的形态与功能。

1．预示性情节

为预示人物命运与介绍故事背景而创设的情节，通常起到建构读者的阅读预期、调整读者阅读心态的作用。

比如《红楼梦》第五回"宝玉神游太虚幻境"情节段落中，贾宝玉应邀至宁国府赏梅，在侄媳秦可卿的房内午休，欲思迷离之际，梦中随秦氏来到"太虚幻境"，遇到"警幻仙姑"，引领其见识"普天下所有的女子过去未来的簿册"，其中有《红楼梦》十二位重要女性人物的命运归宿的揭示。"警幻仙姑"又令十二位舞女"将新制《红楼梦》十二支曲子演上来"，这个情节暗示了故事的悲剧性质，引诱读者跟随故事的发展，在后续情节中，寻求人物命运的印证。当符合读者预期的命运事件发生，读者就会有猜测得中的愉悦感。

贾宝玉乃是青埂峰下顽石的化身，所以衔玉而生，他丢失宝玉、失魂落魄的情节，就是对人物背景、整个故事的神话框架、人物的结局的撩拨。这个情节也是在履行其预示性叙事任务：主角要走了，要离开这个故事了，贾府的人们要抓紧时间疼惜主角啊。主角的疼爱者们果然六神无主，愿意为贾宝玉付出任何代价，只要宝玉复原，令代入贾宝玉的读者感觉到甜蜜与伤感相勾兑的心情。这其实是作者对人心的拨弄，所谓叙事，就是拨奏心弦。

2．表现人物性格魅力的情节

《三国演义》中关羽"刮骨疗毒"的情节段落，是造神的重要环节。关羽攻打樊城，右臂中箭，箭头有毒，请来名医华佗，华佗说要割开皮肉，把骨头上的毒刮去，要把关羽的手臂绑紧，脑袋蒙住，关羽却说不用，一边和马良下棋，一边听任华佗刮骨去毒，谈笑风生，行若无事。对照性情节是曹操患头疼风疾，听华佗说要割开脑袋治疗，就把华佗关进监狱，迫害致死，就越发显出关羽的磊落豪杰风范。

《水浒传》中这样夸张的标举好汉风采的情节也有很多，比如鲁智深"拳打镇关西""倒拔垂杨柳"、武松"醉打蒋门神""景阳冈打虎"等令人拍案惊奇的情节，都是英雄人物精彩亮相的机会。也只有这样彪悍的暴力情节，才确立了水浒式的英雄形象，才使得作品中弥漫的悲愤无处说的情绪得以发泄。

《红楼梦》第二十二回中"宝玉悟禅"的段落，有意对照性表现人物的性格，情节发生的根由也在于人物愿望一动机的冲突。薛宝钗生日，贾母置办酒戏庆贺，其间王熙凤说贾母喜欢的一个小戏子的扮相很像一个人，宝玉、宝钗心知不语，史湘云却脱口而出，说像黛玉。宝玉素知黛玉敏感，使眼色阻止，湘云因为误会而生气，宝玉又为黛玉开解，黛玉更加不快，人物行为与对象的期待形成错位，心理茬口对不上。无可奈何之际，袭人来劝，宝玉念诵戏文唱词"我是赤条条来去无牵挂"，做出悲伤人自有怀抱的姿态，钗、黛二人过来与他驳难，禅理水准在他之上，使他自惭浅薄，暂时放下禅悟者的功架，但是宝玉的台词又撩拨了一下他最后出家的结局。在这几个人物痴缠往还的情节中，充分彰显了人物的性格差异。

3. 复合情节

多场景、多人、连续行动的复合情节，包含主要人物之间的矛盾冲突，是相对完整独立的情节，也可以看作一个小型的故事。孙悟空大闹天宫、三打白骨精、三调芭蕉扇等多个段落的情节就是这样的复合情节。

且看《西游记》第二十七回"尸魔三戏唐三藏圣僧恨逐美猴王"中"三打白骨精"段落。西天取经路上，吃了唐僧肉可以长生不老的传言，已经传遍了妖精界，白骨精一心想吃唐僧肉，但畏惧手段高强的孙悟空，觑孙悟空外出，先后变成村姑、老妪、老丈，花言巧语哄骗唐僧和八戒上当，可都被孙悟空及时识破，并打死她的化身，唐僧责怪孙悟空恣意行凶，将孙悟空赶回花果山。孙悟空走后，白骨精抓住唐僧与沙僧，八戒逃走，去花果山请孙悟空来救师父，经过一番激战，消灭了白骨精一众妖魔，师徒重新上路。这些情节中，人物各自的愿望—动机—行动线索、角色特征，都得到充分的展现，构建情节的脉络清晰可见。

在金庸的众多武侠小说中，这样的复合型情节很多见，特别是在少林寺、武当山、华山等武林圣地，经常发生角色众多、场面热闹、变幻莫测的大戏，是故事的核心部分。大场面复合情节，非常考验作者的驾驭能力，需要作者对各种人物的动机、性格、行为逻辑成竹在胸，把握好人物出场发力的时机，对情节要达到的目标要很清晰。

4. 系列情节

人物在不同情境中，多次"领衔主演"一些重要情节，能让人物性格、命运与人物之间的情感交流得到充分展示。

《三国演义》中诸葛亮出征蜀国南方，为了收买人心，七次俘获孟获而又将其释放，孟获终于归顺蜀国，"七擒孟获"的戏码，凸显了诸葛亮的智慧。"失街亭""空城计""斩马谡"系列情节，表现了诸葛亮重用志大才疏的马谡，刚愎自用的性格侧面，也表现了诸葛亮干脆坚决地纠正自身错误的大智大勇，使得诸葛亮的性格更有跨度、更有立体感，显出诸葛亮灵魂的质感。因为主角犯下错误，反而有了展示他人格魅力的机会，把主角犯错与犯错之后危机应对的戏码做足，这本身也是写作者的智慧。

《红楼梦》主要人物都享有系列情节的表现机会，爱娇爽直的晴雯从丫鬟队中脱颖而出，也因为具有多轮次上佳表演。"撕扇子作千金一笑"情节段落重在表现她的性格，晴雯给宝玉换衣对，失手将扇骨摔断，被宝玉斥责，事后宝玉对晴雯说："东西原不过供人所用，比如扇子，只要不是生气时拿它出气，你撕着玩也可以使得，这便是爱物了。"于是晴雯开始撕扇子，见一把撕一把，撕得快活，撕得过瘾。宝玉在边上说："撕得好，再撕响些！……古人云'千金难买一笑'，几把扇子能值几何？"显得晴雯心高气傲，也显得她其实深通男性心理，女人恃宠而骄，与男人娇宠女人，其实是对彼此关系的深度肯定。

《红楼梦》第五十二回中，晴雯生病，赶巧宝玉不小心，把贾母新给他的"雀金呢"氅衣烧了一个洞，内外巧手都无法修补，可第二天是个正日子，非穿不可，晴雯看宝玉着急，就强撑病体，整整补到四更天才好，"力尽神危"，倒在床头。表现了晴雯勇于任事、身心灵巧的长处，高傲的人，必有过人的天资、才华，或者说，创造这样的人物，应该赋予其高傲与聪慧两方面的性格秉性，这样把人物不同性格侧面进行相互映照的情节构成，也是小说家的惯技。后来高扬艳娇旗帜的晴雯，受到王夫人等人的贬斥，被逐出大观园，回到家中，卧床不起。第七十七回中，宝玉前去探望，晴雯倾诉衷肠，将指甲齐根剪下交予宝玉，与宝玉互换贴身袄儿，当夜晴雯死去。

经历这些触及身心的、带有体温的动人情节，如此娇美任性率真的晴雯，就永远住在宝玉和读者的心里了。

5．决定性或转折性情节

在故事中重大转折关头需要一些很有力度的情节，推动读者调整心态，清晰地意识到前后故事的不同。同时重大转折之际，意味着人物面临强烈的对抗冲突，是考验人物本色的时机，通常也是高潮情节段落，所以这样的情节不可轻易待之，写作者需要养足精神，与人物一起决战。

在《天龙八部》第十九章"虽万千人吾往矣"中，原丐帮帮主萧峰(乔峰)契丹人的身份被揭露，又被诬赖杀害丐帮副帮主，天下群豪相约聚贤庄，共同商议对付萧峰，而因为"神医"在此，萧峰不避不惧，背负受伤的阿朱到此求医，他知道与众人一战在所难免，对于他们这是跨不过去的民族大义，无关个人恩义，为免厮杀起来碍手碍脚，于是提出与昔日的好兄弟、老部下喝"绝情断义酒"，酒到痛快淋漓时，彼此尽情厮杀，最后带着阿朱离开。从此萧峰与中原武林就是敌对关系了，直到下一个转折，萧峰拒绝带领契丹军队南征大宋，被契丹皇帝囚禁，中原武林大举北上，救出萧峰，故事扭转为符合读者期盼的正面结局。在萧峰的故事线索上，几次大的转折都是惊心动魄的高潮性情节，在沧海横流的情势中凸显英雄豪杰的高绝品性。

181

在猫腻的《庆余年》和《间客》中，都有这样的转折性情节，表现出人物"虽千万人吾往矣"的豪迈气概，人物逆流而上的勇毅果敢，是一种令人心折的品质，用得好就能创造出经典情节。

《庆余年》中监察院长陈萍萍，为主角范闲的生母复仇，而与庆帝决裂，庆帝让刽子手在广场上千刀万剐陈萍萍，一刀一刀割下，围观群众人山人海，范闲从外地狂奔回来，越过层层将士的阻拦，但还是救援不及，陈萍萍在范闲的怀抱中死去，在雨中，范闲为陈萍萍送别，亲手为他钉上棺材。这个情节锁定了范闲向庆帝复仇的故事发展方向，若无这样决定性、转折性的情节，父子反目成仇、故事大跨度翻转就难以令人信服。

《间客》中主角许乐的好友，施海清"施公子"，英俊而多金，风流潇洒，多才多艺，深受女性欢迎，然而心中难以放弃追求正义的执念，单枪匹马，追查那些总能逃脱法律惩罚的恶棍大人物，他们残害人民，却有体制保护他们。他被对手下毒后，偷偷在医院治疗，小护士黄丽帮助了他，但他不愿意在那里等死，继续行动，到达议会大厅，对那些罪魁祸首"执行公民逮捕权"，然后枪杀了那些不服从逮捕的恶棍。

施公子热爱的女军人邹郁在场观看，主角许乐在遥远的星际，通过联邦宪章电脑系统观看了这出大戏。现场被大批军警包围，施海清与邹郁走向宪章广场的中心，坐在长椅上，向围观群众挥手致意，与主角许乐通电话交代后事，与邹郁诉说衷肠，然后在万众瞩目中，依靠着自己的女人，在毒药作用下安静死去。

由于施公子是风头超过主角的人物，施公子之死是读者热议的事件，有些读者强烈反对让他死去，有些人则认为如此有魅力的人物，不死去还能怎么办？拥有一个如此壮美的死亡情节，也是死得其所了。其实主角以外的人物太有魅力，其死亡是很常见的结局，何况在人物与情节的功能上，作品确实需要一个动能强劲的情节，推动主角许乐为施公子复仇，继续其未竟事业，这与"陈萍萍之死"的转折性情节作用类似，是后续情节的跳板。

（四）情节的感染力

情节不仅仅是外部事件，也是人的欲望迸发与心灵的碰撞，感动我们的是情节后面的感情力量，这是故事情节感染力的关键因素，写作者需要有营造情感力量的意识与能力。

《三国演义》刘备"三顾茅庐"的段落中，刘备用充足的诚意，说服了诸葛亮出山相助，诸葛亮以"隆中对"亮相，从此刘备如鱼得水，开始了蜀汉大业。"赤壁之战"的情节段落中，曹操大败逃跑，沿路遭遇张飞等人数次截杀，身边只剩下几百人马，经过华容道，关羽已经奉命在这里埋伏多时，关羽想起了往日曹操对他的恩义，就放了曹操。"华容道义释曹操"段落中，关羽的行为明显违背了刘关张集团的利益，但是人们却对重情重义的关羽多了一层认同。作者改变史实，创造这些感情容量很大的情节，就是因为深通情感对读者的影响力。

如何令男性读者、观众热泪盈眶？电影《完美的世界》经过层层铺垫，把奇特情境下产生的"父子之情"演绎得丝丝入扣，表现硬汉柔情的情节，触中了男人内心柔软之处，是让铁石心肠的男子汉飙泪的情节建构的典范。

万圣节的凌晨，从小缺少父爱而失教的布什，与另一个罪犯特里从监狱中逃了出来，在居民区发现有一户人家的女主人正在准备早餐，特里欲对她施暴，英俊、强悍的布什正要制止他时，女主人八岁的小儿子菲利普从睡梦中惊醒，特里殴打了这个惊恐的孩子，布什愤怒地勒令特里马上离开，但此刻听到动静的邻居赶来，为了逃脱，布什不得不劫持了菲利普(建构人物关系)。

特里一直想找机会干掉布什和男孩，布什对菲利普已经产生了父爱，教给他如何用枪自卫(老谋深算的铺垫)，特里伺机抢过了布什交给菲利普的枪，为了不让菲利普受到伤害，布什杀死了特里(为了保护所爱的人可以做任何事，特里这个人物完成了使命)。

布什准备带菲利普到阿拉斯加去寻找父亲，因为他曾经从那里给布什寄来过一张明信片。在途中，布什得知菲利普的家族因为宗教原因，不过任何节日，菲利普十分渴望拥有丰富多彩的童年，布什让菲利普做想做的事情，还带着扮成小幽灵的菲利普到路边住户家"勒索钱财"，过一回万圣节恶作剧的瘾，菲利普十分快乐(布什在他寻找父亲的过程中，像父亲那样给予孩子爱与关怀)。

夜晚，布什和菲利普被黑人农民邀请到家中做客。第二天，布什哄着菲利普和农民的孩子玩耍，但是黑人农民因一点小事打骂孩子。虐待孩子是布什的逆鳞，布什立即情绪失控将其捆起来，并用枪逼迫他向孩子道歉，要他说"我爱你"。菲利普担心布什会杀死这个黑人，于是拿走了枪，向布什开了一枪。

这时，一直在追踪的警长等人和菲利普的母亲匆忙赶到。腹部受重伤的布什要菲利普向妈妈提出条件，以后要允许他做喜欢的事情，菲利普的母亲答应了，布什让孩子回到母亲的身边，菲利普却去而复返，他想和布什在一起(布什赢得了菲利普的爱与依赖)。布什掏出父亲给他的那张明信片送给菲利普，但警方狙击手误认为布什在掏枪而抢先击毙了他。

在这些情节的展开中，观众逐渐同情、喜欢、代入主角，被布什无助的父爱感动，也知道他犯有重罪，知道按照大众文艺的惯例他会死去，只是不知道他会如何死去。在不祥的预期中，看着他教会小男孩用枪，看着他深爱的小男孩在误会中向他射击，观众黯然神伤，不觉泪下，看着他被狙击手打中(他会死去的预期被证实)，观众无处分说的愤怒，被作品安排指向那个狙击手，现场指挥的警长重拳击打了那个愚蠢的狙击手，部分消解了观众愤怒无助的心情，然后，男人们哭得更加顺畅了。

电影的结尾，菲利普乘坐警方的直升机离去。镜头升起，长时间俯瞰仿佛在旷野熟睡的布什，菲利普离布什越来越远，给足男人在黑暗中哭泣的时间，等待男人擦去泪水，重新坚强。

网络小说家中，也有煽情的高手。《极品家丁》中主角为几个女主角拼命的情节，《佣兵天下》中主要人物为伙伴们拼命的情节，都是动人心魄的。

《间客》中煽情意识更为浓烈，经常在人物的重大行动前后，勾兑上情感的烈酒。好友施公子死后，许乐和七组(著名的战斗组织)战友，带着施公子的遗体，去落实施公子的遗言。施公子中毒之后，小护士黄丽冒险将他隐藏，帮他治疗。施公子遗言之一，是要许乐帮助她去打前男友的脸，那个医生前男友为了前途放弃了黄丽，与豪门千金订婚。一伙人正在豪华公馆餐叙，他们颇有几分势力，该医生有恃无恐，这个脸不好打。但是对方出场的豪强人物，都被许乐挨个收拾了，于是纷纷对主角甘拜下风，然后脸上长着雀斑的小美人黄丽护士，在英俊的前男友左脸扇了六个耳光，右脸扇了七个耳光，这不是因为被他遗弃，而是因为她给他打了七个月的午饭，洗了六个月的袜子内裤，以此讨还。事毕走出公馆，许乐微笑着告诉车厢中黑色冰柜里的漂亮男人，你交代的事儿我做完了。

通常网络小说中主角打配角脸的情节，可以令代入主角的读者有快感，但是多数不免于主角欺负配角的小家子气。《间客》把低级趣味的打脸情节，变成了主角为实现好友施公子的遗愿，且主角动用大阵仗，只是为实现一个平凡小女子的打脸情结，而不惜得罪诸多豪门的煽情情节，是有一点温馨感的。

情节创造通常会向主角很爽的方向前进，而有一个正当理由的快感体验，则可与人共享，会令大家都很舒坦。酿制光明正大、可与人分享的快感，这其实是故事情节创造的主要秘密。

第六章 网络文学传播、欣赏与批评

在本章，我们将展开分析网络文学传播过程中三个递进性的连续环节——文学作品的传播、欣赏和批评。传统文学的传播样式一般都是单向度的线性链条，"作品——出版机构——读者"，在这种单向线性传播体系中，出版机构和作品之间、读者和作品之间、市场反馈和作者之间不仅有着难以克服的传播鸿沟，而且，不同时空里的社会、政治、经济和文化环境也会直接或间接影响着一般读者、评论家们对于作品的反馈和把握。

与传统的文学传播的不同之处还在于，网络文学的传播、欣赏和批评都是在交互、交叉和动态体系中存在和发展的，因此，鉴于传统文学传播和网络文学传播之间的差异，在传播分析中，我们将侧重阐释文学蛛网传播所体现出来的各种特点以及这些特点对于文学的影响；在欣赏分析中，我们将更多的目光投注在读者接受特征的阐释价值上，进而分析网络文学创作是在何种维度上满足读者文学审美期待的；在批评分析中，我们将关注网络文学批评的特征以及 BBS 批评所显露出的精神文化气质。

第一节 网络文学传播

互联网对物理和精神世界的迅速覆盖和无限延伸，一夜之间拆卸了文学传播的所有壁垒，以电子化传播的全新方式改变了传统的文学传播体制，使创作和欣赏成为实时交互的轻松游戏。较之纸介质文学作品的传播模式，网络文学传播呈现出这样一些明显的传播特点。

一、传播主体泛化

传播主体泛化是指网络传播不再是单一的传播主体，而是由众多的、广泛的传播者同时进行信息传播并成为传播主体。互联网代表着全球范围内一组无限增长的信息资源，其内容之丰富是任何语言也难以描述的。作为一个实用信息网络，互联网的用户既可以是信息的消费者，也可以是信息的提供者，因此在互联网时代人人都是传播者，人人也都是信息消费者。随着一个又一个的传播／消费链接，互联网的使用价值越来越高，因此冷战产物的互联网以军事科研为主的营运性质很快被突破，其功能日趋多元，对人们日常生活的影响也越来越大。电子商务、网上竞选、网上购物、可视会议、网恋与网上聊天、黑客与数字化犯罪、电子金融、数字地图、数字图书馆等一系列与互联网有关的概念的普及，表明互联网已经渗透到政治、经济、法律、艺术等社会生活的各个方面，成为信息时代人们不可或缺的生存依托。"触网而生"的网络文学，充分利用互联网信息传播的广泛性、传播主体的泛化性，使文学的发行量、阅读面、参与度都达到一个纸介质文学传播所无法比拟的新境界，这种境界所形成的文学传播热浪，让所有持"文学终结论"者惊讶和震撼。

在传播主体泛化的环境中，网络文学可能呈现出这样几个明显的特征。①自由性的突出。自由性使得网络文学无论是在创作的理念、动机、题材、体裁方面，还是在表现手法、语言技巧方面，都追求畅所欲言。每个主体的创作自由构成了整个文学的自由氛围。②权威性的消减。网络文学创作在网络世界里不是少数精英的专利、特权，而是置身数字化广场，作为一种日常的写作方式存在，甚至带有游戏、调侃、戏谑的意味。很大程度上，网络文学作品是以自身的海量存在赢得了生存的权力，而不是像传统文学那样依靠文本的质量获得话语的权威。③情感性的张扬。大量网络文学回到"劳者歌其事，饥者歌其食"的原始文化状态，创作是作为人们情感倾诉或宣泄方式隆重登场的，人们在文学创作过程中获得的快感远胜于发表的喜悦，网络文学不再追求深沉的底蕴、深度的思考或者哲理的启迪，文学在情感的意义上获得命名并以情感的名义在网络世界中浮沉。同时值得注意的是，泛化的主体又具有泛化后的同质性，亦即主体的存在是以重复整体性主体特征而存在的，这就直接决定了网络文学带有更多的同质性书写、模式化书写和复制性书写的特征。

二、传播速度迅捷化

纸介质文学多以月为周期进行传播(期刊是每月，书籍是数月)，网络文学的速度却以比特为单位。比特没有体积，没有重量，但它不仅传播文字、图片、影像、声音，而且能极为迅捷、逼真、详尽、生动地传播这些信息。在人类所曾经拥有的远程传播工具中，网络的综合传播速度使其他所有媒体都无法望其项背。举例来说，如果想从某个网站上下载一个 2 000 兆字节的文件，使用 IS-DN 需要 2.1 分钟，用 ADSL 只需 10.7 秒，使用电缆调制解调器则只需 1.6 秒。相对于日常生活的时间概念而言，1.6 秒几乎就是一种零时间了，这种零时间的传播将人们和世界紧紧捆绑在一起，跟着它的快节奏生活和工作。

就文学而言，传播速度迅捷化使得网络文学呈现出如下特征。①文学成为一种文化融合的信息载体。传播迅捷化，阅读全球化，是网络文学独具的无可比拟的优点。与传统文学传播相比，网络文学在全球范围的文化沟通方面，具有更加强大的力量，来自全球四面八方的、具有各种文化背景的用户在网上分享各种文学信息，促进了多种文化的混融。②文学成为一种文化快餐。因为传播快捷实际上也就意味着消费的快速，因此网络文学有理由从快捷性原则出发不再追求"延迟性"的经典期待，而追求一种"即时性"的文化享受和消费，因为快捷化、快餐化的文学从未像互联网时代这样和人们日常的审美情感息息相关、心心相印、瞬间抵达、快速反应。③文学成为一种流行现象。快捷的传播、快速的消费使得文学及其文化能够很快转变成为人们的行为指南，也就是说，文学因为过快的大众接近性导致文学过快的行为转化性，因此网络文学可能会在快捷的流行节奏中传播，在快速的流行文化体系中丧失言说的深度，但不管怎么说，网络文学的流行性将使得文学会作为一个潮流忙的社会事件不断吸引人们关注的眼球，从而使文学始终伴随生活的潮汐起起落落。

三、传播机制非线性化

网络文学的文学传播机制与传统文学迥然不同，它是一种非线性传播。所谓"非线性"指的则是非顺序地访问信息的方法。非线性传播的特点在于交互而非单线、交叉而非径直、动态而非稳态。具体地说，非线性传播有这样几个特点：

（1）从单向型走向交互型。如果仅仅存在由传播主体趋向传播对象的信息流动，那么，传播是单向的。如果同时存在方向相反的信息流动，亦即传播主体可以获得来自传播对象的信息反馈，那么，传播是双向的。如果上述信息流动的方向发生周而复始的变化，那么，传播是交互的。因为双向传播不过是交互传播的简化形态，因此，单向与交互可以看成传播的两种基本类型，网络文学传播就是交互型传播而非单向型传播。

（2）从径直型走向交叉型。传播手段是按一定规则进行编码的符号系统，传播内容则是交往过程中所要传送的信息。从编码的角度看，传播手段可以分成一维、二维、三维等类型。一维编码是线性的，采用一维编码进行传播的信息通常形成某种"流"；二维编码是平面的，采用二维编码进行传播的信息通常形成某种"图"；三维编码是立体的，采用三维编码进行传播的信息通常形成某种"体"。相对于一定的传播内容而言的信息流、信息图与信息体既可能是彼此独立的，又可能是相互参证的。我们称前一种传播是径直型，后一种传播是交叉型。显然，网络文学传播不是径直型的，而是交叉型的。

（3）从稳态型走向动态型。传播方式与传播环境是一对矛盾。在实际的传播活动中，存在两种不同的取向：一种立足于不变，即以相对稳定的传播方式去适应传播环境，在稳定中显示自身的特征，我们称之为稳态传播；另一种立足于变，即以灵活多样的传播方式去应付传播环境，在变化中显示自身的特征，我们称之为动态传播。网络文学传播是典型的动态型传播而非稳态型传播。总之，非线性传播区别于线性传播之处，在传播学视野里就集中体现为交互而非单线、交叉而非径直、动态而非稳态。这是网络传播与传统的传播在机制上的一大区别，也是网络文学传播的一大特点。

四、传播过程互动化

网络传播的逻辑拓扑结构是环形分布式的，其特点为：①拓扑结构中无中心节点，每个节点都可向其他节点发送信息成为信息源；②双向流动：任何节点都可以向发送信息的节点传回反馈信息；③网络各节点之间不是孤立的，任意两点可以通过网络进行双向信息交流；④任意两点间的交流路径不只一条。采用这种逻辑拓扑结构的网络传播本身天然具有双向交流的特点，这使得传收双方较之传统媒体而言，双向交流的发生更为经常也更为深入。因此，网络传播媒体的最大优势之一便是其网民之间的互动性。网络技术的蛛网覆盖和触角延伸，使人类社会奇迹般地实现了从意识空间到物理空间的真实延续，以"咫尺天涯"的万维网络连接，让人们超越现实世界的种种局限，实现人与人之间跨地域、跨国界、跨种族、跨文化的沟通，进行自由、平等的互动交流。这一"第四媒体"的巨大影响力，将改变人类以往的交往方式，形成完全不同的社会关系架构，使社会的信息传播和人类的心灵沟通有了更加经济和最为便捷的渠道。

就文学而言，传播过程互动化构成了网络文学的一系列特点：

(1) 文学成为心灵安慰的形象化空间。互联网上的互动式心灵沟通形式主要有聊天室、BBS、ICQ 或 OICQ、E-mail、新闻组、论坛、个人主页、留言簿、阅读现场评论等。网络文学的许多作品就是从这些地方走进文学殿堂的。人是一种害怕孤独、渴望交流的社群性动物，技术虽然不能消除孤独，但传播的确可以使人们的心灵得到沟通、情感得以交流，所以有人将上网称为"孤独的狂欢"。网络文学为何成为互动性心灵沟通的一个重要方式？因为它与传统文学创作在主体动机上有一个显著的不同，即网络文学作者通常都怀有"海内存知己"的期待和"网上有知音"的信念，而他发送入网的作品也确实能立刻得到网友的共鸣和反馈。网络文学写作可以不在意文学权威和主流价值观的认可，却不能不顾忌广大文学网民的褒贬。网站编辑的接纳、网民的点击率、网友的评说和文学网站定期发布的作品 TOP 排行榜，是网络作品能否得到承认、网络写手能否被网民认可的基本标准。作者将作品发送到互联网上，就是在向世界遍觅知音；文学网民的点击或评说，是作品反响的信息反馈，更是作者与读者之间的互动式交流。作者所得到的那些直言不讳的评论，传递的是网友们对作品最真实的感受和最真挚的心声，文学在这里皈依的是坦诚的品格和健全的精神。比如那些 BBS 小说作为一种文本实验，虽然免不了粗糙和散乱，但却体现了众多网友心灵与心灵的共鸣、志趣与志趣的相投，其人性的意义可能多于审美的意义，而人与人之间的交往期待与心灵沟通不也是艺术审美的题中之意吗？如果人性的真善美能在网络的空间延伸和滋长，网络的工具理性必将添加人文装备而升华为价值理性。

(2) 文学成为参与性文化实践的平台。互动性赋予了网络文学充分的参与性。那种人人皆可参与的自由特征，既使得文学言说方式和言说内容呈现出自由性，也使得读者参与作品创作和作品批评的心理动机十分自然和强烈。网络文学作为一片向每一个人开放的文学原野，这里没有权威，没有等级，任何人都是作者，也是阅读者。网络写作是一场"匿名的狂欢"，它消除一切等级界限，将每一个人还原为活生生的独立、自由、平等的生命个体，将写作变成真正的个人情感的自由释放。网络文学的互动既推进了文学传播和消费的民主化进程，使审美体验的标准日益丰富起来，使文学的文体、形式丰富起来，也促进了网络文学的创作题材丰富，为广大读者提供了更广阔的文学遨游空间。

(3) 文学成为作者和读者共同面对文本实践的探索空间。报纸连载文学(近现代很多作品都是以这种方式面世的)已经具有了读者决定、支配文学最终走向的初步可能性，但网络技术的出现才真正让读者看到了参与的力量，网络文学的在线创作和在线传播已经包含了读者对于文本走向的决定性作用，因此网络文学的很多优秀文本都是作者、读者共同创作的产物。这种作者、读者共生性文本的诞生，可能会导致文学文本的媚俗性日盛，个体化的文学日益成为公共化的写作，但它也更为积极地凸现了审美性创造的人民性特征，文本最终的成果经典与否变得不那么重要，互动过程中形成的审美互动交流、文化实践、思想共享才是值得珍视的文化成果。

五、传播意义的非中心化

无论主体泛化还是传播方式超文本化，它们共同的特征就是传播的去中心化。这种去中心化的传播特征直接决定了网络文学在表达意义上的非中心化。传统文学利用社会结构的稳定性和文化发展的逻辑性建立了文学写作的主体化／中心化特征，亦即任何文学的写作都是主体中心式写作，无论欲望、激情还是冲动都只有被纳入中心化主题中才能获得意义。网络传播时代的非中心化写作决定了网络文学追求的是非中心化的感觉分延和感性共享，作者及其文学的生命感觉只有"撒播"到互联网上被其他网民分享、共鸣、参与，才能使每一个个体在孤独的撒播绵延中成就大众话语的"广场狂欢"，最终由蛛网覆盖的网络节点联袂制造"感觉的盛宴"。但由于任何写作都是个体化的操作行为，因此，为了调解个人主体性与非中心化的矛盾，网络文学借助数字化电子技术开辟出了两条基本途径——感觉的立体化和接纳的参与性。前者用"超媒体"方式把文本系统扩展为多媒体数据,即把文字表达与音频(如音乐、音响、对话、话外音等)和视频(如图片、动画、摄像、影视剪辑等)结合起来,建立一种差不多可以用无限多的方式组合、排列和显现信息的系统,使人的感觉器官向艺术审美全方位的敞开,将感觉传播从二维推向三维,以求表达得淋漓尽致和恣情快意。后者则用"超文本"链接方式,使接受者在"人—机"界面上选择自己的感觉契合点,形成感觉的共鸣和绵延。超文本以形象化的图标、控制板、菜单和醒目化(highlighted)或加下划线字体等手段,将文本资源以层次或网络方式包装起来,用可视化的窗口呈现给用户,使传统的线性阅读变成非线性、多线性自主选择,其图文并茂和动静相宜将能动地激活文本接受者的感觉和兴趣,使其阅读其所想读、感受与自己灵犀相通的东西,实现生命感觉的外延和联欢。读者阅读文学作品从此不再追求整体性的目标满足而是分散在文本的各个组成部分之中——语言可以成为判断文学的首要标准,情节可以成为文学被喜爱的原因,文风可以成为欣然接受的理由,文学形象更是可以成为津津乐道的话题,文学从传统的有机体存在形式分裂为文本内外部各个构成成分的表演,从系统论的角度而言,这就是各个部分之和远远大于整体的意义效果。既然感觉分延、感性共享,意义也就随之破裂成为各种能指的碎片,满足人们多元化的美学期待。

六、传播目标的多元化

网络之所以成为一个多元的世界,就在于它是一个多元传播目标的实践场所。放眼望去,人类数千年文明流传下来的无数艺术瑰宝和思想文化遗产都在网络上安了家,网络成为人们接触、享有这些精神文化遗产的重要媒体。互联网上的精神文化信息和人类历史本身一样庞杂无比,时时更新,无奇不有。互联网上,既是"高雅"艺术的圣地——数字化的北京图书馆、故宫博物院、大英博物馆等各种图书馆、博物馆、艺术馆、书屋、画廊、展示会、音乐会,有《三国演义》《水浒传》《红楼梦》《围城》《尤利西斯》《百年孤独》等古今中外的文学名著,有京剧、相声、人类学等各类学术研究文章;也是"通俗"艺术的广场——金庸、古龙的武侠小说,麦克尔·杰克逊、辣妹、小甜甜布兰妮的流行音乐,更有象棋、围棋、电子游戏、时尚服装、体育竞技等数不清的站点。网络传播为全世界网民提供了多如繁星的各类资料信息。仅在 1995 年 4 月到 1997 年 8 月的 28 个月中,互联网上的数据量就增长了 100 倍,目前,互联网上的数据量大约每 100 天就翻一番。就文学网站的投稿量看,一个网站一天添加几百篇作品的信息流,正昭示着一个文化多元化时代的真正到来。网络传播目标的多元化进一步凸现了文学目标的多元化问题——人们在何种意义上接受文学并且从文学中吸纳了什么呢?现实主义注重批判精神的养成,浪漫主义注重心灵世界的漫游,启蒙主义突出精神的觉醒，救亡运动呼吁斗争的勇气，通俗文学追求消遣和趣味，即使垮掉一代的文学也表达了困惑和迷茫的合理性。传播信息的多元、传播目标和效果也就在这种多元的信息传播中成为一个标准多元的话题。对文学而言，这种多元主义视野的形成，起码可以归纳出这样几个值得注意的文学问题来加以进一步探悉：

(1) 文学内部的雅俗分立标准只有走向二者的合流才能使文学获得更好的传播效果。历史地看，文学之所以分成雅俗，关键在于目标设定和效果追求的区分，雅文学被普遍认为能够传播更多具有积极性、建设性、精神性、超越性和人文性的内容，而俗文学则仅仅满足人们当下的各种需要。从目标多元、效果多样的立场看，雅俗只是分别满足人们多重需要的不同写作方式而已，并不意味着二者就必须人为划分出一个各自严格的传播疆域。有法国评论家称巴尔扎克是个通俗文学作家，在中国谁能这样认为呢？美国文学《飘》所产生的强大影响恐怕是很多严肃文学都有所不及的，张恨水、金庸们对于社会大众的影响仅仅简单地用通俗文学概括显然是不能揭示其创作的意义和价值的。因此，雅、俗文学的概念标准都应该统一在文学的大旗下共同成为文学发展的重要事实来研究和分析。在当今网络写作盛行的时代，当众多文学爱好者参与到网络文学创作活动中，即使其作品和观念都是通俗的、快餐的、非经典的，也早已构成一个引人深思的文学现象，这种现象中是否蕴含着文学审美的真正奥秘呢？

(2) 文学和大众文化的发展和谐性。尽管影视已经成为大众文化生产和传播的主力军，但文学也依然坚守着自己的语言文化阵地并对大众文化构成不可忽视的影响。能够走进大众的文学也就是能够走进大众心灵、精神和思想的文学，文学可以从这种充满时代感的文学发展中收获对于时代、社会、历史和文化的思考和反省，最终文学能够从大众文化的发展中寻找到人类精神世界的某种真相。网络多元传播目标的时代到来，进一步要求文学保持敏锐的时代感应神经，而不是让文学仅仅依附在某种抽象的思想体系或者概念上作深度文化演绎。

总之，蛛网覆盖下的传播通道，为网络文学的生存、发展、繁荣提供了前所未有的先进技术基础，尽管文学并不能因技术的大踏步前进而简单地就能创造一个辉煌的文学历史时代，但技术显而易见地为文学尤其是大众广泛参与的网络文学写作、阅读提供了优势环境。就是在这种优势环境中，文学走下神坛，回归民间，成为人类精神生活的重要组成部分。

第二节　网络文学欣赏

网络文学欣赏有别于传统文学欣赏之处在于，它是一种实时欣赏、"拉"欣赏和解构式欣赏。实时欣赏使得网络文学欣赏成为一种无障碍欣赏，"拉"欣赏使它成为一种能动和互动的主体选择性欣赏，而解构式欣赏则形成了网络欣赏所特有的意义模式。

一、网络文学的实时欣赏

（一）实时欣赏与延时欣赏

网络技术在改变传播方式的同时也改变了读者的欣赏方式，成为实时欣赏或无障碍欣赏。互联网传播的迅捷化几乎消除了所有的媒介壁垒和传播障碍，实现了所想即所见、所见即所得，从而网络文学的阅读者基本上处于一个没有任何时差的阅读空间。与网络文学欣赏特征相对应，我们可以把传统文学的欣赏命名为"延时性欣赏"，因为传统文学的被接受必须经历一个"作家—作品—出版物"的周期性推广过程。

延时欣赏的表面，似乎是传统文本生产难以克服生产方式、传播方式形成的技术障碍，其深层次原因则在于延时性和传统的审美要求相适应。从曹雪芹数十年如一日孜孜不倦写作《红楼梦》等经典文学故事中我们可以发现，延时欣赏事实上包含着将文学写作打造成为跨时代经典的审美期待，即读者的欣赏之所以一再被延时，是因为生产者有保证文学成为经典的承诺，这种承诺使延时性成为文学具备欣赏性质的基本理由。对读者而言，当读者进入传统欣赏秩序时，就意味着他首先面对的不是作品本身，而是一种历代作品序列秩序满足或反叛的文本期待(传统文学欣赏常常要求读者必须具备相当的文学素质，其实也正是期望读者接受经典文本的熏陶，从而在进入欣赏前形成一种"经典成见")，这种期待同样延长了读者对于文本的进入，使读者首先必须面对文本生产过程所带来的延时期待，在这个期待过程中，读者实际上已经对于文本的历史、文化、生产环境进行了一种预期的判断和"先见之明"，等读者真正拿到文本进行具体的欣赏时，读者延时期待期间所形成的文本社会语境判断和文本之间进行不断的交流、冲撞、磨合，最终达成和谐或不和谐的预欣赏后果。

（二）实时欣赏的审美方式转换

深入理解传统延时欣赏的美学思想及其体系我们就会发现，网络时代的实时欣赏正在构成对这种欣赏方式及建立在其欣赏观念之上的审美方式的颠覆或瓦解，从而实时欣赏就不仅是作为一种欣赏的方式存在于网络空间，而且是作为一种审美生产方式存在于网络时代的读者审美期待视野之中。

首先，时空距离的消散意味着经典期待心理的破灭。从传统的欣赏观念看来，当读者面对一个作品文本，实际上就进入了一种作者预设的经典心理情景，这种经典心理情景有效地排除日常生活的一般态度，使读者对文本的审美欣赏得以在经典文学系统层次中展开。布洛把这种心理状态称为"心理距离"，他以雾海航行为例加以说明：设想海上起了大雾，如果航海的人只一味地以利害关系来考虑的话，必然产生烦闷、忧郁、焦躁、恐惧等心理，但如果暂时"忘掉那危险性与实际的郁闷，把注意力转向客观地，形成周围景色的种种风物——围绕着你的是那帷幕，它使周围的一切轮廓模糊而变了形。形成一些奇怪的形象"，那么雾中航行就变成了一次难得的审美体验。任何文本的欣赏者都处于一种"心理距离"作用之中，只是有的较弱，常常借助生活中的处世态度达到文本理解，有的很强，具有高度的审美意识，在生活世界之上建立其美学的世界。但不管如何，心理距离都是欣赏的潜规则，没有这个潜规则，文本就不会是一个纯粹的文本，读者也不是一个纯粹的读者。但在网络时代的文学欣赏中，这种经典心理距离消散了，网络文学读者寻找的不是经典心理距离，而是一种生活化的全身心投入。网络文学传播的迅速性决定网络欣赏作为一种心理活动，缺乏经典心理距离所需要的文本语境准备，因为谁也不清楚作者的快速写作内容及其目标，这种不可预期性决定网络文学读者只有在欣赏过程中灌注其生命、人格的"整体震颤"，调动其丰盈生命力总体投入的"高峰体验"，才有可能完成欣赏。在这里，主体和客体、感性和理性、具体和抽象、形象和思想、有限和无限达到一种"整合状态"，消解了其间的对峙和鸿沟，达到一种"瞬间同一"的境界。在网络文学欣赏过程中，欣赏者绝非仅仅是单纯的想象，或者是情感、知觉在起作用，而是一种生活者所有心理因素的完全激活，完全参与其中的总体生命投入活动。欣赏者在充分的心理投入中获得审美愉悦，这和审美愉悦是欣赏者在审美活动中，与审美对象处于同一时间、空间之中获得的，是欣赏者带着生活世界的感知和体验，把它变成自己的创造源泉后获得的，是人在日常生活羁绊的不自由境遇中心灵短暂性休息之间获得的。从而，实时欣赏产生的不会是经典期待，而是"它说了什么""它在哪里和我相遇""它对我有什么解蔽或遮蔽的功能与作用"等等。

其次，中间壁垒的消除意味着共鸣因素的变化。传统文学传播的中间壁垒，就是一个由书刊编辑、权威专家组成的一个文本审查系统，这个系统确认文学标准，掌握文本生产，决定文学秩序，规范文学市场。网络传播打破了壁垒的存在，使文学创作和文学欣赏之间不再存在间接的中介，而使作者和读者直接对话交流。作者和读者的直接对话，改变了文学的存在格局，却突出了读者和作者、文本间的"共性共鸣"。如厨川白村曾论及的共鸣就与之相似："读者和作家的心境贴然无间的地方，有着生命的共鸣共感的时候，于是艺术的鉴赏即成立。所以读者看客听众从作家所得的东西，和对于别的科学以及历史家哲学家等的所说之外不同，乃是并非得到知识。是由于象征，即现于作品上的事象的刺激力发现他自己的生活内容。"这种"共性共鸣"的追求，主要依据还在于，当网络文学文本变成主体间的对话性文本时，当创作是一个生活／审美主体向另一个生活／审美主体诉求心灵和对自由的渴望时，"共性共鸣"就成为必然，作者、文本和读者间共鸣的产生就不是基于差异的寻求而是共鸣间的共识。

最后，直接交流的快捷性意味着选择性的强化。"经典焦虑"正成为许多纸介质文学传播方式拥有者的生产障碍，写作因此成为一个沉重的负担，而不是生命过程的审美愉悦。从传统民间文学的发生及其发展看，几乎所有的"经典"民间文艺都不是作者强化着自己神圣而崇高的动机创作出来的，它的经典地位有赖于大量同类型作品元素的不断积累，最终在这种元素的成功创化中诞生民间文艺精品(比如张恨水、金庸的成功就与之相关)。网络文学显然正在经历传统民间文学的发展路线，也就是说，我们不能期待每一部网络文学作品都成为精品，但我们有理由认识到，每一部网络文学作品都在为伟大的经典创生提供文学元素。因此，网络文学直接交流的快捷性一方面意味着海量的作品和参差不齐的作品质量，另一方面也在突出强调着读者选择性的地位和作用——没有点击率，亦即没有阅读量的作品，即使占用着一定的比特空间，也等于已经消失；那些被选择的作品则以其提供的新文学元素而进入传播的渠道，成为影响下一轮创作的"准经典"。从文学发展的角度说，我们需要的重点也许不仅是精品，更是良好的文学生态，网络文学正是创造这种文学生态的一种良好开端。

二、网络文学的"拉"欣赏

(一) 海量作品与网民的"拉"式选择

当我们在传统和现代"欣赏时差"基础上谈论欣赏的不同美学期待和满足时，我们是在忽视读者面对网络文本浩如烟海这一事实的。网络文学的确是浩如烟海，仅仅一个文学网站的文学总量就已十分惊人。国内文学门户网站"起点中文"每天的页面浏览流量超过一亿，聚集了数千万的注册用户，目前库存百万余种。

面对巨量的文学，读者如何选择性欣赏并且进行它的所谓实时阅读策略呢？网络文学的实践表明，文学要走进读者欣赏的世界，不能依赖"推"传播而是需要"拉"传播。尼葛洛庞帝曾揭示网络传播由"推"向"拉"的能动转换，他说：数字化会改变大众传播媒介的本质，"推"(pushing)送比特给人们的过程将一变而为允许大家(或他们的电脑)"拉"(pulling)出想要的比特的过程。

传统文学传播与接受是施动(推)与受动的关系，接受者欣赏什么取决于一次单线"施一受"过程。网络文学传播与接受是能动(拉)性施动关系，网民只需拖动鼠标便可以实现"所想即所见，所见即所得"，主动权掌握在网民自己的手中，如马克•波斯特所言："信息方式中的主体已不再居于绝对时间与空间的某一点上，不再拥有物质世界某一固定的制高点，再也不能从这一制高点上对诸多可能性的选择进行理性推算。"文学网民的"拉"动性选择，客观上消解了作品施动者的中心地位，也改变了文学传播方式。"拉"出作品是读者主动寻求作品的过程，这个被"拉"出来的文本成为一个明星式的文本，成为耸立于海洋之上的欣赏暴风——文学网站正是凭借点击量来收取阅读费用的，出版机构正是依据点击量判断一部作品能否走出网络进入传统文本传播世界，甚至在很大程度上，很多读者也是被一部作品的点击率吸引而成为某部作品的读者。"点击率"成了网络时代最富有诗意的浪漫欣赏名词，因为它代表着读者的力量，代表着欣赏的民意，代表着读者欣赏的决定性权力和权威。

网络文学对作品的"拉"式欣赏具有这样几个选择标准：

一是个性至上。读者凭什么要"拉"出一部作品欣赏？首先就是作品包含有不同于其他作品的个性风格。个性意味着与众不同，因而个性总是首先被辨认出来的文本特征，无论早期的言情文学还是中期的大话文学、武侠文学、写实文学抑或近期的玄幻、架空、盗墓文学，那些被"拉"出来的作品都是富有个性的作品。

二是趣味优先。读者处于何种动机要"拉"出一部作品浏览并变成一种欣赏潮流？主要就是满足自己的趣味，这个趣味可能是搞怪的心理，可能是好奇的心理，可能是刺激的心理，可能是崇拜的心理……无论何种心理，它们都植根于个人趣味，满足这个趣味的作品就是好作品。尽管趣味无可争辩，但趣味实际上是可以分析的，就网络文学的趣味主义流行周期看，任何趣味都是一个时期读者欣赏共享经验的交流结果而不仅仅是个人的爱好。也就是说，趣味和品位等话题一样是一个流行性的东西，于是一个时代的趣味是可以被文学创作捕捉到的，那些捕捉到读者趣味的作品常常很容易被欣赏者"拉"出来。

三是猎奇为快。网络写手常常懂得作品被"拉"的技巧。在灵异小说写作过程中，作者发现网友中的大多数都喜欢看这种荒诞、离奇、具有神秘传奇色彩的故事，只要大体上交代清楚来龙去脉，哪怕是胡编乱造都会得到认同，他们的要求并不高，只要看着新鲜热闹就开心了，而且往往喜欢性格简单的角色，如果角色性格太复杂，反倒不容易被认可。很多作者为了让自己的作品能够吸引眼球，常常故作惊人之语，追求另类风格，紧跟流行题材或者话语，特别是善于取一个能抓住网民眼球的作品标题，竭力让自己的作品能够被"拉"到点击视野中去。网上流行的"80 / 20法则"就是指网上走红的文章，80%的原因是取了一个吸引人的标题，20%的走红文章与标题无关。对于这种仅仅拿标题哗众取宠的玩花样现象，有人形象地称之为"标题党"。而那些内容虚无缥缈、情节俗套、文字做作的作品，则被冠之以"歪歪小说"和"新歪歪小说"的名头。可见，猎奇是网民"拉"式选择的重要标准。

（二）"拉"式欣赏的特征

"拉"传播和"拉"式欣赏并非网络所独有，电视节目的欣赏也是通过遥控器的能动选择来实施的"拉"式欣赏，收听广播节目的收音机按钮也给欣赏者提供了主动选择的便利。但网络是电视和广播的后现代延伸，与影视广播相比，网络中的"拉"欣赏具有自己的特征。这主要表现为：

一是主体的高度参与性。每一台接通互联网的电脑都是一个信息节点，它不仅可以接受信息，还可以参与信息处理和信息发布，在是否参与和如何参与方面拥有极大的自由，这和影视媒体乃至印刷、广播媒体都是不同的，这正是网络媒体最大优势。

二是接受的能动选择性。由于网络是一个开放而自由的平台，网民上网完全可以根据自己的爱好和需求选择自己需要的信息，而对其他信息视而不见，或见而不以为意，这与电视等其他艺术形式欣赏时的被动接受和受制于人是全然不同的，也是网络的诱人之处。

三是欣赏的双向交互性。在互联网上欣赏作品，可以实时地与作品原创者交互沟通，甚至参与作品的创作，也可以与其他网民就同一作品、同一文学艺术现象发表意见，实现欣赏者之间的交流和沟通。网络文学的作者和读者的角色是可以互换的，因为交互活动本身常常将欣赏变成了创作，或将创作变成了欣赏。

四是欣赏路径的多线性或非线性。印刷技术决定阅读的线性，因为书要一页一页地翻，文字要一行一行地看，电视通过集锦式的菜单节目、不断调换频道来突破线性阅读，但电视荧屏阅读仍是线性的，因为它本质上的强迫接受性，决定它迫使观众只能入其彀中，别无选择，这就是为什么今天电视已经有上百个频道而观众仍抱怨没有节目可看的原因。网络接受则彻底突破了线性限制，打破文本的权威，打碎逻辑的控制，以链接再链接的自由姿态，使作品在结构上呈现为多线性或非线性，从而加强了欣赏者的能动选择性，还给读者阅读自由。网络荧屏欣赏的这种无限性、跳跃性、丰富性和探索性，对于读者的欣赏习惯造成了极大的影响。读者将按照自己的心理内驱力游荡在网络上，以网页代替书页，用手指代替脚步，用眼球满足思想，在这里寻求着欲望的家园。

五是"拉""推"并举的身份互换性。网络欣赏不仅可以通过"拉"的方式选择自己需要的作品进行欣赏，还可以通过"推"的方式把自己想要发布的东西上传到网络上，使欣赏者同时变成创作者，使信息接受者同时变成信息发布者，这是过去任何一种传播媒体都不具备的功能。

从上述特征中我们可以看到，网络文学的欣赏本质就是"与机共舞"、主客互动的。读者(网民)的能动选择性、积极参与性和实时交互性与网络作品的无限丰富性、多媒体性、多重链接性等相互交织，构成了网络欣赏特有的欣赏方式。

三、网络文学欣赏的"解构"方式

（一）经典阅读与解构式欣赏

传统文学欣赏是一种经典阅读，即从典范的文学文本中寻求预设的理性观念和审美价值，以获得某种思想领悟和艺术感染，最终达成与经典认同的欣赏体验。经典阅读的主体姿态有两种表现：一种是视文本为自我表现。欣赏者常常为经典文本所打动，根据经典文本的情感、逻辑线索，进入人物心灵的深处，和人物同喜同悲、同忧同乐，极端者甚至把人物当成自己有机整体的一部分，乃至愿意为之生，可以为之死。对这类欣赏者而言，文本成为他们自我表现的方式，与其说他们不断地欣赏是在增加对外部世界的了解与认知，不如说他们一直是在寻求肯定自我生命存在价值的主观投射对象，文本成为他们生命途程中的消费品，乃至成为他们对生存和生命的移情方式，他们从中获得参与生活、文化建设的使命感、自豪感和归宿感。另一种欣赏姿态是"经典－理智"的。这类欣赏者始终跟经典文本保持审美的距离，对文本世界进行理性化、理想化的审视和判断，将文本当成一个客观的他人世界，试图从中搜寻到文学及其生活的真理或原则。理智的欣赏者主要是专业读者，文本就是他们理性的体操。他们常常删繁就简，力图从文本中勾勒出"文学性"或非文学性的各种"构成因素"，并以此为判断标准，保证文学叙事在应有的经典美学轨迹上运行。

从网络文学角度看，这两种欣赏都是一种"有限的欣赏"，要么局限于"自我"，要么局限于"美学"，从而也就使文本欣赏过程局限于先在的"经验图式"，把文本中存在的各种"众声喧哗"简化为"经典成见"。因此，面对"拉"传播体系控制下的网络文学欣赏，我们还应该关注"解构式"欣赏。

解构即消解某种既有的结构，它是一种有关非经典文本的理论，解构式欣赏就是对经典欣赏理论观念的消解。从表现形态上说，解构式欣赏是这样一种欣赏：第一，根据具体文本进行欣赏，即"细读"，亦即寻找个体欣赏的立足处。通过细读找到文本最佳的欣赏角度。美国解构主义批评家米勒在《作为寄主的批评家》一文中说："'解构'这个词暗示，这种批评是把某种统一完整的东西还原成支离破碎的片断或部件。它使人联想起一个比喻，即一个孩子把父亲的手表拆开，把它拆成毫无用处的零件，根本无法重新安装。解构论者并非寄生者，而是弑亲者。它把西方形而上学的机器拆毁，使其没有修复的希望，是个不肖子。"解构欣赏的文本细读就是通过这种方式消解内容与意义的整体性。第二，它主张欣赏可以从多个角度入手，读出文本的多重含义，文本意义的不确定性决定文本只是一个敞开的"语言 MUD 游戏"，无论从哪里进入欣赏游戏的路线，都不影响阅读的游戏性，反而成为游戏的一部分。第三，它主张"读就是写"，欣赏活动实际上是读和写的"双重活动"，这里的"写"，即介入、改写、重写的意思。

（二）网络欣赏的解构方式

1. 欣赏即回归

"欣赏"网络文学即"回归"网络文学发生场景的过程。要回到网络文学发生的具体场景，没有细读文本的工作而只有观念立场的转变，网络文学的欣赏恐怕仍脱离不了观念立场的先在制约。如不管我们是用民间文学、后现代文学还是高科技时代的文学标准判断网络文学价值取向，它都只是一种观察视角的转换，而不可能是网络文学自身本质的显露。网络文学的本质只能存在于欣赏的具体行为中，通过这种欣赏行为，我们才可以把握网络文学存在的基本特征和创新性价值。

2. 发现文本的"内部张力"

网络文学是一种充满内部话语冲突的文学，这种冲突源自物质时代的主流观念、写作者坚持的写作立场、生存者的情感、欲望理性和追求等因素的并存和作用。因此，单一的视角只能简化"话语冲突文本"的含混性、多义性，使文本失去原有的张力。

3. 正视"破碎性文本"的存在

网络文学文本大多是一些"破碎性文本"，其破碎性主要表现在"文学性"破碎、中心化理念破碎、整一性现实观念破碎、语言形式破碎和时空观念破碎。也就是说，用经典文学作衡量标准的话，网络文学都是一些"准文学"或非文学，是后现代时代的"寓言文本"。面对这样的文本，仅仅从"文学性"角度考量得失，基本上会失去网络文学的存在价值。

4. 确立"开放性文本"的观念

网络文学的一个突出特征是它面向公众的无限开放，这种开放的极端后果是公众决定写作，作者只是一个"语言形式转换器"。更普遍的存在是，文本是被当作与公众交流的工具，书写的个人性丧失殆尽。但从解构的角度看，这种"开放性文本"的存在却正为欣赏的改写、重写提供机会，欣赏过程变成了一个修复文本、社会、文学的过程，通过欣赏的广泛参与，网络文学呈现出"无限开放"的生动局面。

5. 网络欣赏对文学诗意的解构与建构

网络文学欣赏面对的是图文映衬、语像兼容的文本，这样的文本以图像制衡了文字的韵味。作品的"界面"流动感淹没了"纸面"沉淀的诗意，强化了人对机器、艺术对技术的依赖，使得千百年来文字书写、纸介印刷、线性阅读的文学活动，变成了机器操作、比特叙事、图文匹配的观赏性浏览和趣味性漫游，用多媒"立体叙事"方式全方位刺激人的感官，冲淡了文字风格韵味的深层体验。读图快感兼容文字韵味是其长，视觉直观消解文字魅力成其短。那种源于文字蕴藉性的细嚼慢咽、心灵内省和思想反刍，本是文学诗意审美的高峰体验，欣赏者对文字表征的间接形象思而得之、感而悟之、品而味之，"此诗之大致也"。但在网络文学中，图像与文字之间彼此兼容而又相互制衡的双向逆反、相反相成，却不断解构文字品味时的"澄怀味象"(宗炳)，"余味曲包，深文隐蔚"(刘勰)和"境生于象外"(刘禹锡)的想象性审美体验，消解文学诗意韵味的主体沉浸感和艺术意象的丰富想象性。文学的诗性特质被电子"仿像"(simulacrum)的视觉冲击所挤压，文字的隽永美感让位于图文观赏的快感，艺术欣赏变成了感官满足和视像消费，文学应有的诗性就这样给"电子幽灵"吞噬了。

但是，正如任何解构都蕴含着特定观念的建构一样，网络文学欣赏对传统的文学诗性予以技术祛魅的同时，也在实施电子诗意性对传统文学诗意的置换，打造虚拟世界的新的文学诗意。科学与诗，本是人生的两极境界，现代高科技以其穿越时空、启迪想象的新发明和新创造，让凝聚了人类智慧心血的技术产品，以物质寄寓精神，用创造吐纳情怀，靠技艺生产美感，使得科学与诗、精密的数学与抽象的哲学、毫厘不爽的设计与激情的臆想，激活现代生活的盈盈诗意，引导并印证着现代人的生存幻想，让高品位的生活质量和高享受的诗意关爱一道走进人们的生活空间。数码生成的虚拟真实所具备的沉浸性、交互性和想象性，意味着创作者(参与者)不只是以聪慧的大脑、敏锐的双眼和灵巧的手指介入网络文学活动，而是以完整的人的生命个体融入数字化世界，是生理与心理、认知与体验、艺术形象与技术逻辑的统一。正是这种特点，使得网络化的技术美学成为虚拟世界的行为诗学。计算机网络对于人的自我潜能的智限超拔，已跨越了个人生存时空的藩篱，把生命的有限提升为生命创造的无限，把生存需求的满足升华为满足后的心灵享受，在改变世界图景的同时，又让人类乘坐睿智的"科学方舟"去畅游审美化的自由洞天。

从更深层的意义上看，网络欣赏是对人的本真状态的一种复归，一种表达。正是这种人文性的技术行为或技术行为的人文性，才使得网络欣赏有了自己的文化命意，网络欣赏才可能成为虚拟世界中的行为诗学——媒介赋型延伸出网络文学语像祛魅的艺术狐步，比特叙事成为电子诗性的指涉方式，间性主体的欲望修辞体现出精神超越的艺术满足，电脑屏幕的艺术蜕变构成文本转型的在场临照，而文学网民的在线漫游也成就了交互创生的技术美学。

网络时代的读者，是一群生活在物质发达、感觉器官充分解放、心灵欲求自由奔放的年代里的新人类，他们的文本需求是文本生产的首要前提。从受到他们欢迎的网络名文看，这些网络作品如果放到传统文学评价体系中评判，最多也就够一个"通俗文学"水平的评价等级。写爱情，他们绝未超过《牡丹亭》《罗密欧与朱丽叶》，倒是和通俗文学中琼瑶的煽情戏类似。但从读者欣赏的投入、传播的热情看，他们又绝对不是怀着通俗文学的目的和水准对待这些网络名文的，他们的欣赏姿态甚至可能是极为精英和高雅的。这里的意义在于，经典文学及其诗意死亡的空场，诞生的正是当代活生生的网络文学及其欣赏者对新生活的渴望，文学从此引人瞩目地回到了生活本身，成为一种生活方式。从生活方式出发，我们发现网络文学的独特存在价值，并获得继续进入文学内部思考的理论通道。网络文学打破了传统的"诗意的栖居"模式，却又创造了自己的"诗意"并让其"栖居"网络，这就是网络文学"拉"传播—欣赏机制所形成的解构图式和建构范式。

第三节　网络文学批评

这里所说的网络文学批评，不是指在传统媒体上对网络文学进行的批评或评价，而是指在互联网上由网友就网络文学作品或网络文学现象所做的评价和议论。与传统的文学批评不同，网络文学批评的主体一般都不是专业的或职业的批评家，而是网络漫游的网民；批评的方式一般不是长篇大论的理性分析，更多的是随机性的、感悟式的、点评式的，甚至是直言不讳、锋芒毕露的；在批评的时效性上，一般不是延时的，而是实时的、互动的，在网络空间里即时交流的；网络文学批评的标准也不是统一的、规范的、基于经典文学的评价标准约定俗成的，而是个人性的、随意性的、众声喧哗的……

一、网络文学批评的类型化特征

网络文学批评既然名为文学批评，自然也就离不开一般批评的基本规范，比如对作品文本的细读，对作品深度的挖掘，对叙事角度的把握，对批评创新的关注和对文学价值和意义的探询等。但网络文学批评又有一些属于自己的特定类型。

（一）感悟式批评

以直观感受和灵机参悟而即兴点评对作品的理解便是感悟式批评，这是网络文学批评最为常见的特征。不管是出于现实生活感悟而借作品评论进行发挥，或者出于作品的感悟而展开对生活的评论，作者都会借助网络平台发表自己的感悟，把自己的思想和感情放到评论中进行言简意赅的点评。这种感悟式批评带有强烈的主观性，有时这种主观表现发挥过度，就变成了没有客观原则的"批评"，要么是恶搞，要么是发泄等。因此如何让主体的感觉和思考保持在适度的批评范围之内，是网络文学批评需要认真把握的。

（二）趣味式批评

网络文学批评摆脱了沉重而严肃的传统批评话题，不承担文学史或者文学经典研究的任务，所以它的表现要比正统的批评轻松活泼得多。从评论对象的选择到评论主题的确立，从叙事角度的切入到形式表现方式等无不以生动趣味为先。趣味式批评的弱点也很明显，因为太过追求批评的趣味性，所以批评的视野常常比较狭窄，批评的内涵也较为肤浅，于是，许多网络文学批评就像无数网络文学现象一样成为过眼烟云，它们伴随着文学成长而成长并制造了成长的热闹景观，也随着文学的死亡而消失，因为匮乏超越性的立足点自然也就难以超越短暂性的文学现象。对于网络文学发展而言，批评的目的重要的不是自己的生死问题，而是一旦文学缺乏了理论的超越，它就难以为文学历史提供自己应有的贡献和成果，一代人的努力或者一种繁荣的网络文学事实就因为理论提炼和总结的缺乏而逐渐被人遗忘。从这个角度上说，趣味是可以争辩的，理论的趣味尤其需要辩明，因为它担负的不仅是自己的理论前景，更是文学的前景。

（三）颠覆式批评

颠覆是对传统文学观念的叛逆。这种叛逆表现在网络文学批评上就形成了不顾文学常规而为自己的文学世界激情辩护的现象。从网络文学发展的角度看，从早期的言情到如今的幻想文学高温，网络文学批评都是一路赞歌式的走过来的，它缺乏一个理性高度也缺乏一个思想深度的标准，总是犬儒主义式地为网络文学辩护，结果常常在辩护中丧失了自己的使命。网络是个凸现颠覆的空间，颠覆是常态的文学生存面目，颠覆主流颠覆精英颠覆传统颠覆西方，当所有的颠覆都完成后，网络文学剩下的就只有一种东西——日常生活本身，于是网络文学就在这个层面上或满足情感或满足幻想或满足自然主义的描写，致使写作的维度过于单一，使得网络文学最终只能沿着通俗文学的道路前进。因此，网络文学批评除了应该反省自己的颠覆之举的合法性，更要警惕颠覆的颠覆性——网络文学批评颠覆了精英、主流和文人乃至自身后，也就穷途末路了。网络文学批评本来就不甚发达，如今更是陷入集体失语的窘境——颠覆式批评在自己的颠覆中沦陷为一种可有可无的玩闹了。

（四）眼球式批评

网络世界是注意力世界，所以吸引眼球总是每个批评者不得不注意的问题，眼球式批评从题目就开始了，甚至有些批评基本上就是一个"标题党"，具体内容则形同鸡肋，味道实在差极了。眼球式批评大多追求简短的形式、有创意的句子，言简而意赅，其实也算网络文学批评中一种具有特点的批评形式。

二、BBS 与网络文学的互动式批评

（一）BBS 批评的互动性

网络文学批评最常见的方式就是 BBS 发帖或跟帖，而 BBS 的显著特点便是它的互动性，因而，互动性也就成为网络文学批评的一大特点。网络批评就是一种互动式批评，这是它和传统文学批评的一大区别。所谓互动性批评就是作者和读者、读者和读者在作品的理解、欣赏和评价方面具有充分的双向交流。因为这个交流的频繁性、普遍性和根本性，使得网络文学创作、传播和欣赏过程呈现出明显的动态性，不仅作者写作要时刻考虑到读者批评性的存在，以便调整创作，读者的批评也要考虑到"他者"批评的存在，使自己的欣赏、批评行为可以成为互动过程的一个有效构成部分。

BBS 本意为电子公告板，它最初的作用只是用来提供"电子公告"服务，就像我们火车站、汽车站等公共场合常见的留言板一样。但正是这样一块普通的公告板却很快变成了无数网民自由发表意见、交流、争论的地方，现在，几乎每个网站、网页都设置有论坛。如在百度中输入"论坛"二字搜索一下，搜索到的相关网页约 100 000 000 篇，输入"BBS"搜索，更搜索到令人惊异的相关网页约 65 300 000 篇。网易文化频道的网易论坛就开设了新闻论坛、文化论坛、财经论坛、科技论坛、汽车论坛、娱乐论坛等 17 个，每个论坛下面都有多个子栏目。伴随这种"电子公告牌"在网络上的愈来愈普遍，其作用也愈来愈脱离原来的初衷，BBS 从简单的跟帖、灌水变成了常规的网络"文化空间"，网民们在无所不包的论述主题之下自由发表意见。网络上人气最旺的地方就是那些论坛，无论发泄、鄙视、赞同、调侃还是钦佩，都可以在论坛中获得言论的空间。

BBS 论坛帖子性质也都是文学评论——从最简单的"好""喜欢"到稍微复杂一些的分析性言说。值得注意的是，无论网络评论本身形态如何呈现，它们都是建立在互动性基础上的，是互动性批评的绝佳说明和例证。BBS 论坛长盛不衰内在的理由，也就在于自由发表意见永远是每个人内心最根本的需要，技术的发展只要满足这种需要，它就会借此成为网民语言狂欢的文化依托对象，并持续性地成为文学最佳表达方式乃至心灵栖息的空间。可以肯定地说，从文化生产的角度、从文化的参与性角度来看，BBS 论坛是网站中参与最热烈、最有意义、最有文化色彩的地方，从这里走出来的网络文学批评，也就天然带有它出生时的文化胎记，并在自身的发展过程中演变成为具有鲜明的独立特色的文化理想和文化精神。

(二) BBS 批评的特点

1. 多元性

这里的多元性是指 BBS 批评不是只有一种声音，而是众声喧哗的、自由平等的、人人都可以参与的批评。在这里，人们暂时摆脱了各种现实社会的束缚，将自己还原为一个本真的自我。人们没有身份、地位、等级的差别，人人都可尽情地敞开自己，与别人进行平等的对话。这有些类似于巴赫金所描述的广场狂欢："原来的生活形态，道德基础和信仰全成了腐烂的绳索，人的两重性，人的思想的两重性，此前一直隐蔽着，这时全暴露出来，不仅人和人的行为，就连思想也从自己那些等级分明的封闭的巢穴里挣脱出来。在绝对性的对话(不受任何约束的)的亲昵氛围里相互交往起来。"巴赫金所描绘的这种广场特性在 BBS 论坛中几乎原模原样地存在。在 BBS 论坛中，平时谨慎遵守的各种规矩、道德、身份、地位束缚都被抛开，BBS 参与者在论坛可以自由发泄、自由言说。平时被压抑的各种自我表现的、个人中心的、甚至某种叛逆的欲望，在 BBS 论坛里均可以得到尽情的释放。网络上很有名气的批评者"和菜头"说，网络吸引他的地方，就是"没有那么多的限制，没有那么多的强势语言。……在 ID 的掩护下，你可以多多少少说点你想说的话，而不用再挖个坑埋起来。同时，你也终于能够发言，有人能倾听你的话语，话语的世界终于给了每个人平等的机会，而这一次将不再靠金钱、权力、地位"。显然，狂欢广场式的多元与平等正是构成 BBS 论坛多元化形象的重要因素之一。

2. 隐匿性

这主要是指 BBS 发帖的网民的匿名性和身份的隐蔽性。在 BBS 论坛这一特定的空间和时间之下，所有参与者，作为 BBS 广场狂欢的一分子暂时性地处于日常或正统生活之外，在这暂时脱离秩序的过程中，道德的、宗教政治的、身份地位的约束较平日已经大大放松甚至基本消解，参与者似乎不是平常的那个社会的、正统的"我"，而是另一个平时压抑着的、隐藏着的"我"。按照弗洛伊德理论，BBS 广场中的"我"处于"自我"和"本我"的边缘状态，"本我"基本摆脱了"超我"和"自我"的监视和约束，而处于一种基本自由放任的状态。所以，广场狂欢的这种脱离性，就是一种"自我"与"超我"在自己及他人眼中的隐身，是"本我"的完全呈现与裸露，像张兴军在《沟通无极限》中所说的，"网上全都是'三无产品'(无年龄、无性别、无现实身份)。所以，一个教授在网上也不过是一个姓名的简单存在。就像在澡堂里的人们一样，赤条条地站在人群中，没有任何表示标识"。网络 BBS 论坛的隐身性特征使我们进一步理解了为什么 BBS 论坛及其批评活动具有如此的喧嚣和狂躁，亦具有如此的自由创造与耳目一新之感。

由于网络的隐匿导致无名化或者新名字的建构化，于是一种基于对人的本性在某种特定时刻的暂时承认得到放大，BBS 参与者进入一种主观支配的自我世界中——隐匿了旧我，敞开了新我。

3. 反馈性

反馈即及时乃至实时回应。网络名人楚狂接舆在《关于论坛的传播学分析》一文里说："很多网友都有这样的感觉，自己的帖子在坛子里贴出来以后，就急切地盼着别人跟，一旦发现后面有人附和，那种兴奋的心情，简直无法言说；而假如没有引起任何注意的话，则感觉有些沮丧。"是的，BBS 论坛没有任何人跟的帖子也就是没有价值的帖子，所以有些人即使弄几个"马甲"也要制造一种满足虚荣心的反馈。这说明，在网络在线条件下，作者心中首要的愿望就是能获得与人即时交流的机会，至于是不是能得到权威的肯定、深入的解剖分析，反而成了不十分重要的事情。在 BBS 论坛中，首要的事情不是深刻和成熟，不是创制什么深思熟虑的扛鼎之作，而是立即有人做出反应。所谓"灌水"批评的出现，正是在这样的条件下和需要中产生的。BBS 论坛就像是沙龙、客厅交际，没有哪个沙龙交际者在说话时不希望引起别人的注意，因此那些看似无聊的套话、灌水其实就是一种典型的沙龙表情，一种对于说话者人格尊重的表示，至于话语的意义在这里倒不是最重要的了。

4. 聚焦性

这是指网络发帖的争夺眼球和聚集人气。为什么 BBS 论坛常常在自己的页面打上"鄙视只看不回帖的人"呢？表面上看"飘过""顶"这样简单的话语纯属无聊之举没啥意义，但如果明白 BBS 论坛的作用除了与即时反应和即时交互密切关联外，还与 BBS 论坛的"聚焦战略"有关系，我们就会自觉遵守 BBS 论坛的规则而不断留下自己踩过的脚印。所谓"聚焦战略"就是说，任何 BBS 论坛文章除了突出思考者的思想"质量"，还具有一种把这些富有质量的作品突出出来的任务——从普通的帖子变成精华的帖子，从精华的帖子变成广为人知的帖子。这样一来，BBS 论坛的读者跟帖就具有了一种选择性判断的权力和权威，那些在广阔的网络海洋中游弋的人就可以根据这些被突出的帖子做出自己的选择性阅读和批评，这就是 BBS 论坛帖子所具有的基本批评功能——既然网络没有专业编辑、出版机构审查和权威读者的挑剔性审视，网络就只有通过参与者的帖子来实践同样的功能，表达同样的能力。BBS 论坛这种来源于群众的自我选择功能设置(帖子的数量相当于选票)，很好地实践了民主自治的基本原则。BBS 论坛的这种原始自治以点击率而闻名于世，尽管点击率多少含有商业化选择的意味。网络作家李寻欢曾就此论述说："我可以根据市场的眼光来判断，可以看文章被下载被点击了多少次。……我直接到网上写。好不好大家都明白，可能十个人看我的东西形成不了观点，可是一百个人看的话就会有一个较强的势力，这会比一个著名评论家的评论更有效。文学会越来越跟个人拉近距离，越来越接近老百姓。"可见，BBS 论坛中作品回帖数量高低不仅对作者有重要的意义，对网络论坛及论坛的斑竹，意义也是不可小视的。这就像一个商场，它最需要的是"人气"，而 BBS 论坛帖子因其短小以及它的即时交互的性质最容易创造出旺盛的"人气"。所以，社区或论坛上每有新作出来，斑竹(版主)们就迫切希望有人来回帖、"灌水"，如果没有人参与，或者"灌水"的人太少，斑竹也会亲自赤膊上阵来"灌"一番的。

5. 冒犯性

冒犯性是指网络 BBS 论坛的论争、争鸣和对立、对抗性。BBS 论坛建立初期，内部观点之间的冒犯性特点最为突出，因为那时论坛少而参与人数多，所以各种帖子之间的矛盾冲突也就比较多，常常是拥护者和反对者、夹在中间的起哄者你来我往地斗法，弄得 BBS 论坛乌烟瘴气的同时也生气勃勃。随着 BBS 论坛开设愈来愈普及，BBS 分类和论坛规则越来越完善，人以群聚的特性开始分明，冒犯性、矛盾性和冲突开始淡化，和谐性似乎已经成为当今各个 BBS 论坛的主流，哥俩好、互相吹捧、熟人见面分外亲热的现象越来越突出。但 BBS 论坛的冒犯基因依然没变，各种有影响力的帖子仍然是充满冒犯性的——这种冒犯性主要表现为冒犯中心话语，冒犯主流意识，冒犯体制性、结构性、因袭性的话语形态，而一切以论坛参与者自己的情感和兴趣为转移。在这种冒犯中，可以有两种表现形态：一是对象式的冒犯，即冒犯传统、正统或权威认定的神圣的、崇高的对象，而依自己的快感和兴趣沉浸在非崇高、非神圣的所谓"通俗"的乃至"浅薄"的对象之中。二是"角度"式的冒犯，即从解读的对象来说，它们仍是传统的、正统的或权威的解读对象，但是在解读的角度、兴趣的中心，或是解读的方式上，它们却与传统的解读不同，它们大都根据自己的切身体验和生活经验乃至自己当下的感受和情绪进行解读，而不理会各种思想的、政治的、历史的、逻辑的、美学的乃至真实的准则。

总之，由于互联网是一个强调互动并且互动性特别突出的特殊文化空间，因此，网络文学批评在互动性的基础上发展着自己的批评方向，不管网络文学批评呈现出什么样的特点，它都是本着要和阅读者互动的本意出发的。可以说 BBS 互动对网络文学批评具有积极和消极的双重影响，正所谓成也互动败也互动。

三、一种特殊的批评——网络"恶搞"

"网络恶搞"已经成为一种独特的网络批评和网络文化现象。拼接影视作品(《一个馒头引发的血案》)、丑化自身形象(芙蓉姐姐、后舍男生)……网络恶搞可谓层出不穷，不仅成为一种流行的文化时尚，也成为网络批评的一种特定形态。只要你打开互联网，就能看到层出不穷的网络恶搞，从早期的《小鸡过马路》到《太史记》《网络惊魂》《小强历险记》，以及广为流传的"韩乔生语录""大连蒲桃的饶舌说唱""反波平客的口水段子"，还有"芙蓉姐姐""玫瑰姐姐""天仙妹妹""石榴哥哥"，乃至央视唱红的《吉祥三宝》和李安导演的《断背山》等，都有网络搞笑版。

"恶搞"一词源于日本的流行词汇"KUSO"(库索)，是一种特殊的互联网文化。它是一种用反常、戏仿、非理性的言行举止，制造恶作剧式的反讽效果的网络表意方式。恶搞的精神母体是"无厘头"，"恶搞者的目的就是要制造出反常规、不协调以产生出人意料之外的特殊效果。恶搞的意义体现在它不仅在意识形态方面破坏传统、破坏常规、破坏原则的精神，同时还在产生'笑'的方式上，打破了原来的制'笑'方式，产生出迥异于以往的内容和方式的'笑'的机趣"。

恶搞是一种批评，一种时尚的网络批评，一种文学批评和文化批评。这种批评基本立足点是"渎圣思维""脱冕叙事"和"平庸崇拜"，以颠覆神圣、讥嘲崇高，实现后现代性的反中心论、反权威性、反整一性和反传统。因而，网络恶搞往往是拿经典、名著、权威、典雅、高贵和众口一词的评价标准开刀。如胡戈的《一个馒头引发的血案》拿当代著名导演陈凯歌的电影《无极》开涮；《多收三五斗之 CCIE 版》拿叶圣陶的小说《多收了三五斗》开涮；拿《西游记》开涮的除了《大话西游》外，还有《仙履奇缘》《星光灿烂猪八戒》，以及《大话西游》的"清华奇缘板""校园足球版""招聘应聘版""求职面试版"等。网络恶搞式批评的主要手段有：戏访名典、夸张变形、剪辑拼贴、游戏搞笑、犬儒自嘲、反常叛道、佯装正经、无厘头开涮等。其目的或为颠覆经典和消解等级权威，或借恶搞经典名著来发泄自己对现实的不满，或为长期以来的审美疲劳而改用审丑的方式来刺激和调节众人疲劳的审美神经。

四、网络文学批评的悖论分析

与传统文学批评相比，网络文学批评本身存在一定的矛盾或者悖论，这主要有两种表现。

首先，网络批评具有平民化的开放平台，却又存在评价标准的失衡失依：互联网是一个最具平民色彩的虚拟社会，在这里，大家都是平等的，没有家庭背景的差别，没有社会地位的悬殊，任何人都可以在完全平等的开放平台上按一定的游戏规则来表达自己的看法和意愿。网络总是为每一位愿意交流的网民把自己对作品、对文学，或者对世界、对人生的看法展示给大家，与大家分享。这对于因为社会分工而缺少文学话语权的文学爱好者而言，是找到了一个直接展现自己的舞台。所以有人认为，网络文学体现了一种"向民间回流的趋势"。但是，这个平民化的开放平台又给文学的选择、判别和价值评估增加了难度。因为网络不仅给平民及其文学评判创造了机会，也给文字垃圾和非文学的宣泄提供了场地。面对空前高涨的网络表达和交流，必然会出现大量假冒伪劣的文字垃圾、恣意灌水的上网表演以及价值判断的主观迷失等问题，从而导致精力、时间、网络资源、注意力的无端浪费。这种情况在传统文学中也有所体现，但在网络文学中更加突出。问题还在于：平民化的网络平台不认同权威，那么谁又有资格来作文学的遴选、导向和为之作价值评判？

　　另外，网络批评有 BBS 这样的交互式共享乐园，但又存在主体承担感的虚位。网络文学批评具有实时、互动、跨境、跨文化、跨语言传播的特点，每一个网民都有权共享数字化乐园，在这里作平等的交流、无远弗届的沟通。有人说，网络像一场"假面舞会"，没有多少人上网后会"从实招来"，在隐姓埋名之下，个个都如生猛海鲜。从网络作品中人们感受到的是一个真实鲜活的"我"的生命体验和个体心性的淋漓尽致的宣泄。"网络揭去了人们在生活中的社会面纱，是一种抹去了社会角色的最真实的个我袒露、最率性的心灵表达和最诚恳的交互沟通，因而，网络文学可以用最'无我'的方式实现最'真我'的传达和交流。"传统的文学表达方式是单向的，传播者和接受者的位置明确而固定，而互联网上消解了言说者和聆听者的界限，那里没有固定的传播者和接受者，任何一个网民都可以是批评者、接受者，同时也是被批评者。互联网的引人入胜之处在于它的互动性质。网络技术的支持可以使你的帖子被推向四方八极，网站间的转帖还会把你的意见送到一些意料不到的站点，甚至让你跨语言、跨国界在天涯海角找到文学知音。由于实时交互的便捷，你对某一作品的评价一经上网，立马便可能得到其他网民(含作者)的反馈，或褒或贬，一针见血，不留情面。这些都是网络这个交互式乐园的显著优势。但是网络上的共享乐园也给文学批评的健康发展带来烦恼。例如，网络表达的自由和随意及其身份隐匿性，可能造成主体责任心和承担感的缺席。因为在这里的批评活动全凭自律而没有他律，他无须对作家作品负责，也不必为自己的观点和言论承担社会道义，只需要快意而悦心、自娱以娱人。结果，主体责任、艺术承担、社会效果、审美意义等价值期待都失去了逻辑前提。这是需要我们特别关注的。

第七章　网络文学的未来发展

第一节　新媒体与网络文学的形式拓展

一、网站文学

(一) 网络游戏小说

网络游戏兴起于 20 世纪末期，短短十几年的时间里就已经发展成为一项令人瞩目的娱乐产业。网络游戏与单机游戏相比，通过使用不同的游戏终端使更多的人参与，更具有互动性和真实性。作为网络游戏小说蓝本的网络游戏多属于角色扮演类，这类游戏以具体、奇幻的游戏背景，复杂有趣的剧情和丰富的人物性格为网游小说的创作提供了肥沃的土壤。

随着网络游戏项目的不断丰富，有些玩家开始尝试以网络游戏为题材进行文学创作。网络游戏"传奇"从开始公测就得到了众多网游玩家的追捧，在这股浪潮之下，网游小说也应运而生。2003 年 7 月，中国第一部网游小说《奇迹：幕天席地》正式出版发行。

网游小说作为游戏与文学相结合的产物，主要有两个特点。一是兼容性，网游小说的题材多变，除了借鉴中国传统小说中言情、武侠、传奇等因素外，几乎可以容纳日常生活所有的主题。在表现手法上，由于网游小说以网游为创作背景，相应地也吸取了网游的一些特点，往往把网游里中国的武侠、西方的魔幻、悬疑和日韩的动漫融合到小说创作中来，大大增强了网游小说的可读性。二是网游小说所体现的超凡想象力。网游本身就是人类想象思维的结晶，网游小说在网游的蓝本之下，又充分发挥了作者的个人感受和天马行空的想象力，编造的人物经历、故事情节越是离奇、充满悬念，点击率就越高，越受追捧。

(二) 网络接龙小说

网络接龙小说，顾名思义就是存在于网站上的由多人集体创作的文学作品。通常是由一个人起头，后来者根据前面作者创作的内容续接下去，可长可短，题材不限，在合情合理的范围内可以尽情发挥想象力。由于思维的差异，小说的发展往往因一些奇特的构思而妙笔生花，显得与众不同。网络接龙小说体现了集体智慧的结晶，每个人都能品尝到创作小说的乐趣。

网络接龙小说作为一种开放式、互动式的写作模式，彻底摆脱了作者单一化的思维方式，为大众提供了创作机会和交流学习的平台。由于网站没有准入门槛，读者与作者的身份可以自由转换。读者不仅有阅读的自主权，而且还有批评和再创作的权利。这种独特的创作与阅读方式给人们带来了一种全新的审美体验。由于是集体创作，网络接龙小说往往缺乏周密的篇章布局，语言风格也会有或大或小的差异。所以，现在的网络接龙小说，能称为优秀的作品少之又少。此外，网络接龙小说还可以和网游小说相结合，形成兼具两种网络传媒特征的文学体式，同时也会提高网络接龙小说的商业价值。

(三) 超文本与多媒体诗歌

网络诗歌有广义和狭义之分。广义的网络诗歌包括传统文本诗歌的电子化以及网民原创，在网站上发表的纯文本诗歌、超文本和多媒体诗歌。狭义的网络诗歌则专指超文本和多媒体诗歌。

超文本是指用超链接的方式，将不同空间的文字信息组织在一起形成的网状文本。现在，超文本大多以电子文档的形式存在，其中的文字包含有可以链接到其他位置或者文档的链接，读者可以从当前阅读位置直接切换到超文本链接所指向的位置。我们日常浏览网页的链接都属于超文本。

多媒体诗歌就是在超文本诗歌的基础上，通过把多种造型媒介利用起来形成的集文字、声音、图像、数码摄影、影视剪辑等于一体的信息处理技术创作的诗歌文本。多媒体诗歌突破了传统的纯文本诗歌，在文字的基础上，用想象来构建意象的创作与鉴赏模式。例如，如果要创作一篇描写野外风光的诗歌，就可以将天空的蔚蓝、花朵的艳丽用图片或视频来呈现，将鸟儿清脆的叫声、草虫低鸣的声音用音频来展现，这样就可以充分调动读者视觉、听觉等感官，全方位、立体化地体验作品的丰富性，实现真正意义上的图文并茂。

(四) 网络戏剧

文学意义上的网络戏剧应该是指超文本戏剧(简称超戏剧)，与网络小说、网络诗歌相比，网络戏剧发展最为缓慢，但同时也是涉及最多网络和艺术因素的一种文学新文体。

超戏剧与传统戏剧的区别主要有以下几点。第一，在传统戏剧中，观众坐在暗处，观看舞台上的演出，故事以线性情节推进。在超戏剧中，观众是可动的，可以通过链接观看到同时运行的诸多场景的演出。第二，传统演出发生于舞台，超戏剧则发生于"真实环境"，所以这种形式也被称为"实况电影"。第三，传统戏剧的观众不对焦点做出决定，只是观看舞台上所上演的东西。在超戏剧中，每逢情节分叉时，观众都必须做出选择。第四，传统戏剧存在主要人物与主要情节。在超戏剧中，这些则意义不大，因为所有演员任何时候都在台上，并且如果作者构思巧妙，所有的人物都拥有自己所属意义的故事。第五，传统戏剧中只要一次细心的观看便足以"接受"整个演出，而在超戏剧中，需要多次观看才能了解整个故事情节。

超戏剧的根本是情节的并行性：它向观众提供多种选择，但这些选择未必能展现整部作品的内容在分叉点选择了某一路径的观众，很可能完全不知道另一路径正在上演的内容。虽然传统戏剧也会有同时展现的情节，但这样设计的目的是以不同的模式经历来让观众更全面地了解整部戏剧的结构。虽然目前超文本戏剧仍处于起步阶段，且发展缓慢，但这种戏剧新文体依然有着其他文体无法比拟的发展前景。

(五) 博客日志

网络技术不仅为博主带来了表达自我、分享他人的空间，21 世纪的博客文本也展示了独特的文体形式。在博客中，文本可以由文字、声音、图像、视频、超链接等媒介方式立体地建构而成。博客与传统日记最大的不同还是它的超文本特性及共享性。由于具有链接性，博客不是线性而是立体化地展示信息，少量的提示文字配加丰富的链接文本，是最具代表性的博客文体。博客的这一本质特点使每一个博客网页都是一个开放的变动不安的"活性文本"。

和个人日记的私密性截然相反，博客是共享的，每一篇博客文章的后面也都有"点击此处发表评论"的字样，网友可以对自己感兴趣的话题或者图片等随意发表意见，表达自己与博主相同或不同的观点，网友和博主可以实现真正意义的实时互动。博客的这种共享性、互动性与交流性也使得博客只能依附于网络而存在，无法形成纸质文学。

二、短信文学

短信文学的出现始于实用目的。手机普及之初，有些人在逢年过节时，用短信向亲朋好友发祝福短信。为了增强表情达意的效果，一些祝福短信开始使用文学化的手段，这是短信文学诞生的初级形式。比如："送个'圆'，祝你幸福美满心不烦；送个'缘'，祝你美梦成真比蜜甜；送个'源'，祝你快乐永远乐连连；送个'元'，祝你一生美满不缺钱。"不过这些形式较为平易，不足以引起人们的关注。2002 年后，短信文学才真正受到重视。2003 年，新浪网推出中国第一个原创短信专栏，之后，一些以短信文学为主题的文学赛事不断兴起。如江苏电视台在全国发起"中国原创短信文学大赛"，《天涯》杂志社与通信公司共同举办"首届短信文学大赛"，铁凝、韩少功、苏童、格非等一些著名作家被邀请担任短信文学比赛的评委。2005 年，出现了专门收集、发布短信文学的网络机构以及专业化的短信文学写手。由海南移动通信有限责任公司发起并投资建设的"大拇指短信文学网站"正式运营，这是全国第一家以短信文学为内容的专门网站。同年，全国首届短信文学研讨会在海口"E 拇指文学艺术网"拉开帷幕，两小时的虚拟会议中，收到全国网友600 多个帖子，在线浏览人次逾40 万。短信小说《城外》《短信情缘》、短信文学作品集《扛梯子的人——中国首届全球通短信文学作品选粹》《谁让你爱上洋葱的》《手机不夜城》均已出版发售。

　　短短十多年的时间，短信文学迅速崛起，成长为区别于传统文学以及网络文学的新媒体文学样式，是文学领域里一支不可忽视的力量。作为一种新的文学现象，论者曾这样解释短信文学：它运用多种文体、多种文学形式，具有"短"(70 字以内)、"简""幽默或言情"三大特点。下面介绍短信文学几种代表性的类型。

(一) 短信故事

　　短故事在中国文学史上有悠久的历史，如《笑林广记》《聊斋志异》《搜神记》当中就有不少短小精悍的故事。这些故事之所以广为传播，在于它的幽默性和通俗性。短信故事通过手机这个平台，以短信的方式进行传播。手机的普遍性使短信故事具有自由发挥的私人化特点，而字数的限制反而会带来限制的张力，激发创造力。对于什么是短信故事，有人这样总结：每自然段为 70 个字，段落结尾或幽默，或哲理，或双关，或言情；简化故事情节，淡化矛盾冲突，强化语言精彩，丰富标点意义；对白生动、夸张；采取蒙太奇手法；用环境隐喻内心的一种新文体。短信故事的篇幅短小，因此也就决定了所选取的题材一般不涉及宏大、严肃的主题，而多以小篇幅写小题材。

(二) 短信戏剧

　　这里的短信戏剧主要通过人物对话的方式展示文本内容和文本结构，短信戏剧注意短信行为者的语言动作及其与短信要素之间的内在关联，并以此推动事项的展开。比如：

　　　　鱼说：你看不见我的泪水，因为我在水里。
　　　　水说：但我能感觉到你在流泪，因为你在我心中。

　　这条信息省略了对话背景，结构简单，只是更换了个别字词，但寓意深刻，道出了感情深厚的一对恋人彼此间真诚的依恋和执着。

短信文学用对话体为表达形式的有很多，但真正能够称得上集大成的要算王豪鸣的《大宝小贝》。文章全部由一对男女的对话构成，总字数达 13 000 多字，展示了一对青年男女从邻居开始，相识到相恋最后发生矛盾直至分手的情节。在每一个片段中，男女主人公的对话为三句，第四句由所谓的"邻居""东西半球""超短裙"等角色充当，这些角色的话语往往非常幽默犀利，甚至带有讽刺和挖苦。比如：

（一）
大宝：你好，我是大宝。
小贝：你好，我是小贝。
大宝：真是有缘哪……
[邻居]：这下总算 / 门当户对。

（二）
大宝：你好漂亮啊！
小贝：都说我是华籍美人。
大宝：呵呵……
[华籍美人]：那得嫁一个 / 美籍华人。

这部作品突出人物的语言交流，使短信文学能够扬长避短、收放自如，同时用结句的形式提炼出每条短信的精华，其幽默和哲理令人过目不忘。宛如生活的细流，每一段均有各自的姿态和风景，由人物奏响交响曲，汇合起来又是一条贯通的大川，反映着生活的千姿百态。

近年来，随着层出不穷的网络与新媒体技术的发展，短信文学经过了几年的黄金期后，迅速走向没落。传统短信一对一、点对点式的联系方式显然已不能满足人们的日常生活需求，人们更愿意转向新的交往平台如微信、飞信等，这加速了短信的末日之路。70 字的短信，其衰落可谓伴随着"140 字"微博的兴起。虽然两者功能并不相同，但随着智能手机的普及，微博、QQ 等网络形式的兴盛，人们对通信应用领域的需求也开始转变——从单纯的双向通信，转为自我展示和更广泛的交往，短信文学的热度逐步下降。短信文学随着新媒体技术的发展而来，又伴随着社会科技的发展而走向没落，其文学价值有待时间的检验。但短信文学最大的意义在于，在手机时代让文学走进了千万大众的生活里，其通俗性、民间性、口头性为文学增添了鲜活的民间文学属性，这意味着文学本身的发展进入一个新的时期。

三、微信文学

2011 年，腾讯公司推出了一款能够即时提供通信服务的免费应用软件——微信。微信是一款以消耗网络流量为主要方式、以 QQ 好友和手机通信录为资源、以智能手机的客户端为依托，通过快速发送文字、图片、免费语音、视频等内容，进行一对一聊天或多人群聊的社交软件。与短信点对点的传播方式相比，微信的传播是点对点与点对面传播的结合，这就避免了信息传递的单向、封闭、阻塞的弊端；公众号的定点推送保证了信息传递具有很强的针对性；朋友圈的信息分享只有在互加好友时才能获悉，保证了信息的私密性。据报道，2017 年 11 月，微信的月活跃账户数达到 9.8 亿人，同比增长 15.8％，2018 年，微信月活跃用户已经超过 10 亿人，这也上微信成为中国首款突破 10 亿月活跃用户的互联网产品。

媒介的更新带来文学形式的变化，在微信强势的发展势头下，文学与微信的联系日渐密切。微信文学有着与其他新媒体文学不同的特点，这些特点来源于微信软件的技术构成，而正是这些技术决定了微信文学存在的特定形态与功能。从呈现方式上看，微信文学可以分为朋友圈文学和公众号文学两大类；从创作来源看，微信文学可以分为原创文学、既有文学以及两者混合的类型。原创文学指的是微信用户随时随地将生活感悟、心情随记、评论语言发送到朋友圈，甚至可以个人申请公众号进行文学创作。既有文学指的是传统文学和网络文学利用微信平台进行传播。许多文学类实体期刊纷纷登录微信平台，网络文学平台也纷纷开通了微信公众号，如红袖文学、豆瓣阅读、晋江文学、盛大文学无线阅读等。大量的综合类网站也开通了自己旗下的读书频道，如凤凰读书、天涯社区读书、百度文学、腾讯文学等。目前可以搜索到的重要的文学类公众号有"收获""小说月报""上海文学""当代""明天诗刊""人民文学杂志""青年文摘""读者""读者文摘""读者原创版""读者欣赏""今天文学""青年文学"等。这些平台每天会发送 2 到 5 条消息，大体上由这样几个板块组成：实体期刊目录、精品选读、文章节选、短篇小说、互动平台等。其优势在于兼具文学性与时效性，新鲜的文学事件、新锐作家能够及时地被读者知晓。除此之外，各大微信作家们活跃在微信平台上狂揽众多粉丝，著名的有南派三叔、蔡澜、陆琪等。下面从呈现方式上简要描绘朋友圈文学和公众号文学的样态。

（一）朋友圈文学

2012 年，微信开通了朋友圈功能，朋友圈的出现让人们可以与好友共享即时照片、心情等动态信息。今天人们日常生活中无时无刻不在使用朋友圈。朋友圈文学主要以微信用户个体记录在生活中的所见所闻、所思所想，抒发个体在瞬间对自身、他人及公共事件的认知为内容。它的篇幅虽然不受短信或者微博的字数限制，但总体上较为短小，在时间的处理上与富于变化的长篇大作相比更为简单，呈现出碎片化、重复性等特点。朋友圈文学最初的形态以文字为主，图片分享功能开通后，朋友圈文学写作出现了语图搭配的现象，即编辑一段文字，再配上场景照片或者与语境较为匹配的图片。文字与图片在展现内容时相辅相成、互相补充，图片给文字带来了更鲜活的直观性与在场性，比单纯的文字表达更具有吸引力。

微信朋友圈文学具有即时性、日常生活审美、感性抒情的特点。朋友圈是通过 QQ 好友和手机通信录建立联系的人际关系网，微信中的好友大多数是自己熟知的家人、朋友、同学、同事，具有很大的用户黏度，是一个较为私密的社交平台。对很多人来说，他们乐于在这样具有私密感与安全感的空间里向他人展示自己生活的点滴状态。人们喜欢使用朋友圈时时播报生活实景，旅行、美食、毕业、结婚、节庆等场合都要发个朋友圈晒一晒，附加在这些日常生活上的灵感闪现的心情感悟，便具有了碎片化的文本特点。

（二）公众号文学

2012 年，腾讯在微信推出公众号服务。2015 年 4 月 20 日，中国新闻出版研究院公布第十二次全国国民阅读调查结果，微信阅读被首次纳入调查。结果显示，中国成年人手机阅读群体的微信阅读使用频率为每天两次，人均每天微信阅读时长超过 40 分钟。微信成为用户在移动端的一个重要信息接入口，而这其中来自微信公众号的信息又占据了大部分比重。微信公众号依托多媒体图文推送，具有互动方便快捷等优势。微信公众平台是给个人、企业和组织提供业务服务与用户管理能力的全新服务平台，根据使用对象和功能的不同可分为服务号和订阅号两种。服务号主要为企业和组织提供强大的业务服务与用户管理能力，偏向服务类交互(功能类似 12315、114、银行，提供绑定信息等)；订阅号为媒体和个人提供一种新的信息传播方式，主要功能是在微信给用户传达资讯(功能类似报纸、杂志，提供新闻信息或娱乐趣事等)，适用人群为个人、媒体、企业、政府或其他组织。微信用户可以通过扫一扫的方式添加服务号和订阅号，搜索自己感兴趣的内容。微信文学主要以订阅号的形式存在公众号中。

1. 微信公众号上传统的文学体裁

在现代社会，随着人们生活节奏的加快，传统的中长篇小说越来越受到冷落。相对于费时费力的传统阅读方式而言，人们更愿意选择省时省力的快节奏阅读方式。尤其是新一代青少年，更是新媒体阅读的主力军。休闲化、图像化、碎片化的阅读方式让读者可以在繁忙之余的碎片化时间读完一两部作品，因而更受人们欢迎。一般来说，为了适应新时代的阅读需求，在微信公众号上的小说以短篇为主，中篇、长篇往往以连载的形式出现。微信公众平台群发推送的消息以不同专栏、标题文字、插图排版的形式整洁明了地呈现在手机客户端。用户可以根据阅读兴趣点击标题进入相关内容，编辑简单介绍再引出正文。微信公众平台每条信息可达上千字，在一定程度上弥补了微博过于碎片化、杂乱化的缺陷，也满足了新媒体文学精致化、深度化的要求。

传统期刊《小说月报》公众号是推介微信小说的重要阵地，2017年发表了张悦然《大乔小乔》《茧》、王安忆《乡关何处》《红豆生南国》《向西、向西、向南》、彭扬《故事星球》等中篇。该公众号对应纸质新刊的内容，采取"预览"方式，提供小说精彩片段。《收获》公众号2017年连载石一枫《心灵外史》、阎连科《速求共眠》、傅星《怪鸟》等长篇小说。

诗歌方面，微信可谓现代诗歌最重要的生长集中地。微信公众号图片、文字、视频、音频等手段的叠加效应增添了诗歌的美感，扩大了诗歌的传播范围和影响力。诗歌微信公众平台按照创办主体的不同，主要有两种类型。第一种是传统诗歌刊物创建的公众号平台，如《诗刊》《诗歌月刊》《星星》等传统诗歌刊物都有自己的诗歌公众平台。这些平台一方面推送纸质版上的诗歌作品，另一方面又会选择性推送一些与诗歌相关的内容。2015年初，《诗刊》公众号推出余秀华的《穿过大半个中国去睡你》，在其后的几天时间，这组诗在微信上疯狂传播，并引发了持续两个月的"余秀华事件"。在人们高呼"诗歌已死"、诗歌日益走向边缘化的时代，自媒体发展却唤醒了诗歌新的活力，不得不让人进一步关注诗歌这种文体与新媒体深度融合的前景与方向。另外一种类型，则是以"为你读诗""读首诗再睡觉"等为代表的微信平台。这些公众号每天会在自己的平台上推送一首诗，内容包括诗歌的文字文本、对诗人诗作的简介，更重要的是对这首诗朗诵语音的推送。"为你读诗"往往请一些社会知名人士进行朗读，这就在无形中提升了传播的影响力；同时允许读者亲自参与朗读诗歌，在朗读中可以自行选择配乐方式，还可以以标签的形式书写对于诗歌的感悟，然后分享到朋友圈中。

散文方面，一些国内外经典名家是公众号散文文学的主角，如老舍、汪曾祺、林语堂、梁实秋、余秋雨、川端康成等。精致富有意蕴的语言配上精美图片，在琐碎的日常叙事中为人们提供一方闲适的净土。2012年腾讯网"大家"频道设立，其目标定位于以签约知名作者、支付高额现金稿酬和营销个人品牌的方式，打造一个专营内涵厚重的思想文化类长文的特色化平台。经过几年的发展，一层闪亮灵动的文学光泽和一个具有思想内蕴的散文作者群体已出现，如叶兆言、韩少功、徐小斌、冯八飞、宁肯、祝勇、潘向黎、陆波等。微信公众号"大家"分为"往期精选""大家电台""全部作者"三个栏目。进入公众号点开"往期精选"，里面每天推送五篇头条文章，内容多为述评社会现象、文化热点、历史人事。

2. 公众号上的文学热点

公众号上涵盖文学的书评、讲座、文学奖项等都属于公众号文学的一部分。例如：《小说月报》公众号在电影《黄金时代》上映、社会上掀起一股"萧红热"之际，推出由批评家、汉学家等对作家萧红及电影的评论专题，为读者提供围绕文化热点的深度思考；"北大博雅好书"公众号经常摘录当代著名学者的讲座、访谈。节庆假日时期，也成为文学热点凸显的最佳时机。比如《小说月报》公众号曾经在"三八"妇女节那天开展读者"最爱女作家"微信线上评选活动。读者可以通过微信平台发送最喜爱的女作家及评选理由、作品感悟给编辑，由编辑整理后以专题形式分享，并为参与读者颁发图书奖励。这些来自读者的对作品的感悟往往也带有很强的文学色彩，可视为碎片化的文学评论。

第二节　网络文学与网络出版

网络出版最早产生于 20 世纪 70 年代。1971 年由意大利人 Michael Hart 发起的古登堡计划，这种以电子化的形式，基于互联网提供大量版权过期的书籍计划是最早的电子书免费在互联网上出版。1972 年，Dialog 成为第一个提供在线服务的商业数据库。到 1988 年为止，已出现了 3893 个在线数据库。再加上 20 世纪 80 年代末，数字照相与万维网技术在互联网的应用，加强了网络出版的发展。世界上第一份联机杂志是 1991 年 9 月由美国科学促进会和美国共同开发的，名为《最新临床实践联机杂志》。1995 年 10 月出现了中国第一份网络版的报纸《中国贸易报》。20 世纪 80 年代世界著名的美国兰登书屋、巴诺网站、培生教育集团、IBM、时代华纳等大公司和大出版商出版了大量电子图书，推出了一系列相关服务。巴诺网站在 1997 年开始经营电子图书，并把已出版的传统图书变成电子网络版，为读者提供绝版书和新版电子书，2000 年，巴诺书店与微软合作，共同促进电子书的开发，并宣称年内结束纸质图书。日本、韩国、英国、德国等都纷纷进军网络出版。

聂震宁在《从挑战到联姻审视中国网络与出版之关系》中，描述了中国出版界对网络由无知，到震惊，再到紧紧跟上的整个过程。从 1987 年到现在网络出版渐成规模，时间已经过去了 30 多年。网络出版是以计算机技术、网络技术、一个基数众多的网民群体为基础的，这个基础现在已逐渐形成。据中国互联网信息中心(CNNIC)发布的《第 36 次中国互联网发展状况统计报告》显示，截至 2015 年 6 月底，网民规模、宽带网民数、国际顶级域名注册室三项指标中国均位居世界第一，其中网民规模达 6.68 亿。这表明以传播讯息为主要功能的网络出版已具有相当数量的读者群体与潜在读者群体。

传统出版社在稿源、内容制作、营销方面都全面面临网络的冲击。2000年，商务印书馆、北京大学、清华大学、大百科出版社等 14 家出版社陆续开展了网上出版业务。而到 2009 年，全国各省的出版社都有了自己的网站。同时，各出版社还谋求将纸质图书进行数字化，如多家出版社已加入"北大方正"计划，即将出版社已经出版或即将出版的传统图书、电子图书电子化，使其能够在网上流通。新华书店一直是图书销售的主要卖场，而网络购物的兴起使得网上书店成为很多消费者购书的第一选择，网上购书已成为越来越多的年轻人的选择。当当网、亚马逊、京东商城以及各个区域性的网站，他们以购书的方便性、选择的多样性、送书的及时性以及一对一的服务模式，给传统出版耳目一新的感受。他们不但销售纸质图书，也销售数字化图书，提供各种在线读者服务，向我们展现了一种新型的出版物销售方式。

一、网络出版

"网络出版"，又称为"基于网络的电子出版""因特网上的出版"等。这个词语产生于 20 世纪 90 年代初，是与传统的桌面出版相对的一个词语。周荣庭在其专著《网络出版》中指出，中国在 1994 年出现了"网络出版"一词。顾犇在《什么是网络出版》中指出，"网络出版"就是利用计算机和通信技术来传递出版物的全部或部分，使读者能更有效地利用信息，它是在"电子出版"的基础上发展而来的。文中强调了"网络出版"就是通过计算机网络进行信息传播的"电子出版"。

早期的"网络出版"是一个从技术角度阐述的名词。广域信息服务(Wide Area Information Server，WAIS)的创始人布鲁斯特•凯勒(Brewster Kahle)在研究了 WAIS，Gopher 以及 Web 技术后，对网络出版进行了深刻、全面的思考。他在《网络出版引论》一文中指出：网络出版是计算机网络和传统的出版业的集成，为有序的信息提供基本的共享机制，它不是要拯救树林和取代书籍，而是要建立出版者与读者之间的新关系，使人们的信息获取方式发生根本性的变迁，也是新形式作品在一种廉价新媒体上的创建和出版。

随着 Web 技术快速发展，西方媒体用网络出版指代"Web Publishing"，即 Web 出版。1995 年，在德国召开的第三届国际 World Wide Web 会议的论文选集就被命名为《走向网络出版》。与此同时，网络出版也指"网络传输"。网络传输是指作品转换成可以在网络上传输的二进制数字 0 或 1，然后通过计算机网络输送出去，网络用户可以在其计算机终端上下载作品进行阅览、存储、打印或其他方式的使用。1995 年 9 月，《美国国家信息基础设施知识产权白皮书》指出，公众通过数字网络获得作品复制本，作品就如同有形复制本在商店出售一样被出版，说明网络传输属于出版。1996 年 12 月通过的《世界知识产权组织版权条约》(WIPO Copyright Treaty)第八条规定，文学艺术作品的作者应享有专有权利，以授权将其作品以有线或无线的方式向公众传播。"网络传输"这一技术中性的名词在进一步的法律法规研讨中被使用。

1997 年以后，我国国内对网络出版进行了多方面的讨论，如《编辑学刊》进行了一系列的关于网络出版定义的讨论。比较有代表性的观点认为，所谓网络出版物，包括电子图书和电子报刊，是指以数学代码方式将图、文、声、像等信息存储在磁、光、电介质上，然后通过计算机或具有类似功能的交互设备予以阅读使用，用以表达思想、普及知识和积累文化，并可复制发行的大众传播媒体。网络出版物包括两种形式，一种是单行网络出版物；另一种则是网络出版物。最初人们还无法准确地将网络出版与网络出版相区别另一个有代表性的定义从三个层面探讨这一概念：其一是指利用计算机进行辅助编辑排版的技术；其二不仅包括相关技术也包括这种技术的产品；其三是指以电子形式出版和传播信息的任何技术，即所谓无纸出版，包括可视图文（Videotext），电子邮件（E-mail）。随着网络出版对传统出版的影响加剧，中国国内开始进行"网络出版引发的思考"，开始分析网络出版对传统出版业的冲击，对网络出版的认识开始加深。聂震宁的《从挑战到联姻——审视中国网络与出版之关系》将网络出版视为未来的新的出版力量，显示了出版业界对新技术革命的重视和革新意识的兴起。

匡文波在《网络出版论》一文中认为，网络出版物是将信息以数字形式存储在光、磁等存储介质上，通过计算机网络高速传播，并通过计算机或类似设备阅读使用的出版物。可见，网络出版物是相应的技术发展到一定阶段的产物，是网络出版物更高层次的发展。周荣庭在其专著《网络出版》中认为："网络出版物是面向网络最终用户的数字内容或者数字信息资源。"

《网络出版服务管理规定》中对"网络出版物"的定义为："本规定所称网络出版物，是指通过信息网络向公众提供的，具有编辑、制作、加工等出版特征的数字化作品，范围主要包括：①文学、艺术、科学等领域内具有知识性、思想性的文字、图片、地图、游戏、动漫、音视频读物等原创数字化作品；②与已出版的图书、报纸、期刊、音像制品、网络出版物等内容相一致的数字化作品；③将上述作品通过选择、编排、汇集等方式形成的网络文献数据库等数字化作品；④国家新闻出版广电总局认定的其他类型的数字化作品。"

可以看出，网络出版物首先是计算机与网络结合的产物，数字化是网络出版物的一个特点，这一点它与 CD-ROM、CD、VCD、DVD 等电子和音像出版物是一样的；在流通形态上，网络出版物表现为通过互联网以数字形式进行传送（下载），直接面对终极用户，以下载形式完成流通过程。流通网络化（下载），是区别于纸介出版物和以 CD-ROM、CD、VCD、DVD 为表现形式的电子和音像出版物的本质特征。

网络出版作为一种新兴的出版形式，随着人们信息意识的增强以及计算机网络技术的发展，网络出版在人们的生活中越来越成为重要的角色。网络出版按照不同的分类标准，可以划为以下几种类型。

从网络技术支撑的角度分类，网络出版大致可以分为文字网络出版和网络图文视听多媒体出版两种。文字网络出版主要有数字图书馆、网络图书、网络期刊、各大新闻网站等。文字网络出版具有强大的搜索、检索、浏览、预览功能。网络视听出版主要是提供图文视听立体动感的效果。网络游戏、在线网络电视、电影、音乐等是主要出版形式。

从收费的角度分类，网络出版可分为免费网络出版和收费网络出版。收费网络出版又有两种情况，一种是用户订阅式的付费，如读者订阅自己喜欢的传统出版物杂志或报纸一样，一年或半年付费一次，付费方式可以通过线上和线下多种方式。网络出版商通常以电子邮件或者授权给用户访问的方式。另一种是根据用户访问的次数付费，用户每次访问的时候临时付费，即访问一次付一次费。这种付费有助于用户根据自己的需要，浏览所需要的内容，通过网上银行或者是手机临时付费。免费服务是指网络出版主体免费提供用户在线阅读，用户可以随时点击查看信息，浏览各种新闻，搜索所需要的任何信息，而网络用户不用付任何费用，如新浪、搜狐、网易等各大新闻网站。网络出版主体主要是靠广告赢利。这种新闻网站因为免费，点击率高，点击率成了它最大的卖点。各大广告商看好此市场，纷纷在此投入广告，新闻网站因此赢利。这是一种三赢的局面，网站、用户、广告商均获利。但是，也不是所有的免费网站都是靠广告来赢利的，如中央政府网、省直机关等网站"是免费开放给用户浏览的，主要宣传方针政策的作用，与赢利无关。

从网络出版主体角度，可以分为个人网络出版、网络出版公司与出版社合作出版模式以及出版社或网络公司独立出版三种模式。个人网络出版是个人或小集体经过新闻出版机构及网络信息部门的审批后取得合法的出版资格，把自己已出版的作品放在因特网上实现网络在线传播的行为。个人网络出版一直是网络出版中一股不容忽视的力量，它虽然与专业出版机构所进行的网络出版行为不同，但由于出版主体的灵活性和独立性具有专业出版机构所没有的诸多特点。网络出版公司与出版社合作出版模式是一种常见的网络出版模式，由于出版社拥有大量的出版信息资源，网络公司拥有先进的网络出版技术，两者的结合弥补了双方独自开发网络出版不足的一面，两者的结合是黄金搭档，使双方共利。出版社或网络公司独自开发网络出版模式也是网络出版中较常见的。拥有出版资源同时又有开发和维护网络现代网络出版对传统出版的影响，以及具有应变策略和技术人才的出版社或网络出版公司，有能力开发独立的网络出版模式，他们有能力解决开发网络出版中的两大难题——出版资源问题与网络出版技术问题。

从出版的周期分类，网络出版可分为定期出版物和不定期出版物。定期出版物是按照一定的时期固定出版的出版物，如网络期刊、网络报纸。不定期出版物出版的周期不固定，只要有出版的信息就随时出版，如网络新闻、网络图书、网站信息等。目前为止，网络出版以不定期出版为主。

从网络出版物类型分类，可分为网络图书、网络期刊、网络报纸、网络游戏、网络音乐、网络电视。网络新闻只指各大网站的网络新闻，不包括网络期刊和网络报纸内的新闻。网络文学只指各大网站的文学，不包括网络期刊或网络报纸内的文学等。目前，我国的网络图书大部分是传统印刷图书的网络版。网络期刊按是否原创分为两种：一种是传统期刊的电子网络版，即把传统期刊放在网络上供网民在线阅读或下载，如中国学术期刊网络出版总库、瑞丽、时尚等时尚期刊也有网络版，供网民在线阅读。另一种是原创型网络期刊，即直接在网络上进行组稿、编辑、发行的过程，如《神界漫画》。网络期刊、网络报纸以传统出版的网络版为主，如《南方周末》的网络版，与传统印刷报纸有所不同，即重新把内容归类，以及有相应的热点问题链接。网络游戏、网络音乐以及网络电视可归为多媒体网络图文视听出版。

从版权属性的角度分类，网络出版可以分为传统出版的网络化和独立版权网络出版。传统出版的网络化是把传统的印刷产品因为现实的需要网络化，利用因特网在线传播，版权拥有者是传统的出版单位，不是网络公司。独立版权网络出版是指编辑、加工、排版、出版、发行一系列流程都在网上进行，版权的拥有者是实行网络出版的公司。

从网络出版内容著作权的角度分类，网络出版可以分为有著作权的网络出版与没有著作权的网络出版两种类型。有著作权的网络出版指网络出版的内容有明显的著作权，如网络游戏、网络电影、网络文学等，没有著作权的网络出版是指网络出版的内容相对而言没有很明显的著作权或者说著作权没有那么明显，如网络新闻、网络广告、网络娱乐等。

二、网络出版的新形式

（一）博客出版

博客这一词始于1997年12月，美国程序员Jorn Barger将这种在线日记称作博客"webblog"，其意是"log on web"而Peter Merholz于1999年提出，将其简称为"blog"，被广为接受。根据维基百科的定义，博客是一种个性化的网页，其拥有者按年月日顺序写下文章并按文章最新日期顺序显示。值得注意的是，博客一词有两种含义，其一是指博客页面；其二指博客作者，即"blogger"。博客作者在其博客里撰写一些包含特定主题的评论或者新闻，如关于食物、时事、学习、娱乐或者本地新闻等主题。

博客作为一种新形态网络出版，主要是借道传统出版业，即以博客上的文章为原始内容，由传统出版社整理结集后进行出版。2004 年《恋人食谱》《病忘书》掀起了另一轮传统出版与博客相结合的高潮，2006 年中信出版社高调推出国人第一博徐静蕾的博客书《老徐的博客》，首印十万。随后长江文艺出版社北京分社推出了潘石屹的博客书《潘石屹的博客》，上市一周就登上了各大卖场畅销榜。虽然博客因为缺乏有效的盈利模式在新兴社交网站的夹击下逐渐走向衰落，但是博客式出版一直在各个社交媒体中活跃着。微博、豆瓣、天涯都有将某个人或是某个主题的内容集结成书的先例。还有商家因此而获得启发，为普通用户提供将微博、微信、博客里的内容制作成书籍的"私人订制"服务。博客出版模式的活力与生机依然存在。

维客维客的原名为 wiki(也译为维基)，据说 WikiWiki 一词来源于夏威夷语的"weekeeweekee"，原意为"快点快点"。它其实是一种新技术，一种超文本系统。这种超文本系统支持面向社群的协作式写作，同时也包括一组支持这种写作的辅助工具。也就是说，这是多人协作的写作工具。而参与创作的人，也被称为维客。

维客的概念始于 1995 年，当时在 PUCC(Purdue University Computing Center)工作的沃德·坎宁安(Ward Cunningham)建立了一个叫波特兰模式知识库(Portland Pattern Repository)的工具，其目的是方便社群的交流，他也因此提出了 wiki 这一概念。从 1996 年至 2000 年间，波特兰模式知识库得到不断的发展，维客的概念也得到丰富和传播，网上又出现了许多类似的网站和软件系统，其中最有名的就是维基百科(Wikipedia)。维基百科是一个国际性的百科全书协作计划，与传统百科全书不同的地方，是它力图通过大众的参与，创作一个包含人类所有知识领域的百科全书。它还是一部内容开放的百科全书，允许任何第三方不受限制地复制、修改及再发布材料的任何部分或全部。每一步操作，网站都会有记录，以方便别人随时查询修改历史。目前，国内著名的维客有维基百科、互动维客、百度百科等。

播客与维客有异曲同工之妙。最新版的大英百科全书是这样定义："播客，是一种能够将包含音频内容的文件上传至互联网并自动通知订阅者下载的系统。"播客是数字广播技术的一种，出现初期借助一个叫"iPodder"的软件与一些便携播放器相结合而实现。Podcasting 录制的是网络广播或类似的网络声讯节目，网友可将网上的广播节目下载到自己的 iPod、MP3 播放器或其他便携式数码声讯播放器中随身收听。它包含两层含义，一是指技术，即通过这种技术，我们可以通过互联网向订阅者提供音频信息，包括相关软件、硬件与网络音频传输技术；二是指使用播客技术发布这些音频信息的人，即 podcaster。可见，播客是网民通过一些简单的录音设备，随兴或者专门录制一些语音，然后将语音文件通过特殊的软件上传至播客网站。其他网民可以即时下载收听，也可以通过 RSS 订阅。录制与发布这些音频文件的网民就称为播客，而这种能将音频文件信息嵌入以便订阅的技术就称之为播客技术。如果说博客是出版在网络时代文字出版的继续的话，那播客就是出版在音像方面的延伸。2004 年年底，中国第一个播客网土豆网成立，开启了中国的播客之路。目前，国内著名的播客网站有哔哩哔哩、爱奇艺、优酷网等。

（二）手机出版

手机出版最早见于日本。2000 年，世界上第一部在手机上出版的小说《阿由的故事》在日本面世，"一年内，预订该小说的手机用户达到 200 万人"。而手机出版目前最成功模式也见于日本的 I-Mode，它是在日本的一种手机无线传送标准。遵循这一传输标准的手机可以很方便地从互联网上订阅或者下载特定的信息。日本的出版商利用这种便利的无线传输，向手机用户提供手机书或者手机杂志服务。

国内的手机出版最早见于 2004 年。广东文学院作家千夫长的小说《城外》被华友世纪通讯公司以 18 万的高价买断 SMS 短信、WAP 浏览、TVP 业务版权。手机出版开始为国内关注。手机出版模式随着技术的发展走过短信模式、WAP 浏览模式、电脑端下载模式，进入到目前主流的手机APP模式。事实上，网络文学近年呈现出的一个显著特征就是移动互联网以及新媒体带来的变化。截至 2013 年年底，手机端网络文学应用软件的使用率已达到 46.5%。专家普遍认为，全新的媒介和技术会给网络文学带来"重塑"性的影响。据估算，2014 年，网络文学为中国移动的数据包月收入贡献至少超过 20 亿元。

手机出版之所以会实现跨越式发展，是因为手机出版使数字内容资源突破了两大发展瓶颈：一是实现了用户数量的飞跃，庞大的手机用户群体为手机出版物的发展提供了丰厚的土壤。二是解决了支付瓶颈的约束，手机本身的计费功能，解决了曾经的支付难题。随着 5G 时代的到来，上网速度的不断提高、上网资费的进一步下调、智能手机的日益普及以及阅读内容的日益丰富，手机阅读将会凭借无可比拟的便捷性成为未来阅读的主流。

（三）Open Access

Open Access 在国内被称作开放存取，或者开放获取、放仓储。它秉承开放、共享、自由为宗旨的学术出版模式。起源于英国认知科学教授 Stevin Harnad 的倡议，他建议学者们将他们未发表、未评议的原创著作出版在网络上，使全球学者可以在世界范围内通过网络方式自由获取。这一倡议得到了全世界的响应。历次国际会议与研究逐渐明确开放存取的意义、概念、特点和对象，并对参与开放存取的各种研究机构、基金会、图书馆、出版商、研究人员做出了发展目标规划。同时，一些开放存取的项目和计划开始实施，如美国学术出版与资源联盟项目，主要致力于解决学术交流之间的不畅。

中国的开放存取始于 2004 年。中科院与国家自然科学基金会签署了在德国召开的柏林宣言，将国内两大主要研究机构加入世界范围内的开放存取运动中。次年 7 月，50 余所高校图书馆馆长在武汉召开的"中国大学图书馆论坛"上签署了"图书馆合作与信息资源共享武汉宣言"，宣言中包括遵循布达佩斯会议中规定的原则，即 BOAL。与此同时，国内出现了一些开放存取的网站与相关机构，其中有中国开放期刊联盟、奇迹文库、中国预印本服务系统、中国科技论文在线、香港科技大学图书馆提供的文献检索服务等。

开放存取采用"作者付费发表、读者免费阅读"模式。开放存取目前有两种应用模式，一种是开放期刊，另一种是开放仓储，即一是原来的刊物为纸质的，后因开放存取的需要，改为数字化以便网上流通；二是由某些机构办的纯数字化期刊，发表在开放期刊的文章要求严格遵循学术规范，要求同行评审，且传播范围远比纸质期刊广，这使得发表在开放期刊上的著作能保证学术性和影响力。

需要注意的是开放存取在国内萌发于近几年，发展不如国外成熟，尤其应用过程中还存在不少问题需要解决。

（四）电子书

电子书代表人们所阅读的数字化出版物，从而区别于以纸张为载体的传统出版物，电子书是利用计算机技术将一定的文字、图片、声音、影像等信息，通过数码方式记录在以光、电、磁为介质的设备中，借助于特定的设备来读取、复制、传输。

它由三要素构成：①E-book 的内容，它主要是以特殊的格式制作而成，可在有线或无线网络上传播的图书，一般由专门的网站组织而成。②电子书的阅读器，它包括桌面上的个人计算机、个人手持数字设备（PDA）、专门的电子设备，如"翰林电子书"。③电子书的阅读软件，如 ADOBE 公司的 AcrobatReader，Glassbook 公司的 Glassbook，微软的 MicrosoftReader，超星公司的 SSReader 等。

可以看出，无论是电子书的内容、阅读设备，还是电子书的阅读软件，甚至是网络出版都被冠以电子书的头衔。

网络杂志。网络杂志是集音频、视频、文本、图片、动画于一体的新型信息媒体，它不光拥有传统纸媒体杂志的一切功能，还拥有众多的新特性。

强烈的视觉冲击力。网络杂志采用先进的 P2P 技术发行，集 Flash 动画、视频短片和背景音乐、声音甚至 3D 特效等各种效果于一体，令内容更丰富生动。

较高的阅读性。它提供多种多样的阅读模式：可在线或离线阅读、直接 IE 打开或独立可执行文件等，也可通过发行方提供的阅读器进行阅读，可移植到 PDA、MOBILE 及 TV（数字电视、机顶盒）等多种个人终端进行阅读，彻底颠覆读者的阅读习惯。

较强的互动性。传统的纸媒体，读者们只能通过书信与编辑或是电话，与编辑和其他读者交流，非常不便，但网络杂志已提供了互动的接口，玩家只需轻轻一点"我要评论"，即可与世界各地的读者一起交流对杂志内容的看法，还可以及时与商家和企业交流，使商家和企业更能把握用户的需要，生产出更合时的产品。它能针对用户做阅读分析，并得到更新的信息反馈，从而为内容制作和广告投放提供参考。

简洁的发行方式。用户只要订阅，新的网络杂志将会通过小巧的客户端在订户不知不觉中自动派送到用户机器中，不用订户自己到网上寻来找去或费力下载观看。网络杂志运营商 VIKA 等所拥有的上百本杂志，便是通过客户端在短时间内派送到几百万用户手中。

细分的目标受众。网络杂志种类繁多，细分到了游戏、时尚、服饰、汽车、音乐、体育、影视等多个行业，用户完全可以根据自身需求来下载杂志。这种受众的细分让网络杂志中的信息传播得更精准、更有效。

高速准确的传播。网络杂志中应用了 P2P 技术，这使得网络杂志拥有高速的资讯传播能力，能够借助网络快速地将各类潮流资讯传播开来。而杂志中所应用的订阅和分派技术可以让每一期新的网络杂志在第一时间内准确无误地分派到读者手中，实现了信息对目标受众群体的准确传递。

三、网络文学出版

经过对近年来网络出书现象的分析，网络出版已经走过了三个阶段。

（一）崭露头角阶段（1999—2001）

以痞子蔡的《第一次的亲密接触》为代表，随着国内第一大文学网站"榕树下"第一届全球中文网络原创文学大赛的举办，国内一些知名 ID 渐渐浮出水面。尚爱兰、安妮宝贝、宁财神、邢育森、今何在……这些网络名称大都为网民们所熟悉，网络出书日渐流行开来。而陆幼青的《死亡日记》在榕树下的实时连载，更是吸引了大量眼球与传统媒体的跟进。

此阶段特点，集中于网络文学。除了出版图书之外，一些文章得以在文学期刊上登载。如邢育森的《活得像个人样》与 2001 年雷立刚的《小倩》均为首发于网络并被国内著名期刊《天涯》刊用的短篇小说，《活得像个人样》有大家气，堪称早期网络文学短篇小说的代表作。

作品举例：安妮宝贝的《告别薇安》、今何在的《悟空传》。

（二）实质突破阶段（2002—2003）

使网络创作发生实质转变的标志性事件是，宁肯的"流浪汉小说"《蒙面之城》成为获得中国权威文学奖项的首部网络文学作品。宁肯荣获"第二届老舍文学奖"，并摘得"优秀长篇小说"的桂冠。同时，越来越多的网络创作获得了出版机会。上网—写作—出版—成名，似乎成为一大批文字爱好者们的新出路。

此阶段特点：主题日渐扩展，不再仅限于文学。如著名 IDSieg 著、上海科学技术出版社出版的《全球大脑》，在"科学时报读书杯"（2002）科普佳作评选中获奖。而作者来源上，特别体现了评论家黄集伟谈到的"三无"人员特点，即"非文学专业出身，没有受过专业训练；没有跻身文学殿堂的欲望，开始只是手痒，在网络上写着玩；本职与写作无关，无须靠写作立身"。此阶段，出版社越来越主动地到网络上寻找出版资源。期间，出现了出版社未经允许非法抢先出版网络小说的现象。同时这些网写获得了大量的纸质媒体报道。而木子美的《遗情书》将博客概念大幅度推向大众。

作品举例：慕容雪村《成都，今夜请将我遗忘》、七格（SIEG）《苹果核里的桃先生》、何员外《毕业那天我们一起失恋》。

（三）全方位发展阶段（2004 年至今）

2004 年堪称博客年。博客个人出书与博客网站出书齐头并进，如博客中国的系列丛书，包括方兴东的《中关村失落》《挑战英特尔》以及马帅的《我的联想岁月》、王育琨的《失去联想》、杨卫红的《自私不自利》等。

而国外的博客出书运动也是轰轰烈烈，一位美国华裔妓女叫关翠茜（Tracy Quan），先是在博客上连载，后来出版了《曼哈顿应召女郎日记》（Diaryofa Manhattan CallGirl），这是她的第一部小说。因被《纽约时报》长篇报道并一炮而红。

随着网络文学影响力的逐步显现，网络小说实体书的出版也进入了爆发式增长期，成为各大书店排行榜名列前茅的畅销书，印数动辄数十万乃至上百万册。

有评论家称，短短 10 年，无论按字数还是篇计算，网络原创文学作品，已经远远超过当代文学纸质媒体发表作品 60 年的总和。2002 年至 2014 年期间，中国网络文学转化作纸质图书共 300 余款作品，其中 2013 年、2014 年网络文学作品转化纸质书数量大增，占总数的 50%。

除了传统出版社的"触网"，互联网自身也在试水出版，众筹出版就是互联网思维下的图书出版新形式。

众筹出版简单来说就是由作者或策划编辑在互联网上招募"粉丝"，"粉丝们"自愿出资帮助其出版，出版内容、前期加工制作甚至传播方式等都可以通过互联网众筹的方式完成。这和自费出版最大的区别，不只是个人筹集的行为，而且是依托互联网的思维模式来运作出版，让读者自主选择和判断，和传统的出版流程相比更接近市场和目标读者群，即典型的书尚未出版就找到了潜在的读者。

适合众筹出版的图书类型有以下几种：

(1)网络红人和名家著作。众筹出版最适合这类书的出版策划和推广，可以利用名人或者网络火爆的优势来获得众筹类网站的支持。

(2)策划编辑拒稿的好书。在很多情况下，图书的出版权掌握在少数带有明显个人喜好的策划编辑或者总编手中。譬如《哈利波特》《平凡的世界》等作品都曾遭到过出版社的拒稿，这就说明有很多好书尚遗落在民间。众筹出版是正确判断图书价值的有效方法。

(3)学术出版和小众出版。学术出版往往需要足够的经费才能出版，众筹出版可以帮助其筹措资金。

定制印刷也是众筹出版中的一种形式，由于中国大陆绝大部分出版社拒绝出版耽美书籍或是网络文学的内容还达不到传统出版的要求，晋江原创网等文学网站曾推出"读者定制印刷"功能。以晋江原创网为例，读者定制印刷功能由小说作者发起征订订单，并按照提示提交文档、封面、插图等，系统会计算出成本，然后由作者设定盈利数额，最终形成购买价格。作者向读者征集，以一个月为期限，一人起订，当印刷品完成后邮寄到读者手中。

关于定制印刷的合法性问题，晋江原创网对此进行了详细说明，原文如下："定制印刷不是自主出书，我们提供的并不是出版物，而是印刷品。定制印刷提供的作品不印刷书号和售价，所以不进入发行领域，因此不是出版物，仅仅是作为印刷品存在。"然而在实际操作中，除了无须内容审查和进入正规发行领域外，其所形成的影响和出版物是没有太大区别的，因此也引起了相关部门的注意。晋江原创网知名写手长着翅膀的大灰狼就因为制作淫秽出版物并通过淘宝网店进行销售被处罚。目前，各网站已经关闭了"读者定制印刷"功能，不过私下进行的和自用性质的定制印刷依然存在。

第三节　IP 概念与网络文学产业化

一、IP 的概念及意义讨论

（一）IP 概念的实质

IP 是指可以摆脱单平台的束缚，对用户产生吸引力的事物。IP 作为一种"社交货币""新型交易入口"使得个体产生存在感，实现产品本身所具有的稀缺性。这刚好迎合了 IP 所要阐释的权利和权利归属、保护原创的目的。影视剧、游戏，成为年轻人的社交话题，IP 是这些话题的载体。无论是影视行业还是跨领域的其他行业，IP 所担任的角色离不开内容和数据两个基本点。

作为交易入口的 IP 更多的是实现"人格化"的交易，例如《罗辑思维》通过视频平台积攒基础核心的关注人群，而后通过卖书挣钱的过程呈现这种"人格化"交易形态，很多消费者买书的原因也许并不是为了了解书本身内容而进行阅读消费行为，而是因为听了罗胖的解读而选择图书消费。这也可以看出在文化创意产业，IP 追求的是价值和文化的认同，消费者购买的其实并不仅是功能属性，更多的是一种情感寄托。

IP 要实现盈利，就必须建立一个完整的运营模式。近年来，IP 的建立和运营模式主要实践对象是影视剧和漫画等具有一定文化市场的文创产品，对于 IP 运营模式的构建有利于我们通过表象看清市场运行下 IP 的运营理念和规律，从而实现对于 IP 本身价值和预期盈利市场的科学把握。

影视媒介中 IP 电影的市场方兴未艾。文化传媒投资团队或公司发掘到 IP 自带的营销光环，单方面依赖明星的资本迅速转向与之相关的 IP 资源的整合。这种表现在 2015 年影视和漫画等市场十分突出。出版业与影视的相互影响，也使得 IP 衍生出更多的、新的价值和盈利点。IP 的延展意味着资本先于影视本体的创作观念开始大行其道，从仅仅指代文学作品延展到具有高传播效应的一切热点。一首流行歌曲、一部人气漫画、一个点击率高的帖子、一个网络红人、一个成功的创意都可能成为 IP，并且衍生出一个产业链。IP 就如同文化影视产业的内容基础，为影视文化创意产业的发展提供了原动力。一个优质的 IP 也决定着一个影视产品的成功与否。随着互联网的发展以及市场准入程度的步步加深，一个产业性的 IP 是否优质，不仅取决于对于产品本身内容的投入，也必须经过受众或消费者对于作品的检验和评价。"互联网+"时代，资本的补贴和大数据应用的支撑将越来越影响商业电影的创作及美学观念。

近年来，国家政策对于知识产权的保护也日益重视，为 IP 的运营构建了一个良好的法律环境。IP 与文化影视产业之间相互支撑和发展，使我国文化产业蒸蒸日上。

IP 的建立是一个情感代入的过程，提升用户忠诚度是其最终目的。IP 最核心的两个点——数据和内容，是相互依存和影响的，制作已然成为一个优质 IP 成功运行的关键，营销仅仅是 IP 运作一个重要的点。优质 IP 相当于好的故事和角色，它也是影视作品成功的基础。

（二）"互联网+"背景下 IP 概念的意义探讨

IP 的提出在"互联网+"背景下具有符合时代发展的意义，我们可以通过反观 2016 年 IP 过热现象，透过看似繁荣的 IP 热看清文化创意产业的发展本质，从而正确把握其发展规律，使得 IP 为文化产业发展发挥其有利作用。

IP 在改编电影市场格局和创新电影制作模式的同时，市场中亦存在一定的误区。"互联网+"时代，文化影视产业是传统的文化产业的优化升级和发展，在传统的影视创作中，影视更多传递的是导演和编剧个人的艺术表达。而如今由于影视产业的内容来源主要是两方面——原创和改编，一个影视作品的发行从剧本创作和改编到影视剧拍摄，难免受到大数据的影响，甚至部分剧本就是对网络上已经被受众关注的网络剧本进行改编创作拍摄的作品。IP 使得文化创意产业实现了多元的市场格局和制作模式的巨大创新，但同时 IP 改编过热的现象也说明市场上作者原创力的缺乏，文化影视产业发展迎合受众，过多注重对其经济价值的压榨，可能忽略了对于文学作品的艺术特色表达，显得过于功利。我们的 IP 开发者不能仅仅考虑一时的热度，而应把更多的目光聚焦于 IP 内容的转换价值上面。

盲目购买 IP 进行改编，造成优质 IP 的浪费，专业化成为未来 IP 转换的趋势。由于 IP 过热，有一定经济能力的影视公司开始争相购买热门 IP，这种并未进行充分准备而急于进行创作改编的方式，无疑是对优质 IP 内容的一种浪费，从而加大后续开发的难度，形成市场的恶性循环。文化创意产业应该正确认识 IP 对于其产业发展的意义，不夸大其作用，并能够将更多的精力和资本用于 IP 内容的制作和有效改编，注重原创力的提升，注重自己作品的知识产权保护，从而更有利于自身产业良性发展。从本质上来讲，文化创作影视创作的核心一定是内容。文化作品，归根结底还要看原创能力和其文化品质。

IP 作为企业的无形资产，构建商业壁垒是一个有效的手段，具有巨大的商业价值。百度、阿里、腾讯最先基于优质 IP 领域谋划布局，用资本构建起了强大的商业生态系统。国内最大的 IP 授权出口集团当属腾讯旗下的阅文集团，在原创文学市场优质内容产出端已经占领了过半的市场。阅文集团下含中文网、创世中文网、小说阅读网、潇湘书院、红袖添香等著名品牌。百度也形成了纵横中文网、91 熊猫看书、百度书城等子品牌构成的宏大架构。阿里在 2015 年推出阿里巴巴文学，与书旗小说、UC 书城组成阿里移动事业群移动阅读业务的主要部分。互联网公司因为其既拥有雄厚资本，又拥有强势的传播平台，所以比起传统影视公司，互联网公司更有实力与能力进行全产业链的开发。"互联网+"时代，IP 授权是泛娱乐战略布局的核心，跨领域、多平台的商业拓展是其发展过程。IP 真正成了重塑产业格局的关键。充当基础资源的角色其实仅是刚刚开始，利用 IP 的影响力，动漫、手游、话剧、玩具，甚至主题公园，可以衍生一个丰富的全产业链。如果要通过 IP 的授权产生盈利，公司和企业都要加大对于自我作品的知识产权保护，构建起属于自己的强硬商业壁垒。

文学作品的艺术特色表达，显得过于功利。在业界公认的热门 IP 中，真正带有二次创造价值的 IP 其实屈指可数。我们的 IP 开发者不能仅仅考虑一时的热度，而应把更多 IP 的解构与重组。IP 的概念具有多重属性，不论是法律范畴还是市场范畴，无论是学术探讨还是商业运营，都表现出一种多元的价值构成和属性表现。

IP 原意为"知识产权"，作为一个国际广泛使用的法律概念，它不只是一种经济权利的依据。IP 所包含的更重要内涵，是对人的心智和智力创造的一种保护和尊重，是人的一种精神权利。狭义上 IP 是仅属于出版企业和影视公司等所有的作品产权；广义上来说任何内容和元素都可以称为 IP，但是如今行业所谈 IP 更多的是指有内容价值和有粉丝基础的 IP 内容。

互联网上的 IP 一词可以指代普遍意义上的知识产权这一提法。IP 因是互联网协议英文的缩写，一直被大众所认可。但为了区分传统意义上的知识产权，互联网企业便将这两种 IP 概念杂糅在一起，提出了基于互联网的知识产权概念。互联网的繁荣发展使得当下的 IP 开发完全不同于以往法律范畴意义上的知识产权开发。

法律上的知识产权一般包括版权和工业产权。其中版权是指著作人对其文学作品享有的署名、发表、使用以及许可他人使用和获得报酬的权利。工业产权是指包括发明专利、实用新型专利、外观设计专利、商标、服务标记、厂商名称、货源名称或原产地名称等的独占权利。显然，法律范畴的知识产权是文化行业所提的 IP 概念的基础，影视创作等文化产业所提出的 IP 不仅仅包含 IP 本身，还包含运营 IP 的过程。如今的 IP 概念也是对知识产权概念在影视出版等文化产业的一种纵向开发，使得 IP 概念具有了时代特色和互联网特点。

从法律范畴来讲，就 IP 自身来说，它只是一个法律概念，包含权益和利益归属两方面；但从影视创作角度理解 IP，就包含两层含义，一个是 IP 本身，一个是后续的 IP 运营，两者加起来，才能真正称为一个具有价值的 IP。

二、IP 概念下的网络文学产业

（一）网络文学的 IP 优势

为什么传统文学没有像网络文学那样在产业化道路上出现产业链内部相互打通的 IP 热？为什么只有"网络文学 IP 热"却没有"传统文学 IP 热"？我们看过四大名著的影视转化，看过《雷雨》的舞台剧，除了少量如以《三国演义》等作品改编的游戏外，新上线的网络游戏或手机游戏很少是以传统文学作品为内容源开发的。忽略游戏、动漫等文艺形式的改编，就算只看文学与影视间的转化，传统文学改编的影视剧作品影响较大的如 2014 年的《红高粱》和 2015年的《平凡的世界》，两者在收视率和网播量上与网络剧也是相差甚远。《平凡的世界》播出期间收视率在 0.8 左右徘徊，同年播出的网络文学 IP 剧《花千骨》全国网平均收视率达到 2.75，收官时的网络播放总量更是高达 200 亿。尽管多次夺下收视冠军的《红高粱》平均收视率为 1.55，收官时的网络播放总量也仅有 22 亿。传统文学的思想艺术内涵不容置喙，但在文化产业领域相较于风生水起的网络文学却又明显处于下风，其中的原因值得我们深思。对比传统文学，网络文学的受众更广。以文学期刊为主要阵地的当代文学通常被视为精英文学，它的读者圈子相对较小，一部作品问世后，除了学术界的专家学者和高校相关专业的学生有兴趣阅读以外，普通大众少有人问津。而网络文学就是另一番境况了，网络文学作品依托强大的线上和移动平台的优势，迅速在普通大众之间传播，加上文学网站的营销策略，向网络或手机用户自动推荐作品以吸引他们由潜在的读者转化为该作品真正的读者，使得一部网络文学作品的读者远远高于传统文学作品。

网络文学吸引 IP 开发的"制胜法宝"是其自身内容的优势。丰富的网络小说类型中有一块令游戏开发商异常兴奋的领域，即游戏类网络小说。网络小说中以电子游戏为题材的作品被称为游戏小说，这类小说的写作具有鲜明的"游戏化"特质，如"角色化、属性化的人物设置""升级流的小说架构""虚拟化、影视化、便于游戏化的小说场景"等，为网络游戏的改编提供了优秀的创意和脚本。在游戏小说的发展过程中出现了一类网络小说，这类小说主要以分享游戏心得体会为目的，用文字表达现实中玩家玩游戏时所体验不到的一些感受，这类小说被称为网游小说。网游小说通过故事情节展现游戏各个维度的趣味性，从而在无形当中增加游戏对读者的吸引度，它的出现弥补了网络游戏在某些方面无法满足玩家的体验空缺，可谓是网络游戏的必要补充，代表作品如火星引力的《网游之修罗传说》等。除了专门的游戏类型的网络小说以外，凡是具备"游戏化"特质的网络文学作品都可以进行游戏形式的开发，这主要是一些玄幻、修仙、武侠、仙侠类小说，典型如《诛仙》《择天记》《斗破苍穹》《莽荒纪》等都是成功的网络小说改编网游案例。

网络文学作品的类型化成为其区别于传统文学吸引 IP 改编的重要原因，而 IP 的开发又反过来强化了网络文学的类型化特征。网络文学作者有意让玄幻、游戏类的作品适合改编成游戏，就会在写作的时候刻意调整写作，将一部作品完全按照一份游戏脚本的设置进行构思；抑或将穿越、言情、都市类的作品写成影视剧本，这样的创作增大了作品被选中进行 IP 开发的概率，如此网络文学的类型化写作与 IP 的开发形成一个"互惠互利"的共生循环圈。网络小说与影视和电子游戏的共生折射出网络文学在产业化机制下的适应性和趋利性。然而积极适应的背后却隐藏着无法保证网络文学质量、创新又充满阻力的困扰，不乏作家为了迎合 IP 开发的需求而重复前辈们的"套路"，出现网络小说同质化严重的现象，要文学性还是要"IP 值"成为网络文学不得不面对的问题。

网络小说吸引 IP 开发的另一个重要的特征在于作品集中化的矛盾冲突。不管是传统文学还是网络文学在改编成 IP 剧时都要被先改编成剧本。剧本的基本特征是：浓缩地反映现实生活，集中地表现矛盾冲突，以人物台词推进戏剧动作。影视剧要求有戏剧性，好的影视剧肯定是一场好戏，戏剧性是吸引观众的制胜法宝，这就要求原著作品在创作时要注意增强故事情节的戏剧性。如何增强情节的戏剧性，两种常见的技巧便是利用矛盾冲突和设置悬念。针对作品中的矛盾冲突，美国电影理论家约翰·霍华德·劳逊有独到的认识："戏剧的基本特征是社会性冲突——人与人之间、个人与集体之间、个人或集体与社会或自然力量之间的冲突；在冲突中自觉意志被运用来实现某些特定的、可以理解的目标，它所具有的强度应足以使冲突到达危机的顶点。"可以说"冲突说"既是戏剧的基本特征也是戏剧创作的本质。简单来看，故事情节的好看与否全在于矛盾冲突的设计和安排，矛盾越尖锐，冲突越强烈，剧本才会越好看。既然矛盾冲突是剧本创作的关键，以悬而未决的矛盾冲突引起观众的关注，便是悬念的设置——剧本戏剧化的重要技巧。人类天生具有强烈的好奇心，而悬念的设置正是为了满足他们窥探的欲望，读者或者观众进入作品设置好的情境中后，对故事情节的发展以及人物命运的走向开始十分关切并产生紧张的心理活动，从而产生"非看下去不可"的想法。传统文学作品自然也少不了矛盾冲突和悬念设置，但是网络文学特殊的生存境遇和生产方式使其在戏剧性表达上更强烈、更具有代表性。网络小说的生命力在于读者的点击率，网络作家要想让自己的作品获得较高的点击率必须坚持每天更新，文学网站的连载小说通常会分为普通章节和 VIP 章节，网站会先发布免费的普通章节来吸引读者，然后再转到 VIP 收费章节，刺激读者付费阅读，并不是所有小说都可以成为连载付费小说。所以如何提高点击率成为每个网络作家无法逃避的首要问题，为了提高点击率，常在章节设计和故事情节上大做文章，以此来吸引读者的注意力。网络作家蜘蛛在一次演讲中提到："一个心理学家曾经做过一个调查工作，人在阅读的时候每看三千字左右就会产生一次阅读疲劳，我在设置每一章节的时候就是三千多字，在产生第一次疲劳时就结束这一章，然后留下一个吸引读者悬念的结尾。下一章也是三千多字，一个故事大约五章，那就是一万五千多字。一本书十六七万字。"这种写作模式和悬念设置形成的作品整体风格是大起大伏、节奏快、爽点多，而网络小说的这种风格又恰好贴合了影视剧改编的戏剧性冲突特点，由此改编过来的影视剧情节密集，故事推进极快，令观众大呼痛快。

以阿耐的作品《欢乐颂》为例。小说《欢乐颂》于 2010 年在晋江文学城连载，好评如潮，由小说改编的同名电视剧在 2016 年 4 月份播出。小说《欢乐颂》主要讲述了一个名为"欢乐颂"的小区 22 楼层中五个不同家庭出身、不同工作职业和不同价值观的女孩子的工作、爱情、友情和生活故事。《欢乐颂》里的五个女孩子都有各自的烦恼，小说的魅力就在于不断为五个女孩设置重重障碍，让她们在矛盾冲突中认清世界，认清自己，而五个女孩也都在此起彼伏、接二连三的挫败和烦恼中不断成长、不断强大起来。小说的情节非常密集，几乎几章就有一个小矛盾，浮现一个小问题，十几章就有一个小高潮，令读者处在冲突的旋涡中不能自拔，改编后的电视剧超高的收视率与原著作品集中化的矛盾冲突是分不开的。

网络文学在内容上的娱乐性较传统文学要强很多，这是其吸引 IP 开发的又一大优势。网络文学的读者面向普通大众，因此娱乐功能就显得尤为重要。在消费时代，文学作品出现了较大的变化，主要体现为：趣味取代意味、欲望取代愿望、快感压倒美感、煽动取代感动、技术超越艺术、从"育人"转向"娱人"。在这种情况下，网络小说的思想性和文学性减弱了，不追求有深度的叙事模式，侧重于追求群众趣味，注重消遣性和娱乐性，为迎合大众文化诉求而增添了各式各样的娱乐性元素，如喜剧性、类型人物、恐怖、暴力、科幻、悬疑、游戏、推理等元素。

（二）网络 IP 热对网络文学产业的推动

网络文学 IP 热的经济意义在于提高我国文化产业的国际竞争力。在全球化文化产业快速发展的大背景之下，我国的网络文学采取了"引进来"与"走出去"相结合的策略，不仅将优质的网络文学对外出版，充分利用互联网和新媒体的优势，将影视化、游戏化了的网络文学 IP 有效地输出，使得 21 世纪以后中国网络文学作品逐渐风靡东亚和东南亚，成功拓宽了对外文化交流的渠道，同时又积极引进优质 IP，与世界各区的文化产业深度合作，为泛娱乐产业提供优质的内容资源，实现网络文学 IP 价值的最大化。

优质网络文学 IP 的输出在促进网络文学的传播、推动中国文化走出去的历史趋势中扮演着重要角色。网络文学的版权输出在中国当代文学的对外译介中占有举足轻重的分量。以晋江文学城为例，2008 年开始，晋江文学城便与台湾出版商建立了合作关系，构建了繁体版权输出渠道，完成了《女皇陛下的笑话婚姻》等多部作品的繁体出版签约。目前晋江文学城输出台湾地区的版权将近 1000 本书。在海外输出方面，晋江文学城在 2011 年签订了第一份越南文版权合同，2012 年又签订了《花千骨》的泰文版权合同，第二年该书在泰国刚上市就被抢购一空。此外，越南也是中国网络文学输出的重要地区，仅晋江文学城这一网站便向越南输出了约 200 部作品的版权。截至目前，晋江文学城已经同境外多家出版社的合作方开展合作。通过晋江代理出版的中文图书，发行地已经走出华语地区，到了越南、泰国、新加坡等地。除此之外，我国网络文学的影响还辐射到北美等地，2014 年创建的网站 Wuxia World(武侠世界)致力于翻译仙侠和玄幻类题材的网络小说，其中第一部被翻译成外文的作品是我吃西红柿的玄幻小说《盘龙》，目前此网站的发展势头正盛。

2015 年 1 月知名中国网络文学英文翻译站点 Uravity Tales 于美国创立，2017 年 8 月阅文集团海外门户起点国际正式宣布与 Uravity Tales 达成合作，双方将协力推动中国网络文学海外传播迈向正版化、精品化。网络文学 IP 的对外输出能够改善中国周边和世界范围内的舆论环境，改善中国的海外形象，传播中华文化，增进各国友谊，同时还可以推动我国网络文学走向成熟。

网络文学 IP 热的文化意义还体现在提高大众认知能力上。互联网引入中国以来，推动着大众生活发生了翻天覆地的变化，在电视、电影、电子游戏、动漫等多种娱乐形式的"洗脑"下，整个社会似乎正在走向"沉沦"，游戏被视为"电子海洛因"，"娱乐至死"的忧虑也曾一度弥漫在大众文化的消费过程中，然而媒介发展变迁至今的现实社会却告诉我们，大众并未沦陷，"娱乐至死"也仅仅是杞人忧天。纵使多媒体平台媒介传播下的大众文化良莠不齐，鱼龙混杂，但不能否认的一个事实却是，现在青少年儿童的认知能力和认知水平远远超越了 20 世纪八九十年代的青少年儿童们的水平。大众的认知能力在不断提升，各式各样的娱乐形式极大丰富了大众获得间接经验的途径和渠道，大众文化对人们认知能力的提高和价值观的形成塑造有着不可磨灭的作用，这种听起来似乎是夸大其词的作用，可以从霍尔的"解码理论"以及麦克卢汉的"冷热媒介"研究中得到解释。霍尔的"解码理论"可以被看作费斯克的文化经济理论基础上的深入研究，大众在文化经济领域的意义和快感生产被霍尔视为

"解码阶段"，即消费者对文化商品所要传达的意义和价值进行"解码"，消费者的解码立场又被霍尔分为三种模式：支配—霸权立场、协商代码或协商立场、对立码。不同的消费者对同一个文化商品所持有的观点和态度相差迥异，其"解码"消费的结果也是千差万别。以电视剧为例，电视播放的内容如果观众看不懂，无法"解码"，无法获得"意义"，那么此文化产品就没有被观众消费。文化商品的传播并非从生产者到消费者的简单直线行为，其意义和快感也并非传送者传递的，而是接受者生产的，这就说明了一个非常重要的问题：大众消费者并不是简单被动的接受者，他们的"解码过程"是一个充满了一系列思维活动的主动的过程。对于文化商品中传达的消极因素如肮脏、低劣、暴力、色情、亵渎的言行等消费者可以选择"对立码"的立场。我们应该相信大众有自我选择的标准和辨识优劣的能力。

霍尔的"解码理论"证明了大众消费者并非单纯的文化商品意义的被动接受者，而是能够生产意义和"解码"的主动者。我们不能用精英文学的标准苛求大众文化，不管在思想内容还是艺术形式方面，大众文化都是不能"匹敌"的。但是大众文化之所以称为"大众"，正是因为它的通俗性使其消费者或接受者是广大人民。大众文化中难免会有瑕疵和消极因素，这是我们难以彻底消除的，重要的是我们如何"解码"这些低劣元素并主动接受那些积极因素。史蒂文·约翰逊在《坏事变好事》一书中阐释了其研究的"睡眠者曲线"，即"最被人蔑视的大众娱乐(电子游戏、暴力电视剧、青春情景剧)结果证明是有营养价值的"。这种说法似乎也有悖于常识，但是基于麦克卢汉的"冷热媒介"理论或许对理解以网络文学 IP 产品为代表的大众文化中的积极元素如何提升大众认知能力有所帮助。

麦克卢汉将电影、收音机、照片等视为热媒介，将电话、电视、卡通画和言语则视为冷媒介，冷热媒介的区别在于媒介为大众提供的信息的多少。"热媒介只延伸一种感觉，并使之具有'高清晰度'。高清晰度是充满数据的状态。""热媒介要求的参与程度低；冷媒介要求的参与程度高，要求接受者完成的信息多。"以电话为例，电话为使用者传递的仅仅是碎片化的言语，其他信息非常缺乏，接受者必须投入较高参与度才能填补或补充电话所留下的空白。作为大众文化一部分的网络文学 IP 产品并非仅仅是提供娱乐的文化产品，其 IP 剧、IP 游戏、IP 动漫的载体都属于冷媒介，大众在"消费"这些文化商品时需要付出认知、投入精力以"解码"文化商品所传递的信息和意义。以 IP 剧为例，现在的电视剧相比 20 世纪的电视剧在情节复杂度上更高，这就需要观众在观看电视剧时思维跟随多个线索游走，并且十分清楚电视剧中的错综复杂的故事情节，这样才能"看懂"电视。此外电视剧中还有一些故意不被泄露或者故意混淆观众视听而弄得十分含混的信息，这种情况下就需要观众不仅要投入剧情的发展，还要经历积极主动的分析"解码"过程，以填充和解释剧情中所掩藏的关键信息，这种填充过程正是一系列复杂的思维活动过程。相比传统的娱乐形式"阅读"来看，现在大众对网络形象艺术的追求并非认知上的一种直线式下降，相反因为其提供的信息中的巨大留白需要大众投入较高的耐心以"解码"和"填充"，从而令大众的投入程度和思维活动往往要超过传统的阅读。

除了电视剧需要读者"填补"空白、分析复杂线索以外，最能体现调动大众思维活动、促使大众积极主动参与的文化商品是游戏。不管是网络游戏、手机游戏还是其他电子游戏，都曾被大众视为电子海洛因，然而这种被大家尤其是家长们所嗤之以鼻的文化商品却在培养游戏玩家的思维力等方面起着积极的作用。如今的电子游戏已经远远不像几十年前的游戏那样简单、低级，游戏玩家玩游戏的过程是聚精会神地解决难题和障碍以实现游戏目标的过程。首先必须对游戏任务十分清晰，其次在一系列指令中挖掘游戏潜藏的逻辑，采用"嵌套式"思维方式，同步对付多个难题，这些难题之间有着逻辑连贯性而非混乱无序，游戏玩家需要洞察其中的逻辑关系，权衡轻重。除此之外，游戏页面闪烁不停的图像与音乐和文字层层混合，如何从混杂的界面迅速搜索到对自己完成游戏任务有用的信息是十分考验游戏玩家反应能力和应变能力的，玩家必须把混乱视为审美体验，寻找游戏世界的秩序与意义，并做出种种决定来营造那个秩序。

媒介杂交的力量上我们处在被花花绿绿、各式各样的娱乐方式所包围的时代，对形象化的艺术商品的追求远远超越了需要抽象转译的文字艺术，网络文学IP的开发蔚然成风，各种各样的IP剧、IP游戏、改编动漫弥漫在多媒体视听平台，孩子从一出生便被多种文化商品所包围，文化商品对大众尤其是青少年儿童的心理结构的塑造和认知能力的提高有着不容忽视的影响。大部分人害怕看到孩子们玩网络游戏上瘾，或者痴迷于动漫，或者深陷电视剧情无法自拔，却忽略了各种娱乐方式中的积极因素，任何事物都具有两面性，我们应该把关注的焦点放在如何引导大众主动接受其中的积极因素以使其在大众文化领域健康发展，而非一味地逃避抵制，甚至贬低其存在的意义，这不仅是对待网络文学IP热的正确态度，同样也是对待大众文化的理性态度。

三、网络文学 IP 开的途径探讨

（一）加强版权保护

1．加大盗版侵权打击力度

网络文学盗版侵权成为笼罩在网络文学 IP 运营产业链之上的巨大阴影。要想驱散这道阴影，只有依靠企业、行政机关、社会公众三方的共同努力、共同维护，才能真正地将盗版侵权现象扼杀在摇篮中。

近年来我们已经可以看到网络文学企业在维权方面做出的巨大努力。作为打击盗版侵权的先锋，原创文学网站不仅自身进行了种种维权尝试，同时联合作家、粉丝，与主管部门积极配合，一起维护自身的合法权益。2016 年 9 月 19 日，由阅文集团、掌阅科技、QQ 阅读、晋江文学城 33 家单位共同发起成立了"中国网络文学版权联盟"，并发布网络文学行业自律公约。同年 11 月，国家版权局发布了《关于加强网络文学作品版权管理的通知》，细化了著作权法律法规的相关规定，针对搜索引擎、贴吧、论坛等提供盗版侵权服务的第三方网络服务商建立起版权处理机制。尽管企业和主管部门都在打击盗版侵权问题上做出了大量的努力，但是随着 IP 运营模式的兴起，盗版侵权的范围不再仅仅局限于小说内容的盗版，而是延伸至整个产业链各个环节，各种媒介产品都饱受盗版之苦，盗版侵权的方式也在不断变化。目前在打击盗版侵权方面面临这样的困境：身处前线的企业对于变化多端的盗版侵权模式了解深入，应变机制较为灵活，但是其在打击盗版方面缺乏强制性手段，而行政机关在管理上存在一定的滞后性，因此这就需要双方之间建立起更加密切的配合关系和长效的沟通机制，企业发挥快速反应的功能，与主管部门积极沟通协调，主管部门快速反馈，及时地通过法律、行政等手段加强版权管理，进一步规范版权秩序。

另一方面，如若中国网络文学版权联盟能够切实地发挥作用，那么对于打击盗版事业将是重大利好。从该联盟的成员构成和作用来看，其类似于行业协会性质，这样一个承担着政府与企业之间桥梁和纽带作用的联盟可能将对盗版侵权的治理产生深远影响。其可借鉴美国电影协会在打击盗版方面的先进经验。在打击盗版、版权保护方面，美国电影协会与政府合作默契，美国电影协会的历届主席都拥有从政背景，其丰富的政治资源为美国电影协会与政府之间的沟通提供了极大的便利。在美国电影协会的不断游说下，美国政府配合电影协会在国内运用法律手段，在海外运用贸易手段来达到版权保护的目的。如 2014 年 10 月，美国电影协会将一份全球范围内的盗版调查报告提交给美国贸易代表处，这份"黑名单"点名指出了提供盗版下载链接的网站以及全球 10 个最大的盗版音像制品市场，其中就包括我国的迅雷和人人影视，建议政府出台更加强有力的版权法以及与其他国家合作进行维权行动，最终这份"黑名单"起到了维权作用，人人影视发声明称将彻底清除所有无版权资源下载链接。除了借助政府力量外，美国电影协会也通过技术、公共教育等方式加强版权保护。其拥有自己的技术团队，开发了一系列先进的加密技术、防偷拍技术来保护电影版权。同时美国电影协会深知作为内容最终消费者的受众对于版权保护的重要作用，通过公益广告等大众媒介来唤起消费者的正版意识。这些宝贵的防盗版经验都值得网络文学版权联盟学习借鉴，团结企业，联结政府，通过法律手段、技术手段、公共教育等手段主动出击，打击盗版侵权行为。

2．提升版权运营意识，打造整体运营规划

由于早年间缺乏版权运营意识，在 IP 运营出现之后，版权授权混乱的问题被充分地暴露出来，成为 IP 运营的巨大隐患。针对这一问题，对于版权方而言，应该提升 IP 运营意识，在授权环节对版权资源进行合理安排，使得版权资源能够得到全面、充分的开发；对于 IP 的投资者、开发者、运营者而言，在得到授权后，应该从全产业链角度对 IP 运营进行合理规划。在这方面，日本版权产业的运作方式值得我们借鉴，其制作委员会制度良好地规避了授权混乱的问题。

制作委员会制度是目前日本动画产业的主流商业模式。实力强大的电视台、出版社、广告公司、DVD 销售公司、游戏公司、玩具公司等联合组成制作委员会，共同出资对 IP 进行投资，向作者支付版税，获得其作品的使用许可，之后将作品交给总承包制作公司，总承包公司负责策划、剧本和项目管理，并将具体的制作业务分拆，分包给其他制作公司，制作完成后进行统一的版权输出管理，这样就从根本上避免了授权混乱的现象发生。当中国公司寻求向日本购买 IP 改编权时，只需联系到任意一家版权方作为窗口，制作委员会会统一跟进合作谈判。

日本版权方很少进行独家授权，往往采用多方授权，这样在一定程度上增加了版权管理的难度，因此为保证各方利益，维持品牌形象，制作委员会会对推出时间和游戏类型进行约束，确保互相之间不产生利益冲突。

以日本最负盛名、盈利最高的"机动战士高达 IP"为例来详细说明日本的制作委员会模式。其由万代集团主导，通过制作委员会模式运作完成，赞助企业 NTT 提供通讯服务，角川书店、Hobby Japan 负责出版业务，SME Victor 负责音乐；万代集团主导了整个高达 IP 的运营，旗下子公司 sunrise-inc 负责动漫作品的制作，创通代理广告业务，玩具、DVD、网络频道、宽带业务均由万代负责衍生品的开发和运营，同时万代通过特许经营授权，将人物、角色、故事等构成要素运用到商品化的二次开发中，实现了收益最大化，将高达系列打造成日本动画业的"长寿 IP"，高达系列作品从动画、电影、出版、音乐、游戏延伸到玩具、食品、服装、观光、教育、汽车等多个领域，年销售额高达 1000 亿日元。

日本制作委员会制度值得我国网络文学 IP 运营借鉴的地方在于：首先，产业链各企业组成利益共同体，共同承担风险，在 IP 开发之前就已经形成了整体的运营规划；其次，以统一的管理窗口对 IP 进行授权，运营高效且权责清晰，极大地避免了授权混乱的情况发生，保证了 IP 形象的完整与统一。因此，在我国的网络文学 IP 运营中也应该尽快发展出类似于日本的制作委员会制度，提升版权运营意识，打造整体运营规划。

3. IP 运营亟待专业版权代理团队

一般而言，作品版权或掌握在作家手里，或由原创文学网站代理，网文作者在原创文学网站上发布作品之时都要与网站签约，其中合同约定由网站代理版权，只有大神作者面对原创文学网站才有足够的话语权，要求将版权掌握在自己手中。无论是作者自己掌握版权，或是由网站代理版权，都有可能在版权交易中发生损害作者权益的情况。自己掌握版权的作者会因为自身版权意识较为薄弱、缺乏相关专业知识而跳进买方设置的一些陷阱或者签署一些存在模糊地带的合同留下后患；另一种情况由网站代理版权，目前原创文学网站已经形成了较为完善的版权代理机制，帮助作者节省了很多版权交易的时间和精力，但是作为营利性机构，原创文学网站自然会以自身利益为先，因此在版权售卖中也会出现由于商业利益而罔顾作者意愿或者损害作者权益的行为。在这种情况下，就凸显出第三方服务机构——版权代理团队的重要性。版权代理人为作者和买方之间架起了沟通的桥梁，其主要职责就是代理作者处理合同问题，包括许可、售卖或保留作者的各种版权，帮助被代理人规避版权交易中可能出现的各种问题，最大限度地保护被代理人的各种权益。

版权代理人机制在英美等国家已经发展得相当成熟。既有只代理十几个作家、由一个经纪人创立的小型版权代理团队，也有大型的、专门从事特许经营授权的版权代理机构。英美版权代理范围相对宽泛，包括图书、音像、影视以及各种版权内容的邻接领域，几乎所有作家都会找版权代理机构代理其作品，通过支付 10% 左右的佣金为自己处理版权事务。

一直以来，我国的出版市场都在呼唤建立版权代理人制度，尤其进入 IP 运营阶段，跨媒体运营、泛娱乐运营模式兴起，大量新兴媒介涌现，在这样的大背景下版权纠纷层出不穷，作者在权利主张方面始终处于弱势地位，市场亟待专业的版权代理团队，以此保障作者的创造性智力劳动得到应有的尊重和报酬，提高版权交易效率，降低解决纠纷成本，为版权交易双方带来便利。

相比于图书出版领域的版权代理团队，进入 IP 运营阶段，市场对版权代理团队提出了更高的要求。首先，版权代理团队需要深谙网文创作规律和市场规律，具有挖掘作品的能力，承担部分的编辑职能。其次，了解文化创意产业商业运作规律，进入 IP 运营时期，版权代理团队面对的不再是单一的图书市场，而是多样化的媒介市场。面对瞬息万变的市场环境，需要他们具备跨界运作的思维、资源和能力。最后，也是最重要的职责，版权代理团队需要掌握版权、合同、经济等法律专业知识，保护作者的正当权益。

同时市场的专业和成熟也有赖于行业协会。早在 1974 年，英国就成立了作家经纪人协会(Association of Authors'Agents，简称 AAA)，美国的作家代表人协会(Association of Authors'Representatives，简称AAR)成立于1991年，它们都以明确的规章制度对从业者行为进行规范，监督会员保护作者权益，并且提供专业培训和从业指导。最大限度地保正版权代理服务的规范性和专业性。为了顺应市场需要，自 2012 年起，中国版权保护中心与北京东方雍和国际版权交易中心共同举办的"全国版权经纪人(经理人)/代理人专业实务培训班"每年共举办两期，培训范围覆盖法律规范、市场运营、热点剖析，金融信贷等版权贸易过程中相关的理论与实务知识。目前我国已经出现了专门提供从业指导和专业培训的机构，但是类似于英美行业协会还暂未出现，因此距离专业、成熟的版权代理人机制还有很长的路要走。

4. 协调改编权与保护作品完整权之间的平衡

改编权与保护作品完整权之间的争议成为近年来 IP 运营中面对的版权纠纷的焦点之一。由于现行的《著作权法》对于"保护作品完整权"的定义具有高度抽象性的特征，因此决定了司法实践对于改编权与保护作品完整权之间的权利边界的划定具有一定的不确定性。因此，为协调两者之间的平衡，就要求从立法和司法实践方面，通过树立一些较为客观的标准，确立对保护作品完整权的具体考量因素和要件，协调作者、使用者和公众三者之际的利益平衡，起到规范市场行为、警示从业者商业行为的作用。

在具体操作层面，为规避两者之间的冲突，可以邀请原著作者参与编剧工作，这也是目前 IP 运营中较为常见的操作方式，比如一些反响不错的 IP 改编作品《琅琊榜》《花千骨》等，原著作者都曾参与到编剧工作中，最大程度地保持不同媒介形态上的内容与原著设定一致。原著作者是对整个 IP 理解最深入的人，由他们来掌控 IP 运营的内容改编，固然是对整个 IP 运营起到正向作用，但是由于大部分原著作者缺乏相关专业知识，难以胜任改编工作，或者 IP 项目流转到更加专业的创作者手中，这时双方可采用事前约定的方式，对于改编方向、改动程度在合同中进行规定，以此避免事后维权的被动。但是同时，改编必然会涉及对原著的改动，对此，著作权法实施条例规定，著作权人许可他人将其作品摄制成电影作品和以类似摄制电影的方法创作的作品的，视为已同意对其作品进行必要的改动，但是这种改动不得歪曲篡改原作品。由于不同媒介在内容表达方式和政府审查等方面上都存在差异，因此原著作者也需要充分理解其他媒介形态与小说创作的差别，充分尊重其他媒介形态的艺术创作规律，给予改编者足够的自由创作空间，而不是让他们在枷锁下进行创作。双方应当正确理解著作权法律体系中对权利限制的规定，寻求两者之间既符合法律原则又尊重市场规律的平衡点，从而做到充分保护原著作者的合法权益，同时推动优秀 IP 的广泛传播和文化创意产业的繁荣发展。

（二）坚持"内容为王"导向

优质内容是 IP 的生命线，是 IP 能够成功运营的前提。然而目前在我国 IP 运营中屡屡出现内容同质化严重、粗制滥造、思想内核空洞等问题。针对这些问题，作为 IP 内容输出源头的原创文学网站应该坚持"内容为王"的导向，警惕目前有数量没质量的"透支性发展"，通过优化 IP 类型结构、协调内容商业性与艺术性平衡等方式带动 IP 走上精品化发展道路。

1. 优化 IP 类型结构

一直以来，网络文学都与市场关系密切，作为一种迎合市场需求、以读者为中心的创作模式，当大量资源向玄幻、言情类 IP 倾斜时，难以避免地会造成作者创作上的题材偏向，这将加剧 IP 运营中同质化严重的问题，在一定程度上挤压其他类型 IP 的生存空间。

IP 运营产业链上下游企业是内容选择的主体，尤其是作为 IP 输出源头的原创文学网站在内容选择方面发挥着至关重要的作用，因此面对同质化严重的问题，需要原创文学网站主动地通过一些举措有意识地对 IP 类型结构进行调整。如通过主动策划的形式挖掘培植多样化的 IP 题材、在运营时选择不同类型的 IP 试水多元化的运营方式、在严肃文学领域中选择适合的 IP 进行运营等等，以此调整优化 IP 类型结构。

资本具有逐利性，实现利润最大化是企业的最终目标，因此单单依靠市场资源配置和企业进行调整是远远不够的，主管部门也需要通过经济手段和行政手段对 IP 结构的优化进行宏观调控，鼓励和扶持 IP 类型的多样化发展。

2. 商业性与艺术性平衡

英国学者克里斯·罗杰克在《名流》一书中写道："随着上帝的远去和教堂的衰败，人们寻求得救的圣典道具被破坏了，名人和奇观填补了空虚，进而造就了娱乐崇拜，同时也导致了一种浅薄、浮华的商品文化的统治"。现如今，浅薄、浮华的 IP 无孔不入地占据了各种媒介，争分夺秒地抢占消费者的注意力。

从"IP 运营"的"运营"二字就能感知到这种文化生产方式强烈的商业属性，IP 运营的关注点是通过一系列的商业运作来实现 IP 价值的最大化，既然要实现价值最大化，就自然需要触及最大范围的受众，因此内容的商业性自然不言而喻。但是作为一种文化产品，艺术性是其不可或缺的属性。对于 IP 运营而言，商业性和艺术性缺一不可，缺乏艺术性，IP 将沦为俗不可耐的文化垃圾，从而被受众所唾弃；缺乏商业性，IP 难以深入到大众中，一来阻断了其艺术价值的发挥，二来难以支撑起庞大的产业链，不利于产业的可持续发展。因此，唯有坚持 IP 内容的商业性与艺术性的有机结合才能实现 IP 价值的最大化。作为世界范围内 IP 运营模式最为成功的企业，迪士尼正应该是我国网络文学 IP 运营企业学习效仿的对象。它做到了商业性和艺术性的完美平衡，为一代又一代的受众创造出具有思想深度的艺术作品，并且获得了可观的商业利润，建立起百年不倒的迪士尼娱乐帝国。以迪士尼著名的公主 IP 为例，自 1937 年以来第一位公主诞生以来，迪士尼一共创造出 14 位公主，但是在故事内容方面迪士尼并没有因循守旧，相反公主 IP 的思想内核不断与时俱进，甚至在一定程度上超越时代。早期的迪士尼公主温柔善良、永远在等待王子的救赎，随着 20 世纪 90 年代女性地位的提升，迪士尼赋予了公主坚强独立的个性，这一阶段出现了热爱读书、喜欢思考的贝儿公主和代父从军的花木兰。再到如今，在迪士尼公主身上我们可以看到现实社会新一代女性对于男女平权、女性主义的追求，勇敢、自信、不随波逐流成为新一代公主的性格标签。2014 年，制作精良、内核丰富的公主电影《冰雪奇缘》成为迪士尼最赚钱的 IP 之一，在全球狂揽 12.7 亿美元票房，卖出 716 万张蓝光碟+DVD 销量超越《阿凡达》，光是衍生品"公主裙"的销量就高达 300 万条，收入约 4.5 亿美元。令人惊叹的不仅是其吸金能力，作品中蕴含的女性主义思想一度引发了广泛的讨论，并且毫无疑问，这样的思想将潜移默化地影响着青少年受众，鼓动他们像艾莎公主一样勇敢自信，逃脱男权思想对女性的束缚。

作品背后丰富的思想内核才是迪士尼近百年来一直长盛不衰、风靡全球的秘诀。现如今，国内多家企业都提出要学习迪士尼的 IP 运营模式，但是其往往将关注点放在了迪士尼 IP 运营的表面，仅仅进行商业模式的模仿——以电影为 IP 运营起点，衍生到玩具、主题公园、游戏等领域，却忽视了迪士尼 IP 运营的灵魂，那就是对于内容的商业性和艺术性之间平衡的精准把握。因此进行 IP 运营时，企业要注重对于内容思想深度的挖掘，将商业性与艺术性之间的平衡作为衡量优质 IP 的一把标尺，而不仅仅是唯粉丝数、点击率至上。

（三）优化运营方式

跨媒介联动效果差是目前我国网络文学 IP 运营中的突出问题，由于跨媒介联动是 IP 运营的重点，因此该问题亟待解决。经过多年探索，美国拥有颇多实践经验，其中"跨媒介叙事"被视为优化 IP 运营的优质解决方案。以跨媒介叙事来强化联动，有利于更大程度地放大 IP 价值，激活粉丝参与性，从而帮助企业获得更多利润。另外企业在追求利润最大化的同时，也不应该忘记文化产品的社会属性，在运营中应该做到经济效益与社会效益的有机统一。

1. 以跨媒介叙事来强化联动

"跨媒介叙事"最早是美国知名学者亨利·詹金斯提出的，他将其定义为，跨媒体故事横跨多种媒体平台展现出来，其中每一个新文本都对整个故事做出了独特而有价值的贡献。跨媒体叙事的最理想的形态，就是每个媒介出色的各司其职、各尽其责。亨利·詹金斯进一步指出，传统的特许经营仅仅是致力于将 IP形象尽可能多地复制在各种不同的商品形态上，这导致了重复劳动、限制创新、被经济逻辑所左右、艺术视野受限等问题。而跨媒介叙事通过不断拓展故事世界的边界，致力于为用户创造全新的体验，从而保持了用户的忠诚度，刺激其在同一 IP 体系内进行多次消费。由此可见，跨媒介叙事不仅仅是一种全新的内容协作生产方式，更是一种进化的文化产业联动的经营模式。

在内容协作方面。詹金斯以《黑客帝国》为例，电影《黑客帝国》中埋下了大量的悬念和线索，等待粉丝挖掘和发现，这些谜底藏在了游戏、动画等其他媒介中，粉丝如果想要看到整个故事的全貌、更深度地参与到故事中，就需要去其他媒介产品中寻找答案，其在统一故事设定下相互暗示、关联、延伸，从而形成了跨媒介内容的"互文指涉"，构建起一个庞大的、复杂的"黑客帝国"。美国漫威漫画公司的成功也得益于此，其凭借跨媒介叙事打造出一个庞大、丰富、各条故事线交叉联结的"漫威宇宙"。"漫威宇宙"形成的第一步是通过电影放大超级英雄 IP 的价值，超级英雄 IP 通过几十年的漫画连载积攒了大量的粉丝和丰富的故事基础，漫威在其中选择最具人气的超级英雄为其打造独立电影，让超级英雄从较为小众的漫画市场走入大众视野。最先开发的是《钢铁侠》系列，当钢铁侠风靡世界后，开始在新的英雄 IP《美国队长》、《雷神》中客串，既为新电影拉动人气，同时也完成了叙事上的勾连。第二步，漫威细致地安排各个英雄的出场时间和故事内容，维持"漫威宇宙"统一的世界观和各个 IP 内容文本之间的联系，在几大英雄的独立电影羽翼渐丰之后，将他们全部整合为《复仇者联盟》。这种做法大受欢迎，最终该片在全球横扫 15.18 亿美元票房，跻身全球影史总票房前三预示着以跨媒介叙事打造的"漫威宇宙"的成功。第三步，当人气角色或备受观众讨论的故事空白点出现时，漫威步步紧跟开发衍生电视剧，《神盾局特工》《特工卡特》就是这样的产物。漫画、电影、电视剧、游戏、衍生品……在各种媒介内容的交叉联动下，漫威宇宙将更多的人气角色囊括进来，不断地扩展故事边界。

在跨媒介叙事中，每种媒介产品都是这个庞大、丰富的故事世界的一部分，媒介体验不再是割裂的、重复的，而是相互补充的，提供给受众不同层面的新鲜感。这也正顺应了媒介融合时代受众对于媒介消费的参与性与互动性提出了更高要求这一趋势。参与文化是跨媒介叙事区别于传统的 IP 改编的重要特征之一，跨媒介叙事为受众营造了一个足够丰富、复杂、可以不断探索发现的故事世界，提供了更加沉浸的受众体验，受众的参与不再仅局限于消费环节的参与，而是深入到内容创造层面，有大量的音示、线索等待着他们发现、参与、互动，同时因为故事足够复杂，受众拥有足够的解读空间，这种解读就相当于对文本内容的再创造。可以说，最终的 IP 世界是由生产者与受众共同建构的。

如此复杂的 IP 世界需要与之相匹配的组织形态和企业战略的支撑。自上而下的线性组织形态难以满足跨媒介叙事的联动需求，高互动频次、强联动性、能够调动大量资源的网状产业组织才能满足这样复杂的需求。同时，并行交叉的叙事策略对于 IP 运营提出了更高的要求，要求企业提前对各种媒介产品进行布局，并且对 IP 精细化运营，从而打造出系列化、长期化的 IP 作品。

2．协调经济效益与社会效益的有机统一

文化产业的社会效益是指文化产品在推动精神文明建设和物质文明建设以及社会进步方面所发生的效用或作用。具体到网络文学 IP 运营主要体现在两个方面：其一是 IP 改编作品对大众思想的正面影响，传递主流价值观，丰富人们的精神世界。其二是作为一种新兴的、颇具前景的商业模式，IP 运营对于文化创意产业的影响是深远的，IP 运营还承担着推动我国文化产业大繁荣的重要社会责任。因此，IP 在运营过程中必须要坚持经济效益与社会效益的有机统一，而不是将 IP 作为圈钱的工具，盲目追求经济利益而忽视社会效益。

这就要求 IP 运营产业链上下游企业自觉树立起责任意识，肩负起社会使命，同时经济效益是社会效益的保障，如果一个企业自身都难以在市场中生存下来，那么更遑论肩负起企业的社会责任了，因此要协调双效统一，在社会责任的约束下实现效益的最大化或利润的最大化。面对喧嚣的资本市场，生产者应该做到坚守文艺的审美理想、保持文艺的独立价值，合理设置反映市场接受程度的发行量、收视率、点击率、票房收入等量化指标，既不能忽视和否定这些指标，又不能把这些指标绝对化，被市场牵着鼻子走。为当代和后世创造出宝贵的艺术作品和精神财富应该成为每位从业者、每一家企业至高的追求。

企业存在的目的就是盈利，实现利润最大化是企业的最终目标。因此协调经济效益与社会效益的有机统一，离不开政府的监管和引导。在 IP 运营中，市场发挥资源配置作用，政府履行市场监管和引导职能，唯其如此，才能推动产业健康、高速、可持续发展。

在文化产品的创作生产中，政府的引导职能的发挥主要依靠税收调控、奖励评审机制建立等方式实现。一是税收调控，不少发达国家运用差别税率政策来进行宏观调控，如法国政府向色情和暴力影视文化商品征收不低于 11%的"特殊附加税"，并将这笔收入用于补贴纯文艺类、记录科普类影视作品，意大利对出版业采用 4%的增值税特别优惠税率，而向含有色情内容的图书仍征收 20%的基准税率。这些经验值得我国政府管理部门借鉴，对于一些具有艺术价值、具有一定社会价值的 IP 项目通过税收优惠引导社会资金流向，引导企业的题材类型选择。二是奖励评审机制的建立。日本动漫产业的成功离不开政府的多层次奖励评审机制。自 1997 年开始，日本文化厅每年主办"日本媒体艺术节"，用以表彰运用新技术、具有开创性的媒体艺术作品。2000 年，由日本数字内容振兴协会和经济产业省共同主办，已经连续举办多届的多媒体大奖更名为数字内容大奖，并增加奖项数量，这个权威奖项名称的变革意味着奖励关注点从"媒介"到"内容"的转移，关注优质内容，给更多的创作者参与的机会。日本动漫产业的奖励评审机制起到了协调社会效益和经济效益的作用，鼓励创作者和企业不断创新、提高作品质量。而反观我国目前的一些奖项评审，将粉丝数、发行量、收视率、点击率、票房收入等市场指标作为评奖标准，忽视了口碑和艺术价值，完全没有起到奖项评审的引导作用，因此重构奖励评审标准，以奖项评审引导企业协调双效统一是政府履行引导职能的重要手段之一。

第四节　流行文化与网络文学

一、网络时代流行文学的大众文化特征

当今时代，各种现代化传媒手段对经典文学和严肃文学产生了强烈冲击和深度解构，过去一直处于文化中心地位的经典文学已经走向了文化边缘。加之市场经济的迅速发展和大众主体意识的增强，人们对于文学的需求已经不再局限于精神指引和价值指导，而是更注重于情感体验和精神愉悦。尤其是伴随互联网的普及，文学的写作范式、传播手段以及大众的阅读习惯已经发生了巨大的变化。网络时代的流行文学已经成为现代社会最主要的文学形态和重要的大众文化类型，具备大众文化的诸多特征。

第一，流行性是网络时代流行文学的主要特征。网络时代流行文学作品具有故事内容模式化、故事结构独特化和人物性格类型化的特点，极易引起读者的阅读兴趣。尤其是在成熟的市场机制的运作下，流行文学的某一类型作品经常会一夜成名，进而成为某一阶段的阅读时尚。比如痞子蔡的《第一次的亲密接触》，安妮宝贝的《告别薇安》，慕容雪村的《成都，今夜请将我遗忘》等文学作品，以形式多样的网络语言，自由、即兴、调侃的叙述风格，讲

述了现代人尤其是都市年青一代的情感生活，一经网络推出，立即受到大批读者的追捧。

与此同时，传播方式的多样化也使流行文学的流行性特征更加突出。目前，互联网的普及，电脑、手机、电子阅读器等现代科技产品已经成为人们工作、学习、生活的必需品。全世界每天使用电脑网络的有上亿人次，通过网络进行阅读的读者也有数千万。在此庞大的受众基础上，网络文学作品凭借其低廉的成本、积极的主动参与性以及作者与读者之间及时的互动关系，已经成为当今时代最流行的文学形态。此外，电影、电视等影像媒体的介入，使网络时代的流行文学超越了纯文本形态。而短信文学、微博、微信、简书等自媒体的迅速拓展，更是将流行文学的流行性表现得淋漓尽致。

第二，商品性是网络时代流行文学的本质特征。流行文学本质上是消费社会的产物，其存在的目的是赚取更多的利润。流行文学之所以能够广泛地流行和传播，其原因就在于它能够遵循市场经济的运行机制，进行大规模的生产和销售。流行文学的商品本性一定程度上要求文学创作将大众和市场的需要作为出发点，也就是"为市场写作"。

文学创作观念的转变必然导致文学作品的内容、形式和写作技巧发生变化。比如，武侠小说、言情小说、都市情感、短信文学、微博、微信直接面向市场，形成了批量生产和复制的格局。此外，网络时代流行文学的传播和销售也完全遵循商业运作模式。以热播的电视剧《欢乐颂》为例，这部电视剧改编自网络同名小说，最早在晋江和小说作者的博客上连载。改编成电视剧后，获得很高收视率的同时，其纸本销量也大增。因此，作家、媒体、读者之间形成了连锁互动的关系，共同构造了流行文学的商品性特征，也使流行文学成为一种地道的"商业文学"。

第三，娱乐性是流行文学的又一重要特征。快节奏的现代生活，使人们承受了越来越多的精神压力。这就使得人们在紧张、单调枯燥的工作之余，更多地希望通过轻松、娱乐的方式获得休息和放松。大众越来越青睐于"小女人散文"和"心灵鸡汤"式的文学作品。人们在作者率真的描述中，在对时尚化语言的赏析中，获得休闲和放松。而对于近几年兴起的网络文学，人们更是把它当作一种休闲娱乐。

第四，碎片性是网络时代流行文学的又一重要特征。现代生活节奏的加快，使传统的系统性阅读越来越成为一种奢侈。人们越来越希望在"碎片化"的时间内获取更多的知识，得到更多的精神享受。微博、微信、简书等新兴阅读方式的转变使"碎片式"阅读成为可能，同时也给传统文学创作提出了巨大挑战。相对于花整块时间阅读经典文学作品，人们似乎更乐于接受随时可以中断的片段化、结构化、零碎化且没有宏大叙事的内容。事实上，碎片化的流行文学作品凭借其低成本、即时性、互动性等特征，销蚀了精英文学与大众之间的界限，有利于实现阅读的全民性和普及化。但我们也应看到，流行文学的"碎片化"特征，使得文学作品的价值引领功能逐渐淡化。

二、网络文学时代流行文化的价值转向

网络时代的大众文化语境中，人们的选择往往是自由和多样的。流行文学作为大众文化的重要组成部分，凭借其即时、活泼的特点满足了受众多样化、娱乐化的需求，是经典文学和传统文学在网络时代的重要转向。网路时代流行文学写作范式和传播模式的转变，势必导致文学的传统审美理想和道德价值发生重要转向。

第一，写作范式的多元化、戏谑化导致流行文学作品价值取向的多元化。戏说、重写和大话成为网络时代流行文学最主要的写作范式。现代社会，人们的文学趣味主要源于游戏和娱乐的需要。作家为了满足大众的这种需求，使文学作品变得有趣，最重要也是现代作家最普遍采用的方式就是通过对历史和经典进行重写和戏说，对已有定论的东西进行另类解读。其中，戏说和重写的写作范式通过轻松的叙述方式将经典从传统的审美束缚中解脱出来，满足了商业时代大众对文学的多样化、游戏化和轻松化的需要，因而有着旺盛的生命力。但有些作家在运用重写和戏说这一创作方式时，在价值取向问题上，却坚持的是一种彻底颠覆和完全解构经典的立场，这也就使得经典作品本身所倡导的价值观、是非观、善恶观被彻底颠覆。比如一些受年轻人喜爱的网络玄幻历史剧，大多情节单一，语言平淡，甚至有些作者抄袭他人经典作品。

除了戏说和重写之外，大话也是当今流行文学的好方式。比如，网络畅销小说向来是影视剧改编的热门，网络小说的荧屏化已成趋势。通过近年热映的《小时代》《遇见爱情的利先生》《何以笙箫默》《花千骨》等作品不难看出，"霸道总裁"已成为获取粉丝和读者的内容利器。事实上，快节奏的都市生活使人们不愿对当下流行文学抱严肃认真的态度，也从不勉强用脑，而是采取了漫不经心和轻松随意的态度。当然，在一些优秀的流行文学作品中，娱乐性、思想性和教育性是统一的，发挥了寓教于乐的功能。人们也能在流行文学所构建的美好世界里，自由彰显个性，可以暂时从世俗的烦恼中挣脱出来，获得休憩和调剂。因而，流行文学的娱乐性最主要的写作范式，其核心表现为"无厘头"。大话这种写作模式将很多时尚元素注入经典原著中，经常会产生意想不到的阅读效果，吸引更多年轻人的青睐。但大话对经典话语体系的琐碎化和神秘化，对经典故事内涵的戏谑和嘲讽，则使经典文化与其蕴含的审美理性和道德理性彻底剥离。比如被拍成电影的《大话西游》剧本、小说《沙僧日记》，以及一系列以《西游记》为蓝本

进行改变的流行文学作品，深刻影响了当代很多青年的思维方式和人生观念。在《大话西游》剧本中，唐僧成了人见人厌的永远不停唠叨的师父，孙悟空甚至爱上了白骨精。《大话西游》剧本完全颠覆了《西游记》惩恶扬善的创作宗旨，《西游记》中所蕴含的人们对于人类真善美的永恒追求被消解成了孙悟空的爱情故事。无论是重写、戏说，还是大话，它们作为当代社会流行文学重要的写作范式之一，严重挑战了伦理秩序和文化的价值导向功能，使文学的道德内涵和伦理精神发生了重要转向。

第二，网络时代流行文学创作目的的功利化。市场经济的迅速发展和多元文化格局的形成，使得文学媒体不得不从"养尊处优"的被动适应而转化为主动适应，参与竞争。因此，文学媒体必须不断地为自己开拓生存空间，占领更广泛的读者市场，为此它重新设计自己的文学形象，确定自身的文化策略，降低自身的文学身份，调整自身的文化心态。这也就使得文学在市场经济的大潮中，由俯瞰式的真善美与情感启蒙立场转变为对话式和服务式。文化立场的转变势必导致作家、作品、传媒以及读者之间的关系发生巨大变化，文学作品的受欢迎程度、销售量和点击率也势必成为衡量作品质量的重要标准。因此，作家对其作品销售量的关注造成了文学对社会大众趣味的适应甚至迎合，文学作品的功利化转向一定程度上成了社会文化发展的必然。流行文学作品的功利化倾向，使那些以弘扬崇高精神、审美价值和道德理性为核心的严肃或高雅文学成为曲高和寡、难以生存的孤家寡人。而流行文学则在一定程度上适应了大众需要，丰富了人们的精神文化生活。

但是，网络时代流行文学的功利化转向使得一些流行文学作品为吸引大众眼球和赚取更多的利润，不惜将"裸、露、透"作为文学创作的主旨，从而导致流行文学出现了庸俗化和媚俗化的趋势。比如，部分流行文学作品对庸俗化的追求，导致了追奇猎艳、荒诞离奇、明星绯闻、社会黑幕，以及大肆渲染性关系、性行为等下流贩黄之作流行于士，进而彻底颠覆了文学的审美价值、道德引领和道德教化功能，严重扰乱文化市场正常秩序的同时，也对受众尤其是青少年读者的身心健康发展带来诸多消极影响。

第三，网络时代流行文学创作者社会责任弱化。文学创作者是文学创作的主体，其坚持的人生态度和价值观必然贯穿和体现于文学作品当中。而读者在欣赏和阅读文学作品时，一定会自觉或不自觉接受文学创作者的人生态度和道德观念。因而，文学创作者所持的人生观、价值观和道德观以及他们本身的道德素质将对读者的道德水平的提高产生重要的影响。

文学创作者所持的价值观及其本身的道德素质在某种程度上决定了其流行文学作品的价值深度和道德内涵，而文学创作者在市场经济的浪潮下对经济利益的过度关注和对消费主义、拜金主义的过度崇拜，必然导致流行文学创作者自身道德素质和社会责任感的降低。伴随网络时代的来临以及自媒体的迅速普及，任何人都可以成为网络写手，都可以成为文学创作者。精英文学创作者的神秘感不复存在，流行文学的创作不再需要专业化的学习和培养，任何人，只要你愿意，只要有读者或粉丝，都可以成为文学创作者。网络时代流行文学创作者来源的多样化及其道德水平的层次化，势必导致文学创作者群体社会责任感的整体弱化。

参 考 文 献

[1] 欧阳友权. 网络文学概论[M]. 北京：北京大学出版社，2008.

[2] 欧阳友权. 网络文学发展史[M]. 北京：中国广播电视出版社，2008.

[3] 于洋，汤爱丽，李俊. 文学网景：网络文学的自由境界[M]. 北京：中央编译出版社，2004.

[4] 欧阳友权. 网络文学本体论[M]. 北京：中国文联出版公司，2004.

[5] 聂庆璞. 网络叙事学[M]. 北京：中国文联出版公司，2004.

[6] 欧阳友权. 网络文学的学理形态[M]. 北京：中央文献出版社，2008.

[7] 欧阳友权. 比特世界的诗学——网络文学论稿[M]. 长沙：岳麓书社，2009.

[8] 杨林. 网络文学禅意论[M]. 北京：中国文联出版公司，2004.

[9] 苏晓芳. 网络小说论[M]. 北京：中国文史出版社，2008.

[10] 苏若兮，等. 界限：中国网络诗歌运动十年精选(重报图书)[M]. 重庆：重庆大学出版社，2010.

[11] 杨雨. 网络诗歌论[M]. 北京：中国文史出版社，2008.

[12] 蓝爱国. 网络恶搞文化[M]. 北京：中国文史出版社，2007.

[13] 李星辉. 网络文学语言论[M]. 北京：中国文史出版社，2008.

[14] 欧阳文风，王晓生，等. 博客文学论[M]. 北京：中国文史出版社，2008.

[15] 王炎龙. 网络语言的传播与控制研究——兼论未成年人网络素养教育[M]. 成都：四川大学出版社，2009.

[16] 路善全. 中国传媒与文学互动研究[M]. 北京：中国社会科学出版社，2007.

[17] 孙翔云，陈英，江奇艳. 网络大众论[M]. 广州：中山大学出版社，2008.

[18] 陈瑞林. 解读少君[M]. 长春：吉林大学出版社，2009.

[19] 陶东风．大众文化教程[M]．桂林：广西师范大学出版社，2008．

[20] 陶东风．文学理论基本问题[M]．北京：北京大学出版社，2007．

[21] 陶东风．社会转型期审美文化研究[M]．北京：北京出版社，2002．

[22] 姜英．网络文学的价值[M]．成都：巴蜀书社，2013．